小烧烤

大淄味

郝桂尧

著

山东人民出版社·济南

国家一级出版社 全国百佳图书出版单位

图书在版编目（CIP）数据

大淄味 / 郝桂尧著 . — 济南：山东人民出版社，2024.3
ISBN 978-7-209-14951-8

Ⅰ.①大… Ⅱ.①郝… Ⅲ.①纪实文学 – 中国 – 当代
Ⅳ.①I25

中国国家版本馆CIP数据核字（2024）第038503号

大淄味
DA ZI WEI

郝桂尧　著

主管单位　山东出版传媒股份有限公司
出版发行　山东人民出版社
出 版 人　胡长青
社　　址　济南市市中区舜耕路517号
邮　　编　250003
电　　话　总编室（0531）82098914
　　　　　市场部（0531）82098027
网　　址　http://www.sd-book.com.cn
印　　装　济南龙玺印刷有限公司
经　　销　新华书店

规　　格　16开（169mm×239mm）
印　　张　20.5
字　　数　260千字
版　　次　2024年3月第1版
印　　次　2024年3月第1次
ISBN 978-7-209-14951-8
定　　价　68.00元
　　　　　如有印装质量问题，请与出版社总编室联系调换。

序 言

2023年，淄博和淄博烧烤火爆出圈，成为一种现象级存在，各种信息爆炸式、裂变式、旋风式传播，很好地塑造了淄博的城市品牌。特别是这本《大淄味》，比较系统、全面、深刻地讲述了淄博烧烤以及这座城市的故事。我看了之后，许多往事浮现在眼前，感觉有很多话要说。我觉得，淄博需要这样的书，社会需要这样的书。

可以用5个C概括淄博这个城市的特点。淄博是鲁C，地处鲁中，是山东的几何中心，从成立之日起就是一个城市，还是陶瓷之城，化工业发达，是鲁菜发源地之一。淄博烧烤是随着城市的发展，逐步成长起来的，是淄博建设、改革、发展的一个缩影。淄博通过烧烤火了不是偶然现象，这是淄博转型升级、追求高质量发展的必然结果。重视意识形态工作，掌握当下舆论状况和规律，以互联网文化激活齐文化和工业文明，这就是淄博烧烤成功的秘密。

《大淄味》大致反映了三方面内容：

一是淄博烧烤本身。这是第一部比较全面、立体、生动、深刻反映淄博烧烤现象的专著。作者多次亲赴现场，调查采访，了解淄博烧烤的来龙去脉，对淄博烧烤的历史、现状和未来进行深度思考。书中既有对大场面、大背景、大事件的梳理，也有对小人物、小故事、真感情的描述。疫情期间，大学生们受到淄博人民的热情照顾，他们又像燕子一样飞回来，带来一个春天。网红明星助阵，主流媒体跟进，淄博烧烤形成大流量。党委政府主动积极作为，稳稳地接住了这波流量。全市人民为荣誉而战，拧成一股绳，表现出巨大的凝聚力和向心力。在作者笔下，烧烤灵魂三件套的前世今生、烧烤店老板和普通百姓的喜悦烦恼、"进淄赶烤"者们的芸芸众生相，都活灵活现、生动有趣，有细节、有故事、有情感。

二是作者虽然以淄博烧烤为主线，但又不仅仅局限于烧烤，而是放眼整个淄博改革开放、转型升级的大格局。作者用较大篇幅，对淄博数千年历史进行梳理，特别是对淄博近十几年"凤凰涅槃""浴火重生"的悲壮过程深入挖掘，对淄博做好高质量发展的"必答题"高度肯定，对淄博打造青年友好型城市热情赞扬，还详细介绍了淄博传统产业"弯道超车"、新型产业"换道超车"的独特路径。因为作者亲自经历过淄博打造"四强"产业、细分30多个赛道、淘汰落后产能、改善干群关系、发展文化产业、建设城市全域公园、打造夜经济、建设美丽乡村的具体实践，所以具有切身感受和独特视角，并得出正确结论。淄博烧烤是淄博发展到一定历史阶段的产物。在淄博烧烤"出圈"之前，国际陶瓷琉璃节、齐文化节、足球论坛、青岛啤酒节、麦田音乐节，等等，已经使淄博这座老工业城市充满朝气和活力，充满温暖人心的正能量，弘扬着体现社会主义核心价值观的主旋律。正因为如此，作者自信地说，"淄博不会凉"，"淄博烧烤不会凉"，淄博已经进入"温中常热"的新常态。

三是充分认识"第二个结合"的精神实质，以齐鲁文化特别是齐文化的传承发展为另一条隐形主线，阐释齐文化的当代价值和意义，这是淄博的底气所在、动力之源和城市之魂。泱泱齐风，大哉淄博。一部齐文化史，是中华文明的重要链条。这里最早进入新石器时代，后李文化是山东最早的新石器时代遗址之一；春秋战国时期，姜太公建立的齐国，成为春秋五霸之首、战国七雄之冠，稷下学宫里，诸子"百家争鸣"，造就了"轴心时代"中华文明的主体精神；即使后来动乱割裂，淄博这个地方的齐文化因子仍在薪火相传，活力时现，贾思勰撰写出《齐民要术》就是一个明证；进入近代，淄博在山东最早出现工业文明的曙光，成为齐鲁大地上的工业重镇，人民有组织纪律性和契约精神……仅仅就饮食文化而言，这里有火的产生、使用、演进的完整链条，有最发达的原始农业，物产丰富，五谷丰登，六畜兴旺，有陶瓷等器具，有冶铁等技术，有当时最为繁华的临淄古城，有懂得欣赏美食的贵族阶层和商人群体，所以这里才产生了最早的厨师、最早的鲁菜。作者认为，齐文化是胶东海洋菜系和鲁中菜系的"根"与"魂"。书中对淄博的"文化灵魂三件套"——陶瓷、琉璃和丝绸进行探讨，它们承载着淄博这个城市的历史、辉煌和梦想，是这片地域养育出的文明之花，也是淄博人民最为温情的文化记忆。作者还描绘了山东实施文化"两创"的一系列宏观战略和具体实践，介绍了"四廊一线"的实施情况，以此为背景，阐述齐文化对于当代的积极意义，建议山东充分吸纳齐文化改革创新、开放包容、务实进取的精神养分，齐鲁两种文化一起发力，建设新时代的新山东。

本书作者郝桂尧先生是我的好朋友，他从事新闻工作近40年，报道过孔繁森和朱彦夫等重大典型，业余时间研究山东和西藏地域文化，对山东人群体尤为钟情，著述颇丰。多年来，他和同事们多次来到淄博，调查研究，为正确引导舆论导向、宣传淄博正面形象、挖掘齐文化，做出积极努力。我们在交流中常常碰撞出思想火花，在工作中加深了对彼此的理解。作为中央媒体的一员，他们还深度参与了淄博的实际工作，并对占领意识形态主阵地、以宣传推动实际工作的"淄博宣传模式"予以总结、提炼和宣传。《大淄味》这部书，具有较高的文学、地方史和资料价值，是他为淄博做的又一贡献。

山东省政协提案委员会副主任

毕荣青

淄博市原政协主席，市委常委、宣传部部长

目 录

第一章　上一次火的时候

淄博：最早点燃山东的文明之火

"你就像那冬天里的一把火，熊熊火光温暖了我的心窝……"去淄博的路上，我嘴里忽然冒出歌星费翔的一首歌。

淄博是春天里的一把火。在2023年的春天，淄博烧烤火遍整个中国，甚至有了世界影响，"进淄赶烤"成为一道风景线，成为举国热议的话题。那小小铁炉中的炭火，冒着蓝蓝的火焰，温暖着人们的心和胃，也像一束强光，照亮了我的身心，我的思想瞬间洞开。我心心念念的淄博，不就能以此展开去讲述吗？

这些年，我反复不断地去淄博，感受改革开放给这里带来的幸福感和喜悦感，也切切实实触摸到这个齐文化名城和老工业城市的失落和痛苦。

从遥远的春秋战国时期至今，淄博最少火过三次。

第一次，春秋战国时期，淄博是齐国都城，乃春秋五霸之首、战国七雄之一。淄博，这里有姜太公、齐桓公、管仲、晏婴等历史名人，有陶瓷、琉璃、丝绸、蹴鞠等地理标识明显的特产，有博山菜、周村烧饼、王村醋等美食佳肴，更有一个在中国思想史上熠熠闪光的稷下学宫……泱泱齐风,淄博文化底蕴厚重,名人众多,物产丰富。秦汉之后,儒家文化一家独尊,齐文化逐渐被冷落、被融合。鲁文化建筑巍峨,曲阜有老三孔新三孔,邹城有三孟,载体丰富,体系庞大。淄博的古文化遗址,全部埋藏在地下。临淄被誉为"地下博物馆",几处震惊世界的殉马坑是近几十年发掘出来的,临淄新建的博物馆群,也只有十多年的历史。具有变革性、开放性、多元性、务实性的齐文化,何时才能重振雄风?

第二次是从近代到21世纪前十几年,淄博在一个有着几千年农耕传统的国度,依靠本土的力量崛起,成为中国近现代工业之滥觞,成为我国工业的一个典型缩影。鸦片战争爆发不久,德国地质学家李希霍芬来到淄博博山,惊叹这是他在中国见到的最大工业城镇,纺织、陶瓷和琉璃产业相当发达。胶济铁路通车后,德国人在淄博开了山东第一个煤矿,建起第一个火电厂。淄博周村自开商埠。整个民国时期,淄博工业发达,商业繁荣,经济发展水平位居山东第一。在中国三大矿区之一的淄博,中共一大代表王尽美、邓恩铭撒播革命火种。"淄博"作为一个地域名称,就是王尽美首次提出的,它带有鲜明的红色基因。新中国成立后,淄博以能源钢铁铝业陶瓷为代表的重工业迅猛起飞,诞生了"新中国铝业长子"——山东铝厂,承接了大批国家"一五"项目,占据了山东工业的半壁江山。改革开放之后,淄博工业达到巅峰状态,石化、能源、冶金、陶瓷、琉璃全产业链发展,到2011年,全市经济实现"万亿"大跨越,成为改革开放的里程碑……这些成就的取得,都体现了齐文化积极进取、探索创造的精神。

然而,近些年来,随着资源枯竭、产能过剩,国家实施产业结构调整、供给侧改革和环保政策,淄博遭遇到前所未有的困境。有着文化韧性和产业基础的淄博人不甘落后,以壮士断腕的勇气,力争浴火重生。他们抢滩新经济,聚焦新材料、智能装备、新医药、电子信息四强产业,构建现代产业新体系,并以"青和力"打造适宜青年人居住和工作的品质新淄博，力促鲁中崛起，以大开放重塑产业"新版图"。他们打造青年城市标配，构筑青年荣耀之城，注重建设"网红城市"，并以"淄博烧烤"为爆发口，迎来第三次"火时代"。在和很多淄博朋友的交谈中，我发现他们保持着相当清醒的心态：烧烤只是一个小小的导火索，他们将凭借"进淄赶烤"的热度，燃爆齐文化在新时代的巨大能量，催动淄博这个老工业城市在痛苦中凤凰涅槃。这也许是研究淄博烧烤现象真正的意义所在。

火的使用，就是烹的起源。

淄博烧烤刚火爆的时候，网上传来一条劲爆消息，临淄在一个新旧石器时代过渡阶段的遗址中，发现了人类"用火"的遗物和痕迹。网民惊呼：万年前淄博人就"干饭"出圈了！

这个名叫赵家徐姚的遗址，位于淄河北岸，考古人员发现，这里的"红烧土"是火留下的痕迹，但它是自然火还是人工火呢？研究人员测定发现，这个遗址距今大约1.1万到1.5万年。遗迹分布面积约1平方公里，层面断断续续，有的地方很厚。其中发现了一处距今1.32万年的古人类活动营地，面积约400平方米，有火塘三处，呈品字型分布。据考古队领队赵益超介绍，这些火塘在当时主要是用炊器煮食物的，类似今天的灶。围绕着火塘发现了1000余件早期人类遗物，其中就包括陶片。这些陶器已经运用到日常饮食生活中。当时制作陶瓷的技艺水平很高超，陶器口沿出现了花边以及方唇、圆唇的花样，最显著的特征是陶片中夹杂着植物的茎秆，陶片的内外壁均匀磨光，从功能和形制上出现炊具和容器的合璧。遗址中还出土了大量动物骨骼，其中以环颈雉类等鸟类和鹿类为主，说明古人类的肉食以鸟类和鹿类为主。

这里出土的石器工具，被考古人员认定为加工动物食品的工具；而这里出土的泥制陶塑，随意，抽象，变形，有的形似人物、心脏、耳朵，展现出古人对客观世界和人类自身的认知。这是国内已发现的最早的陶塑群。

赵家徐姚遗址入选2022年度全国十大考古新发现。它的火爆"出圈"，不仅因为这里发现了人类用火的直接证据，也因为这里出土的陶器，刷新了人们对于这一阶段制陶水平的认知，为理解农业起源过程中的人类技术选择、生态构建等复杂关系提供了全新视角。

赵家徐姚遗址的这把火，在我脑海里燃成一片火海。我感到思绪发出噼噼啪啪的爆裂声，一个遥不可及的古老世界，越来越清晰。发现火，利用火，是人类文明的第一次大跃升。恩格斯说："摩擦生火，第一次使人支配了自然力，从而最终把人同动物界分开。"火的使用，成为人类摆脱野蛮、迈向文明的关键。从此漫漫长夜有了光明，火可以使直立猿人熟食肉类食物，味道变得鲜美起来，而且让猿人的牙齿和上下颚变小，脸型改变，脑容量增大，人变得越来越聪明。烤肉是最简单、最原始的熟制法，大大减轻消化系统负担，使人类可以供养大脑——它消耗了人体20%以上的能量。吃熟肉，可能是人类进化的关键一步。在人类的基因中，烤肉留下了痕迹——闻到焦化反应的气息，人脑便不自觉地兴奋。烤肉会产生呋喃、醛、还原酮等化学物质；木柴经燃烧，木质素会分解成愈创木酚，人脑一律把它们当作美味。人类还用火制陶冶炼，开始刀耕火种。

人天生就会用火吗？考古人员给出的结论是，在1万年之前漫长的旧石器时期，在早中期人类主要是利用雷电电击、树枝干燥、石头摩擦偶然产生的野火，需要保存火种。在山西运城发现了243万年前的烧骨和带有切痕的鹿角，这是人类最早用火的地方。从170多万年前的元谋猿人，到五六十万年前的沂源猿人，都留下使用天然火的痕迹。旧石器时代晚期，人类已经通过"钻木取火"和火镰等，掌握了取火技巧，这个阶段大约在距今3万年之后，正是传说中燧人氏的时代。山东的淄博沂源千人洞遗址、临沂河东凤凰岭遗址和临淄赵家徐姚遗址，均从利用自然火进步到可以人工取火……

狂风暴雨雷电，野兽寒冷饥饿，还要"茹毛饮血"，害怕天神地神自然神，与野兽进行殊死一搏……是什么支撑着古老的人类，坚忍不拔地走过漫漫百万年以上岁月？肯定是那一束束燃烧的火。人们艰难地举起火把，从高山走向平原，从蒙昧走向文明，终于看到了曙光从太阳升起的地方照耀环宇。举办奥运会都要举行火炬传递仪式，那是一种神圣的象征，火炬就是创世、再生和光明。

在淄博的版图上，我竟然找到一条人类用火的完整链条，实在是神奇。

在人类进化史上，有一个从大山走向河谷的阶段。古人类进化有多个中心。山东所处的海岱地区，特别是鲁中南山地丘陵及沂沭河流域，是一个相对密集的古人类活动中心。该范围的沂源猿人是黄河中下游地区最早的古人类，周边的新泰、沂水、蒙阴、临淄等地，发现了多处古人类和旧石器遗址。新石器时代，发现的所有墓葬的死者，头部全部朝向泰沂山脉，证明这里是他们的精神家园。淄博沂源一带，是一片隆起的鲁中高地，分布着密集的天然溶洞，野兽出没，森林茂密，水草丰美，河流纵横，有食物和生火的木材树枝草料，洞穴可以遮风挡雨，防寒保暖，满足安全需要，因此成为山东人最早的家园。山东省博物馆保存着一个沂源猿人的头盖骨和牙齿化石，据最新测算，距今64万年±8万年，和北京猿人同一时期。沂源猿人是最早的山东人。1981年，沂源县在土门镇鞍子山下修建公路时，工人发现大量化石，接着进行了两次发掘，共出土猿人头盖骨化石一块，眉骨两块，肱骨、肋骨各一块，牙齿7颗，同时出土了哺乳动物骨骼化石10余种。沂源猿人是最早懂得用火的直立猿人之一。在这个方圆5公里多的地方，存在着大大小小40多个溶洞。后来这里又发现了距今1万到2万年的千人洞遗址，被命名为"山东一号洞"。这个洞穴可以容纳千余人，出土了38件人工石制品，并发现了大量烧土及灰烬层，续写着火的辉煌。淄博大地上埋藏着那么多神奇的历史遗迹。在沂源扁扁洞遗址，发现距今9000年到1万年的新石器洞穴遗址。这里是山东文明最早的发源地和核心区，日照沿海可能是一个亚文化区域，沭河下游的冲积平原、胶东半岛、鲁西北平原，可能是小亚文化区……

古人类迈出山区是必然的，而走出山区到达的第一站，往往是山前的冲积扇平原。人类逐步从高山走向平原，是因为平原地势平坦，土壤肥沃，动植物资源丰富，更容易获得食物资源。他们走出山区不是一次性完成的，一开始是受山前食物资源丰富的吸引，完全走出山区则是在发现种子的奥秘、学会自我种植收获、产生原始农业形态之后。

赵家徐姚是一个承前启后、填补空白的遗址。古人类从旧石器转向新石器，从高山过渡到平原，从渔猎转移到农业，这里是一个很有意义的典型代表。根据遗址位置推测，赵家徐姚处在泰沂山系北边淄河的冲积扇上。当时的人们主要生活在山区，但会根据季节变化来到冲积扇上。正是因为他们反复走出大山，来到淄河冲积扇，才有可能留下这么多火的遗迹。那些红烧土坑，可能兼具烧烤、取暖和祭祀功能。

所以有人作出推测：赵家徐姚的古人类用火烧制出陶器，还遗留这么多吃剩的动物残骸，也许是人类发现烧熟的东西更好吃，于是，在1.3万年前的临淄这片"红烧土"上，烧烤肉食就产生了？从赵家徐姚遗址来看，这不是没有可能。

从今天的淄博烧烤，我们可以看到上万年前文明之火已经照亮了这片土地上人们的瞳孔……

火的使用，推动人类从石器时代，过渡到陶器时代，进化到青铜时代，而这些又催生了美味的不断诞生。

较早使用火的淄博人，自然也较早制作陶瓷，冶炼金属，并用火熬煮海盐。

在古人的观念中，世界由"金木水火土"五大物质组成。陶器几乎就是这五大物质的综合体。制陶技术改变了人类的饮食结构，拓展了生存空间，是生产力的一次重大飞跃。在位于淄博市张店区的淄博陶瓷琉璃博物馆，我被一组陶人泥塑震撼了。在长达几十米的一个橱柜里，那些泥土颜色的陶人，就像一个个有生命的山东人，有喜怒哀乐，有悲欢离合。他们从事的活动，都与陶瓷有关：开采陶土，粉碎、研磨，陶艺晾坯、烧制，成品运输、销售。它就是一部恢宏的陶瓷发展史。

据介绍，这组陶艺作品名曰《陶魂》，里面有各类陶塑人物、动物以及道具3000多件，与实物的比例约为1∶4。为制作这一组作品，中国陶瓷博物馆研究员郭联军、车秀申耗费了1年多时间。这件作品被专家称为陶艺版的《清明上河图》。

淄博号称"陶瓷之都"。这些年，我多次参加过陶瓷琉璃艺术节、国际木火节、齐文化节等活动，了解到淄博陶瓷

《陶魂》局部

悠久而辉煌的历史。有学者曾经认为，陶瓷是新石器时代的产物。山东新石器时代最早的遗址是距离赵家徐姚遗址4公里的后李文化遗址。后李遗址位于临淄区齐陵街道后李官庄村西北约500米处，在淄河东岸一片呈半岛状外凸的二级台地上，距今7500—8500年，是山东地区目前已知最早的新石器时代文化遗址，其时代延续之长、内涵之丰富，全国罕见。这里的夹砂陶器基本呈红褐色，表面没有图案和花纹，简

单质朴粗糙，形状有釜、壶、盂、盆、钵、罐、碗、杯、盘等，甚至还有加工谷物的石磨盘和石磨棒……

淄博沂源的扁扁洞遗址，距今9600年至1.1万年，属于新石器时代早期，地处沂源县东南部山区的一个崖壁上。这个洞高约4米，进深约15米，考古人员在这里获得了较为丰富的兽骨和陶片。陶片为夹砂红陶器，器表斑驳，制作粗糙，陶胎较厚且厚薄不一，火候很低。器类主要有釜、钵两类，多圜底器，平底器少见。研究人员发现，这些陶片表面较为平整，有的可见整修时刮抹痕迹。陶器口沿一般为近直口、平沿，修理得不太规整，有的釜开始出现卷沿现象，已初具后李文化叠唇的形式。这里有可能成为山东新石器时代的源头。

奇迹还在发生，到淄博烧烤火爆前，赵家徐姚遗址又出土了山东最早的陶器……扁扁洞遗址将山东陶瓷史由8000多年推到1万年，赵家徐姚又将陶瓷史推进到1.32万年前。

陶器的出现使得人类饮食发生根本变化，也使人类生存和社会行为发生重要转变。研究表明，东亚的采集狩猎者在农业兴始之前就已经使用陶器了。研究人员认为，以中国为代表的整个东亚地区早期文化有一个重要特点，即陶器的出现比农业要早，这一变革开启了整个东亚地区以粒食和蒸煮为主的食物加工传统。

从赵家徐姚、扁扁洞一路走来，薪火相传，一直到新石器的后李文化、大汶口文化、北辛文化、龙山文化、岳石文化、齐文化，淄博陶瓷在烈焰中历练与重生，演绎着梦想与浪漫，在跌宕起伏中不断革新。直到今天，淄博还是著名的陶瓷之都，可谓是万年"窑火"生生不息。

火的使用，也催生了食盐的产生。在山东沿海的一个村庄，当地人介绍说，雨季不能熬盐，必须在秋季用干草晚上熬盐，大火烧得呼呼的，所以熬盐的村庄叫火道、廒里的不少，都有火的意象和影子。

在未发明火和调味品的蒙昧时代，人类所尝以甘为美，肉类腥臊，植物苦涩，只有成熟的果实甜美。甘味虽美，但只是一种自然之味。从现代考古结果看，夙沙氏煮海为盐，最早起源于齐国势力范围内的山东半岛一带。传说夙沙氏为盐业之鼻祖，他聪明能干，体力过人，善于渔猎。有一天，他和往常一样用容器"鬲"从海里打上海水，生起篝火，将鬲置于火上煮鱼。突然有一头野猪从面前飞奔而过，他拔腿就追。等夙沙氏捉住野猪，发现鬲里的海水已经熬干，底下留着一层白白的细末，这就是盐。人类开始与盐相伴，在盐的作用下身体发育开始改变，浑身毛发脱落，智齿代替了獠牙，摆脱了茹毛饮血的蒙昧，开始走向文明。根据这些传说分析，夙沙氏制盐应该在旧石器时代……

近年来，山东沿海发现大量商周时期的制盐遗址，其制盐流程为：盐工从井里提出浓度较高的卤水稍加净化，储存在小口圜底瓮，利用大火加热提高浓度，并进一步净化卤水，最后把制好的卤水放在像帽子一样的"盔形器"内熬煮成盐，大的盔形器有半人多高。到春秋战国时期，管仲聚北海之众"煮沸水为盐"，成就了齐国霸业。

在山东，制盐的历史可以分为煮盐、煎盐、熬盐、晒盐四个发展阶段，前三个阶段均需要用火。清朝乾隆年间，制盐方式则演变成"晒盐"，这种方式一直延续到现在。

火的利用还促进了冶炼业的发展。冶铁需要"火炉"。冶铁术的发明，在人类历史上曾起过划时代的作用。2012年

制盐壁画局部

7月，经国内13位权威专家确认：淄博铁山是齐国最早的冶铁之地，也是中国冶铁发源地。铁山位于淄博市张店区中埠镇铁冶村西北，海拔254.6米，面积10平方公里，铁矿资源丰富，其铁矿石中的铁含量高达70%以上。专家们考证：淄博铁山铁矿开采于西周晚期，证据链条完整，中间没有缺环。

　　考古发掘证实，临淄故城遗址内有6个冶铁遗址，最大的一处面积有40多万平方米，说明临淄是著名的冶铁中心。据说，齐灵公消灭莱国后，曾一次赏赐给功臣4000名冶铁徒。临淄人的采矿知识非常丰富，山上发现红褐色，就知道是有铁矿的迹象。另外，临淄故城还发现冶铜遗址两处，制钱遗址两处，制骨遗址四处，说明它手工业发达。

齐：农业社会一棵吐穗的小麦

　　坐在临淄大院一个烧烤店的马扎上，我们感受淄博烧烤的火热。这个大院共有烧烤、炒菜、烤鱼店32家，平均每家有30多张可以坐4人至6人的露天小桌。这里是全市最火爆的烧烤城之一。齐文化研究院院长马国庆告诉我：淄博烧烤三件套之一的小饼，是一家专门的店家做的，味道很好。这浓郁的麦香来自哪里？考古资料证实，中国最早在5000多年前，就从两河流域引进了小麦，齐地是中国最早种植小麦的地区之一。在甲骨文和金文中，齐字就像一棵小麦在吐穗。

　　大约在距今1万年到8000年，人类进入新石器时代，其主要标志是使用磨制石器、饲养家畜和出现原始农业。磨制石器的使用，使人类由依赖自然的采集渔猎经济跃进到改造自然的生产经济，农业和畜牧业的出现，成为一个划时代的标志。淄博的后李文化遗址是山东地区迄今为止发现最早的新石器时代考古文化和人类遗址之一，堪称海岱地区史前文化的源头。农业给人提供了相对固定的食物来源，使人类的定居生活成为可能，导致社会结构产生一系列复杂变化，为人类踏入文明门槛做好了准备。

我们看到，后李文化时期的人们已经住进半地穴式房屋，面积一般在三四十平方米，能住下一个母系氏族家庭，房顶像一个尖尖的草帽，室内已经有卧室和厨房等功能区分。这是人类开始定居生活的标志。

在距今9000年到3500年间，经历后李、北辛、大汶口、龙山、岳石5个时期，淄博地区形成一个连续、稳定的原始农耕文化传统。在寻找食物的过程中，这里的先辈们驯服了一部分植物和动物，发现了"五谷"，驯养了"六畜"。

究竟在哪一片土地上，我们的先民种下第一株谷子？

至少在后李文化时期，先民们除了狩猎和打鱼外，可能已经学会了农业栽培，后李的先人们已经懂得基本的农业生产。在后李文化遗址发现了初步驯化的粟，中后期出现了稻，说明此时已经开始农业生产活动。研究发现，当时临淄一带的气候与当今福建地区较为相似，动植物及海洋鱼类资源充足，因此渔猎及采摘是当时先民重要的生业。到北辛文化时期，原始农业唱起了经济的"主角"，一是发现了粟类碳化颗粒；二是出土了配套齐全的农耕工具，贯穿翻地、播种到收割、脱粒全过程。石斧用于开垦荒地，砍伐树木；石铲用于翻土播种；石刀可能是一种收割工具；石磨盘、石磨棒和石磨饼为配套器物，是一套粮食加工工具。"鹿角锄"更是先民们的奇妙创造，它利用鹿角的分叉处，把短枝的一侧磨成斜面刃，长枝的一侧为柄部，制作成天然的锄头，用于种植时开沟播种或挖坑点种，也在中耕松土时使用。到大汶口文化中晚期和龙山文化时期，山东的原始农业跃居全国首位，并至少持续了两千多年。这是山东历史上第一个辉煌期。淄博地区已经发现的大汶口文化遗址达16处。大汶口文化以农业生产为主，兼营畜牧业，辅以狩猎和捕鱼业。也就是说，仅仅靠农业还不足以维持最低的生存需求。在生产工具上，这一时期也有进步，开始大量使用穿孔斧、刀、铲，有肩石铲、石镐等，磨砺精良，更加实用，兼有一些骨器、角器和蚌器，像收割工具就有骨镰和蚌镰。

龙山人农业的发达主要表现在农具种类和比例的变化上。生产工具中，石铲更为扁薄宽大，趋于规范化。有肩石铲和穿孔石铲普遍出现，可以安装上柄。石镰和石刀的形态大小都和现在当地人使用的铁制工具十分相似。骨、蚌类的农具特别多，种类也十分丰富。双齿木耒也被广泛使用。耒和耜是这些石、骨、蚌、金属类工具的代名词。耒是最早的犁，是农神炎帝手持的农具，也可能是汉字"力"的原型；而耜也是一种古老工具，用于翻土，其形制为扁状尖头，后部有用于安装长柄的孔，柄与耜头连接处有一横木，很像今天的铁锨。就是这些工具，把一颗颗金色的种子，播撒进野性而原始的大地，并让禾苗长成果实。正是这样先进的生产工具使龙山人创造了辉煌的农业文化。而114处龙山文化遗址，遍布淄博大地。到岳石文化时期，少量青铜器农具也开始出现了……

农业的发展，推动饮食产生了重大突破。中国饮食进入农耕时代之后，遇到了一个"用什么原料"的问题。在大海和泰山之间的海岱地区，东夷人用自己的探索奋斗，回答了这一问题。

在秦汉以前的文化遗址中，山东大地上出土的农作物遗存只有6种——黍、粟、麦、稻、菽、麻，其中黍、粟、麦最为重要。这三种作物，齐地都是发源地、输出地和重要引进地。

黍和粟是"五谷"之中的老祖宗。在山东，黍又称"穈"，民间称之为大黄米，它是先民们从野生黍驯化而来的，大约距今1万年前就开始栽培，8000年前广泛种植。黍生长期短，耐寒耐涝，适应性强，非常适合游牧的人群在处女地上开垦种植。在粟广泛种植后，黍的种植量退居次席，却一直是山东最重要的辅助性作物，也是制作黄酒的最重要原料。谷子古称粟、稷，去壳后山东人称之为小米。大约距今1万年前，东夷人开始在泰沂山脉的山前谷地种植黍和粟。粟是狗尾巴草驯化而成，古代称之为"莠"，至今在山东这种狗尾巴草仍到处可见。距今七八千年的后李文化和北辛文化时期，除了狩猎和打鱼外，原始农业唱起经济的"主角"，并发现了粟类碳化颗粒。当时在淄博临淄一带，既有旱生植物、水草及灌木丛，也有低地及水体，考古学家在遗址中分析出一些禾本科植物花粉，形态很像现在的谷子。在北辛文化时期一些窖穴的底部，发现了粟粒碳化颗粒，这是中国北方发现较早的农作物之一。辉煌了近2000年的大汶口文化以农业经济为主，同黄河流域其他原始文化一样，主要种植的是粟。胶州三里河遗址一个窖穴出土了1立方米朽粟，说明粮食生产已有相当可观的数量。到龙山文化时期，粟和黍在经济生活中的地位更加重要。用碳十三测定原始人的食谱表明，粟黍类在食物中的比重，大汶口文化时期为50%，龙山文化时期为70%。

商代之前，没有准确的文字记载，这些都是考古发掘的成果。考古工作者利用"浮选法"，从多处考古遗址获得大量碳化植物遗存，为探讨古代农业的形成提供了直接实物资料。据介绍，常见黍属植物的种子一般为长扁形、腹部扁平、背部微隆，长度在1毫米左右。现代黍的谷粒为圆球状，直径在2毫米左右。

从商代开始，一直到秦汉时期，小米都是山东人的主要粮食，后来才逐渐被小麦取代。世界各地栽培的小米，都是由中国传去的。至迟在距今4500年前，黍已从中国北方传播到中亚地区，并向西传播最终到达欧洲；至迟在距今4000年前，小米已经传播到东南亚和南亚，现在全世界小米栽培面积约10亿亩。

虽然小米和黍子营养丰富、味道醇香，在山东人的主食谱上延续千年，但也有一个致命弱点，就是产量太低，满足不了人口逐渐增长的需要，这就导致一个革命性的作物——小麦出现了。

至今还在进行的黍子加工

　　小麦的故乡在西亚，诞生于1万年之前。距今8500年至7500年之间，小麦在当地已经相当普及并陆续向欧洲、北非和中亚等地扩散。中国社会科学院考古所研究员赵志军得出结论，小麦传入中国有3条路线。齐地是中国最早种植小麦的地方。

　　夏代之前，山东半岛是莱夷人和嵎夷人的天下，后来有莱子国和莱国出现。今天，山东还有莱州、莱阳、莱西、蓬莱、莱芜、徂徕山、莱水、胶莱河等地名的存在。这个"来"字背后，就有着深厚的小麦背景。在甲骨文里，它是一棵麦子的形象，上部是穗，中间两侧是叶子，下面是根；而"麦"字的写法，是在"来"下加了一只脚趾朝下的脚，也就是倒写的止，表示来去的意思。这个加了一只脚趾的"麦"，在金文里脚印写在旁边，小篆又回到下面，隶书后不断楷化就有了"麥"字，简化以后就是今天的"麦"字。本来代表麦子的"来"，"承用互易"变成到来的"来"。

　　出土文物可证，莱国是莱夷所建的商周时的诸侯国。进入商周时期，莱夷无论是种植业、鱼盐业、矿冶业，还是麻丝纺织业、交通业等，都很发达。姜太公封于齐以后，齐国曾与莱国多次发生战争。公元前567年，齐国灭莱。这种"小麦基因"，延续到齐文化里，所以齐也是麦。

春秋战国之前，齐地的主食仍以小米和黍子为主。汉代小麦种植面积日渐扩大，并推广到南方。中唐以后，粟麦轮作推广，小麦逐渐取得与粟并驾齐驱的地位。到宋代，虽然中国主粮为粟、麦、稻，但相对地位发生重大变化，山东的小麦生产消费已远超小米，形成中国"南稻北麦"的农业生产格局。和西方烘烤的面包传统不同，馒头是中国蒸食传统的代表，和面条一样深得人心。

山东还是我国最早种植大豆的地区之一。因为大豆富含脂肪，碳化后不易长期保存，所以出土实物不多，山东从距今8000年的月庄遗址，一直到龙山文化时期的两城镇遗址，都发现了碳化的大豆。据山东大学专家认定，黄河下游的豆类遗存，从最早距今9000年到4000年一直存在，而且豆类从尺寸上分为大小两组，暗示着野生大豆和栽培大豆共存。《史记》记载，轩辕黄帝时已种菽。甲骨文卜辞里也有菽。《诗经》中有"中原有菽，庶民采之""采菽采菽，筐之筥之"等诗句……

由于地缘和气候等原因，不同地区生产出不同的作物，由此产生了不同的地域文化。除了主食，蔬菜的种类更多，北方以大白菜和苋菜为主，这是中国的原生植物。而"六畜"则提供了主要肉食，其中既有山东本土的狗猪鸡，也有引进的马牛羊。

马牛羊鸡犬豕等"六畜"，在新石器时代末期全部驯养成功，概念始见于2000多年前春秋战国时代的文献。猪、狗、鸡常见于新石器时代文化遗址，与定居农业生产方式相关，是东亚独特的家畜；马、牛、羊多见于青铜时代文化遗址，与游牧生活方式有关，为欧亚大陆共有。"六畜"之中，狗和猪是中国最早驯养的家畜。

在淄博，我见到最多的是战马。在一个殉马坑里，战马只剩下一根根骨头、一个头颅，但仍呈现一种奔跑姿态。马是当时的军事力量和运输工具，不太用于食用。狗被山东人驯服的历史最早，是人类最忠实的伙伴、狩猎的好帮手，吃了也心疼。我在淄博博物馆的齐王墓里，见到两只用于殉葬的狗，像一只小驴那么大。只有憨态可掬的猪，唯一的功能是食用，所以在山东先民的生活中越来越重要，山东人是最早养猪的人。

古人根据猪的外形，把猪称为"豕"，在甲骨文里它像一只直立起来的黑猪，大腹便便，四个蹄子，还有一个小尾巴，非常生动形象。定居才有家，有了家才能养猪，即"有豕才有家"。人们追杀猪就是"逐"，猪的身后跟着人类的脚印。追近后手持叉去制服野猪即为"敢"……这些都说明猪对人们生活的影响越来越大。

家猪的祖先是野猪。野猪是一种极为凶猛的动物，头颈部粗大，嘴长而有力，长长的獠牙是攻防兼备的武器，身体后部略显纤细。野

淄博出土的春秋中晚期的殉马坑

猪是杂食性动物，经常跑到东夷人驻地寻找食物，人们了解它的习性后，就开始慢慢驯养。距今9000多年前，在河南舞阳贾湖遗址出现了家猪。同一时期后李文化遗址中，发现的家畜遗骸以猪为最多。后李文化居民的生活、生产活动相对简单，但是其生活已经处于稳定定居阶段。农业生产有了相当发展，谷物收成基本上可以维持生活。后李文化遗址出土过一个陶猪，褐红色的身体，尖尖的头部，非常抽象，颇具艺术韵味。在一处后李文化遗址中，貉、狗、羊、牛俱全，而尤以家猪为多，其中有6只已驯化的猪，还有10多头半驯化家猪。又经过2000年的漫长时光，到大汶口文化时代，野猪被驯化为家猪。比起健美的野猪，家猪体态臃肿，头部和嘴大为缩短，犬齿退化，屁股越来越大。

当时，山东是养猪业最为发达的地区。以猪为主的家畜，成为人们的主要肉食，也是财富的象征。据称，猪肉占当时肉食总量的70%—90%。在大汶口遗址中，三分之一以上的墓葬用猪随葬。在一次对大汶口遗址的挖掘中，43座墓中出土猪头骨96个，其中一个双人墓里有14个大猪头，其他墓里也有幼猪和一两年以上的大猪。另外还发现了一批猪下颌骨、猪蹄骨，甚至发现了4件盉形器，并且和猪头放在一起，这可能是烹食猪头的大型炊煮器。胶州三里河遗址用猪下颌做随葬品的墓有18座，最少的两块，最多的达37块。

在文献中，我还看到了淄博地区关于牛的记载。齐地牛耕很发达。据《管子》记载，铁制的耒，即犁，是当时最主要的农具，重六七公斤。管子就是管仲，他为相辅助齐桓公时，非常重视发展农业，增加粮食产量。《管子》一书多次提到铁耜，为了富国强兵，政府强制将铁犁出售，让农民像冲锋陷阵一样去耕田。牛耕是一种新生事物，所以人们喜欢以"牛"和"耕"作为名字。当时，赤色牛牸犄角长得周正，适合用于祭祀的牺牲，但是因为农业生产急需，人们舍不得杀死它们。齐桓公时有一个名臣叫宁戚，来自卫国，以《饭牛歌》毛遂自荐，著有《相牛经》一卷，这是中国最早的畜牧专著。他发现齐国冶铁业发达，建议农民使用铁犁耕地，促进了生产力发展。

在淄博市博物馆和齐文化研究院，我看到很多新石器时代的陶器，它们按照时间顺序排列在橱窗内，犹如一个个饱经风霜的老者。罐、鬶、簋、豆、钵、尊等都是用于盛食物的，而鬲、鼎、釜、甗等均为炊煮器，是用于加热蒸煮食物的。

那些袅袅炊烟，飘向了哪里？那些奔腾跳跃的动物们，奔向何方？那些郁郁葱葱的庄稼，一茬又一茬从大地上冒出来，是否还是它们祖先的样子？一切都曾经活色生香，但是与时光相比，都太幼稚、太易碎、太模糊了。谁能记住数千年前一株小麦的样子？谁能保留人类文明早期动物的味道？仅仅靠心口相传，乃至文字记载、图画描摹，似乎都难以实现……考古学家们从陶器上残存的谷物和动物骨骼中发现了时光的奥秘，并研究出农业发展的轨迹，还用陶器确定出不同特色的区域文化。

陶器是一个地方的时间标志和文化符号。

在齐文化博物馆，我感受到先齐文明的辉煌与壮丽。山东新石器时代出土的陶器总量达到10万件以上。后李文化和北辛文化时期，山东的制陶技术就已经非常成熟。后李文化遗址曾发现3座陶窑，陶器基本是红褐色的生活用品，有简单的纹饰，是在空地堆上柴草烧制而成，质地松软，造型古朴。到北辛文化时期，开始采用慢轮修整制陶法。考古学家说，北辛遗址发现的陶器红顶钵，为东方彩陶找到了渊源。在一件陶器的底部发现了一对酷似鸟足的刻画符号，被文字学家和历史学家誉为"文字的起源""文明的曙光"。而大汶口文化的彩陶和龙山文化的黑陶，更是达到制陶工艺的顶峰。

大汶口文化是史前文化制陶业的第一个高峰。这一时期，陶器轮制技术日益成熟和普及，采取快轮制陶法，利用陶轮的旋转，用双手将泥料拉成陶器坯体；陶器种类迅速增加，器形日益复杂，仅酒具就有鬶、壶、杯、瓬、盉等类型，造型规整，厚薄均匀；更重要的是，在烧窑上采取不同方法，烧出了红陶、灰陶、黑陶和白陶，找到了不同的矿物原料，制成美丽的彩陶。

在大汶口的彩陶上，经常可以看到八角星图案，有研究者认为它象征着光芒四射的太阳；也有人认为象征无边无际的天空，中间的方形象征大地，寓意"天圆地方"。在中国陶瓷琉璃博物馆古代陶瓷展区，有一种叫鬲的陶器，是在鼎的基础上发展而来。空心的三只袋足，使整个鬲的造型显得匀称和稳定，并且扩大了鬲与火的接触面积，缩短了蒸煮食物的时间。在山东省博物馆，收藏着一件红陶兽形器，它高21.6厘米，为夹砂红陶质地，通体磨光，施红色陶衣，光润亮泽。整个器形圆面耸耳，拱鼻，张口，耳穿小孔，四个短腿粗壮有力，短尾上翘，后背上装有一个弧形提手，尾根部是一个筒形注水口，好像正在张着嘴巴向它的主人乞讨食物。这个陶器用抽象夸张的手法，塑造了一个站立动物的形象，憨态可掬，构思巧妙，生动有趣。它肥壮的身躯和头部像猪，而四肢和上翘的尾巴又像狗，因此专家统称其为兽形器。从它的造型上可看出，大汶口文化的先民们已经掌握了动物各部位的比例结构，并能够进行"写意"创作，在造型艺术上的造诣已经很深。如果说兽形壶来源于生活，那么，模仿鸟和凤制作的陶鬶，就是东夷人精神图腾的演绎。大汶口文化和龙山文化中，鸟的形象在陶器、玉器上反复出现，有的作鸟形纹饰，有的作鸟的造型。他们还把陶鬶做成各种各样的禽鸟形象：有的昂首挺胸，傲视一切；有的机灵可爱，稚气十足。这是东夷文化形成的重要标志。大汶口遗址出土的大口尊上的陶文，可能是中国文字最早的雏形。

淄博薛家遗址，属于大汶口文化早期遗存，毗邻后李文化遗址，这里出土过蚌刀、蚌镰、石镰、骨器和完整的红陶瓬、三足灰陶瓬，以及鼎足、高足彩陶片、红陶片等，其中的陶瓬精美异常。

到龙山文化时期，齐地已经进入早期文明社会，诞生了一种精美绝伦、登峰造极的陶器，这就是黑陶高柄杯。龙山文化起初叫"黑陶文化"。由于20世纪30年代在济南章丘城子崖发现了大量黑陶，所以考古学家将其命名为"黑陶文化"，龙山文化是后来的命名，由此可见黑陶之于龙山的重要性。龙山文化的黑陶品种较之彩陶更加丰富，也逐渐规整。据山东日照黑陶艺术家卜广云介绍，从1934年到1973年，日照境内出土了大量黑陶制品，制作精细、美观，特别是蛋壳黑陶高柄镂孔杯，无釉而乌黑发亮，胎薄而质地坚硬，其壁最厚不过1毫米，最薄处仅0.2毫米，重仅20多克，制作工艺之精，堪称盖世一绝。黑陶是山东龙山文化最典型的陶器，被史学家称为"原始文化中心的瑰宝"。黑陶技艺失传几千年，现在被重新研制出来：首先要对黄泥反复淘洗十几次，不能含有任何杂质；然后用快轮拉坯成型；再放入高温陶窑中还原氧环境下烧制，烧制时要不断往窑里浇水，产生大量浓烟，烟中的碳附着到陶器表面，并渗透到缝隙里，从而制出漆黑油亮的黑陶。

蛋壳陶高柄杯

在临淄区田旺村和桐林村中间，有一块台地，村民多次发现磨制钻孔石器和各色陶器，考古证实这是龙山文化的重要城址之一，也是中国城市的萌芽之一。一方面，它有一般龙山文化遗址的特征，出土的蛋壳高柄杯是泥质黑陶，不含杂质，不使用羼和料，器壁一般厚1毫米左右，重量在50到70克之间，杯体陶质细腻、漆黑光亮、造型优美、制作精巧，堪称稀世瑰宝。其中的盆和各类盖器，也多为黑陶。另一方面，这个遗址又有本身的文化特殊性。该地出土的大型夹沙红陶鬲，高38.5厘米，口径33厘米，在山东同类型文化遗址出土的陶器中极为罕见；属于"列鼎"的泥质磨光黑陶盆形鼎，大小相次、系列有序，是其他龙山文化遗址中少有的；有一件用于蒸饭的陶甗，高1.16米，口径44.5厘米，上部为甑，下部为鬲，并有器盖，可供十几人用餐，是迄今为止全国出土的陶甗中最大的一件，它还证明中国人是最早懂得把饭蒸熟食用的群体。

东夷人最后一个部落领袖大舜，生活在龙山文化的鼎盛期。大舜是一个制陶高手，也是淄博人眼里的"窑神"。淄博最少有五处窑神庙，用于祭祀窑神，还要演戏酬神。司马迁在《史记·五帝本纪》中这样记述了大舜制陶的经历："陶河滨，河滨器皆不苦窳。一年而所居成聚，二年成邑，三年成都。"大意是说大舜在河滨制陶，烧制陶器的工匠们在舜的指导下，不再担心出废品了。在制陶的河滨一带，第一年人们聚居成为一个村落，第二年变成一个小镇，第三年就发展成了一个都市。当时人们都慕名前往舜制陶的地方学习先进技术，因而形成了相当规模的制陶行业，促进了陶器贸易的发达。舜将制陶技术提高到一个新的水平，推动了黑陶业的大发展，也使饮食业进入一个新阶段。

临淄：最早诞生"宫廷菜"的消费城市

一幅名为"海岱齐风"的紫铜主题壁画，被"进淄赶烤"捧火了。这幅壁画高达15.55米，宽约14米，一进齐文化博物馆的大厅就能看到，给人仰望感和冲击感。

游客们摆出各种姿势，在那里造型拍照。"泱泱齐风"扑面而来，溢出画面。我跟随着那些伟人们，走向历史深处。画面的正中，是齐国开国元君姜太公，他好像站在巍巍泰山之巅，指点江山。左文右武，他的左边是齐威王、孙武、孙膑、田单，右边是齐桓公、管仲、晏婴，他们像灿烂的群星拱卫着姜太公。壁画上方，是一片波涛汹涌的大海，海鸥飞翔，大船远航，这是齐文化兴旺发达的海洋背景；中间，齐长城蜿蜒曲折，雄风浩荡；下方表现的是稷下学宫，学子们从四面八方而来，汇成一个激荡的思想海洋。一条"s"形的河流，自下而上，纵贯整个画面，充满了动感和力量。这是淄河，淄博人民的母亲河。壁画里还穿插点缀着凤鸟图腾、青铜礼器、国之四维等齐文化符号。

我不由赞叹：在海岱之间，在淄河流域，灿若星辰的齐国名人创造和发展了辉煌的齐文化，其精神因子，一直传承到今天，成就了新时代淄博的辉煌。

当地人给我讲了两个关于姜太公的故事：一是在太公祠及太公塑像建成之后，人们惊奇地发现，它们和齐国古城在一条笔直的中轴线上；二是每年9月12日齐文化节开幕之日，即使乌云密布、大雨滂沱，上午9点后的两个小时，也会云开日出，阳光灿烂，这一天是姜太公的生日。

姜太公是齐国的第一代国君。从公元前11世纪姜太公封齐建都，到秦统一中国，齐国存在了800年，共有40位国君执政。在这漫长的历史时期内，齐国首都临淄，曾经是我国规模、人口、影响力最大的城市之一。

姜太公吕尚是一个具有神秘色彩的传奇人物。姜太公，姜姓，吕氏，名尚，号飞熊，生于山东沿海。其先祖曾做四岳之官，辅佐夏禹治理水土有大功。其民在舜、禹时被封在吕，有的被封在申，姓姜。姜尚生逢商末乱世，但志向高远，善习兵法战阵，曾潜心研究兴衰治乱的办法，寻求定国安邦的良策。后家道败落，为生活所迫，从事过多种卑微的职业。但种田不偿种、打鱼不偿网，一直穷困潦倒。后做过一个小官，因他目睹商纣王的昏庸残暴，对这个王朝十分失望，而愤然离去。后到磻溪垂钓，巧遇周文王西伯。在姜尚的辅佐下，西伯内修德政，实行法制，外伐无道的乱国，对外联合东北方诸侯和西南各部族，逐渐占领了殷商统治的大部分区域。文王死后，武王即位，尊姜尚为"师尚父"。周武王推翻商纣后，把齐国封赏给师尚父，定都营丘，国号齐。齐成为西周防备东夷的一道屏障，其战略地位极其重要。然而当姜尚来到营丘的时候，这里还是一座残破的城市。史书上说它"地泻卤，人民寡"。因为处在山麓台原，土壤系砂砾石和亚砂土构成，所以这里土地相当贫瘠，农业上只能维持广种薄收，形不成生产体系。营丘北边，是一片海滨盐碱地，长不出好庄稼；南边不远处，就是山地丘陵了。与此同时，周边方国林立，虎视眈眈。在夏代，山东处于岳石文化时期，临淄以及附近地区以桓台史家文化、青州郝家遗址最具代表性。齐地还是商文化的重要发源地之一，以济南大辛庄遗址、青州苏埠屯墓地和临淄尧王遗址为代表。著名学者徐中舒认为：殷民族颇有由山东向河南发展的趋势，环渤海湾一带，或者就是孕育中国文化的摇床。夏商时期，在姜太公建国以前，曾经有爽鸠氏、季蒒氏、逢伯陵、蒲姑氏先后在齐地建立了莱国、纪国、蒲姑国、娄国、杞国、郯国等方国，大约有107个。

　　齐国最早的首都营丘到底在哪里？

　　很可能在高青，这是淄博下辖的一个县，齐文化很可能是从这里开端的。它位于黄河岸边，我感觉这里确实是一个清爽灵异的地方。2012年仲夏，100多名海内外专家学者，经过3天的踏查研讨，认为于2008年开始发掘的陈庄西周城址，或许就是姜太公始建的齐国最早都城"营丘"。城址文化内涵以西周时期最为丰富。发掘资料证明：陈庄城址始建于西周早期晚段，废弃于西周中期晚段，是一座新建城邑，与史载齐献公迁都临淄（前851年）的时间相吻合。以上种种考古发现，为我们推断陈庄西周城址是西周早期齐国的一处政治文化中心提供了强有力的证据。这一城址发现的14座大中型墓葬多呈"甲"字形，年代多属西周中期，个别早到西周早期晚段。首次发现的直立跪伏式陪葬车马，配饰精美，规格较高。其中，有两座一条墓道的甲字形贵族大墓，其墓主身份无疑是诸侯身份。而两组四马一驾殉葬马车的出土，也符合天子驾六、诸侯驾四的周代葬俗制度。从太公封齐建国（前11世纪）至周平王东迁（前771年）进入春秋时期，西周时期的齐国历约300年，姜氏直系包括太公姜尚至齐庄公共历13世诸侯。陈庄西周城址目前已发掘的14座大中型墓葬与齐王室世次相合，或为西周时期齐国姜氏诸侯贵族之陵墓。众所周知，春秋时期齐诸侯陵墓在临淄齐故城东北部今河崖头一带，而战国至汉代齐王陵墓主要分布在齐故城南部及其周边。值得注意的是，迄今临淄齐故城内未发现西周时期齐国大型贵族墓葬，但陈庄城址发掘的14座墓葬中，出土青铜器50余件，其中首次发现的铭文中的"齐公"字样，权威专家认为即指太公姜尚，为确定该城址的国别、年代提供了证据，并据此可以进一步推断陈庄城址早期当为西周早期齐国的一处政治文化中心，而墓地或为西周中晚期姜氏齐国诸侯的陵墓区。陈庄城址内还发现了一个祭坛，系夯土筑成，共九层，层层环向套叠，形制奇特。有学者认为此夯土基本可以名为"环丘"。九层筑台可能就是齐相晏婴所言"先君太公筑营之丘"。因此，这个圆形九层筑台，当是今北京天坛的始祖。"国之大事，与祀与戎"，祭祀是国家的大事，祭祀天地、祖神之权，为天子或诸侯王所垄断。此外，该城址还出土有周代刻辞卜甲和西周时期灰坑、窖穴近1000座，房基7座，灶4座，道路1条，水井1眼等重要生活遗迹和遗物。

专家们初步认为：高青当是姜太公始封之地，陈庄西周城址早期考古成果表明，这里曾作为一处齐国政治文化中心城邑使用，西周中晚期以后，此地则成为姜氏齐国诸侯的墓葬陵区。因此，学者结合以上种种考古现象及古代文献的考证，初步认定陈庄西周城址当为姜太公所建齐国初都营丘，或营丘故城就在这一带。虽然学界还有种种说法，但陈庄城址的重大发现为困扰学术界多年的齐国初都营丘所在指出明确的方向，具有坐标意义。

考古人员发现，陈庄西周城址所在的小清河附近区域正是古济水的河道。济水是一条古老的河流，曾经与长江、黄河、淮河齐名，并称"四渎"。在古代，高青位于济水三角洲腹地，水草丰美但地多洄卤，并不适宜耕作。但东近大海，有海产之丰，内有济水航运之利，适宜工商之业。姜太公利用这些特殊的自然条件，修明政事，顺其风俗，简化礼仪，开放工商之业，发展渔业、盐业，经济迅速发展，人民多归附齐国，齐成为大国。齐国开国之初采取了"因俗简礼""尊贤尚功""通商工之业，便鱼盐之利"三项基本国策。"因俗"就是以东夷当地文化为基础，"简礼"是简化周朝的礼仪形式，采用夷俗，创制既让齐民乐于接受又不太悖于周礼的新制，调动当地士民的生产积极性，激发了齐民兴齐建国的热情。"举贤尚功"打破西周"尊尊亲亲"用人思想，举贤任能，不计亲疏，唯才是举。中国传统社会以农业立国，姜尚则是3000年前中国历史上第一个提出农商并重、工商兴国的人，这就奠定了齐国发展的基础。在经济上，姜尚提倡大力发展渔业、盐业、纺织业、铸铁业、陶瓷制造业。以盐为例，从社会需求来看，盐具有广阔的市场；从客观条件来看，内陆各诸侯国很少产盐，而齐国则三面环海，拥有取之不尽、用之不竭的自然资源。姜太公开阔的心胸与兼容的气魄，不仅使齐地在5个月内恢复了安定，更促进形成了一种西周与东夷相结合的新文化——齐文化，奠定了齐国800年辉煌历史的基础。

姜尚的第十五代孙桓公小白，在管仲的辅佐下，发扬光大祖宗之制，把经济推向一个新的发展高峰。管仲改革的理论基础，是以承认人性趋利避害的合理性为出发点的。他的经济改革包括两方面，一是首创盐铁专卖制度，一是实行"相地衰征、均田分力"的农业政策。盐和铁是齐国最重要的战略资源。据称，齐国允许人民伐薪煮盐，四个月竟得盐三万六千种。管仲善于理财，认为只要按户籍计口售盐，仅盐税一项，所获利润就相当于两个万乘之国人头税总数的两倍。他把盐铁的生产权放给民间，流通领域由官府掌握，使齐国财力大增，齐桓公可以"挟天子以令诸侯"，成为五霸之首。

节俭廉政的晏婴

《管子》记载了管仲对齐桓公的建言："请以令为诸侯之商贾立客舍。一乘者有食，三乘者有刍菽，五乘者有伍养。天下之商贾归齐若流水。"拉一车货来齐国的免费吃饭，拉三车货的供应牲口草料，拉五车的无偿配备五个服务人员。天下各国的客商就会如流水一样聚到齐国。

齐国的另一位名相晏婴，在齐灵公时步入政坛。此时，齐国的霸主地位一去不复返了，经济衰退，政治昏庸。灵公死后，又有崔杼、庆封两人操纵王室，两人相继败亡后，晏婴出任相国，收拾残局。此时已是景公为君了。宰相晏婴呕心沥血，重振了齐国。

从齐桓公直至战国、秦汉，齐地的鱼盐业、纺织业、冶铸业、制陶业、商贸业都远远地走在各诸侯国前列，形成了集农、林、牧、副、渔、工、商、贸于一体的复合式经济结构。

从早期临淄城市发展史来看，从战国到西汉500年间是最繁荣的鼎盛期。齐文化博物馆用一组塑像，辅以声光电，逼真地复原了齐国古都的风貌，几百个居民，行走在街巷里，熙熙攘攘，形态各异，仿佛有生命、有灵魂，趣味盎然。

战国时，临淄人口已达30万—50万人。史料记载，姜太公育有三男一女，女儿邑姜是周武王后。周康王六年，姜太公去世。他死时100余岁。姜太公的长子丁公吕伋继位。丁公死，太公的次子乙公得继位。姜太公的后代，还有姜、吕、高、崔、穆、柴、贺、齐、丁、聂、许、谢、薄、赖、文、景、卢、栾、连、晏等上百个姓氏。前三代齐君死后，其后代癸公慈母、哀公不辰相继继位。哀公时，纪侯向周王诬陷哀公，周王用大鼎将其烹死。周王立哀公的弟弟静为齐君，就是胡公。专家推断，今陈庄遗址发现的天坛，即与此事有关。胡公迁都于薄姑。齐国首都在今高青存了百余年之后，迁至他处。此时正当周夷王在位。哀公同母少弟山怨恨胡公，就与自己的党徒带领营丘人袭击杀死胡公自立为齐君，就是献公。献公元年，全部驱逐胡公诸子，借机把首都从薄姑迁到临淄。据战国史书记载，"临淄辖四邑"，这四个邑就是临淄的四个城区。当时整个临淄城比现在的临淄区还大一点。

今天临淄城区以北的齐都镇发现了临淄故城遗址，包括大城、小城、街道、排水系统、宫殿、手工业作坊、殉马坑、景公墓等；田齐王陵也被发现，由二王冢、四王冢及周围400多个墓葬组成。此外，发现的还有被认为是管仲、高傒、孝公、晏婴、田穰苴、三士、黔敖、王蠋、田单等古人墓葬及桓公台、遄台、梧台、雪宫台、鄗台、稷下学宫、孔子闻韶处等景观遗址。

据勘探，临淄大城南北长约4.3公里，东西宽3.4公里，面积近15平方公里，城墙有20—40米宽，现在已探明有6个城门、7条交通干道。战国时期临淄极度繁荣，苏秦对齐泯王说："临淄之中七万户……甚富而实，其民无不吹竽、鼓瑟、击筑、弹琴、斗鸡、走犬、六博、蹴鞠者；临淄之途，车毂击，人肩摩，连衽成帷，举袂成幕，挥汗成雨；

家敦而富,志高而扬。"7万户,按照每户6人计算,就是42万人。人们的衣襟连起来,就会合成一片大围帐;衣袖举起来,就会接成一个大帷幕;一挥汗就像下雨。可见这个城市的繁荣程度。就在这一时期,齐君在大城的西南角修建了一座小城,面积约3平方公里。大城是官吏、平民和商人的居住区,小城则是国君居住的地方,内有许多宫殿庙宇。

作为齐国的都城,临淄工商业、手工业和农业都高度发达,经济、军事、体育、文化等事业昌盛,是一个著名大都市,号称"海内名都"。在这个城市里,人们过着奢华的日子,喝酒,唱歌,狩猎,游戏,蹴鞠,住豪华楼台,穿丝绸新衣……

最让人叫绝的是,临淄故城已经有完善的三大排水系统。其中一个在大城东北部,通过东墙下的出水口注入淄水;一个在大城西部,分别通过北墙、西墙排水口注入城壕。其中西墙排水口长43米,宽7米,深3米,用天然石头砌成。出水口分上中下三层,每层的石头中间,有5个方形出口,既能排水,又防止了闲杂人等出入,真是巧夺天工。

更令人惊喜的是,2022年初,考古工作者宣布,经过近5年的考古发掘,在齐故城小城的西门外,发现一处建筑基址群,被基本认定为稷下学宫遗址。这是石破天惊的大发现。

太阳明晃晃的,我们从临淄城区出发,驱车前往齐都镇小徐村,去探寻稷下学宫的遗址。大约10分钟后,来到公路边的一块麦田里,"齐国故城考古现场"的蓝色标牌赫然树立。一大片土黄色的区域,与周围麦田的葱绿形成鲜明对比。几排几何形的土坑,像一个建筑群的地基,里面残存着零散的陶片。恰逢午饭时间,天气又热,这里不见一个人影,田野里甚至能看到袅袅升腾的气流,与城里"进淄赶烤"的景象相比,这里安静得像回到了几千年前。

文旅局的解说员匆匆赶来，一个像考古学家的门卫打开大门，我们一脚踏入历史，仿佛成为一名稷下先生。解说员告诉我们，这个遗址在齐故城小城的西边，整体呈长方形，南宽北窄，略呈直角梯形，东西最宽约210米，南北长约190米，总面积近4万平方米，规模很大。这里有规律地分布着四排建筑，共有14座，大的基址面积650平方米，小的在150—400平方米之间。她指着一个空旷的地方说，那里是广场，可能是蹴鞠骑马射箭的地方；南边有一段厚厚的黄土城墙，厚度在6米左右，一层层夯土很明显；这里三面环绕着壕沟，宽度在5—8米之间；最后我们还看到一个排水管道，是陶制的，虽然已经破碎，仍能看到其大致形状……这一切都说明，当时这里是一个极其重要的地方。

是的，这里是伟大的稷下学宫，我一直魂牵梦绕的地方。

抓起一把泥土，仿佛想从其中攥出一个巍峨的思想殿堂。

我究竟为什么要来朝拜稷下学宫？是为了给淄博烧烤现象寻找一个最早的精神源头，尝试触摸那个中国历史上第一次思想大解放、学术大繁荣的年代，感受中华文明的源头，擦亮中国思想文化史上的这座巍峨丰碑。

德国哲学家雅斯贝尔斯认为，公元前8世纪到公元前2世纪是人类文明的"轴心时代"。世界不同区域形成了中国、希腊、印度和以色列等轴心文明。这一时代，东方的中国和西方的希腊，同时出现了两个性质高度相似的机构：一个是希腊的柏拉图学院，一个是中国的稷下学宫。柏拉图学院持续近千年时间，走出了柏拉图、亚里士多德、欧几里得等；稷下学宫延续约150年，走出了孟子、邹衍、荀子等。柏拉图学院关注自然，探求真理，追求科学，培育独立思考精神，对欧洲乃至世界文明产生了重要影响，既是西方大学制度的萌芽和西方科学、哲学的先驱，也是基督教哲学理论的奠基者；稷下学宫汇聚诸子，多派并存，思想交锋，更多关注人与社会的关系，引领了社会科学的走向，形成了许多哲学命题，如天人之辨、古今之辨、人性善恶、王霸之争、以"气"论事等，形成百家争鸣，是中国哲学史、思想史、文化史绕不开的地方。稷下学宫遗址的发现，为我们探索有别于西方的东方智慧提供了实证基础。齐文化研究专家王志民说：稷下学宫始建于齐桓王田午时期，齐宣王时兴盛，闵王后期中衰，甚至因燕国乐毅伐齐而一度中断。田单利用火牛阵大败燕军复国之后，襄王再度恢复学宫，至秦灭齐后，稷下学宫消亡。田午兴办稷下学宫，招揽人才，是为了应对"田氏代齐"之后带来的舆论危机，解决齐国不断衰败的现实问题，重振齐国昔日的雄风。兼具大学、社会科学院和政府智库等多种功能的稷下学宫横空出世了。

在某种意义上，稷下学宫首先是我国最早的官办高等学府。

稷下学宫兼有官学和私学的双重特点。作为官学，政府给予入宫的学者优厚的物质回报和政治待遇。《史记》说："自如邹衍、淳于髡、田骈、接予、慎到、环渊之徒七十六人，皆赐列第，为上大夫。"上大夫相当于今天正部级干部，一次就封了76个，说明这里大师云集，是中国文化史上非常辉煌灿烂的第一所大学。作为私学，前来讲学的学者往往带有数量不等的学生，每一个不同的学术流派，就相当于稷下学宫的一个学院。据记载，诸子百家中几乎所有代表人物都来过稷下学宫。他们大多像孔子一样带着学生，构成一个个教学团队，在"高门横闳""夏屋长檐"之下，讲学、授课、传业。稷下学宫熙熙攘攘，但有基本的学术秩序。根据各路学者的学问、资历和成就分别授予客卿、上大夫、列大夫，以及稷下先生、稷下学士等不同称号，而且已有博士和学士之分。这里的学生要遵守严格"弟子职"，饮食起居、衣着服饰、课堂纪律、课后温习、品德修养等都有具体规定。稷下学宫以游学为主的教学方式独具特色。学生来稷下拜师求学，老师在稷下招生讲学，学与教双向选择，营造了思想和学术方面的兼并包容，促进了各种学说、学派的发展。这种教学方式还有利于创立新学说，培养和发现人才。

稷下学宫还是我国最早具有咨政功能的"政府智库"。从诸子辩论中，齐国广泛获取了对于政治、经济及社会发展有益的成分。

《史记》认为，稷下先生们"不治而议论"，即学者们不负责具体政务而专门批评政事缺失。王志民说："田齐统治者创办学宫、礼贤下士，意在开门纳谏、为我所用。""不任职而论国事"，"无官守，无言责"，诸子不参政，却问政，稷下先生多达千余人，而稷下学士有"数百千人"。他们既是建言的谋士，如孟子向齐宣王建议实行"仁政"，讨论天下一统的途径；也是直言的谏臣，如淳于髡批评齐宣王好马、好味、好色而"独不好士"；还是排难的使臣，如邹衍曾出使赵国，淳于髡也曾"为齐使于荆"。稷下学宫选址在小城相连的地方，方便齐王随时召见、咨询这批"智囊团"成员。当国家有需要时，学者们随时建言献策，乃至空降政坛，稷下先生就从旁观的批评者转化为政务的实操者。政治家、思想家淳于髡就是其中最显著的例子，他一天之内曾往返宫殿七次，向齐王引荐贤士。他曾经用隐语劝谏齐威王，使其"一鸣惊人"，奋发图强。

专家介绍，稷下学宫是我国最早的"社会科学院"，也是"百家争鸣"的主阵地。

本来，"百家争鸣"发轫于春秋末期的鲁都曲阜，一开始声势不大。稷下学宫设立后，文化中心由鲁国转移到齐国，带动列国文化进入黄金期。稷下学宫建立伊始，便恪守着自由、开放的原则。任何学者都可以在稷下设坛讲学，言论不受限制，人身来去自由。稷下先生大多为诸子百家学派学者，知识丰富，见闻广博，有鲜明主张，有理论建树；谈说言事，著书立说，往往旁征博引，曲尽事理，具有很强的理论性和学术性。在这里，儒、道、墨、法、兵、农、纵横、名等诸流派不一而足，《孟子》《荀子》《晏子春秋》《黄帝内经》等学术专著不胜枚举。凡到稷下学宫的文人学者，争鸣的议题非常广泛，既有不同学术观点的话题，又有不同政治主张的阐发；既有对昊昊宇宙奥秘的探赜索隐，又有对人间凡事的抒见。由于思想解放、地位平等、学术活跃，各派学者尽管有不同甚至相反的主张，却都能在此立足、讲学、争鸣、吐纳吸收，提升发展。稷下学宫是中华文化思想的集大成者，构建了有中国底蕴和中国特色的思想体系、学术体系、话语体系。

在与诸子百家的互相争鸣、交流、融合当中，儒家思想得到很大丰富和发展，成为中华文明思想文化的主干。孔子之后的战国时代，子思、孟子和荀子三位儒学大师，继往开来，薪火相传，极大地丰富了儒学理论，为早期儒学发展做出重要贡献。子思孔伋是孔子的裔孙，上承孔子"中庸之道"，下开孟子"心性"之论，在孔孟"道统"中起着桥梁作用。孟子两次来到稷下，居住达20年之久，被齐王授予上卿之位，他继承孔子的德治思想，并将其发展为仁政学说。孟子主张仁政、王道思想，提出"省刑罚，薄税敛"。以"性善论"作为品德修养和实行仁政的理论根据，认为仁义礼智等伦理道德源于人的本心。他把伦理和政治结合起来，强调道德修养是搞好政治的根本。孟子学说对后世产生了很大影响，特别是他提出了"民为贵，社稷次之，君为轻"的民本主义思想，成为中国传统政治理论的创建者。另一位儒学大师荀子，不仅集了儒家的大成，而且可以说集了百家的大成，他在齐国居住30多年，在稷下学宫"三为祭酒"，既接受齐文化的熏陶，又为齐文化的发展做出了独特贡献。荀子的思想以儒家为本，兼采道、法、名、墨诸家之长。在政治上，荀子提出"隆礼重法"，主张礼法并用。他认为民比君更为根本。在经济上，他提出强本节用、开源节流等主张。在人性论方面，荀子主张"人性恶"。这一思想开启了儒法合流的先河。

稷下"黄老之学"是齐国的官学，代表人物有彭蒙、慎到、田骈、接予、环渊、宋钘、尹文等，留存至今的著作有《慎子》《尹文子》以及与"黄老之学"关系密切的《管子》。它把黄帝和老子撮合到一起，被称为"新道家"，在政治上的核心主张是"内道外法"，主张实施无

"海岱齐风"紫铜壁画里的稷下学宫

为而治，认为只要统治者无为、清静，则百姓"自正""自定"，从而达到"无为而无不为"的最佳效果。它的上游最主要有两条"支流"：管仲学派和淳于髡的杂家。管仲的思想体现在《管子》一书里，包罗万象，治国安民之术无不具备，其中法家论述尤多。淳于髡一派体现的是晏子思想，没有明显学派特征。黄老学派融合二者之后迅猛崛起，它强调法制的必要性，实际上是由道家思想和齐国传统文化合璧而成。黄老学派既重君又重民，既重礼亦尚法，既重义又重利，其理论注重实用，直接研究和解决实际问题，因而适应了统治者需要，获得迅速发展。秦灭齐后，黄老之学逐渐传播到其他地方。后来，黄老之学的传承者张良、曹参等人辅助刘邦统一天下，造就了汉初的"文景之治"，为汉武盛世打下坚实基础，被认为是黄老之学又一次成功的政治实践⋯⋯

稷下学宫最终随着秦灭六国而走向消亡。对于其旧址所在，历代学者只能在茫茫典籍中搜索探寻。

2017年，根据修筑遄台路发现的线索，山东省文物考古研究院组建考古队，重点寻找稷下学宫。当初唯一的线索，就是茫茫典籍文献中草蛇灰线般的只言片语：西汉刘向《别录》记载，"齐有稷门，齐城门也。谈说之士期会于其下"；十六国时期南燕国临淄人晏谟所撰《齐地记》记载，"齐城西门侧，系水左右有讲室，趾往往存焉"，"临淄城西门外，有古讲堂，基柱犹存，齐宣王修文学处也"。

考古队在齐都镇小徐村西的一片麦田下，发现了一处特殊的古建筑基址群。

从位置看，发现的建筑基址符合稷下学宫在稷门之下、系水之侧的文献记载。建筑基址有一条南北向道路，北接小城西门；基址群外围壕沟与小城城壕相通，两者形成一体格局。同时，基址北部附近地势低洼，以前确实有湖，20世纪50年代才抽干湖水。

山东省文物考古研究院副研究馆员、稷下学宫考古项目领队董文斌认为，田氏代齐后，齐故城小城作为新修建的政治中心与稷下学宫建设并举，把学宫置于肘腋之处，既是便于利用控制，也昭示了君主欲称霸天下的雄心。"小城城壕直接将其圈护在内，可见两者是一体规划、一体建设的。"

从建筑布局看，整体近4万平方米，规模甚大，由14个单体建筑基址组成，建筑规格较高。从年代看，建筑基址下面地层碳14测年显示为公元前400年至公元前390年。地层关系和考古测年都与文献记载的稷下学宫存在时间吻合。

还有规整的饕餮纹铺地砖、建筑构件中使用的螺钿工艺、千年前的排水管道、经过硬化处理的广场等，证明这里建筑规格之高，绝非普通民居。特别是螺钿构件新装在建筑上，在太阳下会呈现七彩光，很漂亮。遗迹中，还出土了用于盛放食品的陶豆，或是学者们分餐时所用……

稷下学宫去了哪里？翻阅历史的篇章可以发现：汉武帝推行"罢

黜百家，独尊儒术"的政策，齐文化向两个方向发展开去。第一，它与鲁文化相结合，形成经学，从而走向了宫廷和庙堂；第二，它与楚文化相结合，形成道教，从而走向了山林和民间。此后，齐文化以其顽强的生命力，对中华民族精神、性格和心理的塑造发挥了不可估量的作用。

淄博烧烤好吃，是不是因为有浓浓的文化味？

战国时期的食器陶豆

最早的厨师易牙、烧烤炉和面饼

在淄博，我听说了两件和易牙有关的事儿。一是"打牙祭"这个词来源于易牙，他是厨师的老祖宗，人们祭奠他之后，把祭品吃掉，所以叫"打牙祭"；二是易牙可能是蛮夷中的狄人，又称狄牙，是被管仲俘虏过来的。

易牙是齐鲁大地上最早的厨师之一。

春秋战国时期，齐鲁大地上出现了两种影响中国饮食的现象：一是厨师群体开始形成；二是发明了石磨，整个北方从"粒食时代"进入"面食时代"。

从战国一直到秦汉时期，临淄都是华夏文明的中心之一，是"富冠海内"的东方大都市，展现出特异的光彩和雄奇的形象。公元前221年，秦并六国，建立了中国历史上第一个中央集权国家。汉承秦制，真正从思想、文化上建立起多元统一的"东方帝国"，城市建设进入高速发展期。其中，临淄、洛阳、邯郸、宛、成都五座城市，成为当时仅次于京城长安的全国性经济中心，号为"五都"。

管理制陶业的"陶正"

临淄的手工业经济繁荣，人口众多，工商业发达。铁制工具已经普遍应用到生产当中，从汉武帝时开始，中央政府在全国设"铁官"49处，山东就有12处，多在齐地，其中一处就设在临淄。制陶业有了很大发展，开始烧制低温绿色釉陶器和原始瓷器。齐国设"陶正"管理这一行业，这是我国最早的制陶业管理者。临淄山王村出土了一处东汉兵马俑，有陶制的"宅院建筑"和陶车马、陶俑等500余件，陶人骑在陶马上，气势宏大，阵容森然，全景式地展现了汉代贵族的出行和生活，至今仍在齐文化博物馆展出。临淄丝织业规模巨大，设置"三服官"经营纺织业，生产专供皇室使用的春夏冬三季服装。这些服装都用上好的丝织品制成。临淄、青州、周村、昌邑等地丝织业发达，生产的丝绸不仅通过海路送至朝鲜、日本，也通过海运送到沿海各地，向北可到达辽东半岛，向南可达今江苏、浙江，留下很多关于"一带一路"的珍贵历史记忆。

奢华的城市，让齐国的"宫廷鲁菜"崭露头角，它以猪、羊、牛为主料，还善于制作家禽、野味和海鲜。齐国贵族每顿饭至少吃两个以上的肉菜。这样的大环境给厨师提供了施展本领的舞台。

来自齐国彭城的易牙，人生的大部分时间在临淄度过。他本是齐桓公身边的一个"雍人"，专门负责齐桓公的日常饮食，他依靠自己的厨艺和吹牛拍马的本事，征服了齐桓公的胃和心。齐桓公是一个美食家，《战国策·魏策二》

齐桓公和管仲

里曾经有这样的记载：有一天夜里齐桓公饿得睡不着，就把易牙喊来，让他给自己做一顿美食。易牙"煎熬燔炙"，端上一桌香气四溢的烧烤，"和调五味而进之"，齐桓公吃完烧烤，才心满意足地睡觉去了。就是这位烧烤迷，第一次从山戎引进了大葱。当时，他打着"尊王攘夷"的旗号，九合诸侯，北击山戎。山戎是匈奴的一支，生活在今河北北部，在燕山丛林中，以狩猎和放牧为主，农作物里以"冬葱"和"戎菽"为最佳。山戎各部常侵犯中原，是燕、齐等国主要边患。齐国曾经两战山戎，最后一战齐桓公兴兵 10 万，管仲和鲍叔牙随军出征，与燕军共同大败山戎。在激烈的征战之余，齐桓公发现了大葱这一美味。当时汉地只有小葱，而胡葱白粗杆壮，冬天收获，被齐桓公带回山东，试种成功，称为"大葱"，流传至今则被冠名为"山东大葱"。管仲曾经多次提醒齐桓公，要远离易牙等人。

作为一个厨师，易牙的味觉惊人。临淄东西各有一条河流过，分别叫淄水和渑水，水质和味道不一样，但把两种水混在一起常人很难分辨。易牙却能够分辨出来。孔子说：淄渑之和，易牙尝而知之。由此产生了成语"易牙淄渑"。易牙还是一个调味高手，他是中国有史可查的第一位"味神"，可以通过水、盐、火的调和使用，做出酸咸合宜、美味适口的饭菜。孔子和孟子都对易牙的厨艺大加赞赏，孟子甚至说，易牙掌握了大家口味的共同嗜好，天下人都期望吃到易牙烹调的菜肴……

易牙通过一道"鱼腹藏羊"的菜肴，发明了"鲜"字，深得齐桓公赏识。我在徐州菜博物馆里见到过这一名菜。他把烹饪和食疗相结合，创制养生菜，治好了很多人的病，比如齐桓公的宠姜长卫姬。明代食疗家韩奕推崇易牙，写了一本《易牙遗意》，记载了12类、150多种调料、饮料、糕饼、面点、菜肴、蜜饯、食药的制作方法。

就是这样一个名厨，却是一个奸臣、佞臣。为了迎合喜欢美女、美酒和美食的齐桓公，他惨无人道地把自己3岁的幼子杀掉，烹制成鲜嫩的人宴献给齐桓公，从此之后，齐桓公不顾管仲等人的强烈反对，更加宠信易牙。易牙后来联合他人政变，试图活活饿死齐桓公，失败后逃回彭城，在那里开了一个私人饭店，直到死去。易牙"杀子以适君"，屡被后人唾弃，但作为厨师，他确实为中华民族的饮食发展做出杰出贡献，并为鲁菜和淮扬菜体系奠定了基础。

如果说易牙时代鲁菜已经萌芽，那么这个鲁菜只能命名为"宫廷菜"，局限在很小的范围之内。帝王在祭祀的过程中，既供奉诸神和祖先，也满足自己的口腹之欲。周代有淳熬、淳母、炮豚等"八珍"，代表了当时宫廷菜系的烹饪水平。伊尹以五味喻天下大势，从哲学高度奠定了中国传统饮食五味调和的基本原理。管仲主张"饮食者也，侈乐者也，民之所愿也。足其所欲，赡其所愿，则能用之耳"，把发展餐饮业与刺激消费、增加国民收入联系起来。易牙还是中国历史上第一个开私人饭店的人……

在淄博市博物馆，解说员指着一个长方体的青铜器说，你们猜猜，这是什么器物？

这是一个2000多年前的烧烤炉，也是调味品炉。

这个烧烤炉把秦汉时期淄博的烧烤场景演绎得淋漓尽致。

一走进淄博市博物馆，首先会看到西汉齐王墓考古成果专题展。考古工作者对这个大墓的5个陪葬坑进行发掘，获得大量文物。这里的很多器物上铭刻着"上米""下米"的字样，说明是酿酒

2000多年前的"烧烤炉"

的器具。青铜鼎的礼器作用越来越淡化，食器的作用开始凸显。这个青铜方炉，长31.3厘米、宽22.5厘米、高17厘米。炉体分为上下两部分，上面是一个覆斗形的炉盖，有一对铺首衔环，盖顶有椭圆形口，可置耳杯温酒。拿掉炉盖，可以看到一个箅子，炉身成了一个烧烤架。炉身前后镂刻着条形出气孔，也有一对铺首衔环。支撑炉身的，是四个蹄子一样的足。它还有一个最重要用途，跟它的另一个名字——染炉有关，染就是调味品。当时人们喜欢吃热的蘸料，盛行"染食法"，也就是把熟肉在热蘸料中"染"上味道再吃。将盛着盐、豉、酱、醋、糖等蘸料的耳杯，放置在炉顶椭圆形开口处，蘸料被加热得咕嘟嘟冒泡，香味四溢……

在济南市章丘区博物馆，有一件汉代铁炉，既可以烧炭取暖，也能当烧烤架。铁炉长53.4厘米、宽44厘米、高19.6厘米，里面还有当

年的铁钎和木炭，铁炉四壁装了衔环，挂上链子，可以随意搬动，不会烫手。同时，铁炉四个角微微上翘，可以防止烤串从边缘滑落下来，烧烤均匀还不煳，其外形设计和原理已经与现代烤炉相差无几。这件烤炉是吕后的侄子、第一代吕国国王吕台专用的。

这些器具证明，汉朝烧烤向前迈进了一大步。这时的冶铁技术进一步成熟，铁制灶具日渐生活化，逐渐替代古老的陶制灶具；炉、灶的普及使得鬲、甑等陶制炊具慢慢被抛弃，釜、鍪、炉盘等铁制炊具更受欢迎，这一器具演变又促进了烧烤的流行。西汉桓宽在《盐铁论》中，有"燔炙满案"的记述。《诗经·小雅》里有一首诗《瓠叶》，说主人尽管家境困难，家里来了客人，仍然热情待客，去田野里采一把瓠瓜叶做菜煮汤，再逮上一只野兔烧烤："有兔斯首，炮之燔之。"毛亨解释说："将毛曰炮，加火曰燔，抗火曰炙。"这一段话说明，先秦时国人已经发明了三种烧烤方式：燔、炮、炙。燔法最为原始，《礼记》中解释"加于火上曰燔"，意为直接置于火上烤，有上古遗风。炮法则是裹烧，烤制时需要先将食材用草帘或湿泥包裹起来，置于火中烧烤，其法大类于后世的叫花鸡。周朝的"珍用八物"中已经出现了炮豚、炮牂二味，便是以炮制法烹饪的猪与母羊。而炙意为"贯串而置于火上"，事实上已与烤串无异。烤肉所用的木炭中，以桑木炭为时人所美。桑木炭不仅坚硬耐久烧，热力猛，无烟，还能大大增加烤肉的香味。桑木灰还是中药，可杀菌。所以《奏谳书》中才有"桑炭甚美"的评价。可以看出古代烧烤炊具及燃料越来越考究，烹饪日益精细。

秦汉时期，山东地区迎来第二个饮食高峰。散布在山东60多个县市的汉画石像，生动记录了当时的饮食场面，特别是烧烤的过程。嘉祥武梁祠石室刻有羽人向西王母献烤肉串的场景。羽人是古代神话中长翅膀的飞仙，只见他高举着一支烤肉串，恭恭敬敬地献给高高在上的西王母。西王母是秦汉时期神话体系中与东王公并列的高级神仙，就连不食人间烟火的她都忍不住大快朵颐，可见肉串真是抵挡不住的舌尖诱惑。当时餐饮的内容很丰富，鼎、釜、甑、炉、灶等厨具样样具备，家畜野味高挂成行，厨夫们忙碌不停。庖厨图中一般没有厨房，厨事在露天举行。但也有例外，临沂白庄汉墓庖厨图中就有两间厨房，一间是炊事间，两名厨师在烹饪；一间为储藏室，内置鸡、鱼、猪等肉类食品。

诸城前凉台出土了一幅庖厨图，描绘了一个贵族家庭的厨事活动，40多个戴着统一形状帽子的厨师，在剖鱼、宰羊、杀牛、屠猪、杀狗、宰鸡鸭；他们汲水、烧火、劈柴、和面、蒸煮、烤肉，各有分工。这张图的下部还有酿酒的人员，左边一人卷袖，双手压木架上的口袋，右边一人用手支撑一小袋，袋下有一缸，这是挤压酒汁的场面。

另外，还有一群人在完成一个完整的烤串程序，从切肉、切条、串串，到扇风、转动签子、装盘，分工明确，井然有序，像一条流水线。临沂五里堡汉画像石《庖厨图》，现藏于临沂市博物馆。在庖厨图中，有人把羊肉、牛肉、鸡肉、鱼肉切成大块，串在籤上，架好"燔炉"，点燃桑木炭，一手执串，一手扇风，等待美食出炉。不仅如此，还有双人烧烤的画面，其中一人烧

诸城前凉台出土的庖厨图

烤，另一人持扇扇风。在临沂市博物馆展示的白庄汉画像石上，不仅有烧烤画面，还有一种"抽油烟机"。据讲解员介绍，画面上表现的是一个甗，类似于现在的蒸锅，在蒸锅之上有一个蒸罩，主要作用是排烟气，跟抽油烟机是一个原理。图的下方描绘了一只狗，伸着长长的鼻子，好像闻到锅内的饭香，期待着出锅的美食，垂涎欲滴。中间有一个人，拿着两根肉串，右手拿着扇子，下面有一小火炉，正在烧烤。由此可以看出，在汉代烧烤更加流行了。在他的后方有兔子和野鸡，露出了脊椎骨，可能是风干兔、风干鸡之类。

尽管是一个盛世，汉代的物质还是不太丰富。从汉画像石上看，没有一个厨师是大胖子，说明他们也吃不到很多东西。汉代的人们对肉类十分向往，不仅吃猪牛羊肉，还吃内脏、血液，以及生鱼片、金蝉……

粗放、质朴、夸张的汉画像石，记录了汉民族原汁原味的生活形态，被誉为"汉代生活百科""大汉史诗"。石匠们以石为材，以刀代笔，线条与光影交织，运用超凡的艺术想象力，将现实主义和浪漫主义相结合，既写实，又夸张，勾勒出活泼热情的氛围和充满动感的韵律，创造出上至天文下至地理的整个宇宙图景。

烧烤必须有热的蘸料，蘸料都有哪些？当时大部分人连主食也吃不饱，副食品生产水平有限，只能供王公贵族们吃，而且制作粗糙原始。仅就肉类来说，制作办法简单。干肉主要是脯与脩。学生只要给孔子交束脩，就是十条干肉，他没有不教的。做菜主要是烤、烹和羹。烧烤前面已经详细说了，烹和濡就是用鼎等容器炖白肉。羹有两种，一种是不调五味、不和菜蔬的纯肉汁；另一种加五味和菜蔬煮成。醢就是肉酱，其制法是：先暴其肉，然后铡碎，再渍以美酒，放置瓶中，百日则成……这样的食品，原汁原味，如果不加调料难以下咽。当时的调料有盐、酱、豉、梅等。盐是百味之主，如果没有盐，酸甜苦辣就失去了主心骨。《尚书》记载："若作和羹，尔唯盐梅。"商周时期山东人已经离不开盐了。还有一种调料是酱。颜师古认为："酱，以豆合面而为之也。"用一种通称酱曲的菌类分解大豆蛋白，生成可溶性氨基酸等，从而产生鲜味。酱成于盐而咸于盐，如果没有酱的提味，饭就吃不下去，所以孔子说"不得其酱不食"。与酱的味道相近的是豉，也是将大豆煮熟加盐后封闭起来发酵制成。"齐盐""鲁豉"是当时的名品，有"白盐海东来，美豉出鲁门"的诗句为证。到易牙时，形成比较严格的调料配伍法则。据《礼记》描述："凡脍，春用葱，秋用芥；豚，春用韭，秋用蓼，脂用葱，膏用薤；三牲用藙，和用醯，兽用梅。"烹调不同的肴馔，使用不同的调料；烹饪同一肴馔，还要根据季节变换改用调料，表明烹饪水准已经有明显提升。

在齐文化博物馆里，有一个神奇的兽形柄铜豆，相当于今天的高脚盘。托盘是四周镂空的莲花瓣造型，豆柄是一只虎形兽蹲坐在由六条蟠龙盘结而成的底座上。虎形兽双手擎住托盘，阔口大张，露出牙齿和舌头，显得尤为狰狞。它的舌头形象逼真、栩栩如生，还可以自由活动，即使今天也难以复制。专家说，这是一个奇妙的调味盒。

在淄博，只要一到烧烤摊，主人就会表扬当地的小饼。有人说，山东人一张煎饼卷天下。烧烤小饼是淄博人最爱的小吃之一。齐地是中国种植小麦的地方，自然谙熟小麦的品性，掌握小麦的最佳食用方法。烧烤小饼有巴掌大小，卷上烤肉和各种蔬菜、调料，就是一个令人垂涎欲滴的美味世界。

从以小米和大黄米为主食，到以小麦为主食，从"粒食"到"面食"，从主食占据主导地位，再到副食后来居上，中国饮食实现了一次次重要突破。

齐地可能是中国最早享用"饼"的地方之一。民间传说，煎饼也是易牙的发明，齐桓公九合诸侯，经常出征作战，煎饼成了军队最好的食品。春秋末期，山东人鲁班发明了石磨，这是面食诞生的一个重要前提。鲁班处在"粒食"时代，那时没有把粮食加工成面粉的技术，所以只能吃原生态的颗粒。小麦也要像小米和大米一样，用鬲、甑和釜等容器煮着吃，叫"麦饭"，炒了或者晒干的谷物叫糗，这样的食物相当粗粝，难以下咽。

早在七八千年前，山东先民们尝试着把粮食制成粉状。沂源扁扁洞遗址，除发现了人类头骨碎片、陶器外，其主要特点是出土了石磨盘、石磨棒等遗存。淄博后李文化遗址、龙山文化遗址也发现了石磨盘。在章丘西河遗址附近，一位老农在地里捡到两块光滑的大石头，放在瓜棚中当石凳使用。考古工作者认定，这是一组最原始的石磨盘和石磨棒。石磨盘长82厘米，一面经过人工打磨，仿佛刀削一般；石磨棒长46厘米，浑圆沉重。二者结合，可以给谷物去壳磨粉。这些石磨组合只是一种个案，古代先民早期使用的是石臼。《易·系辞》记载：黄帝、尧、舜"断木为杵，掘地为臼。杵臼之利，万民以济"。大舜时代就有石臼了。在大的石面上，或者用完整石块，凿出半圆形的一个坑，大小不一。将谷物放进去，用一根粗大的石杵上下捣击，并随时把谷物掏出来用簸箕去壳。几经折腾，最后剩下粮食颗粒；如果想吃一点粉状粮食，就要继续捣下去。石臼只能给谷物脱壳，或者破碎谷物，靠它加工出面粉还相当困难。随着生产水平和粮食产量的提升，粮食的形态转化成为一个难题。鲁班是中国古代一位优秀的创造发明家，被誉为"百工圣祖"。他生活在春秋末期，叫公输班，因为是鲁国人，所以又叫鲁班。石磨古时称作"硙"，唐朝的颜师古称"古者鲁班作硙"，宋衷注《世本》中写到"公输般作硙"，就是说鲁班发明了石磨。

石磨是集体智慧的结晶，为什么人们会认为是鲁班的功劳呢？大概因为鲁班是一个智慧超群的人，他是木匠的祖师爷，还发明了木踞、云梯、风筝等。鲁班把加工食物的垂直运动变成旋转运动，饮食进入

至今仍然能够看到的石碾

"粉食时代"，促进了五谷种植和农业发展，使中华民族形成以面食为主食、以肉蛋和果蔬为副食的饮食结构。饮食潜在地影响了伦理道德观念的形成。

面粉诞生了，那么制作面饼、面条的技术从何而来？这应该和汉朝的"胡风美食"随丝绸之路进入山东有关。

西汉之前，我国的食物交流基本是在内部进行，东西南北之间的口味，碰撞交融，食材虽然单调乏味，但是鲁菜、川菜、粤菜雏形已现。人们的胃口渴望新鲜滋味的注入。汉朝，随着中外经济文化的交流，更多的异域食物，带着异样气息，摆在中国人餐桌上，不仅满足了我们的味蕾，也极大丰富了中华文明的形态。

西汉时期，随着张骞两次出使西域，一条连接中国和欧亚大陆的国际交流大通道建立起来，因为输出的货物以丝绸最为著名，所以被称为"丝绸之路"。按照通常的说法，长安是丝绸之路的起点，古罗马是终点。一个不可否认的事实是：齐鲁大地是丝绸之路的重要源头之一。两汉时期的山东在农业、手工业方面十分发达，特别是齐地纺织、冶铁、煮盐等均居全国领先地位。在汉武帝时期，山东的人户数和商业贸易额均超过都城长安。"胡风美食"随着丝绸之路来到汉地，外来文明融入儒家社会。

丝绸之路的开通，给齐鲁之地的生活带来很大变化：

一是丰富了山东地区的食物品种和结构。从主食看，西汉以前汉地以蒸煮为主，而西域以烘烤为主，胡食经过丝绸之路进入齐鲁大地，各地出现了各具特色的"烧饼"。尽管烧饼与胡饼都来自西域，经烘烤而成，但两者的差异是，"胡饼"面不发酵，无馅，上有芝麻。而"烧饼"，据《齐民要术》描述，面是经过发酵的，且有馅，但上面无芝麻。东汉末年，汉灵帝非常爱吃胡饼，以至于京师中人皆吃胡饼。这种风气蔓延到全国各地，《资治通鉴》记载，汉桓帝延熹三年（160年），赵岐流落北海以卖饼为生。北海就是今天的潍坊。时至今日，潍坊民间流传的烧饼、火烧的制法，其花样之丰富全国罕见，可称"天下第一"。从副食品看，今天我们日常吃的蔬菜，大约有160种。比较常见的百余种蔬菜中，汉地原产和从域外引入的大约各占一半。

二是随着西域调味品的涌入，早期鲁菜确定了以色、香、味、形为终极效应，讲究刀工火候、五味调和，具有整体性、完美性的综合烹饪艺术。两汉之前，汉地主要烹饪方式是烤和烹，商周时期，王室和贵族吃的"周代八珍"，由两饭六菜组成，滋味相当寡淡，难以下咽。"胡羹"和"胡饭"使汤羹菜肴更有味道。"胡羹"具有鲜明的西域特色，主料用羊肉，连同羊肋骨一起煮汤。然后去除骨头，把肉切好。调味料使用胡荽和安石榴汁两种来自西域的食材。还有一种"胡麻羹"，是用胡麻和米加工而成的一种羹，类似于后世的调味粥品。"胡饭"更有风味，它用薄面饼卷肉夹菜成卷，切成段，蘸着一种叫作"飘齑"的调味料，或把调味汁浇到肉卷段上而食，口感酸咸适中，清新爽利。"飘齑"用胡芹末加香醋调和而成，馥郁的醋香伴有胡芹之清香，是一款很有创意的调味汁。这像不像今天的淄博烧烤？

到汉朝，一方面，汉地自身的调味品不断丰富，除了"齐盐鲁豉"，还有酱油和粮食醋等；另一方面，大蒜、胡椒、芫荽等西域调味品，像一张张生面孔，给大家的味蕾带来新鲜和刺激。汉代的主要调味品有盐、醋、酱、饴糖、葱、姜、花椒、茱萸、肉酱、鱼子酱、蒜、肉桂、香茅草等。在烹调时，还把石榴汁、胡芹、紫苏、胡椒等作为调味料放入菜肴中。山东人从此爱上大蒜，而对芫荽则有一种混合复杂的感情。芫荽当时叫胡荽，十六国时期后赵皇帝石勒认为自己是胡人，胡荽听起来不顺耳，下令改名为原荽，后来演变为芫荽。喜欢它的人，觉得芫荽清香可口，特别是放在各色汤里，非常提味；不喜欢的人，觉得它怪异荒诞，奇臭无比，佛教和道教都把它列为"五荤"和"五辛"之一。还有一种胡椒，非常贵重，汉唐时期，皇帝给嫔妃的宫殿内墙涂上胡椒面，称为"椒房"。《齐民要术》有用胡椒调味的记载，"香美异常"，另外它还有药用价值。

三是逐渐改变了食俗和食制，影响至今。汉代之前，人们用手抓饭吃，席地而坐，分餐而食。"飨"字像二人对坐进食之形，其中一人正用手抓食物。胡风东进，胡服骑射，胡人的生活方式随之而来，以胡床为代表的高足坐具开始流行，传统跪坐受到冲击，垂足坐姿因为舒适逐渐被接受。坐具发生变化，导致进食具变更，矮小食案逐渐被大桌取代，分餐制变为合餐制。"举案齐眉"成为往事。人们最早使用的餐具是刀叉，筷子最早出现在殷商时期，早期的筷子比较粗笨，可能是从鼎和釜等器物中捞取食物用的，不直接夹菜入口；到汉代，体面的宴席都用筷子，说明它在贵族中流行开来，百姓仍然用手抓饭；隋唐之后，炒菜大流行，再用手抓饭就显得不合时宜，筷子大普及，并延续至今。据说全世界使用筷子的总人口可能超过20亿了。

国家级非物质文化遗产传承人王春花制作烧饼

很多"进淄赶烤"的游客会到周村古商城，品尝一下周村烧饼的美味。这里有一个周村烧饼博物馆，游客们既可以在这里品尝正宗周村烧饼，还可以感受烧饼的生产过程。大家感叹：制饼老师傅的手真巧，只见他"揉、捏、贴、烤"，动作一气呵成，每次把4个生饼放进200度高温的烤炉内，不到4分钟，一张张薄、香、酥、脆的"周村烧饼"就出炉了……这种圆圆的、薄薄的烧饼，表面沾满芝麻粒，背面布满小孔，拿起来发出"唰唰啦啦"的声音，很像大风刮树叶，所以当地人称之为"呱啦叶子"烧饼。很多人觉得，周村烧饼是土生土长的本地特产，殊不知，它是1800多年前从西域传入的"胡食"，身上有鲜明的胡饼基因。当时周村是我国重要的丝绸生产基地，又是潍坊的近邻，胡饼很快传入这里，并进入民间饮食。

汉魏时期的胡食习俗，在贾思勰的《齐民要术》中，保留下比较详细而完备的信息。这一时期，我国出现第二次民族大融合，民间小吃进入发展高峰期。胡食菜肴、馔食及其用品广泛流行，成为人们的一种生活方式，体现了中华文明兼容并蓄的巨大包容性，揭示了华夏文化与时偕进的"中国精神"。

汉代之后，齐地开始走下坡路。齐文化与鲁文化形成"二元一体"格局，儒家思想上升为中国传统价值观的核心。

第二章　齐民味蕾：酸甜苦辣皆入味

《齐民要术》里的"淄博味道"

上次淄博这么火，还是在2000多年前的齐国……这次淄博烧烤现象爆红中国之时，大家如此开玩笑说。在很多人眼里，淄博不过是一个默默无闻的三四线城市，如此火爆实在不可思议。

也许是因为淄博沉默得太久了。

从春秋战国到西汉，淄博辉煌了一千多年。胡适在《中国中古思想史长编》一书中说：在那个时代，东方海上起来了一个更伟大的思想大混合，一面总集合古代民间和智识阶级的思想信仰，一面打开后来二千年中国思想的变局。这个大混合的思想集团，向来叫作"阴阳家"，我们也可以叫他作"齐学"。

姜太公封国之前，淄博已经叫"齐"了，这源于东夷人的信仰。"齐地八神"是天、地、兵、阴、阳、日、月、四时这8个神灵。天神就在淄博，所以这里称"天齐"或者"天脐"，像人的肚脐一样，是天下的中心，祭祀天的场所。临淄因稷下学宫成为整个东亚地区的文化中心。"齐"这个箭头飞了不止一会儿。

然而，西汉末年王莽篡位后，临淄城毁于兵燹，这座历经沧桑的名城逐渐失去光彩。魏晋南北朝时期，国家陷入动乱与分裂，北方少数民族与南方汉人王朝多次争夺拉锯，临淄老城成为一片废墟，整个淄博被肢解得七零八落。加之隋唐时期京杭大运河开通，交通中心西移，临淄降为县治，青州和济南成为齐鲁大地上新的中心城市。在一次次的"天街踏尽公卿骨，内库烧为锦绣灰"中，齐国的辉煌烟消云散了。尽管齐文化在很长一个历史时期被儒家文化笼罩隐而不彰，但是其精神和载体并没有完全消失，它的文化基因和信息保留下来，不时呈现出巨大爆发力。

青州高阳郡太守贾思勰，在淄博大地上写出中国第一本农业百科全书《齐民要术》，就彰显出齐文化独有的韧性和刚性。

正史里没有伟大农学家贾思勰的记载，在《齐民要术》中，有一个简单的署名："后魏高阳太守贾思勰撰"。10个字，还有一部伟大的农书，就是贾思勰留给历史的"自我介绍"。贾思勰生活的时代，五胡乱华。占人口绝大多数的是源于农耕文化的汉族人，而统治者则是具有游牧文化背景的鲜卑拓跋氏。游牧民族要想统治汉族，还得学习汉人的生产生活方式。这正是《齐民要术》得以创作的土壤。

北魏时期有两个高阳郡，一个在今天的河北省高阳县境内，当时属瀛州；一个在山东淄博临淄境内，当时归青州。临淄的高阳故城遗址，位于朱台镇南高阳村西，是一块长方形高地。原为春秋战国时齐国城邑，称葵丘、渠丘。南北朝时，刘宋在此侨立冀州高阳郡治，从此留下高阳城这一名称。这里是《齐民要术》的撰写地。它从春秋战国时期就是齐国四邑之一，农业发达。北魏时实行士族制度，等级森严，贾思勰能够出任太守，证明家境不错。贾思勰能够成为伟大的农学家，首先在于他热爱农业。据北魏均田制的规定，太守有十顷"职分田"，贾思勰应该有一片土地，《齐民要术》记载，他还养过200只羊，自己有过农牧业的实践经验。其次，贾思勰酷爱读书，既读过四书五经，也对农业类书籍情有独钟。《齐民要术》中有很多引自经书的传注，另外引用前人农业著作有150多种。再次，贾思勰治学态度严谨，曾经踏遍黄河两岸的北魏版图。贾思勰在自序中说：如今我博采文献资料，广泛搜集民间谚语，请教经验丰富的老行家，并亲自对各种方法加以实践和验证。从耕作栽培农作物写起，到制造酱醋之法为止，凡是能够谋生致富的各类各种生产技术，我都一项不落地写在这本书里……

于是，一部百科全书式的皇皇综合性农学巨著诞生了，这是中国古代成就最突出的一部农书，是中国传统农学臻于成熟的一个里程碑。《齐民要术》系统总结了6世纪以前近400年间黄河中下游地区的农业，尤其是以今淄博、青州、寿光为中心的齐地农业。

《齐民要术》是中国现存最早、最完整、最系统的农业百科全书，闪烁着中国劳动人民的智慧之光。它所创立的农学体系包括农、林、牧、副、渔等诸多项目，涉及天文、气象、植物、土壤、肥料等多方面的专门知识，不仅是研究古代农业技术史的珍贵文献，也是从事现代化农业科学研究的重要参考资料。不知道是贾思勰赋予《齐民要术》以生命，还是《齐民要术》让贾思勰得永恒。后世传抄刊印《齐民要术》的版本有20余种，并广为其他农书、杂著所援引；现今世界上已有20多种《齐民要术》译本出版。该书唐代传入日本，至今日本还流行着一种"贾学"。18世纪，远在英国的达尔文创立生物进化学说，他在名著《物种起源》中写道："我看到一本中国古代的百科全书，清楚记载着选择原理。"这本中国古书就是《齐民要术》。

淄博人说，《齐民要术》还是中国最早的"烧烤学大全"，它系统全面总结了胡汉民族食俗文化尤其是烧烤文化交融后齐地齐民的饮食学问，其下册四卷主要介绍食品加工，有六篇写的是调味品制作，有八篇写的是烹调炙烤菜肴。

《齐民要术》第九卷开篇就是《炙法》，约两千字，介绍各种烤乳

汉画像石里的烧烤场面

猪、烤肝、烤牛百叶、烤羊肉灌肠、烤鹅、烤鱼、烤鸭、烤蛤蜊、烤牡蛎等炙法21种，涉及家畜、家禽、野味及水产品，并且对刀工、选料、配料、调料、火候、手法等也有详细说明。"脯炙法"的程序比较复杂："肥鸭，净治洗，去骨，作脔。酒五合，鱼酱汁五合，姜、葱、橘皮半合，豉汁五合，合和，渍一炊久，便中炙。子鹅作亦然。"脯炙需要将肥鸭治净去骨切块，加酒、鱼酱汁、姜、葱、橘皮、豉汁等腌渍，煮一顿饭时间，然后烤成——一道脯炙如此复杂，可见此时的烧烤技法已经日趋完善。还有一种烤乳猪的方法，取尚在吃乳的幼小肥猪，将其刮毛洗净，在腹部开口取出内脏，洗干净之后，腹内用茅草塞满，然后用木棍穿起来，小火慢烤，并不停翻转。翻烤的时候在猪身涂上几遍清酒。烤到变色，涂上新鲜的猪油。烤好之后，整只猪呈琥珀色，食用的时候如同冰雪一般入口即化，汁多肉润，风味独特。

《齐民要术》中记录了详细而完备的"胡食习俗"。魏晋南北朝时期，胡食菜肴、馔食及其用品广泛流行，成为人们的一种生活方式，体现了中华文明兼容并蓄的巨大包容性，揭示了华夏文化与时偕进的"中国精神"。

《齐民要术》记录了8种胡食菜肴加工方法，包括胡炮肉、羌煮、胡羹、胡麻羹、胡饭、胡麻饮、酪、胡芹小蒜菹等；8种胡食食材与调味料，包括胡芹、胡叶、胡椒、胡麻油、胡芹、胡荽、安石榴汁、酥等；还有胡食的加工工具"胡饼炉"、胡豆和胡椒酒，等等。

《齐民要术》描述了"胡炮肉"的制作程序：把生下来一年多的肥

羊杀死，把羊肉切成片，加上食盐、豆豉、葱姜胡椒花椒，用羊油搅拌好，灌进清洗干净的羊肚，缝起来；挖一个中空的坑，"内肚著坑中，还以灰火覆之，于上更燃火，炊一石米顷，便熟。香美异常，非煮、炙之例"。贾思勰反复强调，"炮"是一种把食物包裹起来用炭灰火烧的烹饪技艺，不能和煮炙之法混为一谈。山东济南和菏泽等地有一种名小吃"粉肚"，就是把猪的膀胱清洗干净，用少量淀粉调和好新鲜猪肉馅，再缝合好，先蒸再烤，成就了一道别具风味的美食。这种美食的前身，就是贾思勰记载的"胡炮肉"。想当年，齐地与丝绸之路的草原、绿洲和海上三大干线均有密切联系，西域的烹饪方法，如乳酪、胡饼、羌煮貊炙、胡烧肉、胡羹等来到齐鲁大地，是再自然不过的事。

汉代传入的诸种胡食烹饪方法，以"羌煮貊炙"最为典型。《齐民要术》记录了"羌煮"的制作方法：用一只煮熟的鹿头，剔下肉，按照一定尺寸切成块状，放入用猪肉加各种调料熬制的汤汁，用类似涮羊肉的办法涮鹿肉。"貊炙"类似于今天的烤全羊，把一个大型家养牲畜或捕捉到的野兽，整只地用火烤炙成熟，然后人们围起来，用刀割而食之，这是北方胡貊民族的饮食行为。《齐民要术》没有记载"貊炙"，但是烤乳猪的"炙豚"是否受到"貊炙"的影响？

为了味道更美，《齐民要术》记载了茱萸、花椒、生姜、芥末等200多种调料，还有两种使用广泛的食材，这就是胡芹和胡麻，其中书中有20多处提到胡芹。胡芹适应性较广，几乎所有烹饪方法中都有应用。胡芹必须与小蒜搭配使用，原产于华夏的小蒜，适合化解食材的浓重异味，与胡芹配合，又增加了几分清爽芹香。使用胡芹和小蒜调味的菜肴，主要是动物类食材，包括猪内脏、鹅、鸭、熊之类，以及淡水鱼等。贾思勰确信"胡麻"是张骞从西域带回的食物之一。南北朝时期，人们种植胡麻已达到相当水平。《齐民要术》"胡麻篇"系统介绍了种植胡麻的经验："胡麻宜白地种"，强调要选空置过的地种植，切忌连作。"种欲截雨脚。若不缘湿，融而不生"，强调趁湿下种的重要性，即抓住雨水刚停的时机抢种，否则就难以发芽。"锄不过三遍"，是说锄苗不宜过多，以三遍为限。"刈束欲小，束大则难燥；打，手复不胜"，讲的是收割诀窍，即收割时，胡麻束子要扎得小一点，这样既容易干燥，拍打时手也照应得开。用"胡麻"制作的食馔有胡羹、胡麻羹、胡麻饮，以及用胡麻制作的麻油。《齐民要术》记载，胡麻可以为饭，尤其可以加工成为植物油。麻油具有传热与调香的作用，可以掩盖食材的异味。麻油虽然有透明感，但色泽较之其他植物油要深一些，近似于褐红色。麻油在当时已经广泛地应用于医药方面，可以治疗马、牛腹胀等病症……

《齐民要术》造就了今天淄博酿造业的发达。贾思勰详细记录了齐地等发明的16种大酱、25种食醋的制作方法，记载了由大酱中产生"豆酱清"的过程。临淄的"巧媳妇"公司以生产酱油和醋闻名，公司负责人说：贾思勰是我们的总工程师。《齐民要术》记载了一种"动酒酢法"酿醋工艺："大率酒一斗，用水三斗，合瓮盛，置日中曝之。七日后当臭，衣（指菌膜）生，勿得怪也，但停置，勿移动，挠搅之。数十日，醋成。"这里还有一家高阳酒业公司，一直传承着《齐民要术》中的酿酒工艺，并且成为淄博市非物质文化遗产。贾思勰在此所著《齐民要术》有1万多字专述制曲和酿酒，全书共记载和总结了9例制曲工艺、44例酿酒工艺，是世界上第一部酿酒工艺学著作，也是我国酿酒古籍中最重要的文献之一。

在桓台出土的大汶口文化时期酿酒器

为了纪念贾思勰，临淄区建起一座"贾思勰纪念馆"。该馆掩映在一片葱绿的果树和农作物之中，与周围环境和谐地融为一体，显得格外古朴典雅。贾思勰石像屹立门台前，他白发飘然，手捻胡须，右手捧书凝思。这位伟大的农耕哲人，1600多年后，又活人一般出现在子孙们面前。

一个什么样的城市会产生现代鲁菜？

就在淄博烧烤火爆的同时，网上流行着一首充满童趣的歌曲"挖呀挖呀挖"。乘坐各种交通工具奔赴淄博的人们，像一条条洪流，淹没了淄博的大街小巷。他们在淄博"挖呀挖"，恨不得翻遍每一个角落，寻找到每一刻的城市记忆。他们还真找到了一个"宝贝"，这就是博山菜。

在我印象中，博山远离闹市和尘嚣，依山傍水，钟灵毓秀，文化气息到处飘荡，古窑故址老技艺随处可见。

在济南，我吃过豆腐箱子、炸酥肉和酥锅等博山菜。真正了解博山和博山菜，源于一次"淄博味道，鲁菜起源"媒体活动。那一次，淄博市委宣传部邀请媒体记者云集淄博，向外界宣布：鲁菜的起源地就在淄博。一个专家说，纵观鲁菜的发展史，从现有资料看，几乎所有关于餐饮的文字记载都在齐地。2013年出版的《中国饮食文化史》这样表述："淄博博山菜是鲁菜发源地，被称为鲁中派系……"2016年，中国食文化研究会认定博山为"鲁菜发源地"。

时任淄博市委常委、宣传部部长毕荣青说：鲁菜真正成为体系，应该从博山开始，一是因为这里在100多年前就形成煤炭、陶瓷、琉璃等三大产业，产业工人群体对于餐饮有消费需求，也有消费能力。二是因为淄博千百年来就有好吃、会吃、善吃的民风，餐饮文化根深叶茂。到明清时期，一批在朝廷做官的博山人，告老还乡，带回宫廷菜，出现了众多庖厨世家。三是形成了严谨的菜品体系和宴席规制。据博山菜谱记载，博山传统菜达332个，使用外地食材的就有81道。"四四席"更是博山人宴请嘉宾的一种礼仪规制，展现出博山人的贵族气质和知书达理的性格。

作为八大菜系之首，鲁菜体系极为庞大，按照传统说法，它由济南菜、胶东菜和孔府菜等体系组成。博山菜可以单独成为体系，也可以当作以济南菜为代表的鲁中菜的重要组成部分。不管它是不是鲁菜发源地，我都被博大精深的博山菜征服了。

如果说鲁菜是几千年农耕文明的精髓，那么博山菜则是近现代工业文明的产物，它是现代鲁菜的起源地之一。它不仅仅是一个美食系统，更是一种新社会形态的载体。博山菜的兴盛在于这里丰富的煤炭资源，以及由此带来的煤炭工业。人类第一次能源革命，本质上是煤炭取代薪柴的主导地位，逐步演化产生工业文明。在山东，这一演变是从博山和淄川等地开始的。煤炭，打开了淄博工业文明的大门。

博山的煤，属于夹层煤，多分布在地表浅处。《博山县乡土志》记载："山东的炭，以博山为最佳，开辟虽不记年，多方考证，似比他处为早。"当地农民去采集露天煤，甚至从吃水井里挖煤，以满足日常生活之需。博山早在唐朝就出现了凿井采煤。淄博矿务局曾经做过普查，在淄博矿区内的周家地、田家地和走马岭，有唐代煤井的遗迹。1936年，日本人在《北支矿山调查报告》中写到：唐代末年烧制陶瓷，用煤炭做原料。周家地、田家地、走马岭三个地方，是唐代开采的古井遗址，这三个地方均在博山。山头、八陡、渭头河、福山村（锅大碗）等村落在当时不仅是制陶中心，也是最适宜土法采煤的地区。元代，淄博煤田的开采有了文献记载。封建统治者严禁开矿，只许官府开凿，不许民间采掘。到了明代，矿业一度弛禁，官府在各矿冶之地抽取矿课，任由民间自采，可是没实行多久，又被封禁起来，到万历二十四年（1596年），才把全国各地矿冶开放，政府派人到各地收税，从中获利。到清初，博山已是"居民稠密，商旅辐至"的富庶城镇。1887年，山东巡抚在淄川先后开办铅矿、煤矿，引进机器，由此诞生了淄博最早的产业工人。清末民初，中国先后创办大型近代煤矿12个，博山就占3个，有民营煤矿50多家，矿工近万人，煤炭产量占山东省165万吨的35%以上……

清朝同光年间，为了达到侵略目的，德国地理、地质学家费迪南·冯·李希霍芬来到博山，看到满城家家户户都有馒头窑，整个山城"浓烟冲宵"，不禁惊叹："这是我在中国见过的最发达的工业城市！"博山煤炭、陶瓷、琉璃三大产业的繁荣状况，让李希霍芬非常震惊。他敏锐发现了博山之所以工业兴盛，在于煤炭等矿产丰富。他评价说："这些煤，煤质优良，乌黑而坚硬，火焰明亮，能出上等焦炭，具有高度热力。"他在中国考察三年，写了一本《李希霍芬中国旅行日记》，并上报给德国当局，里面有淄博工业、胶州湾天然良港、山东优质人口和劳力等情况。1898年3月，德国逼迫清政府签订《胶澳租借条约》，把整个山东变成德国势力范围，并迅速实施"筑路圈地"战略，于1899年至1904年间，修建济南到青岛的胶济铁路。同时，德国专门修建了胶济铁路博山支线。1904年，德国开办的德华矿务公司在淄川大荒地开凿了第一眼竖井，这是

"馒头窑"雕塑

山东机械化采煤的开端。1914年，德国在第一次世界大战中战败，淄博地区的路矿权利落入日本侵略者手中，直至1945年8月日军战败投降。而今，在位于淄博市淄川区的山能淄矿集团办公驻地，仍然有一个德日建筑群，十几座小楼仍在沿用。在这些建筑群中，有一座建筑一侧是由德国侵略者修建，另一侧是由日本侵略者修建，不同建筑风格记录了当年侵略者的恶行。

博山与淄川的煤炭熊熊燃烧，驱动工业化的烘炉，打造出一座新兴淄博的城市轮廓。这一时期，博山和淄川形成一个比较完整的煤炭产业聚集区，成为淄博发展的时代高地。

煤炭给淄博带来多方面的明显变化。

一是推动早有盛名的淄博陶瓷由传统形态向现代陶瓷转型。淄博陶瓷本身经历了一个由陶到瓷的漫长过程。这里陶土资源丰富，以"瓷城"闻名遐迩，制陶的历史可以追溯到1.5万年前。春秋战国时期，齐宣王修筑齐长城，经过博山境内的黑山，发现这里煤矿和陶土资源很多。魏晋南北朝时期，淄博由陶向瓷转化，出现了介于陶与瓷之间的粗瓷制品。隋唐时期，淄博瓷器已经发展到全国顶尖水平。到宋朝，淄博陶瓷迎来巅峰时刻，来自博山的"青州贡瓷"成为皇室专用贡品。宋朝问世的"雨点釉"和"茶叶末釉"，至今仍被视为陶瓷珍品。元代，淄博陶瓷生产规模进一步扩大，日常用瓷由细瓷转为白底黑花的粗瓷。后期博山人家普遍使用的"大鱼盘"，保留了元代粗瓷的工艺内涵和艺术语言。至明清时期，已烧制出青瓷、黑釉、白釉、青釉器物，成为山东陶瓷的主产地、销售中心。

淄博琉璃更是"中国之最"。元代，博山琉璃生产形成一定规模。博山大街发现的"元末—明朝琉璃作坊遗址"，是我国首次发现的琉璃炉作坊遗址，也是目前所知我国唯一的元明时期琉璃作坊遗址，在中国琉璃发展史上具有里程碑式的意义。明代，博山琉璃生产规模迅速扩张。明《青州府志》中记载，"琉璃器，出颜神镇，以土产马牙、紫石为主，法用黄丹、白铅、铜绿焦煎成之。珠穿灯、屏、棋局、帐钩、枕顶类，光润可爱"。清初，博山琉璃制品"北至燕，南至百粤，东至高丽，西至河外，其行万里"，雍正、乾隆年间，其琉璃产品已发展到数十种，成为国内生产琉璃的中心。

随着博山煤炭资源被发现，在德、日列强的接续掠夺中、在官办资本的有限投入下，在民营资本的跃跃欲试中，淄博近现代工业破茧而出，形成以煤炭、铁矿、铝土、丝绸、陶瓷、琉璃、铁路、电力、机械为主的产业结构，是当时山东乃至全国屈指可数的工业重镇。

二是催生了中国近代产业工人群体。20世纪20年代初，伴随着外国资本主义势力侵入，以及民族资本主义的产生和发展，淄博矿区成为全国三大矿区之一。资料显示，1919年，淄博主要厂矿企业达到140家。到20世纪20年代中期，淄博仅陶瓷窑业户就有100余家，1930年拥有窑炉190座。到全面抗日战争前，陶瓷窑业户达到400家。另外，自1904年博山玻璃公司成立后，到1921年前后，博山玻璃厂家已有150余个，有玻璃炉180余座，产业工人4000余人，年产平板玻璃4.5万箱，年销量1.3万吨，当时北方各省所需平板玻璃皆博山所产。截至1919年，淄博产业工人数量达到3.36万人，占山东全省1/3，是中国近代产业工人最集中的地方之一。矿区工人高度集中，而且由于采用近代机器生产，与先进的经济形式联系密切，工人文化水平较高，更富于组织纪律性，容易接受先

博山颜神古镇的匣钵墙

进的思想。

三是推动了博山及其周边地区餐饮服务快速发展，极大提升了烹饪效率，改善了居民的饮食习惯。

煤炭、陶瓷和琉璃三大业兴起，博山较早步入经济发达地区的行列，成为商品化城镇。在清朝，颜神镇"况镇城之众，视下邑不啻倍之"，当年一个镇的赋税比一个下等县城要高出一倍不止。当年博山人较早接触到工业文明，家无隔夜粮，由此带来早餐和快餐小吃的兴盛。收入高，又爱吃爱做，催生了"半把刀"，形成了"厨师比炒瓢多"的现象。煤炭工作高强度的井下劳作和陶瓷、琉璃的高温作业，使当地人除了养成喝酽茶的习惯，还催生了特色鲜明的菜肴汤头。酒馆、摊铺对饮食精心制作，本地小吃和特色菜肴逐步形成。

煤炭全面取代木炭、柴草等烹饪燃料，使得博山具备成为近现代鲁菜发源地的燃料条件。明清年代，就全国范围讲，还是"乡用柴灶，京用煤灶"，大多数地区烹饪还在使用木柴、木炭、草、苇，而博山却出现了"家家炭火，昼夜不灭"的景象，茶水随喝即可用开水泡。煤炭提高了温度，温度改变火候，烹饪所需的旺火可达千度以上。当其他地域还在用中火、小火甚至微火炒菜时，博山却能用微、小火长时间炖煮，能用大火"爆炒"，博山菜烹饪技法达32种之多，尤其是"爆炒"达到利用火候的最高境界，给烹饪界带来革命性变化。

朋友孙守运刚从沂源调到博山工作，感觉到这里不太像一个山区的小县城。他说，博山人整天喜欢陶瓷琉璃内画壶，讲究吃喝制作博山菜，提着鸟笼子四处转悠，惬意，悠闲，放松，有一点奢华，颇具贵族气质……这既源于齐国讲究饮食的传统，也可能是从老北京引进的习气，与"孙阁老"直接相关。

"孙阁老"就是清康熙皇帝的老师、内秘书院大学士孙廷铨，他曾任兵、户、吏三部尚书，后身居宰相要位，声望显赫。康熙亲书"为帝者师"匾额相赠。他的一大贡献就是给家乡带来正统的京师文化，特别是饮食文化。

群山之中的博山具有封闭性，导致了地方饮食的个性沉积和自我发展。然而，煤炭陶琉商业的交流，位于齐鲁边界的独特位置，使得博山在封闭中又有开放性，促使其对传统饮食在传承的基础上进行创新，而且还敦促其引进、接纳和融合现代饮食。博山和淄川商贸繁荣，餐饮发达，还有一个很重要的原因，就是这里人杰地灵，名人辈出，他们或在京城为官，或者四处游历寻访，把外来的商业气息和不同的文化现象带回故乡，与博山独有的文化双向赋能，使得原本一枝独秀的博山菜肴和宴席规制与京城御膳、大菜、名吃等结合，形成独有的菜品和餐饮文化。

有人说，"孙阁老"是京韵鲁味博山菜的奠基人。

博山大街中段，孙廷铨故居仍然完好地保留着。这是一组博山地区较大的明清风格古建筑群，高大的阁楼，幽静的院落，古朴的气息，与周边嘈杂的菜市场形成鲜明对比。这是两进院落，前院北房主厅即"燕禧堂"，又称"卧龙厅"。东南厢房仍在。后院北侧有一座四层楼阁，名曰"山雨楼"，青砖砌成，是孙廷铨藏书之处。南厢房完好。旧时前后院均有长廊随屋而建，供避雨防晒之用，各房之间不走院内即可直达。始建于400多年前的孙家相府，几经沧桑改建，从今天仍存的部分建筑中，看不出豪华张扬，倒颇有古朴低调之风。

孙廷铨的祖先明初由枣强县迁来颜神镇。明崇祯己卯年（1639年），26岁的他成为举人，第二年中了进士，成为大名府魏县令。越年调抚宁永平县推官。李自成起义爆发，孙廷铨告假弃官，回到家中。清兵入关后，孙廷铨应召晋京，由州府推官一直晋升到侍郎、尚书，历任兵、户、吏三部尚书，加太保。康熙二年（1663年），孙廷铨升任内秘书院大学士，入参机务。康熙三年（1664年），孙廷铨以患有"怔冲之疾"为由告病请归，回到博山家中。

博山炉神庙前的青州古道遗迹

孙廷铨为官和隐退期间，笔耕不辍，著述颇丰，留下大量有价值的著作，包括《颜山杂记》《南征纪略》《汉史亿》《沚亭诗集》《琴谱指法省文》等文集，其中以《颜山杂记》学术价值最高。最后一次"急流勇退"后，孙廷铨立即着手《颜山杂记》的写作，前后历时将近两年。《颜山杂记》著于康熙四年（1665年），共四卷。它内容庞杂，考证详尽，记载了颜神镇的山脉、河流、城池、沿革、名胜、碑碣、人物、物产、遗文乃至逸闻轶事、风土人情等。其中，最有价值的当属《物产》一篇，为古代淄博地区重要的科技著作之一。该篇列述了10种当地的重要物产，如石炭等物产及水磨、柏香等的生产制作，皆属民氓匠役之贱事，向为所谓正统文人不屑一顾。而孙廷铨深入其间，不耻下问，穷究其奥，详尽记述，有些还兼及人物。其中，《琉璃》一节，是我国最早出现的系统、全面、准确记述琉璃生产工艺技术的文献资料，是17世纪产生于颜神镇的一部"琉璃工艺学"。它详细阐述了琉璃产品的成分、炼制过程、产品种类、制作工艺等，为后来博山琉璃业的传承和发展，提供了珍贵翔实的参考资料。孙廷铨如此描述琉璃："琉璃者，石以为质，硝以和之，礁以锻之，铜、铁、丹铅之变之……琉璃之贵者为青帘。取彼水晶，和以回青，如箸斯条，若冰斯冰。纬为幌薄，傅于朱棂。瑞烟徐起，旭日始生。影动几筵，光浮御屏。栖神象玄，以合窈冥……"据史料记载，孙廷铨家族在明洪武年间从明廷二十四衙门之一的"内官监"那里领受了具体管理琉璃制造的差使之后，博山遂有了专供朝廷御用的琉璃作坊。整个明代，孙氏家族都为朝廷制造"青帝"琉璃。

《颜山杂记》中不乏对饮食的记录。在《瓷器篇》中写道："圣人之道，始于饮食，饮食天下之大欲也。则饮食之器，天下之大用也。"引用了"民以食为天"的观点，指出瓷器在饮食中的重要性，同时，详细记录了瓷器制作对饮食的促进作用。

《颜山杂记》中还记载了山区农民的贫困生活，记载了各行各业手工业者的艰辛劳动，真实反映了当时的社会现状和矛盾，弥补了正史和地方志的不足，这正是老百姓铭记他的原因。同时，《颜山杂记》文字优美，有时用韵文，具有较强的文学性。

乾隆皇帝曾经六次南下巡视，路过山东时，专门到颜神镇瞻仰孙廷铨故居。孙家人做了"博山豆腐箱"款待，长方形箱子形状的豆腐，用油炸成金黄色，再在箱子一面切开一块皮作为箱子盖，切皮要讲究功夫，刀法利落且不能切断，做好箱子盖，挖出里面的豆腐，再填上调好的馅料，盖好箱盖后再上笼蒸，最后浓汁勾芡，更有金箱之感。这道菜口感细腻，浓香满口，皮韧馅嫩，回味无穷，吃腻山珍海味的乾隆皇帝吃完后赞不绝口，从此，博山豆腐箱闻名天下。

明清期间，博山方圆之地涌现出了六位尚书、两代帝师。《颜山杂记》以后又有各种形式的大量著作、石刻、故事、传说、楹联、杂字、民谣、歇后语等记录博山地区饮食，这是一笔宝贵的精神财富。

孙廷铨之后，他的长子孙宝仍是光禄寺掌醢署"署正"。光禄寺是专管皇宫膳食、酒宴和接待宾客的机构，掌醢署是一个管理餐饮食品原材料、油盐酱醋、果品蜜饯之类的仓库。在这种和皇家饮食有关的机构中耳濡目染多年以后，孙宝仍与其父一样，将京城的餐饮文化带给家乡博山。清末樊彬的《燕都杂咏》中有一句"茶汤了无味，久笑大宫庖"的诗，提到了光禄寺的茶汤。现在的博山，尤其在纯农区，冬天冲碗茶汤喝，真是唾手可得，据说就是孙宝仍从光禄寺将这一美食带回来的。

发源于博山区的孝妇河，上中下游各出了一位历史文化名人，这就是上游的赵执信，中游的蒲松龄，下游的王渔阳。诗人赵执信是孙宝仍的女婿，自幼才华出众，18岁考中进士，被选入翰林院，为官10年。后因观演《长生殿》被罢官。在以后的50年间，他游历全国各地，写出了1037首诗歌、72阕词、97篇文章。他见多识广，把天南地北的所见所闻带回博山，这其中不乏和饮食相关的名言至理、调配之法。赵执信全集《礼俗权衡》，选自清乾隆甲午年（1774年）七月版《饴山文集》。《礼俗权衡》计十二卷，是作者对家乡一带婚丧嫁娶礼俗提出的批评与改良建议。其中"礼仪"部分讲到"贺宴之仪""宴席"以及"礼筵公宴""祭品"等的旧礼仪，建议送礼不要追求奢华，反对丧事大操大办，有记述，有评论，反映出作者对当时博山饮食文化的观察认识以及革新陈规陋习、繁文缛节的进步观念。

《山头杂字》的作者宋信忠，是清同治年间博山山头西庄人。山头一带是博山陶瓷业最为集中的地方，古窑村最多有140多个窑口，是闻名遐迩的陶琉之乡。"杂字"一书是当地儿童的识字课本，也是一份珍贵的历史资料，它将山头地区的饮食、陶瓷、人文等展现得淋漓尽致。《山头杂字》序144个字，阐明了作者的编写意图。正文十六篇共计4.8519万字，系统记载了当地窑场、煤场、杂货、食店、粮食、衣布、木匠、石匠、泥水匠、银匠、屠户、器物、走兽、疾病、人事等方面内容，叙述详尽，文字朴实无华，通俗易懂，接近口语，读来琅琅上口。关于博山小吃，书中写道："烧饼火烧油炸果，杂面跌面刀切面。黏糕粽子皆加枣，包子好似一群雁。热面全凭大汁好，凉的麻汁加醋蒜。单饼油饼瓢子饼，黏粥水饭连汤饭。羊汤干饭要味美，凉粉旗子担一担……腊肉干肉饮酒美，螃蟹糟鱼是盘餐。面筋虾米肥羊肉，杂菜鲜鱼有咸淡。"当时饮食之丰富可见一斑。

过去博山叫颜神店，是一个镇。隋唐宋金时一直归淄川管理。元朝至元二年（1265年）设颜神镇，改属益都路益都县。一直到清朝雍正十二年（1734年），建博山县，仍归青州管辖。20世纪20年代，随着这里三大产业的崛起，人们把淄川和博山合称"淄博"，从此淄博成为这个区域的名称。100多年前的淄博，重心在博山和淄川一带。

清代杰出的文学家、"世界短篇小说之王"蒲松龄是淄川蒲家庄人，他在柳泉旁摆上茶水摊，听乡绅名流、贩夫走卒讲野史轶闻、民间故事，用毕生精力写出40多万字的《聊斋志异》。另外，他还写了大量诗文、戏剧、俚曲以及有关农业、医药方面的著述，近200万字。其中的《日用俗字》《农桑经》《药祟书》等，都是文化技术普及读物。《日用俗字》是一本用于启教蒙童的杂字书。在"饮食章"中，蒲松龄记录了近40种食物的特点及其制作要点，虽然写了"驼峰熊掌称佳味，猴头燕窝待贵官"，但其余所写都是平民的日常生活饮食，多数也是今天常食之物。书中指出了饮食烹调五味要周全的重要性。接着讲到烹饪术，有"肿膀（即肘）烂烧加醋酱，头蹄镊刷始烹煎"。这是关于制作"锅烧肘子""红烧头蹄"的做法。"姜加肚子椒加肺，横切白肠竖切肝。更把肥腺吻作块，还将瘦肉剁为丸。皮鲜切细掠堪用，肉脯还须烙熔烂。清水洗刷鱼脏肚，汁汤浓煮鳖裙祸。"这是关于刀工与选料的要求。他还饶有兴趣地记录了当时厨子偷拿主家食材的场景，"厨子抹布全要大，割下肉块擪腰间"。

在面食制作方面，《饮食章》记述得更详。从磨麦取粉到制作馒头、油卷、烧麦、扁食等品种都一一写明。还提到了烧麦、包子、饺子、糖食酥饼、青梅果脯、金华火腿、高邮变蛋。

在文化名人之外，能工巧匠也为博山菜的发展作出贡献。清初，清宫成立养心殿造办处，其中就有琉璃作坊。博山乃琉璃之乡，很多工匠被征调进京，为宫廷制造御用器物而服役，历代都未间断，在这种与京城大融合的群居生活中，一批批工匠们役满后回到家乡，为博山的饮食文化增添了诸多京味元素，对博山宴席格局的准确定位起到很大的促进作用……

博山能够成为现代鲁菜发源地，除了外来文化的碰撞，还在于内在文化力量的强烈爆发。

清末民初，博山餐饮摊点无数，酒馆有60家。富裕的博山人，下馆子已成习惯，但也注重家庭菜肴的精心制作。很多博山人虽非专业厨师，却既能做家常菜，又能做特色菜，还有自己的拿手菜，在某些菜品的制作上甚至超过专业厨师。有客人到家，他们都能拿起菜刀，三下五除二，做出一席地道的博山菜。这就是人们常说的"博山半把刀"。"十个博山人里有九个是半把刀"，"吃了博山饭，围着天下转"，造就博山烹饪庞大的群众基础，也起到提高烹饪技艺的作用。在博山，饭店的很多饭菜一般家庭会做，一般家庭的饭菜也能进得了饭店，上得了大席。高档菜品引入家庭，一般家庭的饮食水平得到提升，于是，百姓的日常饮食就不再满足于填肚充饥。每顿饭、每个菜都要认真烹制，家常吃色香味俱佳的菜品已经成了博山人的饮食需求和习惯。

清末进士张焕宸则通过开办聚乐村这个专业酒店，把鲁中饮食文化发扬光大，推到新高度。张焕宸最大的利器，就是文化。

张焕宸是博山西关街人，是大司马张晓的后人。1897年，31岁的他中了举人。1903年在工部主事进士馆毕业后，选授直隶肥乡县、昌黎县知县。在任期间，他勤政为民，刚正不阿，以当清官为荣，任满时，有数千民众到车站送他。人们还沿袭封建时代的惯例，给他送了万民伞，立万民碑。回到博山后，张焕宸担任商会会长。张焕宸眼见众商人在博山洽谈买卖，却苦无落座之地，于是决定筹建一座能够代表博山饮食水平的高规格饭庄。

他开办了中国最早的股份制酒店。1919年夏天，张焕宸与当地几位乡绅、名厨商议筹建饭庄之事。为了办出规模，筹集资金，张焕宸决定采取股份制办饭店。他亲自出面邀请几个财力雄厚的头面人物和财团入股，与张焕宸同科进士、出身石金生家族的福荫堂认购11股，仁和成认购9股，张焕宸认购2股。不久，集合22位股东，筹集资金6万吊铜圆。很快，一家名为"聚乐村"的高档饭庄在西冶街和税务街之间的叠道街北首开业了。

由张焕宸亲笔题写"聚乐村"，取"聚太和气，乐适意游"之意。"聚"的是天际太和之气，"乐"的是人间惬意之事，"村"乃人脉旺盛之地。

张焕宸亲笔题写"聚乐村"

这是一家文化底蕴充盈的酒店。除门前匾额讲究外，聚乐村内部更凝结着张焕宸的心血。客厅正中，挂有大书法家王讷题写的李白《春夜宴桃李园序》中的佳句："吾人咏歌，独惭康乐，幽赏未已，高谈转清。开琼筵以坐花，飞羽觞而醉月。"中堂两边有配联一幅，上联"水自石间流出洁"，下联"风从花里过来香"，由本地书法家钱钟山所题。每一个包间，都很雅致，聚福堂、聚禧堂、聚寿堂，等等，寓意福、禄、寿、喜、财、康、和、顺、昌、吉十全十美，客人可根据不同的需求自选。每个房间都设有条山几，上列文石、盆景、名贵陶瓷等，内饰既雍容豪华，又高雅精致。聚乐村所有餐具均为自己设计，再专门烧制而成，细腻温润、玲珑剔透。高档餐具都从景德镇甚至从日本定制，再包金包银，故在聚乐村有"美食不如美器"之说。聚乐村成为鲁中第一家以宴席形式为经营特色的"会馆式"高档餐馆。

短短十余年时间，聚乐村积累了雄厚资金，并在繁华地段开设分店。彼时的聚乐村，早8点开门营业，到午夜12点方休，凭借花样翻新的南北大菜，整日车水马龙，顾客盈门。

张焕宸是一个书法家，书学刘墉，颇为本地所崇。他很喜欢联句和对联，曾为《八仙图》作联书："只为阳间留正气，自应万物掌权衡。"张焕宸还喜收藏书法精品，其居室内曾悬挂着大书法家于右任一副对联："友交天下士，多读古人书。"末代衍圣公孔德成的老师庄陔兰也赠其作品："饮酒请教微醉后，好花看到半开时。"

除走出博山，将外面世界的千奇百怪带回来，张焕宸在博山文艺圈也是个活跃者。李守中是博山本地清末举人，在博山甚有名望，《续修博山县志》收录其文章多篇。李守中与张焕宸常在一起谈诗论画。某年秋天庙会后，博山众多文人欢聚一堂，宴席即将开始，李守中先出对子说："谁先对上，谁就可以品尝第一道大菜。我出的是'色难'。"张焕宸听后说："这个容易。"便伸筷子夹菜，众人说他还未对上，不能吃菜。李守中说："张会长已经对上了，就是'容易'嘛！"众人恍然大悟。

博山人，吃的不仅仅是美食，还有文化。

博山菜：既有平民情结又有贵族气质

走进博山聚乐村"博山菜博物馆"，我看到一排鲜红的大字"博山印象·能吃的博物馆"。这个闻名全国的百年老店，至今还保存着最初开办时的建筑，白墙青瓦，古朴典雅。静谧的院落内，"爬山虎"非常茂密，覆盖了大部分墙体；五角枫的躯干已经饱经风霜，叶子却透着油亮，仿佛有无穷的生命力……

这个博山菜的代表性酒店，让人一边可以参观中国餐饮文明的历史，一边能够品尝正宗的博山大餐，确实把餐饮文化做到了极致。

这个博物馆小而精，主人下了很大功夫，所以线条清晰，实物丰富，特色鲜明。这里有旧石器时代的打制石器，新石器时代的磨制石器、磨盘，各种彩陶食器，青铜礼器与食器，铁制器皿，绿釉的灶台，各种与饮食有关的陶瓷器物，当地的大鱼盘、石榴等各种琉璃艺术品……我们好像沿着中国饮食文明的脉络一路走下去，直到现在。在这里我们了解到，燧人氏钻木取火之后，先民们渐渐懂得火烹、食烹、陶烹，烧熟食物，这是"烹"的起源；夙沙氏"煮海为盐"，用美味的白色颗粒改善食物的味道，"调"就开始了；食盐是烹调的至味，它与五谷、五果、五畜、五菜结合，才有了烹饪，人类才从灵长类动物中正式脱离出来。关于酒文化、茶文化，以及儒释道和饮食的关系，这里也有精彩解释。

工作人员给我们介绍说，博山菜具有鲜明的地域特色。它的形成，可上溯至齐国的鼎盛时期，易牙就以"善合五味"著称。唐代，临淄人段文昌精于饮食，自编《食经》五十卷。博山菜受儒家文化影响，到元明清时已经有很高声誉。明朝这里有"鲁中都会"之称。到了清朝，随着博山炉、窑、炭三大产业兴起，呈现出"珍珠玛瑙翡翠琥珀琉璃街"的昌盛景象，"车马辐辏，万商云集"，促进了饮食业的发展，加之孙宝仍在北京光禄寺掌醢署的经历，极大地丰富了博山菜的礼仪规制，同时融合了外埠菜的特点，形成博山菜"京韵鲁味"的风格。

据说，博山有丰富特产，有悠久传统，有一批精于烹饪的人才，有一定数量的风味餐馆。博山菜有爆、烧、炒、炸、扒、蒸、熘、烤、氽、酱等烹调方法，有特殊的汁汤制作工艺，有品种众多的调味中和手段，最终确立的博山菜味型是"五味中和"。

一位工作人员指着一块黑色匾额的背面，讲起故事。正面是当年张焕宸亲笔题写的"聚乐村"三个鎏金大字，是聚乐村百年老字号的最好佐证。"文革"期间它险些被当作"四旧"销毁，幸亏众厨师看好这块匾额的木质，抬入伙房用其背面做了案板，才使之逃过一劫，至今匾额背面的累累刀痕依旧清晰可见。

那些深深的刀痕，线条纵横，凸凹不平，就像一部斑斓多彩的饮食历史。

酒店是餐饮的载体与灵魂。一个个百年老字号，浓缩着博山人对于味蕾的美好回忆。那古朴的建筑、文雅的牌匾、堂皇的店面、诱人的香气和满面红光的食客，引来人们对于一个富足世界的向往，也为后世留下菜品和饮食的准则、精髓。

据《博山商业志》介绍，仅从清咸丰年间至民国，博山较有名气的餐馆就有20余家，如海同春、双盛居、公合馆、同心居、聚乐村等。博山最早的饭馆是清道光初年开办的同盛、惟和、福缘、裕成馆等；清朝咸丰年间又有山头河北的海同春；同治年间有大街的双盛居，掌柜姓苏，人称苏家馆，还有孙兆禄在宋家胡同开设的春和园，赵益林在西冶街开设的永盛馆；光绪年间有香市街的公合馆，河滩的石家包子铺，税务街的全盛永，八陡的会仙楼、庆乐园、白家馆等。民国时期，较有名气的酒菜馆还有山头李同心开设的同心居，石冠英在东关开设的荆山村，崔元套在叠道街开设的异香村，马庆祥在核桃园开设的一品居，栾玉琢等在西冶街开设的聚乐村。

在博山，还有一个特殊现象，就是专业厨师和业余庖厨爱好者数量庞大，他们水乳交融，激发交流，取长补短，促使博山餐饮体系日渐丰隆博深，成就了博山菜"小家大气"的文化特色。家家户户的业余大厨们，对于蒸炸煮炒、盘拼碗盛悉心琢磨，仔细品尝，互相切磋以求提升技艺，所以一代一代美食者祖辈接续，这一群体是专业厨师的社会基础和监督群落。

自清代晚期以来，知名菜馆都有名厨掌门，其渊源可上溯至北京御膳坊和天津西点铺。大厨们各具看家本领，适调众口，独擅专长。这些掌门厨师大都开门收徒，自树门户。博山有资料可查的名厨有近百个，包括王广铺、周训成、冯兰谱、李永昌、栾玉琢、王德汉、高良德、赵增仁、栾相圃等老一辈厨界名宿泰斗，他们的专业遗绪甚至可传接四至五代。这些世家在红案白案、刀口汤头方面各有绝活，各擅其长，被后辈视为宗法。

在聚乐村，我了解到栾玉琢和王广镛的很多故事。王广镛是博山名厨师，在济南饭庄工作多年，精通南北大菜，红白两案均极娴熟，技艺高超。栾玉琢是博山大街人，出身栾氏名厨世家。当年，他先是在北京大饭店掌勺，深谙北京"公馆菜"的制作技法，后张焕宸仕任河北肥乡县、昌黎县知事期间，为其包厨多年，二人交往甚密，他除积累了一套谨慎、周到侍奉"老爷"的经验外，更有一手绝妙的烹饪技术。他们看到当时商业兴盛，开饭庄有利可图，便趁此大好时机，在靠山张焕宸的支持下、"仁和成"经理石毓麟的赞助下，集股开设了"聚乐村"……这些大厨们不仅技艺精湛，而且充满智慧。有外地客商来博，慕名光顾，有意考验厨师的技艺，巧立名目点菜，不论有无，他们都和悦相待。据说有两位南方顾客来聚乐村就餐，点了一个"烧南北"，伙计一时也摸不清，便请示栾玉琢。栾走南闯北，见多识广，他吩咐厨师做"口蘑炒竹笋"，竹笋产在南方，口蘑产在东北，故取菜名"烧南北"，顾客非常满意。还有一次，四位外地客商吃猪肉水饺，让"拿点义和菜来"。栾玉琢告诉伙计"拿点大蒜去"。因大蒜的形状是七八个蒜瓣围绕着蒜薹杆，象征义气团结，故名"义和菜"，这是跑外客商的吉利语音，相当于一句江湖行话。

栾玉琢的后人保存了一张拍摄于1927年的照片，当时，聚乐村生意越做越大，就决定在宋家胡同开办成记分号。因为意义重大，大家拍了一张聚乐村的"全家福"。四五十个人，围坐在聚乐村的匾牌前，呈"山"字形状落座排好，大部分人戴着一顶瓜皮帽。当时胖人很少，这些饭店的管理者满面红光，腮部鼓鼓的，说明吃得很好。第三排一个小伙子，专门露出手腕上的手表，这在当时可是极为罕见的奢侈品……

就是在这些大厨们的辛勤培育下，博山菜形成了五大特点：以盐提鲜、以汤壮鲜、咸鲜为主，爆炸熘炒、方法齐全、火候精湛，清浊分明、取其清鲜、精于制汤，不缺海鲜、注重发制、善烹海味，热情待客、劝酒有方、注重礼仪。这五大特点也是博山人的性格特征。也

拍摄于 1927 年的聚乐村的"全家福"

有人给博山菜总结了 16 个字的特点：规制讲究，咸鲜为本，醇香厚和，艺极味真。

博山人在宴席上有很多礼仪：座次排位有上座和下座之分；掌酒倒茶有先客后主之别，还要"酒要满茶要浅"；筷子摆放不能超出桌沿，客人先动筷子，夹菜时不能乱翻，要从碟边夹起；吃菜不吧唧嘴，喝汤不吸溜，不能反手拿碗；鱼头要朝向主宾，吃前要劝"鱼头酒"，等等。这些规矩渐成习俗，经过改进融入宴席规制。它在发展中定式，又在定式后不断发展。这看似席间的限制，其实正是待客礼仪。饮食习俗丰厚、宴席规制严谨，长期处在这样一种饮食氛围中，博山人逐渐形成饮食的贵族气质和知书答礼的性格。

还有人说，博山菜既有平民情结，又有贵族气质。良好经济基础和广泛群众基础形成了平民情结的饮食特点；丰厚的饮食文化和传统宴席规制造就了具有贵族气质的饮食文明。这正好体现了"小地方大世面"的博山文化底蕴。如果仅有平民情结，失却贵族气质，饮食的功能只是解决温饱，填饱肚皮，缺失了文化韵味；如果只有贵族气质，没有平民情结，那就走向追求奢侈，并非真正意义上的饮食精神。

"范家老店"在公路边上，远离市区，貌不惊人，但是院子里停满了车。这都是来自博山当地的老食客。朋友说，这是博山的老饭店之一，经营着最传统的博山菜，味道非常好。进入酒店，大堂里摆着几排矮小的桌子，人们坐在马扎上吃得正欢。除了当地的蔬菜、豆腐、肉类等做得炉火纯青，我第一次吃到狗肉香肠、兔肉丸子等想不到的美食。大盘的兔子肉可能腌过、炸过、炒过，所以入味透彻，筋道耐嚼，回味无穷。

在庞大的鲁菜体系中，博山菜源自民间，具有强烈的平民化特点和地域优势，充满浓浓烟火气。用美食为平凡生活提鲜，怪不得博山人那么积极乐观。"进淄赶烤"的人们，在博山大街小巷寻寻觅觅，去发现各种博山味道，恨不得把它们吸进肺腑和记忆深处，感受美好的人间至味。

也许因为有煤炭这一丰富资源，有烧制陶瓷琉璃的技术，对温度和火候了如指掌，烤肉很早就在淄博民间盛行，并延续至今。1845年，博山出现肴肉铺。最受欢迎的有远馨斋、福盛斋、远兴斋、三胜斋、振兴斋5家，民国时期又有9家肴肉铺开业。远香斋为段岳成创办，地址在西冶街南首，以经营烤肉为主，兼营火腿、板鸭、香肠、南肠、小肚、卷肘、扒鸡、焖鸡及各种菜肴，日销烧肉四五十斤，香肠百余斤，日营业额70余元。宗太海创办的福盛斋专营烤肉。宰牛、经营牛肉最出名的是簸箕掌村，已有300多年的历史。李振业家传承三代的羊肉挑子，始自1860年，名扬山城，羊肉不仅味道鲜美，而且干净卫生，所用刀具案板光亮整洁，从业者衣着整齐，肩搭清洁白布，人称"羊肚子毛"，所以买卖兴旺，每天能卖5只羊。1874年，创办福盛斋烤

鲁菜博物馆里琉璃制作的豆芽

肉铺的宗太海改章丘传统整猪烤肉法为条块烤法，并以木香熏烤。他炮制的条块烤肉皮酥肉嫩，肥而不腻，味道清香醇厚，是博山的名吃之一。曾有顾客赋诗赞曰："颜神风物四海扬，山城盛馔异寻常，最是游人迷恋处，难得古镇烤肉香。"1905年左右，博山远兴斋烤肉店店主钱振远，在一次给肘子过油时，发现肘皮爆花后，肉味更加鲜美。遂改大烤为小烤，改普通木柴为果木劈柴烤制，烤出的肉气味悠香，肥而不腻。民国初年，周顺祥为掌握一门手艺，用小炉烤肉，挑担子上市，因质量精到，备受顾客欢迎，人称"周氏顺祥斋"，顺祥斋烤肉从此成名。博山烤肉，皮酥肉嫩，气味幽香，食而不腻，非常受欢迎。热烤肉加白糖，用鲜荷叶包后再吃，肉酥嫩、味鲜适口；凉烤肉加绿豆小粉皮再加鸡蛋，做成汤菜，味道更鲜美；另外还可做各种冷热拼盘、烩菜等。后来博山陆续出现了10多家烤肉铺，烤肉生意大盛。

1954年，淄博食品公司成立，博山烤肉开始公司化生产。为保证产品声誉，公司制定了严格的操作流程，大体是将毛重约60公斤的活猪用热水屠净鬃毛，劈成两片，放在阴凉透风处晾干，然后剔骨，割掉四条腿和肚底，扒掉板油，再按长15到30厘米、宽约5厘米的规格，分割后放入盐、花椒皮，加水浸泡40分钟，取出晾4至5小时后，进烤炉，用无烟的苹果木、柿子木、软枣木、香椿木、花椒木等为烤柴，柏木、松木等有邪味的木柴禁用，经3.5至4小时烤炙即可……

博山菜呈现平民化特质还表现在小吃流行。一个作家说，小吃揭示出豪华盛宴背后的另一个饮食系统：低贱的，本色的，简陋的，但时常是可口的。对于本土人士说来，小吃同时是亲情、乡音和本地气氛的有机部分。我觉得，小吃是一个地方历史的积淀、特产的精华、地气的精灵。它是一个区域百姓共同认可和打造的风味，廉价，卑微，简朴，实在，但却馨香四溢，味道穿心。博山人一年四季都有口福。春天，腌香椿咸菜、煎槐花饼、炸花椒芽；夏天，入伏吃凉面、盛夏喝炒米汤；秋天，晒萝卜干咸菜；冬天，腌豆豉咸菜、做豆腐乳、闷辣疙瘩丝。春节，炸豆腐丸子、豆腐片、绿豆丸子；熬肉、熬鱼；炒苤蓝丝咸菜；炒辣疙瘩咸菜；炸豆腐丸子、炸肉；瓦肉，瓦猪蹄子……实在是数不胜数。

有人说，如果你每天早餐吃得都是博山小吃，一个月绝对不重样：郝家的肉烧饼和糖火烧，十字路的干炸绿豆丸和逯家的椒盐瓢子火烧，穆家的油粉二油饼，东关钱家的干粉豆腐菜火烧，西冶街老钱家的八宝粥，县前街的水煎火烧，城壕万香斋孙家的烧肉，福门里石家卤酱杂拌，刘家的清酱猪头肉，二元赵家的牛肉蒸包，簸箕掌的熟驴肉，丰茂斋的腌成菜，西冶街张家的煎包，箔市街李家和河滩行家饭铺的水饺，县前街杨大娘的素油饼，下河滩李家的菜煎饼，西关老蒋家的米面藕，王家大姑的地瓜米粥，等等，都是地道的地方风味名吃，至今惹得人们垂涎欲滴。博山小吃能够独树一帜，和今天淄博烧烤火爆的原因几乎一致：一是适应地方口味，突出花色特点；二是十分注重质量，以此保持信誉；三是树立长久观念，不因利薄而歇业；四是吸纳街坊意见，虚心改进制作。博山人至今对其饮食传统津津乐道，恰是在品味家乡的地域文化；外来人士乐于品尝博山菜肴，其意趣也往往在大快朵颐之外。

博山民间菜自成体系，可以归纳为"炸、酥、烩"三大范式。

一是"炸菜"系列，技法源于民间年节炸货。炸菜是博山最具代表性的一种传统美食。其特色鲜明，调制面糊讲究味厚香浓、色泽红艳，而且挂糊浓厚，面糊中加入花椒等香料调味。据说旧时肉类不丰富，为了体现炸肉的菜肴量大，就把面糊多用一些，炸出来的菜肴丰满、大气，由此形成一大地方特色。至今流行的"炸里脊""炸鸡块""炸排骨"等传统菜肴，风味依然。明清以前辣椒尚未传入中国，博山人因地制宜地选用山东盛产的花椒，炸肉时突出一个"硬"字：炸好的里脊肉上覆盖满一层在锅里焙酥、用擀面杖碾碎的花椒面儿，即便是再钢铁的硬汉，也得在这股舌尖触电的酥麻感中败下阵来。炸春卷是一道博山本土时令菜。博山春季盛产香椿芽，清香扑鼻，远销海外。此菜春天放椿芽，其他季节放韭菜，外皮要炸酥、炸透，又要保持香椿芽的真味，所谓"淡中求美、清中求鲜、清鲜者即能脱俗超尘而真味出也"。上菜时带碗高汤，一来可使春卷酥软，二来可去掉油炸的异味。

二是"酥菜"系列，以"博山酥菜""博山酥锅""酥鲫鱼""酥海带"等为代表。酥菜是流行于博山一带的烹饪方法，适合于制作大众菜肴。酥的方法较为简单，一般将猪肉、海带、白菜、藕、猪排骨、海鱼、炸豆腐等原料，加入汤和以醋为主的调料，小火焖至酥烂即可。成菜骨酥肉烂，滋味浓郁。酥菜技法的起源，一是博山自古出产陶瓷器具，陶锅耐热，价格便宜，适合普通人家使用；二是博山一带出产煤炭燃料，烹饪温度可高可低，尤其适合慢火加热的菜肴制作。在陶锅内装满食材，添加一定比例的调味品，放置煤炭炉上小火慢慢加热，几个小时下来菜肴成熟，酥香软烂、入口即化，又不失其食材本味，五味俱全。酥法由此形成，并成为博山菜中的代表特色技法之一。

酥锅是博山人带着温度和场景的记忆。每一个博山人都记得，过年过节，家里要准备的第一道大菜就是酥锅，好像没有酥锅就不是过年。所谓"穷也酥锅，富也酥锅"，做酥锅可以根据条件来搭配原料，你家富有，可以整鸡整鱼地做，他家条件差，可以用碎肉鸡架来做，于是，就有"家家做酥锅，一家一个味"之说。爱新觉罗·浩在其《食在宫廷》一书中，对"酥鱼"有这样的描述："这个菜是山东菜，北京的山东菜馆均卖此菜，更不用说宫廷了。但宫廷的做法与民间的不一样，宫廷的酥鱼鱼骨必须酥软，味道一定要上乘。此菜为绝好的酒菜，放一星期也不坏。"

有一位游客说：位于山东"C位"的淄博，更是兼具了山与海的丰富物产。微山湖的七孔莲藕，渤海湾的鲅鱼尾，莱芜的黑猪肉，胶东的大白菜……它们都被炖进了一锅酥锅之中，堪称一幅汇聚了山海之珍的山东风味地图。

三是"烩菜"系列。博山烩菜，实际上是炸菜系列的延伸。在食物匮乏的年代，无论逢年过节，还是婚娶宴席，招待客人一般不舍得用纯粹的炸肉、炸鸡之类，而是把少量的炸里脊、炸鸡块配以蔬菜类辅料，用味美的浓汤，调制成一种汤浓、味厚、料丰的菜肴，这就是"烩菜"。所谓"烩"，就是把已经可以食用的菜肴重新加汤、加热，人们习惯叫作"烩烩锅"。鱼肚、精肉丸、豆腐干、油炸咸肉、木耳等蔚然一锅，汤介于浑厚与清鲜之间，内有令人垂涎三尺的醇味。

在三大体系之外，豆腐箱子是博山人的最爱。顾名思义，豆腐箱子外表像一只金黄色的木箱，里面可以装盛各种东西。其外皮采用豆腐制品做成箱子形状，内里放进各种馅料，入锅蒸熟即成。所用豆腐产于博山池上镇，用本地酸浆或者盐卤点出来，坚挺耐蒸炸、不易破裂。在做成箱子之前，要把豆腐切成正方形或长方形，用油轻炸，提高豆腐外皮的柔韧度，利于切开豆腐，挖空制成箱子形状。那些考究的老店，还得在豆腐上系一条韭菜，保证"箱子"夹起来也不会开盖。再撒上剪去尾巴的黄豆芽，权当是开箱子的"金钥匙"。装料入屉水蒸一刻钟，即可起锅。盛入精美的椭圆形浅盘，撒上些许芫荽装点提味，其口感细腻，浓香满口，皮韧馅嫩，回味无穷，喜气洋洋。

博山民间菜系有一大特点，就是精于制汤、注重用汤，这在大的酒店里呈现另一种风格。汤为百鲜之源。外地人来博山吃饭，总认为博山人做菜是"一瓢水"，博山汤菜虽有滋有味，却不实在。其实，博山菜的汤并非"一瓢水",而是用料用时熬制出极富营养的"一瓢汤"。博山人不仅重视菜汤,还注重汤饭。吃水饺,肯定要来一碗饺子汤;吃面条,一定要做"浇头";吃饭,必定要喝稀饭;甚至吃过鱼之后,还要再"砸鱼汤"……这些都是博山人喜欢"汤"的结果。博山人喜好"汤汤水水",除了用汤的鲜味以外,也无不与博山平民百姓多从事于高温、高强度劳动有关,人们劳作回来,口干舌燥,正好用汤补水。

还有人用"黑乎乎、黏乎乎、咸乎乎"形容博山的传统菜肴。他们认为博山菜酱油多、勾芡多、放盐多。酱油含有氨基酸可溶性蛋白质、糖类、酸类等营养成分,深颜色可以增加食欲;勾芡为了保住食材营养,不让汁液流出,还可以增加多种食材间的附着力,使菜肴营养更加丰富,味道更鲜美;"三大业"从业者大都高温作业,流汗失盐多,多加盐可补充盐分,另外以盐提鲜,菜肴会更为鲜美。就当时的饮食和劳作环境来说,"三多"正是博山菜讲究科学烹饪的结果,体现了博山人关注饮食与营养的关系,也说明博山菜与平民百姓的劳动和生活有密切关联。

在博山,与饮食有关的谚语多达60条,歇后语近20条,在为数不多的民谣中,有6条与饮食相关。在这里,饭店的很多饭菜一般家庭也会做,如爆炒肉片、炸春卷、豆腐箱、汆丸子、拔丝红薯、糖醋排骨、粉炸肉、卷尖、元宝豆腐、海参汤、炝蹄筋等。另外,一般家庭的饭菜也能进饭店,上大席,如豆腐丸子、酥鱼锅、清拌肉、烩大肠、炸肉……这种有效的双向互动,让百姓家常菜有了高贵味道,也使得贵族菜系里不断出现家常菜的身影。

在聚乐村鲁菜博物馆的一个房间内,摆着一桌博山"四四席"。寓意四平八稳的八仙桌上,陈列着几十道博山菜的模型。桌子的四面各摆着两张木漆圈椅,像8个威严的老者端坐在那里……

味蕾需要几代人才能培养出来。博山"四四席"是一个高规格的菜肴规制，一种地标性的主题饮食，更是一个文化的传习所，一个充满着儒家色彩的温情小社会。对着那一桌大餐，我禁不住感慨，一百多年前的博山人为何如此讲究、高雅、悠闲？

什么叫"四四席"呢？简单地说，就是在宴会上以"四"为单位上菜，前奏是四种干果、四种点心、四种鲜果，这是"茶叙时刻"，大家可以谈笑风生，增进了解；接下来是正式宴席，四平盘就是四种凉菜，四大件是最高档的热菜，四行件是与大件交替端上的热菜；最后还有尾声，四饭菜是吃主食时的配菜，还可以把鱼做成"砸鱼汤"，醒酒暖胃……谁有这么大的胃口，装下如此海量的美食？谁有那么多时间，制作这么费神耗力的作品？我仔细看过"四四席"，那些干鲜水果和点心，都要堆成宝塔等形状，精细程度不亚于绣花。经过考证，我发现"四四席"在广泛吸收博山民间菜精华的基础上，借鉴了三个方面的餐饮成果：一是京城皇宫御厨，二是经典济南菜，三是孔府菜。这三个体系从形式到内涵，赋予"四四席"规制讲究、品格高雅、精于烹饪、风味醇厚、纯正精粹的特点，从而使博山菜成为餐饮和礼制的代表性符号。

"四四席"发源于聚乐村。

孙廷铨在《颜山广记》里说，博山过去盛行三台席，即六碟、六小碗、三大件。当时，全国流行的是燕翅席、海参席、鲍鱼席，全羊席在山东很盛行。这种情况到聚乐村大厨王广镛和栾玉琢那里开始发生改变。仔细研究这两个人的成长经历，就能发现"四四席"的来龙去脉。王广镛主要在济南学习厨艺，经过名厨郑光成、郑光木指教和清廷御厨袁发传授，学得一手上乘烹饪技术，曾在泰安给张勋包饭。他熟练掌握了济南菜善于制汤的绝技，学会了一个大厨必备的刀工、火工，让济南菜的精华自然融入"四四席"。栾玉琢早年在济南的大饭店掌勺，也深谙皇膳御宴的制作技法，后来为张焕宸包厨，精通南北大菜。栾玉琢不仅厨艺在身，更有经营管理饭馆的经验，他被聘为经理，集王广镛等名厨的智慧为一体，创立了定位准、档次高的"四四席"。

聚乐村"四四席"非常注重上菜程序和菜品搭配，这一点和孔府菜极为相似，成就了其贵族气质。

从"四四席"上，隐隐约约能看到孔府菜的影子。孔府菜主要有两大类：一是宴会饮食，二是日常家宴。宴席饮食包括迎接官府、族人和贵客的宴会，也有婚丧嫁娶和寿宴。这些宴席一般都按"四四制"排定，如燕菜席就有四干果、四鲜果、四占果、四蜜果、四饯果、四大拼盘、四大件、八行件、四点心、四博古压桌、饭后四炒菜、四小菜、四面食。头菜，是宴席中最重要的一道菜，它往往是以燕窝、鱼翅、海参等某一看品命名，是一桌宴席的主要依据；大菜，是一桌宴席中的主菜，一般由数道构成该宴席的重心，种类十分丰富又长久稳定；行菜随大菜陈列于席面，并与大菜构成宴席的一个个分组结构，首尾相连，构成宴席的节奏；随行菜而来的是饭菜，即伴进主食的菜肴，以舒适可口、朴实无华之特性，为整个筵席平添秋色……

"四四席"的上菜方式很像清袁枚在《随园食单》中所述：上菜方法咸者宜先、淡者宜后；浓者宜先、薄者宜后；无汤者宜先、有汤者宜后……度食客饱则脾困矣，须用辛辣振动之；虑客酒多则胃疲矣，须用酸甘以提醒之。在博山，上菜程序最讲究的是女方送客席，俗称"油客席"。在这种宴席上，在上大件前的每一道四四程序均配有相应的饮品。首先上桌的是四干果配以茶水，讲究"甜配绿、酸配红、瓜子配乌龙"；干果之后上四点心佐以杏仁茶，供主客酒前垫腹，以防空腹饮酒不适；紧跟四点心之后又上四鲜果配以红酒，有"四红四喜"之意。红酒为垫底酒，预示着酒席即将开始，所以稍喝辄止，此后服务员上新撤旧，正式宴席拉开帷幕。

白酒倒上，先上四凉菜，既有点缀宴席的作用，还有开胃功能。

聚乐村的"四四席"

宴席的头菜叫第一大件，头菜标志着宴席的规格档次，一般是燕窝、鱼翅和海参等。海参席自古就有"参打头、鱼打尾，有鸡有肉是整席"的说法。第一大件之后是第一行件，整席菜品便依次穿插上桌，顺序合规、主次清晰、搭配完美，特色鲜明。菜单设计上，大件菜金占全席菜金之半；行件为全席菜金之三成，第一行件又占行件总菜金之半；四平盘与四扣碗、四饭菜一并占菜金的二成。"四四席"在传统上习惯把鱼、甜品和时蔬清淡之味排在上菜顺序的后面，最后的"砸鱼汤"不仅一鱼两吃，而且有解酒醒脑、调适胃口的功效，与袁枚所论不谋而合。

经过近百年的发展提炼，"四四席"有突破性的创新，大圆桌餐台取代了方桌和长条桌，就座人数也不只限于八位。菜式上不断增添新内容，如四味碟、四京糕、四风味、四海鲜等，体现出菜品的整体效果，达到观之悦目、食之舒心的境界。

博山"四四席"的宴席礼仪与礼俗规制深含寓意。过去博山传统宴席为方桌，俗称"八仙桌"，八人一桌为整席，多一人为"挂角席"，少一人为"缺口席"，少二人为"敞口席"。宴席座次上按长幼尊卑而论，一般家宴长者为上，正式场合，居官者为尊。居官之人，在亲戚宗族中即使辈分较低、年龄较轻，也要坐在长者的上席。上席是以正门或落台之地为准，正对面为上，上席二人左为尊，酒席上都要按座次行酒。席间有忌讳和避讳的沿袭习俗。醋称"忌讳"，点心不上麻花，鲜果不上梨，有分离之嫌。若整鸡、整鸭、整鱼上席时，对主宾则有"鸡不献头、鸭不献尾、鱼不献脊"之说；倒茶斟酒讲究"倒茶要浅、斟酒要满"。两者碰杯同干，碰一喝二，且有滴酒罚三杯之俗。

最能体现博山大厨水平的，就是讲究制汤和干货发制这两大技术，二者又是相辅相成的。

博山菜世称"鲁中菜"，中国饭店协会评价其"以'中国鲁菜名城'博山为代表、以淄博饭店为龙头的鲁中菜，菜品制作十分注重汤头的运用，其中氽底菜、鸡汁系列菜肴在国内独树一帜，特色鲜明，风味独特……"这里地处山东中部，不靠林不近海，缺山珍无海味，食材相对匮乏。但是，博山人依靠发达的产业和富足的生活，使弱项变成强项，他们买来干货发制，致使"发制干货"成了博山独有的烹饪手法。上至山珍海味，下至禽类皮筋，无论水发油发，他们制作起来顺理成章，得心应手。332个传统博山菜中，有外地食材的81道，65道是海鲜。

博山"四四席"对制汤比较重视，用料相当讲究。汤又分清汤、高汤、奶汤、素高汤等，不同菜使用不同的汤，不同的汤有不同制作工艺。清汤是菜品调味提鲜的"灵魂"，在菜品的制作中至关重要。清末民初博山较有名气的酒楼餐馆中，制汤高手不乏其人。一心居餐馆以汤头菜取胜，素有"河沿滩上炸排骨，一心居里汤爆肚"之美誉，且视汤为本，每日汁汤告罄即摘幌打烊；聚乐村生意相当兴隆，制馔名手云集，尤以爆炒和清汤菜见长，有"李永昌的火候、王德汉的汤头"一说。王德汉的制汤方法可能源于京城御膳房和济南大饭店。过去的老鲁菜馆子吊汤，有这样一种说法，叫作"无鸡不鲜，无肘不浓，无骨不香，无水不纯"。在济南的老饭店，一锅清汤要经历"一煮二滗三吊"的繁杂步骤，熬制4个多小时。据中国烹饪大师孙存勇介绍，清汤的制作要先选用老鸡、老鸭等足够的料，配以足够的水，慢慢炖煮出食材的鲜味。快熬煮好时，再分两步加入"红哨"和"白哨"，也就是鸡腿肉和鸡胸肉泥，经过这两道工序，能"魔术"般将汤中的血沫、杂质、颗粒物吸附出来。过滤后，汤色晶莹剔透，不见杂质，这样一锅清汤才算大功告成。在清炒里脊丝、佛跳墙等经典鲁菜中，一勺清汤的注入让菜的口感更加鲜活，富有层次。

聚乐村有一道"酒香烩八珍"，其原料集翅、鲍、参、鱼唇、山菇、干贝、鹿筋、鹌鹑蛋等八大珍品于一体，用"一清二酽三浓"的上等高汤，经过24小时以上煨制，汁汤讲究，清汤见底，汤酽粘唇，浓有余香，是博山菜系中首屈一指的美味汤品。

关于博山的汤头菜，还有一则小故事。抗战时期，王建安将军曾在鲁中地区转战多年，曾多次吃过聚乐村的清汤菜。20世纪80年代初，王建安曾饶有兴致地对进京采访他的人表示，聚乐村的菜有味道，尤其是汤，开始一看清水淡气，不实在；但一尝味道，真是有滋有味，令人难忘。

青出于蓝而胜于蓝，博山"四四席"在餐饮界独树一帜，百年凝练成就今日经典，在于它已经不仅仅是一桌宴席，而成为一种文化记忆，一种味觉基因，一种生存哲学。

第一，从美食角度讲，"四四席"适应了四节变换、节气交替的自然属性，菜肴用料和烹饪技法随季节变化，符合"四季变换""四时常鲜"的规律，顺应了"天人合一"法则，使菜品优势发挥到极致。

第二，美食与美器相互协调，交相辉映，相得益彰，显示宴席之整合规矩，又起到精美可观的视觉效果。盛器不仅仅体现在宴席的整体效果上，还是区分大件或行件的重要标志之一。一般10寸汤盘和10寸以上的平盘装菜为大件，8寸平盘一般只盛凉菜，8寸汤盘就是行件。菜品所具有的色、香、味、形，在精美器皿的衬托下，得到充分的拓展和延伸。

第三，对称平衡的"四四席"，符合中国人的宇宙观和审美观。八仙桌属方桌或长方形，餐具以圆形为主，含有"天圆地方、天人合一"的美好寓意。就数理上讲，八仙桌上八人用餐，四四规制恰到好处。席踞八仙桌，坐漆木圈椅，两两相对，宾主得序，合出一个四红四喜的吉数，所以深受欢迎，沿袭至今。

第四，"四四席"蕴含着一定的哲学理念和辩证思想。从中国传统观念上理解，所谓"四四"，寓意"四红四喜"。"四红"指"鹤顶、鸡冠、樱桃、胭脂"四种喜庆的红颜色；"四喜"指"久旱逢甘雨，他乡遇故知，洞房花烛夜，金榜题名时"四个喜庆的时刻。另外，"四"字含有四平八稳、四面八方、四季来财等寓意。

一个大厨用泡沫精雕出的关公

一个博山人说，现在过年，博山发明了一道"博山一桌菜"，它脱胎于传统的"四四席"，是"四四席"的简约版，共有十道菜构成，寓意"十全十美"。她说，一餐饭里，承载着历史，暗含着文化，涌动着亲情，哪是口腹之欲的满足这么简单。

丝绸文化和鲁商文化孕育出的商埠菜

博山是一个工业重镇，博山菜是为了抚慰那些重体力劳动者的心灵，周村商埠菜则源于当地发达的鲁商文化和丝绸文化。在周村，也许是工商活动过于繁多，所以对饮食没有刻意强调，那类似周村烧饼一样醇香的味道，虽然没有形状，却飘荡在大街小巷，渗入人们的骨髓和血脉，成为一种隐形的气质。

直到30多年前，一个叫知味斋的酒店，发现了周村商埠菜这片巨大的"蓝海"，他们根据周村20世纪初以来呈现出的独特饮食文化，机巧运用到知味斋菜系中，推出一个全新的"商埠菜"概念，并加以体系化打造。"南北融合、中西贯通、选材广泛、味型丰富、本味突出"的周村商埠菜，主打菜品有枣香酥烤鸭、肴鸡、九转大肠、酸辣虎头鱼、周村煮锅、薄皮大馅包、烫面蒸饺，等等，知味斋成为商埠菜文化的集大成者。

淄博是一个拼装型城市，市内的五个区都隔着一段距离，大约几十分钟的车程。富有想象的人把它比如成一朵盛开的梅花。齐文化是它们共同的基因，而每朵花瓣又各有自己的特色。

在博山依靠煤炭、陶瓷和琉璃三大产业崛起的同时，周村则依靠丝绸文化和鲁商文化成为中国四大"旱码头"之一、鲁东腹地唯一的工商重镇。

周村最早是一个小村镇。民间传说，春秋战国时期，这里是齐国的昼邑，有"孟子去齐宿于昼"的历史记载。孟子去稷下学宫，路过这里并住了三天。据当地一位老人说，周村曾经有一个古刹，寺内一块石碑上题写着"此地为古昼"。至于古昼的历史，现在已经无法考证。商代至战国时期周村称於陵，汉代以后称於陵县，隋为长山县。

"周村"这个名字，最早见于明嘉靖年间的《青州府志》："城南周村店，居民三百家。与淄川接界。"当时这里是长山县的一个居民聚落，其范围大致相当于今天的周村古商城景区。这是一片高埠，三条河流交汇，四周环水，水周之村，故为"周村"。周村最早的建筑，是建于唐朝的明教寺，寺庙建成之后，有人依寺而居，逐渐形成聚落。宋元时期，寺庙可以经商，摆摊设点的商户不断往南发展，开店设铺，建筑房屋，形成一条南北走向的商业街市，这里是今天周村古商城景区的主要景点"大街。"

周村古商城被誉为"中国活着的古商业建筑博物馆群"，由大街、丝市街、银子市街等古街组成，保存着明清古建筑5万余平方米。景区内有14处景点，街区纵横，店铺林立，建筑风格迥异，中西文化合璧，为山东仅有、江北罕见，且仍在发挥其商业功能。大街是周村最大、最

20世纪80年代的周村大街

古老的一条商业街，始建于明永乐年间，明崇祯九年（1636年）具备雏形。它南起丝市街、银子市街交口，北至朔易门，长约一公里，北极阁拦腰横跨中间，把大街分为南北两段，现在保留的基本为南段，全长400米。这里的丝市街、绸市街、丝绸博物馆，等等，诉说着"丝绸之乡"昔日的辉煌和荣耀。

丝绸是中国的象征，也是周村的象征。专家认为：周村地区是"丝绸之路"丝绸的主要货源地和集散地，周村古商城是古代齐国丝绸文化的主要传承地和生产基地。

在古老的周村大地上，分布着许多龙山文化遗址，特别是在於陵故城周围，出土了各种各样的纺轮等丝绸工艺的遗物。这说明，早在春秋战国时期，甚至更久远的年代，周村就出现了丝织业。史书记载，我国最早出现的丝织中心，是2500年前的春秋时期，以临淄为中心的齐鲁地区。司马迁在《货殖列传序》中记载："故齐冠带衣履天下，海岱之间敛袂而往朝焉。"齐国生产的丝绸衣服名扬天下，丝纺贸易规模居各诸侯国之首，生产的丝绸种类有罗、绫、绢、绣、帛等20余种。

秦始皇统一中国之后，多次东巡齐鲁大地。他派遣道士徐福携带三千童男童女，出海寻找长生不老的仙药。船上满载齐地出产的瓷器和丝绸。为了这批丝绸，於陵成千上万的人民，不分昼夜地剥丝、纺织，把最好的齐纨、鲁缟奉献给这位叱咤风云的帝王。西汉初期，刘邦登上皇位，他下令在齐国设立"三服官"，专门织造皇帝春、夏、秋专用的三服丝绸。西汉黄门令史游所作的《急就篇》中记载"齐国给献素缯帛，飞龙凤皇相追逐"，反映了丝绸生产水平之高。齐国生产的"冰纨""绮绣""纯丽"等精细丝织品，不仅国内"人民多文采布帛"，能够充分自给，而且还大量输出。当时於陵和临淄并列齐地最大的城市。张骞的出使、班超的远征，第一次把中华与神秘的西方联系起来，东西方贸易开始繁盛。周村，此时已成为中国海上丝绸之路与陆上丝绸之路的重要源头之一，以至于"天下之人冠带衣履皆仰齐地"。

史书和文学作品中对周村丝绸业多有记载。《汉书》描述当时周村所属的长山县"俗弥多织"。隋人评价"齐郡风俗，男子多务农桑"，"俗多织作"。唐朝诗人杜甫在《忆昔》一诗中说："忆昔开元全盛日，小邑犹藏万家室。稻米流脂粟米白，公私仓廪俱丰实。九州道路无豺狼，远行不劳吉日出。齐纨鲁缟车班班，男耕女桑不相失。"描写了丝绸织品运往长安的盛况。而周村丝绸经过这些道路集中到东西大道上，然后运往洛阳、长安直至丝绸之路。周邦彦的《汴都赋》提到，当时山东的丝麻织品、渔盐制品以及域外来的珍奇异物经过山东道路运到汴州的，无所不有。

在董永和七仙女的故事里，千乘人董永被卖到於陵为奴，遇上了纺织女工七仙女，演绎了一段流传千古的爱情故事……周村东郊古代曾有规模宏大的董永祠和墓葬。

清初，周村大街成为中国北方商业重镇，被誉为"旱码头"，开启了延绵数百年的鼎盛时期。"济南日进斗金，不如周村一个时辰"，这种繁盛与丝绸业的强劲发展密不可分。"桑植满田园，户户皆养蚕，步步闻机声，家家织绸缎"就是"丝路之源"周村的真实写照。清乾隆年间，《淄川乡土志》记载："蚕丝本境天然之大宗，每届春令，比户饲之……本境虽能缫丝，而售与周村商贾织造。"时光来到20世纪初，随着铁路的铺设，天南海北的人们被隆隆作响的蒸汽机串联在一起，新的聚落不断产生，周村成为北方丝绸行业的中心。1904年，新开通的胶济铁路穿过淄博，周村自行开埠，引来"天下之货聚焉"。丝绸业自周村开埠后成为山东漂染业、蚕丝绸集散地和原产地等三大领域的状元，至1917年已有丝织厂1400多家……产业兴盛，更催生了一批名扬天下的老字号。

漫步在周村大街，走进全长300多米的丝市街，就走进一个丝绸王国。明清时期，淄博桑园已经发展到数万亩，有桑树几十万株，淄博全境养蚕户达3.6万余家，最盛时年产茧26万斤，成为全省重要的产茧地区之一。1907年，周村生丝出口额达到160万两白银，茧丝出口额达到500万两白银，成为蚕茧生丝交易中心。当年这条老街上还有十几家丝店，有永和丝店、同和丝店、复源丝店、恒和丝店、同泰丝店、同升丝店、泰来丝店、人和丝店、瑞蚨祥绸布店、裕茂公绸布店，等等，河南、山西、河北，甚至俄罗斯、日本的商人荟萃于此。至今这些老店仍在，许多以蚕丝为图案的建筑装饰，铭刻着丝绸印记的地名，形象地向世人传诵着一个个动人的故事。

烧烤爱好者带来一个问题：周村发达的丝绸业是否和烧烤有关系？有人回答：丝绸制作有一个工序关键是"煮茧抽丝"，而蚕蛹是可以食用的。清代王士雄撰《随

大染坊

息居饮食谱》指出，蚕蛹，其气香，"晒焙极燥，可以久藏"。焙，就是"用微火烘烤"的意思。既然生产上可以用火炉，那为什么不能烧烤呢？

明代中叶，周村还是一个只有300户居民的普通村镇，到清朝乾隆年间，发展成山东著名的商业中心，到晚清更成为我国最早自开商埠的城市之一。

周村能够迅猛崛起，第一个重要因素就是交通。

明朝中叶，贯通济南和青州的青齐大道改道，由长山北麓改为南麓，即从历城到章丘，从王村向东，出王村峪转而北行，沿凤凰山东麓，经过於陵废墟上的故城到达周村，从周村向东直达张店、金岭镇、临淄而达青州。这条新路的开辟，使得周村商业迅速发展起来。随着青齐大道南移，周村成了由鲁南经博山、淄川向鲁北和由济南到胶东半岛交通线上的十字路口。优越的地理位置，以及周边章丘、邹平、

长山、齐东、博兴、淄川、博山等地区自然经济的发展，使周村成为重要的货物集散地。这里众多的移民后裔通过科举考试步入仕途，官僚地主阶层逐渐形成。这些官僚家族的大量消费，又极大地促进了周村工商业的发展。明嘉靖年间，附近的居民开始向周村迁移。鲍氏家族从长山迁移到周村东街，种枣植桑，开窑烧砖，留下"鲍家窑"这一地名。兵部侍郎史永安的曾祖史明率全家从武定府迁来，因为人仁义，经营有方，成为当地著名商人。明天启六年（1626年），朝鲜使臣金尚宪出使中国，前往长山县於陵古城瞻仰陈子仲故居，途中发现了一个从来没听说过的城市，于是作诗一首，记录所见所闻："门前绿水绕金沙，临水楼台日正斜。掩映白烟红树里，酒旗茶傍几千家。"城市之中，家家门前杨柳吹拂，碧水环绕，店铺一家挨着一家，斜插在门口的招幌迎风招展，此时周村大街已经形成，非常繁华，而这样繁华的街道当有很多条。崇祯年间，周村城市布局以大街为中心，街道向四周铺展蔓延开来。大街南段，向西形成兴隆街，过兴隆桥，则是下河大集市场；向东发展，形成了丝市街、永安街；向南，则是银子市，过去就是棉花市。大街北端，镇武阁向东，是鱼店街、油店街、大车馆；向西，是蓝布市。在大街西边，还有一条与之大体平行的绸市街。大街本身不断滋生出新的胡同街道，它们像一根根血管，为大街源源不断输送着血液，滋养着它的发展。

第二个重要因素，在于周村有广阔的腹地，兼有交通优势，容易形成农副产品集散地和交易中心。

从交通条件上来看，王村和周村有十分相似之处，但是王村的腹地比不上周村。王村处于两山之间的山峡地带，腹地有限；而周村附近除了西南一隅外，都是农业发达的平原地带，丝织业发达，腹地广阔。

明朝和清初实行海禁政策，西部运河繁华，沿海贸易受到压制。乾隆统一台湾之后，逐步放开海禁，沿海兴起一系列的商贸城镇，并与运河经济发生联系，周村地处交通枢纽，成为通过陆路交通要道与沿海相连的"旱码头"。

明代山东纺织业不太发达，每年还要从江南调入棉布。到清代，棉花经济的格局发生很大变化。山东棉花种植面积迅速扩大，形成鲁西北、鲁北、鲁西南三大棉产区，其中鲁北的棉花种植发展最快，超过鲁西南地区。鲁北武定府的棉布主要通过大小清河及鲁北港口装船出海，济南府、东昌府等地棉布要进行海运就要经过周村所在的东西要道，周村因此成为棉布的集散中心。齐东、章丘、邹平、长山一带所产棉布总称为"寨子布"，多汇集于周村，输往关东，也行销华北。这样，周村在棉布物流中心的基础上，兴起成为商业中心，并慢慢集中了各种职业，棉织业、丝织业等手工业和金融业尤为发达，成为名副其实的商业重镇。但是其肇始因素应为棉布贸易，其他各种贸易都集于周村，是因为它已发展成为一个商品集散中心。可以说，棉布贸易是周村发展的"生长极"。

第三，当地一个退休官员积极探索，实施免税政策，在周村打造了中国第一个"保税区"，营造出良好的营商环境。

明末清初，周村遇到了发展瓶颈。

首先遇到土匪乱兵的劫掠。据《长山县志》记载，崇祯十七年（1644年）三月，"王茂德驻周村，率众劫掠，居民庐舍多毁于兵"；顺治四年（1647年）"高苑贼谢迁攻城，焚官舍俱尽"；顺治七年（1650年）"峄滕贼以周村为商贾辐辏之所"，千余名贼匪从数百里之外袭来。为了抵御土匪，保障周村城市稳定，清朝时长山特将县丞"额设一员，驻周村"，又以兵防匪，找到了解决问题的办法。

周村商业的繁荣，也催生了中间寄生的牙蠹经济豪猾之类人物，为统治者搜刮"课程""牙杂"税银，就中取利，敲诈盘剥，欺行霸市，严重影响着周村发展。各地客商人心惶惶，无法经营，都准备关门歇业。周村大街，何去何从，确实到了一个紧要关口。

此时，一个叫李化熙的退休官员力挽狂澜。

李化熙是明末进士，曾经做过"三关总执"。李自成率义军逼近京畿，边关缺粮，皇帝命李化熙携带皇宫中搜集的金银珠宝去宁武关，送给守将。没想到，行至途中，边关已失。李化熙悄悄把财宝运回老家。清兵入关后，李化熙出仕清廷，做了刑部尚书，并加太子太保。虽然仕途辉煌，他仍感到满族统治者对汉人的歧视，于是以老母年事已高为由，辞官回到周村。李化熙回乡后信佛诵经，吃斋行善，兴建集市，以减轻心中的愧疚感。由于李化熙的特殊地位，地方官吏非常敬重他。看到市场上的乱象，李化熙认为这是剜肉补疮，对周村长远发展不利，于是利用自己的特殊身份和雄厚财力，"岁备周村市税"，代替商人缴纳税款。并承诺在周村二百里范围内遇上抢劫，由李府负责找到失物，分文不取。这就是周村"今日无税"的来历。李家在周

"今日无税"碑

村大街北首立了一块六角形石碑，上书"今日无税"几个大字，保存至今。李氏家族代缴市税后，"商大悦，归市者日众，不二十年拓地列肆者千余家"。这些店铺主要在大街、丝市街及下河集市等。李化熙亲自出马，整治周村市场秩序，打击地痞流氓和贪官污吏的欺行霸市，还多次去找山东督抚，免去周村1500项的所谓荒地粮，减轻了百姓负担。

李化熙去世后，周村商民为他重建了规模很大的祠堂，确定每年九月初九为全市商民公祭李大司寇的日子，届时唱三天大戏，并挂出李化熙画像，供人瞻拜，成为周村一个隆重节日。

李化熙去世，周村市侩及攫金者又起。他的孙子李斯铨闻之，毅然决然地说：是予之责也。又输额税如故，并勒石永禁奸徒扰乱市肆，继先人代输周村税银三十余年。其后曾孙李可淳继续代完市税。一直到道光年间，他的七世孙李宗昂还在赓续，"继先人之德"。大概到咸丰时期，李氏家族连续九代代完市税，前后长达200余年时间。

由于以上种种原因，清朝中叶，周村开始兴盛，到清末民初达到鼎盛期。

乾隆时期，周村"商贾云集，各行货物，皆出南省，凡采买运载，俱安然无恙"。乾隆御赐周村"天下第一村"。清代进士徐文骧在《周村赋》中，对城市街道、集市贸易、诸色人等、民风习俗作了生动形象的描述，宛如一幅文字版的"清明上河图"。文章还描写了元宵节大街赏灯的热闹喜庆景象。嘉庆时期，周村百货丛集，商旅四达，成为齐鲁巨镇，已经赢得"旱码头"美誉。道光年间，周村商号数量已经超过济南、济宁、泰安等地。

这一时期，周村成为北方重要的棉布丝绸印染基地、纺织品集散地，各地富商纷纷前来开设批发商号。章丘旧军孟氏家族数代人在这里赓续不断，创办商号，巩固了周村商业都市的地位。孟氏家族经过上百年苦心经营，基本控制了周村棉布、丝绸批发零售业。他们以周村大街为基地，逐步建立起享誉全国的"祥"字号，在全国设立分号。在周村历史上，曾经出现过近百个"祥"字号，丝绸行业占了一半。大家比较熟悉的"八大祥"，有五个是在周村创立的。清末到民国时期，"瑞蚨祥"成了北京的最大绸布店。1949年10月1日开国大典，毛泽东在天安门城楼上按动电钮升起的新中国第一面五星红旗，就是由瑞蚨祥提供面料制作的。周村由此成为鲁商发源地之一。

1904年，周村辟为商埠后，商业贸易范围进一步扩大，近如青岛、济南，远至北京、天津、上海、广州的商号，都与这里发生了频繁的生意联系，大街商业进入鼎盛时期。大街不大，日进斗金。

1918年，周村形成以钱庄、粮庄、布庄、丝织、杂货五大产业为主体的经济结构，形成众多"名牌"。城区常住人口达到7.8万人，外来人口3.4万人，常住外国人500人。有大公司7家，商店1389家，工厂1852家，外国洋行12家。

漫步在周村古商城景区的大街，人们不由得感叹：这就是鲁商文化的一块"活化石"。古香古色的店铺张贴的对联，透露出当年商人们的经营理念、经营特色和生存哲学。丝绸店是"紫白红黄皆悦目，麻棉毛葛总因时"，药店是"但愿世间人无病，何愁架上药生尘"，茶庄是"宝鼎茶间烟尚绿，幽窗棋罢指犹凉"，刺绣庄是"变得鸳针如此巧，舒将风彩自成文"，谦祥益是"谦和处事祥受益，笃信经商厚待宾"，烧饼店是"名贯东西三千里，味倾南北十二香"……这些斑驳岁月的痕迹，无论是粗线条，还是细镂刻，都好像是一个百岁老人，讲述着过往的风雨和岁月的沧桑。

如果你问一个外地人，周村有什么美食？得到的回答肯定是"周村烧饼"。

这实在是一种误解。周村的饮食业曾经非常繁盛，美食基本可以划分为两大类，就是高档的商埠菜和亲民的地方传统美食。

清朝末年，新开通的胶济和津浦两条铁路呈丁字型分布，将山东沿海和内陆连接在一起，形成一个以济南为中心的全省统一市场。在青岛和济南两点之间，潍坊、周村、张店等成为重要支撑点。传统鲁菜如日中天，达到辉煌的巅峰时期。周村是山东最早开埠的地区之一，伴随着"金周村""旱码头"和鲁商发源地的传承与发展，逐步形成别具特色的"商埠菜"，以及周村烧饼、烧烤、煮锅、五香羊肉、纸皮煎包等传统地方美食。

1904年是周村商埠菜的一个分界线。

此前，随着外地客商的增多，工商业的发达，周村出现了一些小饭铺，多数是夫妻店，店堂和饭菜都很简单，以面食为主，兼炒小菜，烩干粮。其中一个叫"福合馆"的饭馆最为著名。它建于清光绪十一年（1885年），服务项目多，有雇员7人，仅煎包平均日销400斤。

胶济铁路正式通车后，周村饮食业随之发展起来，开业了39家饭铺和菜馆。西顺馆是周村开办较早的饭馆，由一个姓吕的商人创办于清末，位于镇西桥南的粮食市西首，规模不是很大，可以包办宴席，饭菜品种齐全。1921年，张继统创建北华楼饭庄，是民国以后较大的正规饭店，雇有外地厨师，可以承办各种荤素宴席，制作的海鲜菜素负盛名。1930年，周子恒创建鑫华楼饭庄，其前身是周村邮电局，有房屋30间，内部设备讲究，餐具均由景德镇购入，可同时摆20余桌宴席。饭庄汇聚了餐饮界的高手，掌灶的郭文盛、孙敬信、杨百修等都是有名的厨师。还专门从济南聘了一个厨师蔡文州，专做烤鸭。此后，德顺馆、燕宾楼、春德楼、红星楼、颐和园等陆续开业。燕宾楼是继鑫华楼之后蜚声周村的大饭店，1937年正月开设于油店街中段路北，名菜有烤鸭、菊花火锅、什锦火锅、九转肥肠、游龙戏凤、急素锅等。后因物价不稳，百业萧条，被迫于1945年歇业。颐和园建于1945年，坐落在马路街路北，李志平独资经营。以经营荤素水饺、原笼烫面包子等面食为主，兼制酱肉、茶叶蛋、卷尖等菜肴，后添小炒。以普通大众饭菜为主，面向市民阶层。菜肴制作精细，带馅面食配料严格，色香味形俱佳。饭店还免费供应茶水、瓜子、热毛巾等，服务周到热情，每日从早到晚宾客盈门。

抗日战争全面爆发后，日本侵占周村后，战乱迭起，苛捐杂税与日俱增，大型饭馆纷纷歇业、倒闭，至新中国成立前周村较有名气的饭菜馆仅存颐和园、三友饭庄、万福楼、红星楼、新民楼、顺德馆、新风楼、新民村、安乐园9家，其余都是小饭铺、馒头铺、油条铺、水饺铺等。

新中国成立后，周村新建和保存下来的饭店，有双盛馆、新民村、安乐园、新民楼、三友饭庄、仁义馆……

那些穿着绫罗绸缎、谈着跨国生意的富商们，在这些饭店里吃的是什么珍馐佳肴呢？

饮食水平是由消费能力决定的。周村商业发达，祥字号系列的老店全国闻名，北到哈尔滨，南到广州，都有祥字号的分号。祥字号的掌柜们请客，就去高档酒楼，像万福楼、鑫华楼、燕宾楼、新民楼等。鑫华楼最出名的是熊掌席，新民楼是鱼翅席，万福路是燕窝席，燕宾楼是猴头席。在周村东门里，有一家"锡之堂"，曾在上海静安寺街上开过山东大饭店，这家酒楼以宫廷菜为特色，主厨赵三据说是御厨，会做满汉全席。1936年，一位意大利人去邹平考察梁漱溟的乡村建设实验，路过周村，韩复榘部22师师长谷良民遍邀周村名厨，以赵三为主厨，给外宾上了一道满汉全席。据说，现在以知味斋为代表的周村菜，就传承于锡之堂、万福楼、鑫华楼等酒楼，讲究色香味形，一看就让人很有食欲，这让周村菜成为新鲁菜的一个代表。

周村的燕翅席，以鑫华楼和燕宾楼等为代表。"燕翅席"就是以燕窝、鱼翅领衔的高档宴席。曾繁盛于清代乾嘉年间，突出了官府、新贵饮膳风情。燕翅席讲究服务礼仪，上菜程序格式规范，烹调技法全面，款式变化多样，可单独成席，也可作为满汉全席中的重要组成部分。清代叶梦珠《阅世编》云："燕窝菜，予幼时（明崇祯年间）每斤价银八钱，然犹不轻用。顺治初，价亦不甚悬绝也。其后渐长，竟至每斤纹银四两，非大宾宴席，不轻用矣。"以后，随着燕窝身价陡涨，燕窝成为贵宾宴席上的专用食材。《调鼎集》中记载有23种精馔美肴的"上席菜单"，燕窝列首位而居"头菜"。其后凡有燕窝成肴入席多居席首。1933年，鑫华楼一桌燕窝席要花费60元。鱼翅是名贵的"海八珍"之一。大厨们各显神通，不断推出新型鱼翅菜品，有"无翅不成席"之说。特色鲁菜"蟹黄鱼翅""荷花鱼翅""白扒鱼翅"都出于大师之手。知味斋进行挖掘研发，推出的燕翅席高端大气、华贵典雅、内涵丰赡、烹调技法全面，扒、烧、爆、炒、氽、蒸、熏、卤、蜜、炝等均有体现，且又按春、夏、秋、冬四季物产组合。上菜程序讲究规制。桌面摆放四鲜果、四点心押桌。开席后先上四拼盘、四味碟。随之是走头菜"一品官燕"，"红扒鱼翅"为第二道主菜，其余大菜选用鲍、贝、参、虾、蟹、鸡、鸭、鱼、肉等原料烹制出诸道山珍海味佳肴。均按一大件带三小件格式上菜，中间穿插甜、咸点心及粥、羹、汤等稀食。

我品尝过一道名为"芙蓉蝴蝶海参"的商埠传统特色功夫菜。片好的刺参，是蝴蝶的两只翅膀；加蛋黄、清汤等搅拌制作出的鱼蓉，是蝴蝶轻盈的身躯；两只大虾须成了蝴蝶须；而两只黑色眼睛竟然是胡椒粒……在清澈见底、味道鲜醇的清汤里，好像有一群欢快的彩蝶在飞舞，充满诗情画意。

周村还有一种肴鸡，蜚声齐鲁。它兴起于清朝末年，民国年间达到鼎盛阶段。肴鸡是周村各大商号和乡绅待宴酬宾的重要菜品、礼品，而且店家每天向过往旅客叫卖兜售，因而远近闻名，甚至有商客特地进城购买。肴鸡制作需经过验收、静养、宰杀、浸烫、脱毛、开剥、净膛、腌制、造型、风干、着色、煮鸡、冷冻、出锅14道工序，讲究"八分肉、二分汤"。

周村以知味斋大饭店、周村宾馆、齐悦国际等星级酒店为主阵地，以老字号品牌为引领，通过每一道商埠菜、每一桌宴席，讲述着百年商埠的繁华故事。

知味斋植根周村这片沃土，在浩若繁星的商埠菜中发掘，在史海钩沉般的寻觅中创造，遍访酒楼饭馆，精搜名菜名点，最终将从传统衍变而来的周村商埠菜传承发扬。知味斋商埠菜融合了苏菜的刀工精细、追求本味，粤菜的选材广泛、口味清淡，川菜的味型丰富、麻辣鲜香。此外，浙、闽、湘、皖的烹饪技艺，在商埠菜中都有体现。在菜品提炼过程中，他们还推出鲁商迎宾宴、百年好合宴、知味福寿宴、知味百岁宴、知味燕翅席、知味海参席等八大主题宴席。作为知味斋的招牌菜，知味大铜火锅涮羊肉和知味枣香酥烤鸭被列入商埠菜首选。改良创新的涮羊肉"羊肉鲜、刀工美、糖蒜脆、底汤鲜、调料醇，火锅旺"。还有经历18道工序的枣香酥烤鸭，"色泽红亮，枣味芬芳，皮酥肉嫩，齿颊留香"，用"无声细下飞碎雪，放箸未觉全盘空"来形容最合适不过了。

周村的地方美食和风味小吃也非常丰富。

过去，周村的淦河、濯河两条河，在兴隆门外汇合，形成一个丁字型，将周村分为人和镇、永安镇和周村镇。城里的周村镇以上述高档酒楼为主，而镇与镇之间的河滩上，就形成汇聚下里巴人的市场，城里没有的低档消费品这里应有尽有，成了周村小吃的集中地。当年，周村最有名的三个市场，就在周村的河滩上，分别为南下河、中下河和北下河。南下河的市场以窑货、琉璃、青菜、水果为主，这里的小吃主要服务于来往商贩，脍炙人口的煮锅就源于这里。滚烫的一大锅菜，骨汤做底，大丸子、烧肉、炸豆腐、松肉……客人想吃什么，就舀什么，是最早的中式自助餐。北下河市场主要经营牛羊肉，贩卖骡马，这里以回民小吃为主，像马蹄烧饼、鸡肉火烧、牛肉蒸包、肴肉……占据周村小吃的半壁江山。中下河市场卖粮食、卖肉的商贩居多，小吃有包子、锅饼、水饺……这里还有说书场、茶馆，三个市场各具特色，极大丰富了周村美食的业态。

周村烧饼是中国非遗名吃的代表，身上有鲜明的胡饼基因。到明朝，一种叫"胡饼炉"的烘烤设备传到这里，手艺人制作出酥烧饼，周村烧饼初步形成。清朝光绪年间，一个名叫郭云龙的山东人在周村建立"聚合斋"，把当地焦饼工艺改造后，烤制出新型酥烧饼，作为聚合斋的主营食物。烧饼一经推出，就引来无数食客购买，这就是今天的周村烧饼。周村烧饼因百年历史而被誉为"可以吃的文物"，以"薄、香、酥、脆"四大特点著称，"形似满月，薄如秋叶，落地珠散玉碎，入口回味无穷"。

"吃着碗里的，看着锅里的"，说的是周村煮锅。周村大街有一个丁家煮锅店，是个百年老店，有临街的店面，还有一个大院子和二层楼房。主人解玉兰，是一个德高望重的老厨师，年龄高达87岁，雇着十几个工人，在按照百年前的模式经营。

过去煮锅是百姓的吃食。一个担子，一头挑着一口锅，一头挑着一只筐，筐里放上豆腐和碗筷儿。在路边支起摊儿，烧开锅里的热汤，一块豆腐两分钱，免费烫，泡上自己带的干粮，推车赶脚的老百姓就能吃上一口热乎饭。后来，周村煮锅内容越来越丰富。把丸子、豆腐叶、肥肠事先煮好后，将盛有老汤的大锅，放置到四周有孔的圆木盘上，锅底点火保持温度，顾客自己选好菜肴在锅里煮好，因味道可口、经济实惠而深受欢迎。改良后的煮锅，周围可放多个碗众人分食，碗下面有热水保温，既卫生又方便。菜肴增加了烧肉、鸡靠肉、酱鸡、南肠等20多种，调料有葱花、香菜末、辣椒酱、胡椒粉、味精、酱油、醋等。民谣赞曰："名吃煮锅味道酽，经济好吃多方便，勺勺汤儿天上味，样样品种月中鲜，数九严冬尤爱吃，雪飘三日不知寒。"围锅而坐，边吃边聊，大家一团和气，其乐融融。

周村民间小吃还有周村烧烤、五香羊肉、纸皮煎包，等等。新鲜出锅的纸皮煎包又薄又酥，晶莹剔透，薄皮大馅。油脂肉香与蔬菜清香在舌尖融合，层次丰富，征服了味蕾。

第三章 "鲁C"淬炼史：奋斗的味道最甜

从博山到张店，张开更大"胃口"

2023年春天，在淄博烧烤火了的同时，淄博市委和市政府的两座办公楼也进入全国人民的视线。有网友说："相比'烤炉+小饼+蘸料'的烧烤灵魂三件套，简朴办公楼是淄博烧烤火起来的关键因素之一，大家能体会到这里的人为淄博作出的努力。"

淄博市委门口，不时会有游客驻足拍照。在淄博市人民西路上，市委和市政府办公楼一东一西，隔着一条马路，风格基本一致。市委这座楼，建于1959年初，当年这里还是一片庄稼地。这座四层建筑，外墙呈栗色，装饰有麦穗等图案，是一个市级重点文物保护单位；市政府大楼建于20世纪70年代，建好后没有改建或者重建……

在博山，我们去了一个叫"四十亩地"的地方。20世纪初，德国人看好这个毗邻博山火车站的风水宝地，相继规划建设了一大片欧式建筑群，包括从博山火车站往西延伸，原人民银行楼、博山电机厂办公楼、北拐上坡就是原淄博市委、市政府两个大院，大院北边是淄博一中、淄博工校老校区等。新中国成立后，这里大部分建筑被陆续拆除或改建，相继成为各单位驻地，淄博市委原办公楼也坐落在这里，一度成为淄博地区的政治、经济、文化等中心。

在这里，我们重点看了两个地方，一个是淄博市委原办公楼及大礼堂，一个是中共淄博党组织奋斗历程展，充分感受到一个老工业城市的辉煌与荣光，感受到一代代共产党人为了人民幸福，在这片热土上的不懈奋斗和牺牲。点燃淄博烧烤的，恰恰是共产党人的"信仰之火"和"理想之光"。

从淄博市委自博山迁到张店这一件事儿，就能够感受到当年决策者们强烈的使命感、责任感和开阔的发展眼光。

淄博作为地域名称，是20世纪20年代随着淄川和博山煤田开发初步形成的，是对淄川、博山两地的简称。作为区域名称，是从1938年10月成立中共淄博特区委员会开始的。作为一个单独的行政区域，始于1945年8月设立的鲁中行政公署淄博特区。1948年3月，淄博全境解放，8月8日，鲁中南行政区淄博特区建立，特区专员公署驻博山四十亩地。1949年7月26日，淄博特区和华东财政经济办事处工矿部合并，建立淄博工矿区。1950年5月1日，淄博工矿区与清河专区合并，建立淄博专区。1953年7月2日，撤销淄博专区，建立淄博工矿区。1955年，撤销淄博工矿区，建立淄博市，这是山东第三个省辖市。1958年，淄博市与惠民专区合并为淄博市，原淄博市改为专区辖市。1961年1月，淄博市又与惠民专区分设，恢复为省辖市，这一年的国庆节前夕，市委机关从博山迁到张店。

新中国成立前后，一直到20世纪五六十年代，淄博作为一个行政区域开始形成，并慢慢扩大，依靠传统工业基础、产业工人队伍和干事创业的激情，建成全国重要的工业城市、山东省第三大省辖市。淄博的车牌号是"鲁C"、电话区号是"0533"就基于这个原因。淄博从一开始诞生，就有了工业文明的积淀，其"工矿区"的特征十分鲜明。

以博山为中心，在山东全省的无私支援下，淄博人民迅速医治战

博山产业工人壁画

争创伤，煤炭、冶金、机械、纺织、建材、陶瓷等行业快速成长，进入"大重建"时期。

淄博煤矿成为引领全国煤炭技术革新的一面旗帜，他们创造出新的采煤方式——长臂式采煤法，使采煤和掘进工艺发生革命性变化，并在全国推广。黑旺铁矿成为山东省最大的露天铁矿，淄博市的铁矿开采得到迅速发展。

淄博还是山东兵工"大合建"之地。一批重要的军工企业随军迁来，解放战争时期，淄博成为全国规模最大的"兵工医药通信基地"。

山东机器厂建于1949年1月，是我军华东地区的第一个兵工厂，生产的82毫米迫击炮弹，在解放战场上大显神威，有力支援了全国的解放。后来，在中苏"珍宝岛"冲突中，苏联拥有多项新技术的第一代中型主战坦克T-62，被这个厂生产的59式反坦克地雷炸毁履带沉入水中。

从烽火硝烟中走来的新华制药厂，1948年10月从胶东迁到张店。它几乎参加了我军在山东境内组织的所有重大战役，立下赫赫功绩，是名副其实的"功勋药厂"。淮海战役期间，新华制药厂发动工人昼夜苦干，攻克一个个难关，提前10天完成医疗器械制作任务，超额生产急救包96万多个、药用纱布25万米、脱脂棉万余斤，荣立集体二等功。新中国成立前后，黑热病席卷山东和华北，病死率很高，而且互相传染，导致大批农民死亡或逃荒。1950年，新华制药厂研制成功我国第一个治疗黑热病的特效药——斯锑黑，一举扑灭了肆虐半个中国的疫情，为新中国的健康事业立下第一功。另外，他们还研制出全国第一台100升搪玻璃反应罐，成为亚洲最大的解热镇痛药生产基地，我国解热镇痛药依赖进口的时代宣告结束。

1953年至1957年的"一五"计划期间，国家对淄博进行大规模投入和重点开发，全市共完成基建投资2.28亿元，其中工业投资占95.6%，落地78个工业大项目。

山东铝厂是国家"一五"时期的重点建设项目之一，被称为"共和国铝业长子"，是国内著名的大型铝工业联合企业，也是国内最大的精细氧化铝生产企业。1954年2月，山东铝厂成功焙烧出第一批氧化铝，同年7月1日，氧化铝生产基地开工投产，这是新中国第一个氧化铝生产基地，标志着中国不能生产氧化铝的历史已经结束。

1953年2月，淄博矿务局成立。淄博矿务局是山东最大的煤炭局，是新中国成立后山东省建立的第一个矿务局。淄博成为国内著名的煤炭工业基地，煤炭产量长期占山东省的50%以上。

博山电机厂不仅是我国电机行业的奠基单位，更是原机械工业部骨干企业，为我国军工建设和经济发展作出卓越贡献。博山电机厂的前身，是创建于抗日战争时期山东地区的华东通讯局材料厂等3个兵工单位。1953年，博山电机厂收归原第一机械工业部领导，定位为国内生产电机的重点骨干企业，成为全国八大电机厂之一；1957年，博山电机厂试制成功直流微电机，成为全国首家直流微电机生产厂家。"东方红一号"卫星上装备的，正是这个厂生产的直流微电机。

同时，淄博创造了新中国工业史上的许多"第一"。如有中国第一家生产金属镓的工厂、第一个日用细瓷砖厂，获得中国水泵行业第一块金牌。生产出中国第一颗原子弹使用的铀和粉刷天安门城墙的涂料。第四砂轮厂创造了四个全国第一：1955年成为全国第一个刚玉磨料专业化生产厂家；1956年成为全国首个出口磨料的厂家；1957年试验成功全国第一支机制硅碳棒；1958年4月，试制出M28—M3.5白刚玉精微粉，属国内首创。

1957年，淄博工业总产值达到3.23亿元，五年平均增长30.9%，是1949年的4.6倍。淄博形成以能源和冶金工业为主体的重工业经济格局，成为全国重要的工业城市。

在这个阶段，国家急需大批懂管理、懂技术的工业干部，淄博再次被委以重任，成为"山东工业干部的摇篮"。华东财办工矿部根据形势发展需要，于1948年8月创办了华东财办工矿部博山工业干部学校。1952年9月6日，与华东工业部山东窑业学校合并成立山东省博山工业技术学校，1953年7月又改名为中央人民政府重工业部博山建筑材料工业学校。山东省工业厅成立于1950年7月，当时所属7个行业、62个工厂企业单位，抽调各企业干部参加干部训练班。1953年4月，干训班迁至淄博南定，1957年10月干训班从淄博南定迁回济南。在淄博四年半的时间里，有300多人参加了干部训练班学习，主要是企业工段长、车间主任及生产一线的工人骨干分子。1978年，博山建筑材料工业学校升格为本科院校，改名"山东建筑材料工业学院"，是原国家建材工业部在全国设立的四所部属高校之一，1987年迁至济南。

此时，淄博市委所在地博山已经是一座繁华的山城，工业基础雄厚，文化繁荣，餐饮美味众多。

博山有淄博第一中学、淄博第一人民医院等。峨嵋山上还有一个淄博市工人文化宫，周周有活动，月月有安排。不但有活动月报，还有艺术团，他们经常下厂矿演出。每逢星期天演员都在文化宫排练，几乎没有请假的。一些工矿企业甚至在路边扎起戏台子，进行文艺表演。20世纪五六十年代，京剧四大名旦梅兰芳、程砚秋、尚小云、荀慧生都曾来博山演出，盛况空前。

博山市中心有一个博山大集，常设摊铺200余家，上百年来一直在弘扬以博山菜为代表的鲁菜文化、鼓珰等中国传统琉璃艺术文化，还有各种曲艺戏曲表演、地方特色美食等，让百姓流连忘返。博山名吃"石蛤蟆"水

四大名旦来博山演出

饺铺就设在闹市处。新建一路上有个灌汤包子铺，是博山人最喜欢的美食店，香气诱人。外地客商的到来，大大促进了当地旅店业的发展，从赵庄北至土门头近10公里地段，设有大小旅店、车马店200余家。有一民谣唱道："金周村、银维县，不如颜神一个小提篮。"可见博山大集之盛况。

1960年，淄博市商业局博山分局服务商店在所属博山大街饭店，组建了服务商店红专学校，为厂矿企事业单位培训炊事员，抽调王光铺、王德汉、高良德、苏孝德、白怀晋、张木仁组成专业教学组，负责技术教学。他们编写了《博山烹饪技术教材·菜谱部分》，详细记录了332个老博山传统菜肴的做法，堪称山东最早的菜谱。

热腾腾的日子，热腾腾的美食，热腾腾的希望，这不就是我们向往的境界吗？

淄博市委从博山迁到张店，原因很多，但是最重要的一条应该是寻找更大的发展空间。

张店很多单位的名字都以"二"冠名，因为"一"在博山。随着时代的发展，"老大"博山不断遇到新问题。首先是工业企业使用土地

问题。四十亩地是一个相对平整的丘陵，周边已经集中了很多党政机关和电机厂、陶瓷厂、琉璃厂等工矿企业。一些企业向外扩张，再也没有空间，只好向山上发展，给生产生活带来不便，成本大增。其次是交通问题。博山多山，道路蜿蜒曲折，交通不便。这里有一个德国人建的火车站，运输当地工厂和百姓所需的物资和材料，但是博山站是这条铁路线的终点，铁路以及公路的便利程度远不如张店。再次是由于机构改革和行政区划的调整，惠民和淄博合并成立专署是搬迁的一个重要原因。1958年，惠民专区与淄博市合并，建立淄博专区，淄博市改为专区辖市，辖博山、张店、淄川、周村4个区。1961年淄博市与惠民专区分设后，惠民专区的工作人员回到惠民，而当时的淄博市委大楼已经盖好。1961年3月份的《惠民、淄博两地区划交接小组会议纪要》称，两地的交接事宜涉及人员、企业、房屋等诸多问题。淄博、惠民两地通过会议协调，将人员和单位的关系逐步理顺，交接工作进展非常顺利。但涉及一些政府财产问题，事情就比较复杂：张店电影院大座机（放映机），如北镇没有可给北镇；惠民地区提出成立一个钻探队和配两套钻机问题，须经有关部门研究确定。搬迁速度非常迅速。1961年6月，国务院同意山东省淄博专员公署改名为惠民专员公署，专署的驻地由张店迁驻北镇。而在1961年7月27日，时任副市长李国栋签发了向山东省人民委员会提交关于淄博市人民委员会机关驻地问题的报告。请示为便于工作，淄博市人民委员会机关拟由博山迁往张店。当年8月7日，就接到同意的批复。同年10月1日，不到两个月的时间，中共淄博市委、市人委机关已由博山移至张店，开始办公。

此时的张店，还是一个普通小镇，好像一张白纸，可以描绘最新最美的图画。

在今张店区美食街和柳泉路交叉处的猪龙河小石桥上，有一块石碑，刻着爱新觉罗·溥杰题写的"黄桑桥"三个字，记载着张店的历史。张店历史悠久，是龙山文化的漫延区。张店东南3公里有一个昌城村，殷商时期是诸侯逄伯陵的封地。战国时期，乐毅伐齐，曾在这里驻军，后被燕昭王封为昌国君。据说最早的时候，这个地方是一片茂密的桑树林，在宋末金初形成村落。因为地处鲁中东西和南北双向的交通要冲，常有商旅客人经过此地住宿，被称为"黄桑店"。到了宋代，有一张姓人家开得客店比较大，生意兴隆，远近闻名。于是张家店渐渐取代黄桑店。到了元代，称为张店。黄桑店是元、明、清三代重镇，到民国时期，张店全村住户七八百户，人口约四千，村人多数务农，少数经商，也有经商兼务农的。据老人们回忆，镇子周围有一道土围墙，墙下是护城河，常年有水。有东西南北四个城门，样式大致相同，分上下两层，下层是青石结构，上层是灰砖结构，对外有垛口和枪眼。自明朝到清朝的500多年时间里，张店有张、耿、赵、王四大家族，尤以张氏家族和耿氏家族繁荣昌盛，流芳后世。张氏家族由江南淮安府山阳县迁来，始建张辛庄，时称"南张"。这个家族人丁兴旺，人才辈出，繁衍迅速。至第六世张笃敬，于明朝万历年间考中进士，官居户部河南主事、奉直大夫，张笃敬之父张芝，为河南彰德府磁州吏目，父子均受到皇帝敕封。济南府新城县奉旨在张店十字大街，修筑"两世承恩"的"恩荣"进士坊，作为张店的标志，巍峨矗立360多年。清朝嘉庆、道光年间，耿氏家族异峰突起，显露出强劲的社会经济实力。耿家中

采桑图

养蚕图　　　　　　　　收蚕图

的三个兄弟，在张店大街各自修建了规模、样式基本相同的三座大门，人称"三户大门"。今沣水镇的城东村，原为耿家的一处庄园。今淄博人民公园的南端，是耿家的茔地。沿张店东西大街并行，有一条自东向西流向的小溪，是猪龙河的东支。鉴于当时耿家显赫的社会地位及影响，该小溪在清朝至民国间被视为耿家的风脉河，也称脉水河。

新中国成立初期，张店有代表性的象征物，是四庙、四桥、四井、四牌坊。四座庙宇分别是：东街的如来佛庙，北街的真武庙，西街的三官庙，南街的奶奶庙。奶奶庙院内，竖有一统高约3米的奇特石碑，碑面光滑照人，名曰"透龙碑"。每逢下雨的前一天，碑身就会发潮，结满露水，通体皆湿，预示着大雨将至。

在漫长的历史进程中，张店的行政区划几经变化，分属长山、桓台、淄川、临淄、青州五县边缘分区管辖。1946年6月张店第一次解放，其多县分治的历史宣告结束。1948年8月8日，张店市划归淄博特区管辖。1955年3月9日，淄博工矿特区改称为淄博市，原张周市建制撤销，张周市第二区改为淄博市张店区。1955年4月25日，张店区人民政府正式成立，张店区首次以一个独立的行政区划出现在中华人民共和国版图上。淄博市委搬到张店后，这里的历史翻开新的一页。

相比于博山，张店有自己的优势。

第一，这里是淄博市地理上的中心地带，有较大的发展空间和潜力。以地理的几何中心为根据，向外扩散发展，形成如同树木年轮般的城市骨架；城市以"年轮"为圆心不断向外发展，从而带动其更外环城区的进步。也许是基于这样的考虑，山东省在1969年把昌潍地区临淄县划归淄博市，建立淄川区；1983年10月，把惠民专区桓台县划归淄博市；1989年，再把惠民地区高青县和临沂地区沂源县划归淄博市管辖。今天，淄博市已经管辖五区三县。

第二，张店处于胶济铁路的重要节点，有着畅通便利的交通条件。1904年6月1日，胶济铁路全线竣工通车，同时竣工通车的还有博山支线。当时只是一座小镇的张店，因为博山支线与胶济线的接轨，设立张店火车站，是胶济铁路线上的一等站，又是张博、张北支线的中心站，知名度比较高，可以办理客货运等各种业务。1987年，张店站改名为淄博站，人们第一次在铁路线上找到淄博。

张店大集是一个鲁中经贸中心，影响力东至青州、潍坊，西至周村、章丘，南到洪山，北到黄河。每逢农历"二、七"是集期，从凌晨就有人来抢占摊位，四面八方的商人辐辏而来，名曰上街、赶集，一派闹市景象。

第三，张店已经有山东铝厂、新华制药厂、张店钢铁厂、山东农药厂等大型工厂开始建设生产，产业骨架初步形成，而且带动了人口聚集。在火车站以南的南定，有一大片繁华的山铝生活区。山铝当年职工人数庞大，加上家属可能有十几万人，厂里的生活区自成一统，就像一个微缩版的城市，学校、商场、医院、公园、体育场、游泳馆等一应俱全。由胶东迁来张店的新华医疗器械有限公司，是我党创建的第一家医疗器械生产企业，1960年9月开始使用"新华牌"注册商标。1952年1月，胶东农药制造厂主要生产车间和厂部由青岛迁至张店，改名为华东农林部张店农药厂，至1978年，山东农药厂发展成为全国三大农药生产企业之一。张店钢铁厂始建于1958年，隶属于山东省冶金工业总公司，是一个大型冶炼和金属压延企业。"七五"期间，该公司发展成为全省四大钢铁基地之一……

淄博市委初到张店，工作和生活条件都很艰苦。当时的张店有"三怪"："中心马路在城外，马路两旁把粮晒，电话不如走得快。"市委周边是一片庄稼地，道路全部是土路，一到雨雪天，大楼里全部是泥和水。市委宿舍是二层小楼，有12座，每个户型有两间屋，住着两家人，卫生间公用。即使这样的房子也不够用，一些人仍住在博山，平时早晚或者周末坐绿皮火车来往奔波，一坐就是一两个小时……每天清早，博山到张店的第一趟市郊火车到达，上班大军从铁路西货场大门出来，奔向新华药厂、农药厂，因为这两个厂的许多工人都住在博山。整个城市没有几条像样的马路。出张店火车站，一条中心路一直向北延伸，路上还有马和驴拉的大排车，马粪驴粪时常能看到。后来两边建了很多大酒店和大企业。淄博曾经最富裕的一条街道是洪沟路。洪沟路还曾叫向阳三路，紧邻火车站，日军占领时期初建，1975年改建，长3679米。以火车站、张店老区政府、向阳三路、中心路、共青团路为中心，淄博市形成第一个大约两平方公里的主城核心区，除了党政机关，还有百货商店、新华书店、副食品店、照相馆、酒店、邮局、工人文化宫、青年剧院、理发店、大众浴池、旅社……在建设者们的汗水浇灌下，一个个新建筑如雨后春笋，从大地上冒出来，构成新的城市景观。

虽然张店的生活条件比较艰苦，但是也有一些国营饭店，像永兴饭店、红旗饭店、车站饭店、张北饭店等，给人们留下深刻印象。位于六马路与洪沟路路口西南角的"国营永兴饭店"，每天早晨5点开门卖早点，主要是油条和豆浆，油条20个一斤，每斤0.6元，豆浆2分钱一碗。排队买早点的人很多。四马路上有一家闻名遐迩的红旗饭店，羊肉丸子做得很好，一直到20世纪90年代初还很红火。普通百姓没钱进饭店，那也没关系，几分钱可以买一脸盆西红柿，大饱口福……

新生的张店具有山东其他城市不具备的气质。这里的市民来自天南地北、四面八方，是一个典型的移民城市，各种文化碰撞交融，加之天然的齐文化基因，形成了包容、开放、创新的城市个性；淄博是中国少数最早开始大规模工业化的地区之一，具有工业文明的沉淀，重视契约精神，适应标准化、规模化的生产方式，群众组织性、纪律性强，为工业化和信息化时代的发展做好了准备；淄博人很开明，男女更平等。这里的男人有一种温和的平等，睿智的理性。张店的很多市民来自博山，男女都可以煎炒烹炸，知道享受生活。

从20世纪五六十年代直至20世纪90年代前，张店火车站周边两三平方公里的范围，是淄博最繁华的主核心区，它承载着上百家企业单位、近十万的常住人口和数十万城乡客流。每到周末，这里的各商店人流不息，饭店、照相馆甚至理发店、浴池顾客盈门，人声鼎沸。工厂里机器轰鸣，群情激昂，大家都要为这个新兴的国家贡献力量。

在那些充满建设热情和理想的工厂里，一个个传统产业项目在持续发展壮大，而新的产业迅速崛起，基本形成淄博比较完整的综合工业体系，占据了山东工业的"半壁江山"，这是一个了不起的成就。

煤炭、机械、建材、陶瓷、玻璃、琉璃、丝绸、纺织等，是淄博工业的"根"与"魂"。

淄博矿务局成立后，淄博煤炭产量迅速提高，到1960年，淄博煤矿产煤800.75万吨，地方煤矿产煤107.44万吨，共计908.14万吨，占山东全省的半数以上。

博山电机厂也干出一个又一个奇迹。1955年5月，他们试制成功1101型汽车发电机和2201型汽车起动机。1956年，在国内最早开始生产履带车辆电机。他们亲身参与了多个响当当的"中国第一"：第一辆装甲车、第一辆解放牌汽车、第一辆红旗牌轿车、我国发射的第一枚运载火箭，都使用了他们生产的电机。博山电机的成长与中国工业化进程相伴随，是国内电机行业的"黄埔军校"，这个厂至今还保存着一台记录着过去辉煌的1028机床，工人们把它当成"战友"，有专人负责保养看护。

山东铝厂是新中国第一个氧化铝生产基地，当地人都称它为五〇一厂，这个厂曾独自承担国家全部氧化铝供应达12年之久，被誉为"中国铝工业的摇篮""新中国铝业的长子"。1950年3月22日，国家投资5000万斤小米，在南定冶炼总厂的基础上，开工建设山东铝厂。800名老兵工在一片废墟上，克服环境恶劣、缺少机械装备、缺乏技术经验等种种困难，艰苦奋斗，开始了新中国第一个氧化铝厂的建设工作。到1952年，全厂职工人数达到5150人。经过上千次试验，1953年底全面掌握了氧化铝制造技术，完成了187个单项工程，1954年初完成建厂工作，1954年7月1日，举行隆重的开工典礼。中共中央办公厅代表毛主席发来贺电，这在当时是一件多么光荣的大事啊。1955年，山东铝厂年产量达到5.1万吨，不到3年就收回国家全部投资。到70年代末，淄博的铝产量占山东省的百分之百。

在陶瓷行业，淄博延续着自己的优势，建起全国日用陶瓷行业最大的生产厂家——博山陶瓷厂。这个厂1961年开始生产出口瓷。1963年10月，建成全国第一条煤烧日用陶瓷隧道窑。只需要将坯体置于匣钵后装入窑车，从入口驶入隧道型窑体预热带，缓缓升温，至窑体中部经过高温烧成带，完成从生坯到成品的蜕变，然后冷却驶出。如此周而复始，窑炉从此可以不再间歇。这一技术实现了陶瓷烧成工艺的重大革新，结束了我国千百年来用间歇式窑烧制日用陶瓷的历史，并为成型机械化、干燥连续化起到积极的推动作用，开启了陶瓷生产现代化的新纪元。今天在颜神古镇仍然能看到保存完好的隧道窑，幽深，古老，确实像进入时光的隧道。1965年，这个厂日用陶瓷总产量达到9224万件，为"中国第一"。70年代花色品种达200多个。建于1959年的淄博美术陶瓷厂，恢复发展了30多种艺术釉，研究创新釉彩绘画、刻瓷

隧道窑

等新技法，其中就有传统名釉"雨点釉"和"茶叶末釉"。这个厂曾是山东最大的艺术陶瓷生产厂。

在丝绸行业，淄博建起全国第一家国营缫丝厂，既结束了省内缫丝业以手工操作的落后形式，又开启了省内现代化缫丝之先河。大染坊打造出国内最完整的丝绸产业链，1956年，公私合营周村丝织一厂成立，1966年改名国营淄博丝织一厂，后与国营淄博丝绸印染厂等企业合并为淄博大染坊丝绸集团有限公司，是目前国内具有自缫丝、织造、练印染、筒子染色、国内外贸易、丝绸文化艺术品完整产业链的生产企业。到80年代初，周村已经成为全国12个丝绸出口生产基地之一……

在传统工业持续壮大之际，淄博工业又迎来发展重大机遇，以石化、医药、电力电子为代表的新兴工业迅速兴起，建立起包括汽车电器、汽车配件、汽车装配、整车制造等在内的较为完整的汽车产业链。

到60年代末，淄博工业企业固定资产投资占全省四分之一，工业产值列全省第二位，用电量居全省第一位。到1978年，基本形成门类比较齐全、布局比较合理、基础比较雄厚，原料、能源、加工生产基本协调的综合工业体系。淄博工业发展百年，在41个工业行业大类中，有39个在淄博实现了规模化发展，工业产品多达3万余种，90多种产品产销量居全国前三位。工业体系之完备、门类之齐全、配套能力之强全国少有，这是淄博城市经济和产业发展的底气所在。

20世纪60年代，国家决定在淄博筹建炼油厂，这是淄博工业发展的一次重大机遇。齐鲁石化的建设，带动了一大批石化企业相继上马，化工产业规模迅速扩大，奠定了淄博石化工业在全国的优势地位。淄博工业结构开始向重化工产业结构转变，成为一个"化工名城"。

1966年4月，胜利炼油厂（现齐鲁石化炼油厂）正式破土动工，在临淄大虎山脚下展开了一场大会战。当时的条件相当艰苦，建设者们住干打垒房子，两边糊上泥，房顶用油毡纸盖起来，没有单人床，就睡一个大通铺，但是大家以苦为荣，以苦为乐。头顶蓝天，脚踏荒原，3000多名会战职工"先生产、后生活"，2500多名农村壮劳力也参加建设，人挑肩扛，硬是一铲一锹地挖出拓荒之路，所有人的努力换来"胜利炼油厂速度"，同等规模的炼油厂建设需要3年时间，他们只用了一年多。1967年8月，建成以大型联合炼油装置为主体的6套现代化生产装置及系统配套工程，1967年9月1日装置进油，9月30日全流程打通，产出合格产品，实现了"一年时间、一亿投资、建成一套大型联合炼油装置、一次投产成功""四个一"建厂目标。到今天，齐鲁石化被誉为炼化企业的"博物馆"，已发展为集原油加工、石油化工、煤化工、天然气化工、盐化工为一体，配套齐全的大型炼油、化工、化纤联合企业，为淄博市经济社会发展做出巨大贡献。

炙烤灵魂的红色火焰熊熊燃烧

在博山四十亩地，走进"淄博党组织奋斗历程展"的序厅，就会看到王尽美和邓恩铭古铜色的雕像。他们如两棵挺拔的白杨。王尽美身穿长袍，脖子上围着长巾，右手握着一本书；邓恩铭穿着中山装，双手把一本书捧在胸前。他们都留着短发，脸部棱角分明，洋溢着青春气息，眼睛里放射着坚定自信的光芒，这是信仰之光。

王尽美和邓恩铭在淄博矿区

今天，走在淄博的大街小巷，你仍然会感受到那一道光，那道照彻身心与灵魂的光。"进淄赶烤"的人们，仿佛进入一个感情的大熔炉，再冷漠的心也被融化了。这里的人民热情、善良、慷慨、包容，这个城市正气充盈、格调向上、低调内敛。这种强大的、自然的气场来自哪里？

也许就来自这里的红色文化基因，以及衍生至今的社会主义核心价值观。

光耀在淄，初心如磐。王尽美曾经四进淄博，促使淄博建起山东省第一个工会组织、第一个煤矿党支部，是王尽美赋予"淄博"这个红色的名字。

在党的创建时期，山东是国内最早建立党组织的六个地区之一。

1921年春，王尽美和邓恩铭等在济南东流水街发起创建济南共产主义小组，这是山东第一个党组织。党组织诞生之初，一方面积极宣传马克思主义，一方面全力投入工人运动。1921年7月，王尽美、邓恩铭参加在上海召开的一大，成为中国共产党的创始人。两个党的重要人物，为什么会如此重视淄博呢？

20世纪20年代初，淄博矿区成为包括开滦、抚顺的全国三大矿区之一和全省最大的矿区，有矿工万余人。由于矿井采用近代机器生产，与先进的经济形式联系密切，工人文化水平较高，更富于组织纪律性，容易接受先进思想。同时，矿区工人多来自附近农村，有半矿半农的特征，矿工和农民有着血缘关系，农民是他们可靠的同盟军。

1921年冬天，孝妇河被冻成一条白练。参加完在上海举行的中国劳动组合书记部会议，王尽美特邀中共北京区执行委员会书记、北方劳动组合书记部主任罗章龙赴山东考察。早在这年4月，他就派人到博山沙子顶煤矿，宣传马克思主义，散发《劳动周刊》等进步刊物，启发工人觉悟。行走在淄川矿区，王尽美目睹了煤矿工人的悲惨生活：大雪纷飞、滴水成冰的日子里，工人们穿着破烂单薄的衣衫，住在昏暗简陋如冰窖的窝棚里，满脸煤灰，饥寒交迫。在窝棚里，王尽美和罗章龙同工人们亲切交谈，动员工人们团结起来，同资本家作斗争。他们还到张店、博山等地，深入煤矿、铁路、车站、工人居住区，实地考察产业工人生活情况，宣传马克思主义理论，物色工人运动积极分子。王尽美编写的"工人白劳动，厂主吸血虫，工人无政权，世界太不公，工人站起来，革命打先锋"的歌谣，广为流传。这是中国共产党人第一次来到淄博开展革命活动，淄博大地上的革命之火，在这一年被点燃。

1922年麦收时节，大地一片金黄，略显消瘦的王尽美第二次来到淄博。他住在淄川区洪山镇马家庄机器图算学校，深入矿井、工区做社会调查，进行革命宣传。工友们都喜欢听他讲话，亲切地叫他"大耳朵兄弟"。6月25日，王尽美、王用章等在马家庄机器图算学校内召开矿业工会淄博部发起会，250余名煤矿工人代表到会。除淄川炭矿电气、土木、机器、翻砂、唧筒、采炭等部和所属十里庄、南旺、大昆仑等矿井外，还有南定、西河等外地矿井的工人代表。王尽美发表了激荡人心的讲话。会上选举成立矿业工会淄博部，机器工人陈锡五当选为主席。至此，山东省第一个工会组织——山东矿业工会淄博部诞生。会后，王尽美撰写了《矿业工会淄博部发起会志盛》一文，记述这次大会的盛况，称赞矿业工会淄博部的成立是"中国劳动运动之曙光""山东劳动界空前之盛举"。在这篇文章中，"淄博"作为一个地区名称第一次出现在党的历史文献中。从此，"淄博"以其独有的红色基因，成为淄博人民的骄傲，"红色淄博"由此延展开来。

1923年，王尽美第三次到淄博，发动工人运动，反对鲁大公司"裁人"。山东矿业工会淄博部成立后，王尽美、邓恩铭等人抓紧创建淄博矿区党组织。1923年1月，根据王尽美的指示，张店车站的铁路工人创办了张店第一个工人组织——张店铁路工会。同年2月份，在洪山镇洪山村光明街上开设照相馆的周宪章加入中国共产党，以开办的宪章照相馆为掩护，开展工作。1923年8月份，时任中共济南地方执行委员会书记的王尽美正在青岛开展斗争，听闻淄川鲁大公司"裁人"事件后，他立即与邓恩铭商议，发动工人进行斗争。10月，王尽美赶到淄川矿区，深入工人居住的窝棚中了解情况，鼓励工人们站起来与资本家进行斗争。王尽美对工人非常热情，每次都主动和满身是黑炭的工人握手。他们以工人俱乐部为公开的组织形式，开展影响较大的"失业团"斗争。最后，迫使中日资本家接受工人提出的条件。

1924年5月10日至15日，中共中央执行委员会扩大会议在上海举行，会议确定王用章为驻淄博特派员，领导开展淄博矿区工人运动和发展建立党组织的工作。王用章会后立即到博山沙子顶，加紧发展党员、组建党组织的工作。到当年6月底，淄川、博山、张店地区已有王用章、王复元、周宪章、赵豫章、王敬斋、于占麟、张风翔、史长森、郑子洲等9名共产党员，还有3名团员即将转为共产党员，已具备建立党组织的条件。在王尽美、邓恩铭的指导帮助下，1924年7月，经中共中央批准，中共淄博支部正式成立，王用章任书记，直属中央领导。这是山东煤矿第一个党支部、淄博地区第一个党组织，也是山东省内建立的第二个直属中共中央领导的党支部，规格相当高。中共淄博支部像一座光芒四射的灯塔，给处在漫漫黑夜中的淄博人民带来光明和希望，引导淄博人民以大无畏的革命精神，在革命的征途上，前仆后继，勇往直前。

1925年2月，身染重病的王尽美以孙中山特派员的身份，来到淄川、博山、张店开展工作。在博山聚乐村饭店成立了淄博国民会议促成会；同时，在大昆仑炭栈发展工人宋寿田入党，建立党的秘密联络点……在一百多人参加的煤矿工人大会上，王尽美说："为什么我们辛辛苦苦创造了大量财富反而吃不饱、穿不暖？这是因为我们创造的财富，都被强权者夺去了！"矿工们听了，觉得心里照进了一片阳光，都说："王特派员能代表工人说话，是我们工人阶级的知心人，我们要跟他走！"

这年8月19日，王尽美因积劳成疾在青岛溘然长逝，终年27岁。

另一位中共一大代表邓恩铭，1922年至1928年在淄博开展工作，1929年1月19日第三次被捕前仍担任淄博党组织的负责人。在昆仑炭栈、在淄川高小、在洪山"宪章照相馆"，一次次留下了邓恩铭奔走的身影，他领导对抗"文教捐"、组织对抗鲁大公司裁减工人、发展工人与教师中的先进分子，一次次将革命星火在淄博大地点燃。

1922年，邓恩铭首次来到淄博，利用其叔父黄泽沛（原名邓国瑾）任淄川县知事的影响，广泛接触各阶层人士，如淄川县立高等小学校长冯乃章、淄川县立模范国民学校校长郭粹甫等人。在淄川县立高等小学，当了解到教师赵豫章曾参加过五四爱国运动，在长山中学咬破手指写血书时，邓恩铭便主动接近赵豫章，向他讲解马克思主义。邓恩铭结识了在淄川炭矿南门外开照相馆的周宪章，并以"宪章照相馆"为落脚点，开展党的活动，为党组织成立打下较好基础。邓恩铭作为核心人物，参与成立山东矿业工会淄博部。党组织建立后，地方党组织及党员队伍发展快。1923年2月，周宪章被发展成为淄博地区第一名党员，邓恩铭是其入党介绍人。1924年年底，淄博党员发展到40余名，占全国党员数量的近二十分之一。邓恩铭还深入大昆仑车站附近的炭栈，发动工人，联络炭商，开展反对一车炭交两吊钱的"文教捐"活动，最终取得胜利。随后即用此次斗争取得的款项，在大昆仑村创办了一处两级小学。1924年5月8日，邓恩铭在淄博给父亲写了一封信，这封信成为一封著名的红色革命家书。父亲催他回家完婚，他在回信中一是表达了自己对家乡亲人的深切挂念；二是表示坚决不同意这桩封建包办婚姻；三是表达了投身革命的坚定决心，"儿生性与人不同，最憎恶的是名与利，故有负双亲之期望，但所志既如此，亦无可如何……"1929年1月，邓恩铭从淄博返回济南，因叛徒出卖被捕。1931年4月5日，他和22名烈士一起被害，这其中有多人在淄博开展过工人运动。这年3月，邓恩铭在狱中写下诀别诗一首：

卅一年华转瞬间，
壮志未酬奈何天。
不惜唯我身先死，
后继频频慰九泉。

在淄博烧烤摊上，曾经出现过一个95岁高龄的老兵，他身穿草绿色军装，胸前挂满各种军功章，坐在轮椅上被小孙女推来，流露出一种军人的英武之气。他频频向大家敬礼，并讲述着当年的故事，引来无数追捧的人。网友感叹：对于老英雄来说，当年他们抛头颅洒热血，甘愿付出自己的青春和生命，就是为了换回像淄博一样欢乐祥和的人间烟火。我们在品尝着生活美好滋味的时候，不能忘记牺牲的先烈们，不能忘却红色的记忆。

在张店，在博山，在淄川，在周村，在临淄，在沂源，我们去参观各种红色展馆、展览，看各种红色遗迹，瞻仰多位英雄塑像，仿佛回到战火遍地、硝烟四起的战争年代。

中国共产党初创时期，王尽美和邓恩铭等由南湖红船携来一脉星火，绵延淄博，渐成燎原之势，照亮了淄博革命的方向。抗战爆发后，淄博共产党人高举抗日民族统一战线的旗帜，为赢得民族解放进行了艰苦卓绝的斗争。解放战争时期，淄博军民在党的领导下，与国民党军展开激烈的拉锯战，做出巨大牺牲，经历了三次解放。临淄、桓台、沂源、高青4县近3万名青壮年参军；接着积极支援全国的战略反攻，把大量军用物资通过车推肩扛运往济南、淮海、京沪杭等战场；1949年3月，上级从淄博地区抽调近700名党政干部，随人民解放军南下。历时一年，行程2500多公里，他们听党指挥，不讲条件，不计生死，勇往直前，为解放全中国作出不可磨灭的贡献……

抗日战争时期，发生在淄博的黑铁山抗日武装起义，是山东著名的三大抗日武装起义之一。

淄博是鲁中、渤海和胶东三大战略区之间交通联络的枢纽，具有重要的战略位置，是日军在山东争夺的重点之一。抗战初期，淄博没有共产党领导的部队和八路军派遣的正规部队，当地革命武装力量是在党的领导下，从无到有发展起来的。1937年10月，中共山东省委派宣传部部长林浩来到博山，主持召开会议，传达省委的命令，并成立中共鲁东地区工作委员会，鹿省三任书记，领导恢复建立党组织，开展武装起义。日军入侵山东，韩复榘率大军南逃，12月底，日军先后占领周村、张店、博山、淄川，到处烧杀抢掠，无恶不作，在短短几个月里，制造了10多起惨案，杀害我同胞1000多人。在具有抗日倾向的淄川河东村，日军一次性杀害276人，把整个村庄夷为平地。日军还派飞机轰炸长山县城，其暴行激起淄博人民的反抗。

为加强淄博地区的抗日武装力量，山东省委先后派姚仲明、廖容标、赵明新等到长山中学，以教员身份作掩护，从事抗日武装起义的准备工作，组成直属省委领导的长山中学党支部。长山中学校长马耀南从天津北洋大学毕业，是当地知名人士，威望很高。七七事变发生后，马耀南就决心组织学生抗日。

1937年12月24日，姚仲明和廖容标召集党小组会议，决定停办学校，立即举行武装起义，起义地点选择在距离长山县城30公里的黑铁山。黑铁山海拔不足300米，因齐桓公曾在此冶铁而得名。26日晚上，姚仲明和廖容标率长山中学60多名师生，急奔黑铁山脚下，与先期到达的赵明新等人会合。100多人，举着3支步枪、8把马刀，宣誓成立山东人民抗日救国军第五军，廖容标任司令员，姚仲明任政治委员，赵明新任政治部主任……参加起义的人员中，还有3名女学生，她们缝制了"五军"的军旗。几天后，马耀南带着筹备的粮款和枪支弹药，赶到黑铁山。起义指挥部决定成立第五军临时行动委员会，马耀南任主任，姚仲明担任副主任。由于武器极其短缺，1938年1月8日，"菩萨将军"廖容标带领30余名游击队员，夜行军30公里，赶到长山县城，攀爬梯子，越过城墙，袭击汉奸维持会，俘虏30余人，缴获17支步枪。

1月19日，廖容标和姚仲明挑选40多名战士，埋伏在小清河陶塘口，伏击日军运送物资的汽艇。一艘汽艇很快进入伏击圈，廖容标大喊一声："打！"顿时枪声大作。船舱内的敌人一面还击，一面倒退汽艇，想原路逃走，没想到被船工的船拦住了。一个游击队员把手榴弹扔进船舱，炸毁了发动机。由于步枪打不穿船舱，部队调来两门土炮，随着"轰隆"的巨响声，敌人的汽艇被炸沉了，12名日本兵被消灭。

2月4日，起义部队转战到周村以西白云山麓三官庙一带，遭到400余日伪军围攻，100余人的起义队伍与敌人激战1天，以牺牲7人的代价，毙伤日军百余人，取得重大胜利。

五军出师，三战皆捷，军威大振，短短几个月便发展到30多个中队、5000余人，成为驰骋在鲁中山区、清河平原和胶济铁路沿线的抗日劲旅。

1937年11月，共产党员李曦晨从济南出狱后返回淄博，利用合法形式组建"临淄青年学生抗日志愿军训团"，共120人。12月底，博山也组织起一支"山东人民抗日救国军第五军"，一个月发展到300多人。此后，各种抗日武装纷纷在淄博地区成立。

1938年1月5日，李人凤率军训团在临淄矮槐树村伏击从济南东进青岛的日军，击毙日军少尉小队长吉田藤太郎，战斗获得全胜。这是日军入侵山东后，在胶济线上受到的第一次打击，打破了"皇军不可战胜"的谎言。

1938年6月16日，八路军山东人民抗日游击队第三支队成立，马耀南任司令员，杨国夫任副司令员，下辖六个团，有5000余人。同时，廖容标等率第五军一部分南下编入四支队，廖容标任四支队司令员。博山工委的两支队伍先后加入第四支队，四支队人员达到4000多。第三、第四支队是淄博抗战的主力军。

黑铁山起义为壮大人民军队作出突出贡献，中国人民解放军有7个军，流淌着黑铁山起义部队的血液。同时，黑铁山起义还锻造了一大批高级指挥员，据不完全统计，新中国成立后，这支部队中担任副军级以上或少将以上职务者，地方副省（部）级以上职务人员共计79名。

"一马三司令"是黑铁山抗日武装起义战士的缩影，也是广大淄博人民抗击日本侵略者的楷模。"一马三司令，得了抗日病。专打日本鬼，保护老百姓。"这首在淄博地区广为流传的歌谣，反映的就是马耀南和弟弟马晓云、马天民为国捐躯的感人事迹。

长白山一战后，马耀南在长山八区董家庄召开长山、邹平、桓台、章丘四县团结抗日会议，各路义军30余支，纷纷奔来，第五军整顿编制，设立支队。由马耀南任第五军司令员、马天民任第一支队司令员、马晓云任第七支队司令员，"一马三司令"由此而来。1938年10月，马耀南正式加入中国共产党。他率部与日军多次作战，围攻周村，破坏胶济路，坚守邹平城，激战刘家井子，重创敌人。1939年7月22日，马耀南率领队伍在牛旺庄暂留，当地汉奸将情报告诉了日伪军。上午9点左右，战斗打响。敌人疯狂扑来，我军展开反击，直杀得敌人尸横遍野。到下午两点左右，马耀南决定撤退。在牛王庄东南约一里路的大寨村，马耀南遭到敌人伏击，不幸连中数颗子弹，跌下马来，爬到一墙角，用手枪击毙数名日军。当一日军企图用刺刀杀害他时，马耀南用最后一颗子弹打断敌人手臂，并拖倒敌人用手枪击破其脑袋，自己因流血过多而壮烈殉国，年仅37岁。"一生要做硬汉，绝不发一无聊呻吟语，咬紧牙关与困难作殊死战，一直向前迈进。"这是马耀南留下的最后誓言。

1939年10月14日，马天民在长山城搜集枪支时遭到日伪军包围，最终寡不敌众，中弹殉国，时年29岁。1944年8月11日，

一马三司令

马晓云在攻打青城附近的王家庄据点时被敌人的炮弹打中，壮烈牺牲，时年38岁。兄弟三人的照片，至今仍并列在淄博市博物馆和淄博党组织奋斗史的展览中……

1941年春到1942年10月，抗战进入最艰苦时期。日伪军先后对淄博进行过5次大"扫荡"和蚕食，在矿区派驻的警务队多达2000余人。

淄博人民配合第三、第四支队,浴血奋战,开始艰苦卓绝的反"扫荡"斗争。

发生在淄博的马鞍山保卫战,感天地泣鬼神,惨烈程度堪比狼牙山五壮士,在山东抗战史上写下气壮山河的篇章。

1942年11月9日,千余名日军和数百名伪军包围了位于淄川境内的马鞍山。山上有鲁中军区伤病员和干部家属30多人。敌人在飞机大炮的掩护下,向山上发起攻击。在山上养伤的,有鲁中军区一旅二团副团长王凤麟等战斗英雄。

王凤麟是"爆破攻坚法"的发明人。他曾被派往莫斯科东方大学工兵专业学习,掌握了当时第一流的爆破技术。1938年8月,随张经武、黎玉从延安来山东工作。1939年初,他在沂水县柳树头村办起了山东纵队爆破训练班,培训了一大批爆破人才。1940年4月,山东纵队组建一旅二团,王凤麟担任副团长,团里的工兵排直接由他领导,这个排的很多战士来自煤矿,是爆破高手;煤矿工人们每个月都会冒着生命危险,从日本人管理的矿井里偷出1000斤炸药。每次实战,面对龟缩在炮楼里的敌人,王凤麟想出新办法,把七八十斤炸药放在干粮袋里,捆在云梯顶部,尽可能使炸药爆点接近敌人。进而演化出新战术:掩护队负责封锁敌人炮楼的射击孔,投弹队往炮楼上扔手榴弹,破坏敌人视线,爆破队持长梯冲到炮楼下竖梯点火,冲锋队则在爆破后打进日伪据点消灭敌人,实施占领。以爆破为中心的打法逐渐成为我军步兵的五大军事技术之一,解决了我军炮火不足的问题。"老二团"名声大噪,成为鲁中部队头号主力。淄川矿工马立训,是"山东爆破大王"、特级战斗英雄,抗日战争时期,他苦练杀敌本领,不断革新爆破技术,参加战斗40余次,采用偷爆、飞爆、空爆、连环爆等爆破方式,完成20余次爆破突击任务,炸死日伪军500余人。至今,他的铜像仍矗立在淄博市淄川革命烈士陵园里。他双手紧抱炸药包,眼睛炯炯有神地注视前方,仿佛随时要给敌人致命一击……

且说王凤麟，1942年夏末，在一次反"扫荡"中腿部被炸，伤口很快感染，被锯掉半条腿，团里安排他到马鞍山养伤。敌人包围马鞍山后，王凤麟把伤病员和家属组织起来，安排哨位和战斗位置。他自己带了一支德国狙击步枪，200多发子弹。狙击枪是在沂水王庄德国教堂缴获的，是王凤麟的心爱之物。王凤麟拄着双拐，拖着伤残的身躯，带着大家坚持了两三天，造成敌人大量伤亡。他击毙日军士兵多名和军官一名，击伤多名。日军调来大炮，向南天门轰击，还出动了飞机扫射。山上人员死伤惨重，没剩几个人了。王凤麟再次受伤，弹尽粮绝后英勇牺牲。

淄博临益四县联合办事处主任冯毅之的父亲冯旭臣、妹妹冯文秀、夫人孙玉兰和三个孩子都在山上，他们一家为战士们搬运弹药，救护伤员。在弹药打光的最后时刻，冯老先生带着全家用石头、板凳向敌人砸去，不幸中弹牺牲。爆破英雄刘厥兰把最后一颗手榴弹投向敌群后纵身跳崖，腿部负伤的冯文秀也跳崖牺牲。随后其余被困人员也相继跳崖，孙玉兰和三个孩子坠崖牺牲。战后，鲁中行署和参议会在冯家门楣上悬挂了一块匾额，上书"一门忠烈"四个鎏金大字。

1944年春天，淄博开始局部战略反攻。1945年8月，先后解放了博山、淄川、周村、桓台、临淄，至此淄博大部分地区获得解放。鲁中军区抽调山东3师和警备3旅加地方干部1万多人进军东北。在黑土地上，这支部队先是编为东野3纵在韩先楚麾下，后来是东北野战军第40军，成为让国民党东北大员惊叹的"旋风部队"。

1947年2月，中共中央华东局发布《关于加强支前工作的指示》，淄博人民积极响应党的号召，调动52万民工和大批物力、财力，全力以赴支援前线。

1947年2月，莱芜战役大捷后，陈毅、粟裕指挥华东野战陆续北上扩大战果，乘胜收复博山、淄川、周村、张店、临淄等地，淄博全境获得第二次解放。3月至4月间，华东局和华东野战军按照中共中央

反映华野在淄博整训的壁画

制定的战略战术，在淄川大荒地进行了为期一个月的整训。1948年，人民解放军进入战略进攻阶段，中央军委运筹帷幄，洞察全局，将解放山东的第一枪定在周村。周村解放前，是一个有20万人口的较大城市，也是拱卫济南的重要门户。1948年3月11日晚，山东兵团顶着大雨发起周村解放战。其时，国民党军除整编第12军驻防外，又调集整编32师守备周村。经过近20小时的激烈战斗，周村守敌1.5万多人几乎全被歼灭。

1948年3月，淄博全境解放，工业拉开重建大幕。铁流滚滚，马达轰鸣，开始全力支援淮海战役、抗美援朝，大批武器弹药、急需药品等输送到前线，为全国解放和抗美援朝作出历史性贡献。

1948年初冬，淮海战役打响，新华制药厂接到胶东军区的紧急指示：突击生产敷料、救急包等战场物资。工人们喊响口号："我们多流汗，战士少流血。"生产救急包时没有灭菌器，全靠自己动手砌锅灶，用笼屉像蒸馒头一样进行灭菌消毒；没有干燥设备，就将4个柴油桶砸掉盖子，周围用砖砌好，用火烧加热，进行干燥……时值寒冬腊月，工人们在雪地里挖井，自己造辘轳提水。北风呼啸、天寒地冻，没有手套、胶鞋和工作服，他们坚持在井台上赤裸着双手摇辘轳，双脚终日踩在冰块上，手浸在冰水里，许多工人的手脚都被冻伤。但是工人们忍着伤痛，没有一个人离开自己的工作岗位。

1947—1949年期间，山东人民兵工厂为莱芜战役、孟良崮战役、济南战役、淮海战役提供大炮677门、迫击炮弹约219万发、钢炮弹1.7927万发、手榴弹59.3448万枚、子弹973万发、炸药9.2868万斤、信号弹965万发，远远超出山东战场的实际消耗。1944年，博山电机厂研制成功第一台手摇发电机，成为解放区电器制造史上的一件大事，并获胶东军区嘉奖令，新华社播发了这一消息。1948年，三个单位奉命迁至博山，合并成立"华东工矿部电气总厂"，继续生产手摇发电机、电话机、收发报机、空气干电池等，支援全国解放。其他厂矿如洪山、西河、新博等煤矿，工人生产热情高涨，产量大幅度增长。

1950年冬，全国开展轰轰烈烈的抗美援朝运动。截至1952年底，淄博专区有4.2476万人报名参加国防军，送子参军、送郎参军、送弟参军出现热潮，经批准参军者有9212人。在抗美援朝战争中，一级战斗英雄李长法等713名淄博优秀儿女牺牲。淄博专区捐款217.8亿元（旧人民币），购买飞机12架，淄川县还捐款购买大炮1门。另外，淄博派遣2664名工人前线送军需……

我之所以引用了那么多看似枯燥的数字，因为每一个数字背后，都是一条鲜活的生命，一段悲壮的人生，一种灿烂的精神。

革命战争时期，淄博共计11.8万人参军。这其中就有从沂源大山深处走出来的朱彦夫。解放战争后期，淄博地区从工矿抽调干部南下，在2700人中就有博山区选送的焦裕禄。在淄博烧烤火爆的前几年里，淄博市多次开展向朱彦夫和焦裕禄学习活动，汲取前进的智慧和力量。

2022年8月，淄博举办学习弘扬焦裕禄精神系列活动。在城市荣耀广场上，焦裕禄塑像和荣耀塔、荣耀柱、荣耀旗阵等，成为城市荣耀的一种象征。淄博这座老工业城市要巩固"稳"的底盘、扩大"进"的势头、拼出"胜"的战果，充满闯劲、拼劲、韧劲的焦裕禄精神是一座慷慨的宝库，是更丰厚的精神滋养。

在博山四十亩地，我看到一组焦裕禄和母亲告别的雕像。身穿大衣的焦裕禄，手提一个旅行包，携带妻子和4个孩子，正在向远方的母亲挥手告别。小脚母亲颤巍巍地站在一条布满冰雪的山路上，一身皂衣，满目深情，恋恋不舍地招手……这是焦裕禄的哪一次远行？他是否还能回到故乡？

1922年8月16日，焦裕禄出生于博山这个工业气氛浓厚的地方，当过矿工。日伪统治时期，焦裕禄家中生活越来越困难。父亲被逼上吊自杀。焦裕禄曾多次被日寇抓去毒打、坐牢，后被押送到抚顺煤矿

焦裕禄一家和老母亲告别的场景

当苦工。1943年秋天，他逃出虎口，到江苏宿迁给地主当长工。抗日战争胜利后，焦裕禄从宿迁回到家乡，主动要求当了民兵，参加解放博山县城的战斗。1946年1月，焦裕禄加入中国共产党。解放战争后期，焦裕禄随军来到河南，分配到尉氏县工作，一直到1951年；后来又到青年团陈留地委和青年团郑州地委工作。

1953年6月，焦裕禄到洛阳矿山机器制造厂参加工业建设，曾任车间主任、科长。1958年，一金工车间承担试制国产第一台2.5米、重约108吨卷扬机的任务，遇到两个外国专家也无能为力的技术难题，一是大直径轴瓦的铸造，二是齿轮圈加工效率。刚强的焦裕禄把任务承担下来，带领全车间从早上7点半一直干到晚上12点，再开一个多小时的生产会。焦裕禄一直睡在一条长凳上，持续半年多时间，终于把难题破解了。今天，在焦裕禄纪念馆入口，有一台占地近百平方米、高3米、重40余吨的硕大机组，这是一台2.5米直径矿山提升机的同型号机器，是淄矿集团拆掉厂房捐献出来的。它折射出焦裕禄精神蕴含的五个方面、四个内涵、三股劲儿的诸多光芒——科学求实、迎难而上，凡事探求就里，吃别人嚼过的馍没味道，革命者要在困难面前逞英雄，抓工作的那股韧劲儿，干事业的那股拼劲儿……

就在研制这台机器的时候，焦裕禄患上各种疾病。

为了加强农村工作，1962年6月，焦裕禄又调回尉氏县，任县委书记处书记；12月，兰考遭受风沙、内涝、盐碱"三害"最严重的时刻，党派焦裕禄来到兰考，担任县委书记。来到兰考的第二天，他就深入农村调查访问，住进饲养员肖位芬老人的牛棚里，和他彻夜长谈，讨教恢复生产、战胜"三害"工作的经验。为了实地考察"三害"情况，他靠着一辆自行车，两只铁脚板，3个多月风里来雨里去，跋涉了5000余里，对全县149个生产大队的120多个村进行走访和蹲点调研。为了根治"三害"，起风沙时，焦裕禄带头去查风口，探流沙；下大雨时，他趟着齐腰深的洪水察看洪水流势。他所开创的水利工程，经后来引黄淤灌，最终让20多万亩盐碱地变为良田。治理风沙用的办法是"贴膏药"和"扎针"。所谓"贴膏药"，就是把淤泥翻上来压住沙丘；所谓"扎针"，就是大规模栽种泡桐。兰考有"三宝"：泡桐、花生和大枣。他对泡桐特别重视，这种树在沙窝子里五六年就能长成大树，既能挡风又能压沙……

焦裕禄常说，共产党员应该在群众最困难的时候，出现在群众的面前；在群众最需要帮助的时候，去关心群众、帮助群众。他的心里装着全县的干部群众，唯独没有他自己。他经常肝部痛得直不起腰、骑不了车，就用手或硬物顶住肝部，办公室的藤椅都顶出一个大窟窿，做报告时他经常把脚踩到凳子上，用右膝顶住肝部，汗水直流，仍坚持下乡、工作，直至被强行送进医院。

1964年5月14日，焦裕禄被晚期肝癌夺去生命，年仅42岁。他临终前对组织上唯一的要求，就是"把我运回兰考，埋在沙堆上。活着我没有治好沙丘，死了也要看着你们把沙丘治好"。1966年，河南省政府追认焦裕禄为革命烈士，焦裕禄成为各级干部特别是领导干部学习的榜样。每年的焦裕禄逝世纪念日和清明节，位于河南兰考的焦裕禄陵园和位于山东博山的焦裕禄纪念馆内，人们从全国各地自发前来，祭奠、怀念这位全心全意为人民服务的好公仆……

和焦裕禄一样，朱彦夫的精神力量也强大到不可思议。听了朱彦夫的故事，人们惊叹：人类的精神极限到底有多高？生命和人生的价值到底在哪里？我们应该怎么去拼搏进取奋斗？

朱彦夫和他的一家人都是我的朋友，我对朱彦夫的故事太熟悉了。

10岁那年，朱彦夫的父亲去世，他跟着母亲到处要饭，参军之前没穿过棉衣和鞋子，吃的多是野菜糊糊，偶然能讨到一块煎饼，就是最好的美食。晚上，住在用碎石搭成的"团瓢"里，冻得瑟瑟发抖。终日饥寒交迫，他像村里大部分孩子一样，长着苘杆腿、细脖子，挺着青筋大菜肚，小脑袋精瘦，行动却相当敏捷。1947年，14岁的朱彦夫参军，第一次穿上鞋子和棉衣，全身暖融融的。他把身上已经千疮百孔的裤子换下来，搭在路边的高粱篱笆上，毅然决然跟着队伍走了，准备把自己献给革命。解放战争期间，朱彦夫参加过孟良崮战役和淮海战役等上百场战斗，勇往直前，多次立功。童年的苦难，锤炼出他对饥饿和寒冷的超强耐受力，在朝鲜战场上成为朱彦夫能够死里逃生的重要因素。

1950年11月，朱彦夫随部队入朝。在长津湖畔"250高地"上，全连牺牲之后，他独自一人抗击美军，三颗手榴弹在身边爆炸，弹皮从头部左侧穿进，将眼球与脑浆击出，左眼球掉出来挂在脸上，在又饥又渴中，朱彦夫误把它吞进嘴里。为了不当俘虏，他跳下悬崖，并爬行3000多米，被意外救起。大约1950年底，他被送进长春第三军医大学附属医院时，几乎没有人相信他还能存活。他的左眼变成了一个空洞；腹部被打扫战场的美军捅出一道口子，流出的肠子是硬塞进去的；四肢冻得发黑坏死，流出的脓水散发着恶臭。为保全他的生命，医生只得一次次地不断截肢，并进行剖腹手术。昏迷93天，手术47次，朱彦夫竟然又一次奇迹般地活了过来，这是何等顽强的生命力。

这种奇迹在朱彦夫身上成为一种平常：他从荣军疗养院回到村里，磨炼出独立的生活和生产能力，娶了如花似玉的陈希荣为妻，生了5个健康可爱的孩子；他从识字开始，学习文化科学知识，苦读文学名著，坚持写日记，最后能写书，成为一个精神上站立起来

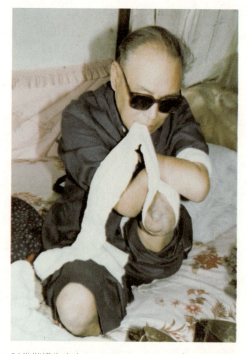

时代楷模朱彦夫

的巨人；他在故乡张家泉村当了25年支书，为了带领乡亲脱贫致富，他走遍这个山村的山山水水。常被绊倒摔得皮开肉绽，头破血流，那15斤重的假肢被磨坏了七副。尽管每副都缝了又缝，补了又补。数九寒天，朱彦夫拖着假肢不停地在水利建设的工地上走动着，残肢的截面会磨掉一块皮，露出粉嫩的肉来。有一天，井里的泥水、腿上的汗水、断肢创面渗出的血水，把假肢和伤腿冻在一起了！人们掉泪了，有人脱下棉袄捂在朱彦夫的伤腿上，一位老人抱着朱彦夫的腿呜呜大哭。就这样，他带领群众整山造田，打井找水，修路架电，办图书馆和夜校，在周围70多个村庄中创造了五个"第一"。

因为有着永不枯竭的精神源泉，从村支书岗位退下来之后，朱彦夫成了一个作家，用另一种形式，攻克下一个写书的"山头"，完成了战友在战场上的叮嘱。写作过程中，朱彦夫发明了用嘴、嘴臂并用、绑笔、双臂抱笔等多种书写方法，每天能写几百字。为了描写一个情节，他苦思冥想，嘴上叼着笔，却当香烟点。因抽烟思考入神，几次引燃了棉被，他全然不知，被子冒出浓烟，他以为是战场上的硝烟。他已混淆了白天和黑夜、过去和现实的界限，睡梦中刚想起一句生动的话，赶紧爬起来，衣服也顾不上穿，夹笔就写。深更半夜，朱彦夫会从床上一跃而起，喊着"冲啊杀啊"，高举残臂，用残腿蹦到院子里……老伴陈希荣心疼地说："彦夫，你这哪是写书，你这是在熬命啊！"

拼搏七年，七易其稿，朱彦夫写出一部自传体长篇小说《极限人生》。其间，朱彦夫用坏30支钢笔，用干20瓶墨水，翻坏了四本字典，用去200本稿纸，总计写下200多万字。1997年，朱彦夫身体再次受到重创。从生理学的角度看，他应该丧失了创作和生活能力。然而，朱彦夫并没有停止抗争，他保持着高昂的精神状态，绝不向命运低头。他像战场上的战友一样，随时保持冲锋姿态……

淄博市提出，要向"人民楷模"朱彦夫学习，学习他不忘初心、坚定信念的崇高追求，学习他牢记使命、一心为民的高尚情怀，学习他敢于担当、勇争一流的顽强斗志，学习他不畏艰难、不懈奋斗的斗争精神，学习他淡泊名利、无私奉献的宝贵品质。以朱彦夫为榜样，激励全市上下提振精气神，不忘初心、牢记使命，以更顽强的意志和斗争精神，加快推动淄博凤凰涅槃、加速崛起。

焦裕禄精神和朱彦夫精神，是淄博烧烤一种最旺的炭火！

"万亿之城"的重塑路径

早在20世纪八九十年代，淄博的年轻人就开始以吃烧烤为时尚。

那时候，淄博重工业发达，人口超百万，中心城区火车站周围，电厂、铝厂、制药厂、皮鞋厂、炼钢厂林立，显示着一座城市的霸气和底气。小伙子们烫着头、穿着喇叭裤，拿着砖头那么大的"大哥大"，骑着摩托来火车站附近吃烧烤。这里的流动烧烤摊很多，烧烤红极一时，摊贩们上午八点就点上火，直到凌晨三点都不灭。一块钱八九串肉，他们每个月的工资是二三十块。

烧烤是一个时代的缩影。党的十一届三中全会，奏响了改革开放的时代主旋律。淄博以"敢为人先"的改革精神，在全国较早实施改革开放，国有企业体制机制改革迅速开展，为工业经济注入强大的生机和活力，淄博工业的基础日益强化，工业的历史画卷也翻开新的一页。

首先在体制上"破冰"，实现由计划经济向市场经济的时代跨越。党的十四届三中全会，提出建立社会主义市场经济体制的基本要求和途径。淄博大胆冲破制度"蕃篱"，以"所有权"为突破口，在全国率先对企业进行股份制改革，并成为全国第一批优化资本结构试点城市。全市所有企业实行纵向到底、横向到边的经济责任制，部分企业试行租赁制和股份制，全市企业股份制改革开全国之先河，企业兼并开始出现。至90年代末，国企改制面达到90%以上，走在全国前列。

厂长负责制、经营者持大股、租赁兼并……随着一系列改革新政的实施，淄博向现代企业制度建设迈出关键一步。其次在资本市场刮起"淄博旋风"。1995—1996年，山东农药、华光陶瓷、四砂股份、新华制药先后在沪、深、港三地上市；不同所有制的多种经济成分得到发展，中外合作、外商独资企业和国内劳动者的个体经济、私营经济等非公有制经济成分，在国家的允许和引导下得到迅速发展，以公有制为主体、多种经济成分并存的所有制结构的形成，开创了发展国民经济、方便人民生活和扩大就业的新局面。再次，实施"挂网联"，打开工业布局"新空间"，加快发展乡镇企业。"挂"就是城市大企业按系统与农村乡镇企业挂钩；"网"就是在挂钩的基础上，逐步建立起城乡协作网；"联"就是城乡联合经营。"挂网联"不仅促进了乡镇企业的发展，而且使城市工业得到完善和发展，走出一条以工强农、城乡一体化发展的新路子。淄博还提出乡镇企业工业产值五年内翻两番的目标，乡镇企业异军突起……2005年，万杰集团被评为全省百强民营企业，并以年销售收入75亿元的成绩位居榜首。

有着齐文化"因俗简礼、尊贤尚功""变革、开放、务实、包容"等思想理念和精神内涵，地处鲁中的淄博，一直有着强烈的开放意识和全球视野，开放不断加力，拥抱着"全球化时代"。

这其中，发生了几个大事件：

1986年，应联合国人口活动基金会邀请，淄博市作为79个世界大城市或"组群式"城市之一，参加联合国在西班牙巴塞罗那举行的世界大城市"人口与城市未来"国际会议。会议共有12个中国城市参加。会上宣传了淄博在城市人口控制及城市建设方面的成绩。

1988年，国务院批准淄博市为沿海经济开放区。淄博由此打开通往市场和世界的大门。从2004年开始，招商引资成为淄博经济发展的强大推动力，至2011年，累计吸收外资93.5亿美元，13家世界500强企业在淄博投资28个项目，大批国内外知名企业纷纷布局淄博，成为

"淄博制造"的国际因子。

1992年7月25日，国务院正式批准淄博市为"较大的市"。淄博市人大常委会有了地方立法权。"较大的市"申报成功，对淄博城市地位的提升起到重要作用，淄博城市知名度迅速提高，先后与世界12个城市建立友好城市关系。

淄博是中国陶瓷名城、中国五大瓷都之一。"陶博会"从2001年开始，每年举办一次，成为世界了解淄博的窗口，也成为淄博向世界展示自己形象的舞台。作为以陶瓷为主题的重要品牌展会，经过20多年的探索积累、创新发展，陶博会规模越来越大、亮点越来越多、内容越来越丰富、特色越来越鲜明，展现出旺盛生命力和广泛影响力。陶博会坚持遵循市场化、国际化、品牌化、专业化的办会方向，向世界充分展示淄博丰厚的陶瓷文化、优良的营商环境和独特的城市魅力，为中外朋友搭建起开放创新、交流合作的桥梁。

在淄博"工业强市"的历史上，还有一个具有里程碑意义的事件，就是"双跨万亿"。

这里面有一个积累和发展的过程。石化是淄博的产业"龙头"，齐鲁石化是一个不可忽视的重要存在。1984年4月1日，齐鲁石化30万吨乙烯项目开工建设，5万名建设大军日夜奋战。1987年5月30日，一期建成投用，刷新国际乙烯同类装置开车纪录。这是我国引进的第一套塑料型乙烯联合化工装置，轰动一时。2004年10月10日，齐鲁石化72万吨乙烯改扩建工程打通所有装置流程，建成投产。这是国家重点技改项目，投资46亿元之巨。工程具有推动我国石化生产能力和技术水平提升的重要意义。齐鲁石化72万吨乙烯改扩建工程，是在齐鲁石化45万吨乙烯基础上扩能改造而成的。通过这一工程，齐鲁石化建成国内最大、世界第五的氯碱工业基地。其乙烯生产能力名列我国石化行业前茅，聚氯乙烯、合成橡胶等产量成为全国第一。

在化工这一"龙头"的带动下，淄博产业集群逐渐崛起，形成了轻重并举、门类完备的工业体系。新材料、智能装备、新医药、电子信息四强产业全面起势，"换道超车"；绿色化工、机械制造、新型建材、特色纺织、轻工、陶瓷琉璃六大优势传统产业转型升级步伐不断加快，"弯道超车"。因为新材料产业崛起，淄博成为全国"新材料名都"。淄博工陶新材料集团有限公司自主研发的功能陶瓷溢流砖及配套材料，彻底打破美国的技术和产品垄断，国内市场占有率达到70%以上；获授权专利34项，其中发明专利19项。山东工业陶瓷研究设计院通过全球第一大认证机构英国雅斯利ISO 9002认证，是全国建材行业科研院所中首家获此认证的企业。山东硅元新型材料股份有限公司将主要力量集中于陶瓷新材料的开发应用和生产，产品主要侧重先进结构陶瓷系列材料，自主研发的陶瓷膜达国际先进水平，可替代进口产品；已申请国家发明专利4项，其中，授权专利2项，国际发明专利2项。在智能装备方面，2002年10月，新华医疗器械股份有限公司自主研制的RFM系列软包装通风干燥式灭菌器等4种新产品，通过专家鉴定，有3项填补国内空白，1项达到国内领先水平。在新医药产业方面，淄博市作为山东省最大的医药产业基地，综合实力全省第一，拥有高端制药、医疗器械、药用包装材料三大优势产业集群，是山东省最大、国内重要的医药产业基地……

在结构调整优化中，淄博工业由粗放型向集约型、速度型向质量效益型转变。1988年，淄博工业总产值突破100亿元，在山东列第三位，在全国城市中排名第11位；2000年，淄博工业总产值突破1000亿元；2004年淄博荣登"中国综合实力百强和投资环境50优城市"排行榜；2011年淄博工业总产值及主营业务收入双双突破万亿元大关，成为全省第3个、全国第16个工业总量过万亿的城市……全国41个工业行业大类中有39个在淄博实现规模化发展，3万多个工业品中90余种产销量居全国前三位，巨大的产业规模为国家财税提供了强大支持。

随着经济不断发展，淄博主城区由火车站向西北方向扩移。"还在玉米地里办公的市委市政府"周边，成为淄博第二个核心主城区。以人民路、共青团路、柳泉路为框架，这里建起百货大楼、银行等一批高楼大厦，有了大学、青少年宫、公园，也有了大片居民区，成为政治中心、金融中心、商业中心、文化中心。据说，20世纪80年代的淄博百货大楼是一座具有宏伟气派的建筑。周边的装饰线条一律采用绿色琉璃瓦，巨大的玻璃幕墙引领着一个年代的时尚。

我们发展经济的终极目的是什么？是为了改善民生，让老百姓有获得感和幸福感；当发展经济与改善民生发生冲突的时候，如果不能兼顾二者，要把什么放在优先位置？

淄博正通过自己的努力，探索有效解决这一问题的方法。

就在淄博实现"双万亿"跨越的同时，发展中的一些深层次问题爆发了。有一次，我随淄博一个调研组去了解建陶业情况，现场气氛压抑凝重，甚至有些悲壮。来的都是建陶业大佬，很多人操着南方口音，他们给淄博作出过很多贡献，但是建陶业污染严重，且产能严重过剩，广东佛山的同行转型升级成功，可是实施起来难度不小。一时间，低迷的情绪蔓延开来，以至于让人觉得建陶业的天快塌了。

受经济结构、地理环境等因素影响，淄博遭受了前所未有的环境压力，成为全国唯一涵盖资源枯竭城市、独立工矿区、老工业基地三种类型的城市。淄博工业起步早，传统产业占比70%，其中重化工业占比又达70%。淄博市拥有工业产品近3万个，70%以上属于上游产品、初加工产品、中间产品。陶瓷、化工、钢铁、矿业等产业中存在不少落后产能，不仅效益差、贡献度低，而且挤占新动能承载空间。

淄博遇到的首先是资源枯竭问题，一个矿产十分丰富的地方，经过上百年的开采利用，资源发出警告的信号。

从20世纪90年代初开始，淄博各类矿产资源出现枯竭的趋势，到了2006年，淄博煤炭储量只够全市用2到3年的。2010年之后，情况进一步恶化，铝矿基本枯竭，95%的煤炭、95%的玻璃和化工行业原材料，全部由外地提供，尤其是陶瓷原料。2009年之后，"北方瓷都"的建筑陶瓷所需要的石英、黏土基本都没有了，只能从外地采购。2009年，国务院开始发布资源枯竭城市名单，到2011年淄博市淄川区被列入第三批资源枯竭城市名单，当时淄博人戏称，"我们大淄博终于有了单点突破"。受资源枯竭、市场低迷的影响，淄博矿务局在全国最困难的36家矿务局中处在倒数第一，濒临破产，只能走出淄博求发展。

环境问题越来越突出。淄博一度成为污染的象征，淄博因环保问题被约谈、淄博的雾霾又来了、淄博连续发布污染预警等消息满天飞。一提淄博，仿佛就有窒息感。

2014年，淄博"蓝天繁星"天数、二氧化硫浓度均排名全省垫底，当地百姓一度"望天色变"。空气灰蒙蒙的，被雾霾吞没的城市，弥漫着一股呛人的味道，很多人闻出这是化工产品的气息，浓度极高。从空中俯瞰下来，整个城市像被一只酱黄色的大锅盖住了，密不透气。老百姓编了顺口溜，叫"走路眯着眼，吃饭捂着碗"。专家解释说，雾霾的源头是工业排放、汽车尾气、扬尘污染，等等，空气中凝结核增多，使得霾形成概率增加。雾和霾叠加，导致空气质量指数不断爆表。

淄博的蓝天白云

雾霾不仅改变了生存环境，也严重影响着人们的情绪，各种气管炎、鼻炎和呼吸道疾病多发，传染病增多，一些人产生悲观情绪，精神郁闷，像火药桶一样，一触即爆……"生存，或是死亡，这是一个问题。"一个哈姆雷特式的发问，或许可以道出淄博生态问题的严重性。

此外，产能过剩加速了经济下行速度。2014年上半年，中国重点钢厂的销售结算价格，每吨只有3212元，也就是一斤1块6，是真正意义上的"白菜价"。2015年，中央推出"供给侧改革"，开始削减产能。2017年山东主动请缨，成了全国首个"新旧动能转换"试验区，采用雷霆手段，削减钢铁、煤炭、水泥、有色金属等8个行业的产能，并集中精力扶持新兴产业，人称"腾笼换鸟"。

壮士断腕才能绝处逢生，"伤筋动骨"才能"脱胎换骨"。淄博既找准了问题的症结，又以极大的勇气和魄力去破解这些问题。与很多地方不一样的是，淄博在解决资源、环境和产能问题时，为民生留下一个"窗口"。比如烧烤在淄博一直存在，转型升级中发展得很好。

2003年，淄博在省内率先提出实施"环境立市"战略，关停、拆迁中心城区数千家水泥、燃煤炉窑、化工等重污染企业。光是张店区南定镇几个建陶厂的迁出，就在一周内带走5万多名工人。

2015年，淄博进入一场深刻、艰难、长期的经济转型工作中。全市明确1237个主要污染源，通过对点源污染各个击破，在"工业强市"和"生态淄博"两大战略之间寻求最佳平衡点。他们用一种先进的探测仪器，灵敏捕捉到任何微量的泄漏气体，在全国率先启动空气异味专项治理，餐饮业油烟、垃圾焚烧等七大类污染被列入整治范围，重中之重就是化工异味，而化工企业密度和数量全国第一的临淄区，成了全市专项治理的重点区域。扬尘是另一个整治重点。为解决石灰石矿山扬尘，淄博市不仅停批新设矿山，现有的到期不再延续审批，年底前全部关闭。在这次大规模的空气保卫战中，淄博市把列出的1237个污染点源治理，每一个都明确了时间表、路线图、责任人，把治理情况与干部提拔任用直接挂钩。1237个污染源的"点"刹，拉开淄博工业布局大调整的序幕。

就在这一年，淄博烧烤进行了一场轰轰烈烈的"进店、进场、进院"的"三进运动"，明确指出，只要符合"三进"要求，使用无烟烧烤炉具，各个烧烤店主不但能够正常经营，而且还能受到政府的租金优惠政策。

2017年一年间，我和同事多次到淄博调研环保问题。市委、市政府表示：必须以铁的手腕、铁的手段，解决生态环保突出问题。年初，淄博将"十个新突破"作为全市工作重点，生态淄博建设首当其冲，共确定2080项环保治理工程，同时制定了全年空气良好天数160天、"蓝繁"天数183天的目标。为进一步自我加压，7月份，淄博将良好天数和"蓝繁"天数的目标分别提高到183天和219天。

这年9月，淄博率先在全省刮起一场环保风暴——"百日行动"，从相关部门抽调124名干部组成10个督查组，采取接受群众举报、听取汇报、查阅档案、单独约谈、现场核查、追责问责等方式分赴各区县开展驻点督查。成立1个巡查组，对各督查组工作开展情况及各区县的整改落实情况进行巡查。同时，"刑责治污"敢于动真碰硬。全市共侦办环境领域刑事案件98起，抓获犯罪嫌疑人264名，其中刑事拘留191人；查处行政案件53起，行政拘留53人；全市共对728起环境违法行为实施行政处罚，罚款金额14252.8万元。

"铁腕"换来了三个第一：当年淄博市良好天数改善幅度列全省第一位；获得省大气生态补偿资金列全省第一位；空气质量综合指数改善幅度列全省第一位。用时任淄博市委宣传部部长毕荣青的话来说，淄博的生态建设"全覆盖、无缝隙，可谓用尽了洪荒之力"。

2018年，国家批复山东建设全国首个新旧动能转换综合试验区。淄博谋求向可持续化发展转型，进行产业结构调整。当年8月3日，临淄区人民政府发布公告，确定第一批关闭淘汰和转型非化工企业、第二批关闭淘汰企业名单，包括105家将关闭企业，及13家拟转型企业。

"十三五"以来，淄博全市累计关停"散乱污"企业1.04万家，化工园区由28个减少到6个，化工企业从1135家减少到524家；建陶产能从15亿平方米，削减到8.27亿平方米，再压减到2.46亿平方米；钢铁企业全部关停，焦化、电解铝行业产能全部出清。

与此同时，淄博锚定优化技术工艺、产品体系、产品质量、产业链条，出台了"技改专项贷""春风齐鑫贷"等一揽子支持政策，以数字化、智能化、绿色化赋能传统产业，对机械、建材、纺织、医药等产业进行全链条改造，提"高度"、增"厚度"、拉"长度"，加快推动传统产业迈向中高端。

在"优进"与"劣退"的双重作用下，淄博化工产业"一业独大"的局面已经松动，"绿动力"明显增强，许多关键领域呈现出趋势性、关键性、转折性的变化。

在一些传统高耗能企业，粉尘弥漫的高温环境不见了，配料、装卸、码垛等脏累的传统工种消失了；曾经依赖人工观察火苗来实施的控温，如今交由机器视觉、算法来精准实现……

东华水泥有限公司用大数据优化燃料控制和质量控制模块，单位水泥熟料用能节省6.73%。鲁中耐火材料有限公司实施智慧数字窑炉改造，一年节省25万立方米燃气，能耗成本降低15%。鲁泰纺织面料馆里，各种色系上千个颜色的纱线、面料、衬衫排列开来。面料无缝线、防水、吸湿、透气……作为传统纺织企业，鲁泰纺织延伸拓宽产业链，开发功能面料，颠覆了人们对纺织业的传统认知，成为全球颇具规模的高档色织面料供应商。

数据显示，淄博人均地区生产总值连续十年高于全国、全省平均水平。

在淄博新区的核心区，有3个巨大的气膜展馆，像三颗珍珠播撒在绿树丛中。夜晚，五彩斑斓的光线放射出来，弥散向无垠的夜空，整个世界就像童话般迷人。这一组名为"淄博珍珠"的建筑群，像北京鸟巢、巴黎卢浮宫一样令人震撼。它简洁明快又创意十足，形式新颖又现代时尚，给美的建筑赋予活的灵魂……

这蕴含天地精华的"珍珠"，是怎样孕育出来的呢？

深入淄博大地，才能寻找到答案。在"淄博珍珠"体现高端科技、绿色材料、现代设计、博大胸襟、最新理念等的背后，是淄博新文化和新经济形态的诞生。二者不断交合作用，挥洒出"淄博珍珠"这样的神来之笔、点睛之笔。

千年古城淄博正迎来史上最重要的"拐点"。这片曾经孕育了"春秋五霸"之首、"战国七雄"之冠的文化沃土，曾经迅速崛起为全国重要工业基地并长期雄踞山东版图的"探花"，进入21世纪后，在省内的经济排名降到第五，2019年排在第七，此后便一直停留在第六的位置，而后面追兵的脚步越来越近。

"淄博珍珠"成为城市新地标

必须有决心和勇气，才能重振雄风、再创辉煌。淄博市委、市政府主要领导经常用"上甘岭""长津湖""贴身战""肉搏战"这样的名词激发大家的斗志。必须展开齐文化和新经济的双翼，才会腾飞到一个崭新高度。淄博一方面"激活"齐文化优良基因，用文化赋能，另一方面打造新经济，实现"凤凰涅槃"。

齐文化作为齐鲁文化的重要组成部分和中华文化的重要源头，是淄博老工业城市转型发展、凤凰涅槃、加速崛起最为宝贵的文化滋养和精神动力。

淄博市委主要领导曾经就青岛和淄博做过比较：青岛与淄博在先秦时期同属于齐地，同根同源，有共同的文化血脉与文化底色，都强调变革、创新、开放、务实与包容。直到今天，淄博和青岛依旧是山东地区最具齐文化特色的城市。当然，淄博是齐文化的发祥地，央居齐鲁，襟连海岱，文化资源更加丰富，文化底蕴也更加醇厚。比如，齐国故都就坐落在淄博，时刻提示着这里曾经演绎过"春秋五霸"之首、"战国七雄"之冠的故事，这里曾是区域政治、经济、文化的中心。再比如，淄博出现过世界上第一所官办高等学府"稷下学宫"，有世界足球的起源"蹴鞠"，有"世界短篇小说之王"蒲松龄，这里还是兵家圣地、江北瓷都，这些都是淄博得天独厚的文化资源与优势。

这些文化资源在历史上塑造了强盛的齐国与厚重的淄博，是一笔非常难得的财富。

淄博市委主要领导说：文化是一个国家、一个民族的灵魂。独具特色的文化承载着一个城市的历史，体现着一个城市的风貌，彰显着一个城市的品质。纽约、伦敦、巴黎、柏林、米兰等国外城市，北京、南京、西安、苏州、杭州等国内城市，无不因文化而兴，因文化而强。从世界范围来看，新兴的、后起的城市也许可以"跨越"经济增长阶段，但很难"跨越"人文精神的培育和塑造，未来城市发展将以文化论输赢，凭文明定高低。淄博要想转型升级，向高端发展，建设务实开放、品质活力、生态和谐的现代化组群式大城市，很关键的一个方面就是文化软实力。基于这样的考虑，淄博提出全面实施文化赋能行动，大力推动齐文化的创造性转化与创新性发展，激活齐文化"变革、创新、开放、务实、包容"的优良基因，使淄博的城市文化"活"起来。

正因为如此，淄博一边推动齐文化"两创"，一边让淄博文化"活"起来。努力把淄博文旅这支"潜力股"变成"绩优股"。一方面，将淄博历史文化与自然风光有机结合，谋划创建国家历史文化名城、齐文化传承创新示范区等"五城三区"新载体，打造人们向往的"诗和远方"；另一方面，着力塑造"齐文化"这个超级IP，谋划"齐文化遗产保护与利用创新核"以及都市商务休闲旅游经济带、特色古商街观赏游憩带、东方魔幻城创意娱乐带等"一核五带"新蓝图；再一方面，努力推动文旅与农业农村、工业发展、研学游学等融合发展，拓展文旅融合发展的新业态。

蹴鞠题材的陶琉艺术品

作为齐文化的发源地，开放包容造就了淄博的宽广胸襟。"淄博珍珠"里面巨大的空间、时尚的风格、多样的功能，与博大精深、传承千年的齐文化一脉相承，又有当代呈现……

在淄博，齐文化的概念越来越清晰、越来越丰厚、越来越具体，越来越鲜活。这个概念从20世纪80年代才被提出，成为一面理论旗帜和行动指针。之后，齐文化从地下走到地上，既有不断让人惊喜的考古发现，更有临淄博物馆群、陶瓷琉璃馆、颜神古镇、唐库、1954文创园等新地标，还有潭溪山、红叶柿岩、海岱楼、三水源旅游度假区、天鹅湖国际慢城等新景点；既有对齐文化精神特质、丰富内涵的宏观论述和廓清，也有当代国瓷、嘻哈姜太公、蹴鞠小子、烧烤琉璃等具象化文创产品，汇成了"泱泱齐风"，形成推动淄博发展的强大洪流。

在经济方面，淄博一直在寻路新经济，让老工业城市"凤凰涅槃"，生机迸发。

淄博市委主要领导曾坦陈：淄博有一段时间出现下行压力确实是事实。无论是一座城市还是一个人，只有认识到自己的不足，才能对症下药、奋起直追。淄博在发展方面存在的问题，一是淄博城市的规模优势不明显，市域面积与人口只有青岛的一半左右，与临沂、潍坊等相比就差得更远。二是淄博作为老牌工业城市虽有优势，但也有劣势，比如产业结构比较失衡、要素驱动的依赖性比较强、产业与企业活力不足、产业生态系统不健全等。三是淄博工业起步早，企业污染、能耗相对比较高，当地坚决贯彻执行中央政策，毅然关停了不达标的企业，这在客观上对淄博经济带来一些暂时影响。总的来说，淄博近年来在大力推动"腾笼换鸟"，处于转型升级、跨越发展的重要拐点期，处于老工业城市凤凰涅槃、加速崛起的关键期。

淄博的战略选择就是，把发展新经济摆上重要日程，用新技术、新产品、新业态、新模式为城市发展赋能备力，改造提升旧动能，培育发展新动能。首先，新经济需要"新赛道"，产业跨界融合形成的"新赛道"，是诞生新经济企业的摇篮。因此，淄博立足本地产业基础，着眼未来，紧盯前沿，首批锚定了工业互联网、智联汽车、人工智能、绿色能源、数字农业、数字文旅、新金融、智慧物流、电商与新零售、数字医疗、在线教育等11条产业"新赛道"，为各类创新创业主体抢滩新经济提供"导航"。后来这个新赛道扩展为30多条。新材料、智能装备、新医药、电子信息"四强"产业是淄博工业发展的未来，在全市新旧动能转换和高质量发展中起着举足轻重的引领作用。其次，新经济需要"新物种"，也就是独角兽企业、瞪羚企业、哪吒企业等高成长企业。淄博实施高成长企业培育行动，内培与外引相结合，建立"初创—哪吒—瞪羚—准独角兽—独角兽"企业梯度培育体系，汇集形成百"兽"奔腾的跃进洪流。再次，新经济需要"新场景"，也就是培育需求、生成数据、改进算法、迭代产品、优化模式的试验场。在这方面，淄博把最优质的资源空间全盘托出，围绕数字化工业级应用、特色地域主题式应用、多元化智能社会应用、智慧政务应用等领域，每年推出一批城市应用场景，打造200个左右的示范场景矩阵，为新技术、新模式、新业态的应用推广提供更多机会。此外，围绕新经济发展目标和战略规划，淄博还加快夯实新基建，构筑支撑有力的"成长基座"；用心涵养新生态，打造资源丰沛的"热带雨林"；加力重塑新治理，营造宽松和谐的"优质环境"……

忍着转型的阵痛，淄博在默默走自己的路。

作为一个曾经的高耗能城市，淄博正以更大力度增创动能转换新优势。强调突出强化沿黄城市意识、碳意识，着眼国家所指、山东所需、淄博所能，在推动绿色低碳高质量发展先行区建设中走在前列；坚定不移构建高端绿色产业体系，协同推进降碳、减污、扩绿、增长，加快推动传统产业向产业链末端、价值链上游延展，深化"工赋淄博"、大规模推广"上云用数赋智"，加快打造新型工业化强市；稳妥有序构建绿色低碳能源体系，统筹推进"六大能源工程"，搭建全域"双碳"数智化平台，打造一批具有示范引领作用的绿色工厂、生态园区；积极构建要素齐备创新体系，开展关键核心技术攻坚、创新平台引领、企业创新能力"三大提升行动"，为绿色低碳高质量发展提供关键支撑。

目前，淄博拥有17家国家级制造业单项冠军，位居山东第一、全国第三，其中既有传统化工和纺织企业，也有新科技和新材料企业。

新的文化和经济业态，吸引着一批批年轻人来淄博工作、生活、旅游、交流。这座老城市，正焕发出新活力。

为年轻人打造一座"梦想城"

2023年6月底，因为烧烤火爆的淄博，为即将毕业的大学生们上演了一场无人机秀，再度引起人们的注意。

夜幕降临，500架无人机同时从淄博会展中心起飞，翱翔到齐盛湖的上空，变换成各种图案和文字。天空变成一块巨大幕布，表达着一个城市对年轻人的祝福和希望。一个白色的圆形表盘上，指针转动，从2020到2023，四年美好的大学时光转瞬即逝，多么令人留恋和感慨。伴随着几个年轻人的身影，出现"毕业啦"几个字。接着还有像大鸟一样的纸飞机，有"我在淄博""我爱淄博""我是淄博人"等文字……

这场无人机光影秀，只是淄博献给青年人的众多"礼物"之一。就像夜空中闪亮的文字一样，"淄博：青年发展友好型城市"。这个曾

淄博的无人机光影秀

经略显老态的重工业城市，现在活力十足，精神饱满，颜值更高，青年人是其中的重要支撑和关键变量。

曾几何时，淄博幼儿园和小学生数量呈下降趋势，淄博籍大学毕业生每年返淄就业与到外地就业逆差超过1万名。年轻人、大学生持续流失，抽走了城市发展的活力和动力。

淄博的决策者们清醒地认识到：青年最富有朝气、最富有梦想，这是淄博发展的最大潜力所在。正如鲁迅先生所说，你们所多的是生力，遇见深林，可以辟成平地的，遇见旷野，可以栽种树木的，遇见沙漠，可以开掘井泉的。要留住年轻人，就要让他们在淄博有施展才华的舞台，能够生活居住得方便、舒适，也就是说，必须有适合创业创新的平台和氛围，要有新经济、新业态、新街区、新时尚等流行元素，要有大量条件完善的创客空间，还要有为年轻人提供成才成功的金融支持，有青年人喜欢的居住、休闲场所，等等。

按照这样的思路，淄博进行了大量有益探索，成为山东首批青年发展友好型城市。

淄博提出一个"校城融合"的重要概念：大学是一座城市重要的创新源、活力源、产业源，对提升城市的时尚气质、活力指数、年轻指数意义重大。高校助推城市产业转型升级和城市活力提升，城市为学生就业、产学研提供平台和支撑，这是一种多赢的"双向奔赴"。自2016年开始，淄博市与山东理工大学开始推进校城融合，双方签订"校城融合发展合作框架协议"，发布《关于推动校城融合发展的意见》，提出创新校地校企融合发展新格局，共同推进一流大学建设等"九大工程"。在上述框架之下，7年以来，淄博与山东理工大学开展了数量庞大、内容丰富的校企合作项目，撬动了政府资本、社会资金、企业资金与学校开展产学研合作，提升了科研成果转化的质量和效益，促进了淄博产业的转型升级、城市能级提升。2021年9月，张店区与山东理工大学决定共建"环山东理工大学创业创新带"，共同谋划打造校城融合发展"升级版"。根据设想，这一创业创新带依托山东理工大学优势学科及科研资源，主要规划理工大学创新中心、张店会客厅、校友经济创业园、技术转移转化中心、学术交流中心、创业公寓、创意街区等板块。2022年2月，齐创大厦奠基开工，成为共建创业创新带一个标志性事件。

过去3年，淄博市委书记马晓磊通过不同形式，与山东理工大学进行了多次交流互动。2023年5月，马晓磊在这里调研时表示：当前，淄博进入转型跨越的关键期，要实现经济社会高质量发展，就要更加重视科技创新和高水平人才。要进一步深化认识，着眼双方所需，竭尽双方所能，开展更高水平、更深层次的交流合作，不断开拓更加广阔的校城融合空间。要进一步深化融合机制，在产业化基金导入、高能级创新平台打造、科技成果转化、人才招引等方面一体联动、双向发力，促进"人才链、创新链、学科链、产业链"深度融合，着力打造一批实体化合作项目和常态化融合事项，促进"产学研用"深入融合发展，增强"环山东理工大学创业创新带"吸附带动能力。

近年来，多所国内院校落户淄博，青岛科技大学淄博教科产融合基地、山东农业工程学院淄博校区，以及齐鲁医药学院、淄博职业学院等一大批高等院校已经产生集聚效应，淄博大学城初具规模。

淄博在聚集青年人才方面，有一个显著特点，就是着眼未来，坚持政策创新引领，并不断升级人才金政，使淄博成为人才高地。

2017年12月，淄博出台"人才新政23条"，涵盖78项含金量高、突破力度大的具体政策点，重点围绕高层次人才、基础性人才、技能人才三类人才队伍建设，首次在本科生支持和统筹高层次人才服务保障等方面做了重大突破。这是淄博官方首次发布关于人才引进集成性的政策文件。

从2019年开始，淄博又对既有人才政策进行升级完善，围绕各级各类人才尤其是青年人才创新创业、住房办公、文娱生活、子女教育、医疗保健等需求设计了37条措施，所以又称"淄博人才金政37条"。一方面，提升原有政策部分支持标准，比如对国家重点人才工程、泰山系列等人才的支持标准分别由原来的100万元、50万元提升至300万元、100万元，再比如对企事业单位引进博士支持年限由3年延长到5年，将一次性安家补贴20万元调整为购房给予30万元补贴，总支持由原来34.4万元提高到54万元，这一标准为全省最高。另一方面，突破引才用才体制机制，比如开展"名校人才特招行动"，给予用人单位更大自主权。再一方面，创新性地补充完善原有政策盲点，比如加大对淄博企业在外研发机构平台的支持；设立招才引智"伯乐奖"、引才"亲情奖"等，吸引更多人才来淄博干事创业。此后，淄博市委书记先后多次带队，到清华大学、北京大学和山东大学等高校开展"名校人才特招活动"。按照这一政策，淄博提出一个"10万大学生集聚计划"，力争用3年时间，新引进大学生突破10万人。结果仅用两年时间就提前完成了这一计划，仅2020年，淄博就引进大学生4.46万人。

　　针对城市年轻人较少、活力不足问题，2020年，淄博制定出台了多彩活力青年创业友好型城市25条政策措施。在提升城市活力度上，计划2年内新布局酒吧、咖啡馆、时尚音乐餐厅、小剧场等休闲场所40个；每年举办大型时尚节会赛事活动不少于20场。在培厚青年创业沃土上，每年选择200个左右优秀大学生创业项目，给予每个5万元的创业资金扶持；为符合条件的青年创业者个人提供最高30万元创业担保贷款，给予全额贴息。在提升青年生活品质上，从2021年起，3年内筹建产权型、租赁型人才公寓不少于3万套，产权型人才公

淄博的青年驿站

寓按评估均价的75%面向具有全日制本科以上学历学位及相当层级的人才出售；对淄博符合相关条件的博士研究生、硕士研究生、学士本科生，新购商品房时分别给予30万元、8万元、5万元的一次性购房补助。在激发青年城市荣誉感上，把5月定为"淄博青年月"，围绕青年成长发展，按照有关规定组织开展青年生活节、青年文化艺术节、青年集体婚礼等系列活动；设立"淄博青年创新创业榜"，每年选树表扬50名左右"创业青年""科技新星""技能工匠""行业精英"等各领域优秀青年，让青年人在淄博快乐生活、激情创业。

2021年7月15日，淄博市委常委会召开会议，提出着力打造"好学、好看、好吃、好玩、好创业"的"五好"城市，不断提升城市的承载力、吸引力、辐射力。

2022年，淄博再次出台力度空前的"人才金政50条"，围绕青年人才来淄留淄推出7条优惠政策，力争用5年时间，引进突破20万大学生，并首次将中等职业学校全日制毕业生、中级工纳入人才补贴范畴。政策规定：取得高级工职业资格的技工院校全日制毕业生每月给予500元生活补贴；取得中级工职业资格的技工院校全日制毕业生、中等职业学校全日制毕业生每月给予300元生活补贴……这一系列政策，提高了青年对淄博的情感黏度和心理依赖。

吸引年轻人留在这座城市的信心还来自时尚、活力、绿色的城市环境。淄博空气质量优良天数比2013年增加一倍，环境空气质量改善幅度、水环境质量指数获山东省"双第一"。蓝天白云、碧水青山已经成为这座老工业城市的常态，也成为城市新名片。

在淄博烧烤火爆出圈之后，很多不知内情的人说，这纯属偶然现象，淄博的运气太好了，可能是昙花一现。

我认为这是一种误解。淄博烧烤现象的出现，绝非偶然，它是淄博坚持打造青年之城、时尚之城、品质之城、梦想之城的必然结果。

全国人民"进淄赶烤"的很多场景，即使在3年疫情期间，也在淄博青岛啤酒节和麦田音乐节上反复上演过。

经过3年的沉淀，"青岛啤酒节"已经成为淄博的一张城市名片和文化IP，在吸引来大批青年才俊、带动产业经济发展的同时，也让民众分享了城市进步的成果，成为一座城市深刻的文化记忆。

第一届淄博青岛啤酒节是在2020年夏末举办的，这是新冠疫情的第一年，社会情绪有点压抑。淄博选择在这样的时间节点举办啤酒节，需要很大的勇气和智慧。当年的啤酒节，8月21日开幕，到30日结束，设立了两个会场，主会场设在张店区的"淄博珍珠"，分会场设在临淄区金岭回民镇，在激情、活力、开放、时尚的氛围里，主打的是"齐文化"牌。

在张店主会场，"淄博珍珠"三座半球体白色建筑上流光溢彩，为淄博啤酒节平添了几分浪漫色彩。主会场设有"一道四区八景"，这也成为此后的惯例。一道为星光大道，四区为青岛啤酒激情广场、欢乐嘉年华、啤酒花园、月光集市，八景为星光舞台、特色美食、专业酒台、欢乐互动、海洋乐园、匠人工坊、国潮文创、音乐集会。开幕式上演了一场富有淄博特色的艺术盛宴，精彩、动听的舞台表演，将悠久历史与现代活力的激情碰撞演绎得淋漓尽致。一件件瓷器、丝绸和华服，在舞蹈《茉莉花开》中，向全世界展现了瓷都淄博的文化魅力；蹴鞠表演，讲述足球起源的故事；一曲《淄博，淄博》唱出淄博游子的心声；200架无人机编队在空中组合成"齐聚淄博"字样，随后变换成"干杯世界"，接着呈现斟满酒杯和干杯形态，最后以"I LOVE ZIBO"定格，全场沸腾了。开启第一桶啤酒，是青岛国际啤酒节30年的传统。随着淄博啤酒节现场倒计时声音响起，嘉宾手中的酒锤应声落下，台上台下一齐举杯，琥珀色的酒液和纯白泡沫化为环绕在淄博未来的彩色飘带……

据啤酒节组委会提供的数字，2020年首届淄博青岛啤酒节10天入园人次近30万，饮用各式啤酒超过180吨。为了给广大消费者带来不一样的口感体验，现场提供七大种类鲜啤：青岛啤酒原浆、纯生、黑啤、白啤、葡萄果啤、IPA，以及为淄博啤酒节专门定制的含有淄博文化元素的皮尔森。鲜啤全程采用冷链运输直达啤酒节现场，通过专业啤酒管道送至消费者手中。

成千上万的人，汇聚在一个啤酒的海洋里，大口畅饮着鲜美的啤酒，大口品尝着淄博美食和青岛海鲜，人们的情感形成巨大磁场，只有欢乐、幸福和豪情在流淌，在奔放……淄博青岛啤酒节，以啤酒节为媒，以齐文化圈粉，以文旅造势，让全社会的参与者以更好姿态相遇、相拥，一次次以创新范式不断升级狂欢节的"打开方式"。

与首届淄博青岛啤酒节相比，第二届啤酒节更注重时尚感和科技感，互动性很强，展示了"不一样的城市"和新"淄彩"，吸引来30多万游客和市民。第二届淄博青岛啤酒节仍然按照"一道四区八景"总体布局，占地5万平方米以上。这届啤酒节招来数十家美食企业，仅啤酒大棚就有4个，场外路边还有20多家餐饮企业摆摊。除了提供首届啤酒节的产品外，还增加了梨子小麦、混合莓格拉和柠檬格拉三种果啤，口味更柔和，味道更鲜美。这届啤酒节举办了城市色彩和巅峰争霸两大赛事；突出开幕式、活力淄博和特色主题巡游三大活动；推出极光秀、水幕秀、燥夏之夜和娱乐嘉年华四类创意玩法；开展冬奥体验、夏日美好好事集、主题狂欢夜、世界机器人大赛和文化展演五大主题互动……开幕式上，雍容华贵的国风舞蹈和动感现代的DJ说唱相映成趣；"星光大道"上，巡游队伍身穿蓝色军乐队制服，英姿飒爽，紧随其后的还原动漫游戏人物，呆萌可爱，两种风格截然不同，又浑然一体。无人机方阵再度出现，冲天而起，排列成"I ❤ ZIBO""1921—2021""我爱你中国""齐"等字样。在排列成一面五星红旗后，定格为一对干杯的酒瓶……一杯青岛啤酒，三两串淄博烧烤，凝聚成这座城市最难忘的烟火气。

第三届淄博青岛啤酒节的主题是"齐乐有淄味",一个融合啤酒、音乐、美食、运动、展览、文化等多元内容的淄博青岛啤酒节,既要力推本地美食美酒,又要让更多人感受齐文化的滋味。前两届青岛啤酒节,淄博通过跨界合作、场景融合、文化延展,推动更多新消费模式和产品的加速推出,为"拥抱新需求"构建出一个包含文化、艺术、旅游、消费等要素在内的新型消费场域,人流、商流的辐射范围不断扩大,成为消费升级、经济发展的"流量引擎"。

2022年8月19日傍晚,一场凉爽的秋雨过后,城市景色分外迷人。为期10天的第三届淄博青岛啤酒节开幕。激荡的音乐,铿锵的鼓点,再次点燃市民的热情;散发着麦芽芬芳的青岛啤酒,弥漫着肉香味的淄博烤串,刺激着人们的味蕾。本届啤酒节设置城市文化区、娱乐游玩区、主题演艺+美食畅享区、网红打卡区四大主题区域,突出"文化、活力、创新、潮流"的特色。马晓磊和省劳动模范贾立建共同开启啤酒节的第一桶啤酒。当晚7点,一个超大舞台上,演员轮流登场,开场舞《齐乐淄博》欢快热烈,开启啤酒节序章,激光鼓与传统龙鼓融合,激荡起人们心中的涟漪。演员们很忘我,歌手崔佳莹演唱《我和我的祖国》将现场气氛迅速点燃。舞蹈《时空之门穿越》仿佛让人进入奇幻世界。奇妙炫目的灯光秀,打造出一场视觉与听觉融合的盛宴。丽江小倩乐队演唱的《一瞬间》《红蔷薇》,让观众们不由自主合着音乐节拍高声欢呼,声浪如大海波涛起伏着,气氛一次次被推向高潮。

这届啤酒节,美食选择"突出本土文化、打造淄博特色",以淄博特色美食品牌为首选。美食区引进50余家知名品牌企业和网红店入驻,胖子鱿鱼、青炉里、醉小牛、大红门等特色美食与哈尼家、公园北鹿等明星店铺共同为大家带来美食,兼顾到各年龄阶段消费者的口味。酒水区除青岛啤酒外,还吸纳了7款其他啤酒品牌,同时设置互动娱乐设施,全面提升消费者体验感。服务上,编排特色菜单、调整上菜顺序、新增预制菜品。精选烧烤、海鲜、小吃，不重复菜肴达200余道，首次实现15分钟送菜上桌模式，让来到现场的朋友"一次打卡好'淄'味"。

一种普遍的观点认为：作为齐文化发祥地，淄博青岛啤酒节融合本地历史文化与地域特色，在交流传播中不断提升的同时，也持续创新、传承着这座城市的文脉。为让"非遗"传承走进现代市民生活，啤酒节增加了"齐文化""五好城市"打卡区域，设计了"山东手造·齐品淄博文创市集和非遗市集"，展现传承创新之美，让传统非遗与现代生活连接起来。进入大门，映入眼帘的便是文创市集，小摊位一个接一个，上面的小商品摆得满满当当。这里有非物质文化遗产，比如棕编、糖人；也有一些可爱的手作，比如针织的小包、发卡和皮筋等。特色巡游的工作人员打扮成老虎、大熊猫的样子向游客招手，让人一瞬间像进入卡通世界。同时为喜欢露营的市民提供"沐着星光、住着帐篷、品着醇酒"的露营新感受；增加了音乐节及朋克风格时尚

淄博青岛啤酒节

元素，打造独属啤酒节的潮玩"音乐会"。

淄博青岛啤酒节不仅愉悦了整个城市，还带来大量外地游客。他们除了参加啤酒盛会，还会去周边旅游，参观齐文化博物馆、周村古商城、潭溪山、颜神古镇、水晶街、牛记庵、唐库文创园、红叶柿岩旅游区……啤酒节搭建了一个文旅融合发展的新平台。

时尚因素一旦进入这片历史悠久的土地，便迅速呈现出奔涌激越的状态。年轻的青岛啤酒节，深度浸入淄博这座城市的成长经脉。

就在第一届啤酒节之后，淄博举办了一个麦田音乐节，也是瞄准年轻人群体，希望通过他们的"朋友圈"以及活跃度，建设网红城市，并在年轻一代中塑造新的城市印象，为地方文旅持续增长提供动力。由于集结了薛之谦、盘尼西林、郑钧、二手玫瑰等多位音乐人，这场音乐节两天吸引5万多名观众到场。薛之谦在音乐节结束后，还去牧羊村吃了烧烤，说早晨起来胖了两斤，直接带动当地烧烤生意的增长。这是淄博第一次直观体会到音乐节的旅游价值。在淄博带动下，仅在2021年上半年，山东省内举办的音乐节就有20场左右。在这个过程中，年轻人开始重新认识山东，发现淄博。音乐节摇滚的内核、对自由的追逐等，与这片质朴的土地并非格格不入，在这里一边喝酒撸串、一边摇滚蹦迪，反倒有一种别样的"重金属"味道。

在一杯杯金黄色的啤酒里，洗浴疲惫的心情；在一个个热辣的舞蹈中，感受生命的律动；在一首首钟情的歌曲里，跳跃心的音符；在一次次忘情的呐喊时，实现情绪的逃离……就在啤酒节和音乐节的声浪、热浪、气浪之中，一个城市的心气向着天空生长。

比烧烤、美食、啤酒更诱人的味道是什么？是一个城市飘溢的书香，是一种涵养情怀的精神。

海岱楼钟书阁，就是淄博建筑和文化的双地标，是"书香淄博"

的一个具象化符号。

把海岱楼钟书阁放置到淄博城市发展的大框架下去观察，就会发现其重要意义所在。近20多年来，淄博主城区向西延伸，建成了第三核心区、义乌小商品城、城市体育中心、齐盛国际宾馆、齐盛湖公园、水系公园、淄博会展中心，还有学校、图书馆、文化馆、大剧院，等等，一大批项目陆续建成，这里有湖、有水、有环境幽雅的居住小区，一条条宽阔的马路穿插期间，两边是绿道，植物层次分明，像一道道流动的风景线。

碧波荡漾的齐盛湖中间，耸立着一座汉代建筑风格的海岱楼，这是淄博建筑的新地标。站在楼上，整个淄博尽收眼底，颇具现代化都市气象。向南眺望，会展中心、文化中心、体育中心连成一条"巨龙"，沿中轴线次第排列，而高台之上的海岱楼，就是一颗高高昂起的"龙头"。当这颗"龙头"成为书店的时候，就使得这个城市有了灵魂栖息地、精神涵养场，显示出迷人的高贵气质。

5月，我们随着来自四面八方的人流，穿过一座白色的拱桥，走进海岱楼钟书阁。在"中国最美书店"6个大字前，很多人摆出各种造型在拍照。我看到一句更加暖心的话，"一次山东行，一生山东情"，一股暖流涌上心头。迈上仿古宫廷台阶，进入海岱楼钟书阁一楼前厅，立体线条感的书架，均匀分割整体空间，U型书架两侧放置的齐瓦当格外惹人眼球。据说，钟书阁一楼面积达1200平方米，藏书十几万册，有3万多个品类，像一个"书的海洋"。

这么多书排列着，却没有一点压抑感，因为他们注重空间设计和建筑美学，让淡淡的墨香，扩展成一个超越想象的精神空间。设计师充分利用中空、对称的原则，在天花板、墙面乃至地板，大量布置镜面，在视觉上纵横拉伸，成倍扩大了空间。书和人在镜子中的倒影，则让人进入一个奇妙的梦幻世界。镜子里的你是现实的，还是虚幻的？镜子里的书，是用来阅读的，还是熏陶灵魂的？利用海岱楼的独特建筑形制，钟书阁特别在上下贯通的中庭位置设计了一个极具特色的"场景"——站在中庭栏杆边上往下俯视，仿佛置身《哈利·波特》中的霍格沃茨魔法学院。这个神奇的场景，吸引了不少小朋友穿着魔法学院的"校服"，拿着"魔法棒"前来拍照打卡。

走在同样到处是镜子的楼梯上，看着墙上写着的经典美句，我不由得赞叹：淄博确实有独到的眼光、宽广的视野，有一流的城市运营能力。

海岱楼钟书阁于2022年10月1日开业，这说明对于海岱楼的定位，淄博决策者们经过了反复的考量和斟酌。

2013年，钟书阁第一家店在上海松江泰晤士小镇开业，成为上海引人注目的文化地标，后来陆续落户杭州、扬州、武汉、重庆、成都等著名旅游城市。从字面解释，"钟书"就是非常爱书的意思。钟书阁的创始人金浩说：自己有两个女儿，一个是金钟书，另一个就是钟书阁。钟书阁真正在为读者找好书，为好书找读者。钟书阁秉承"连锁而不复制"的原则，每家书店都独具当地文化特色，不仅成为"中国最美书店"，还被视作中国实体书店转型的一个标杆。海岱楼钟书阁，是其在国内的第42家店。

钟书阁能够选择三线城市淄博落地，一是因为淄博人的热情和诚意。齐盛湖公园是淄博中心城区的地标之一，海岱楼更是凭借着浓厚且富有诗意的文化沉淀，成为淄博的地标性建筑之一，钟书阁的入驻有利于打造属于淄博的文化双地标。二是淄博是齐文化的发源地，有深厚的文化底蕴，这片土地不但诞生了《晏子春秋》《聊斋志异》等鸿篇巨制，更拥有过左思、蒲松龄、王渔洋、赵执信等文学巨匠，人们骨子里有"文学基因"。三是因为淄博近年来一直在全力建设"书香淄博"，读书的场所多，读书的氛围好，读书的热情高。2018年，淄博开始建设城市书房，2020年从机制、设施、活动、氛围等方面入手启动"书香淄博"建设，全市拥有公共图书馆9处，综合文化站88

海岱楼钟书阁

处，农家书屋2936处，建成四级图书馆总分馆制体系。建成39处城市书房，其中心城区12处。一家家散落在繁华闹市、居民小区的阅读空间，亲切、浪漫而美好，如同一条条涓涓细流，浸润到城市的各个角落，镶嵌进城市文化脉络。同时，淄博市依托图书馆及分馆、城市书房、城市阅读吧，在世界读书日、节假日期间，组织举办"淄博市读书节""淄博市读书月"等丰富多彩、主题鲜明的活动，打造了一大批阅读文化服务品牌。"15分钟文化阅读圈"正在淄博形成。

这个来自上海的书店，有着国际化大都市的时尚感，环绕型中庭，充满线条感的阅读时空，极富阵列美感的视觉景观通廊，安静宽敞明

钟书阁里的父女俩

亮的空间，充满设计感的书架，自然质朴的座椅，多变且和谐的色彩，构成一种安逸、悠闲、自在、幸福的气氛。淄博的文化元素，被有机融合到钟书阁的布局中，成为一道道新文化风景。除了古意盎然的瓦当，一楼前厅两侧是"阅读时空"，左侧单独一个空间，陈列着淄博本地学者、作家的作品，还有博山原山林场全国林业英雄孙建博的图书专柜。一面非常壮观的落地镜上写满和齐国有关的成语。二楼"时光童年"阅读分享空间，书架被做成齐国古车马的形状，同时还有中国最早的乐器之一编钟的形状。大厅融入了最富淄博特色的喀斯特地貌元素——溶洞的特点，这是设计师专门跑到淄博博山樵岭前溶洞获得的灵感。行走其间，像穿越一个个古老的山洞。

海岱楼钟书阁负责人郝丽说，钟书阁必须实现自我造血和营利功能，才能长期红下去。其他城市的钟书阁，大部分设在大型商场、购物中心，配套设施完备，而海岱楼钟书阁就在一个独立公园里，一幢楼就是一家书店，无法依托商场引流。钟书阁团队有七八十人，硬性支出必不可少，一年电费支出就要200多万元，因此在业态上它必须成为一个以书籍为载体，给读者提供休闲、阅读、交友、探索、交流空间的文化综合体，把外来文化引进来，让淄博文化走出去。

正是基于这种多业态的需求，钟书阁的五层是"威士忌图书馆"，除了图书，主体是威士忌，读者可以了解威士忌背后的故事和文化；

七层和八层设置成"茶研阁"，品茗读书，邀请国内茶文化专家开设茶文化课程；地下一层的两个区域"喜木时光"和"鲜花生活"，前者可以让读者亲手体验木作乐趣，后者则提供插花艺术学习课程，突出生活化特点。

为了让淄博市民有一个读书的地方，钟书阁与淄博市文旅局联合打造城市书房，可以与淄博市图书馆通借通还。市民在这里除了能借阅书籍、静心学习，还能参加各种主题的阅读活动。

区别于全国其他连锁店，海岱楼钟书阁增加了稷下学堂、海岱大讲堂和时尚年轻的国潮文创区、艺术空间展等，让一种文化气息弥漫在整个城市。这是一座城市最大的软实力。

第四章　淄博凭借"最美人间烟火气"出圈

飞走的燕子，带回一个春天

2023 年春天，淄博无疑是全国最火的城市。一波又一波的人潮，乘坐各种交通工具，带着仪式感和朝圣感，涌进淄博的大街小巷，感受共情造就的烟火气，享受物质和精神的巨大愉悦。

疫情之后的第一波热潮，是大学生带给淄博的。

关于大学生是怎么来到淄博的，有不同的故事版本，都很感人。

其中最流行的说法是，疫情期间，一批大学生在淄博隔离，当地政府和市民把他们当成自己的孩子一样照顾，给他们提供最可口的食物，包括烧烤。1 个月后，大学生们返回学校，他们留下感谢信表示，春暖花开时，一定再来吃烧烤。这就是大致的故事梗概，每个人的说法又有差别。网上最流行的说法是，山东大学有 1.2 万名学生在淄博，其中 8000 人被安排在临淄区。当地朋友说，学生的数量没那么多，估计有网上说的十分之一，但是他们肯定受到热情暖心的照顾。淄博对年轻人的好，他们感受到了，也亲身经历了。

齐文化研究院院长马国庆说，当时，领导让我给隔离期的大学生讲一堂课，题目是《滨海商业文明与齐文化》，讲了两个小时，没有用讲稿，谈话式的，在腾讯会议系统，山东大学一个教授主持，我看了一下，有八九千人在听课，有些在临淄隔离，有些是外地的。当地政府对他们的呵护，超过了自己的孩子。没想到这些孩子非常懂事，他们像一群飞走的燕子，又飞回来了，除了吃烧烤，也来我们博物院参观，这件事儿让我很感动……

此后，在各种社交媒体上，不断有人描绘着大学生们在淄博的隔离生活。2022年5月1日，山东大学中心校区发生疫情，为防止疫情扩散，学校确定第一时间对师生转移并临时隔离。5月2日，济南、淄博、泰安、德州四市会同山东大学完成隔离转运工作。当时，淄博上上下下喊出一个口号：不能让这些孩子在淄博受到一点委屈！住进方舱，都是单人间，有独立卫生间，网络通畅。里面提前备好了生活用品、洗漱用品、防疫物资，连指甲刀这种小东西都想到了。有同学遇到屋顶漏水、马桶损坏等问题，当地工作人员加紧抢修解决。至于吃的，在物资供应紧缺的情况下，大学生们每天饭菜不重样，主食有五六种，还有红烧肉、狮子头、大鸡腿、水煮虾、小龙虾、四喜丸子、红烧鱼、麻婆豆腐等轮番上阵。饮料有凉茶、酸奶等，发的水果吃不完。一些大学生每天都拍视频，说自己胖了好多斤，每天都被幸福投喂；说餐食每天不重样，还会发放很多"小礼物"。

一个城市，用自己滚烫的温度，焐热了大学生们的心和胃。

离别时刻，大学生们收到淄博方面精心准备的礼物，印有山东大学标志的水杯，免费的旅游券，上面写着欢迎大家随时来淄博玩！送行的晚餐，有的是饺子，山东人的规矩是"出门饺子进门面"，亲人出门吃顿饺子会顺顺利利、平平安安；临淄区则包下烧烤场所，让大学生们品尝了一顿淄博烧烤，那融化着浓浓感情的滋味，在大学生们心里埋下一颗难以忘怀的"种子"。淄博市委、市政府秉承"青年友好"的一贯作风，给山大学子们写了一封信：

淄博八大局街头的年轻人

"亲爱的同学们：自古磨难皆过客，浮云过后艳阳天。这座城市历来有情、有义、有爱、有光……凡我在处，便是山大；待你来时，这就是家……"这样的"家"，难道你不来吗？

当地还有一个说法，2022年7月，共青团淄博市委组织北京大学、华中科技大学、哈尔滨工业大学的30余名高校学子来深度体验淄博。学子们纷纷表示，淄博厚重的文化底蕴和巨大的发展变化给他们留下深刻印象。2023年2月，淄博团市委组织省内8所高校260余名化工学子"来淄体验"。这次体验以就业为导向，既到企业考察学习，也去体验淄博的衣食住行、历史人文，效果很好。不少学生在老师带领下去吃烧烤，"一桌一炉一卷饼"的独特仪式感，淄博人对青年学生的热心举动，让大学生们忍不住在网络上向同学"炫耀"，随后"淄博烧烤"在大学生群体中滚动传播，并通过网络打开一个疫情后社会情绪的宣泄口，形成全民的情感共鸣。

发展经济的渴望，对大自然的向往，重温"人间烟火气"的期待，最先在旅游和餐饮业体现出来，对于新事物极其敏感的大学生们，以"特种兵式旅游"，走在时代最前列。2023年2月、3月开始，特种兵式旅游在大学生中流行起来。他们既渴望诗和远方，又得节约时间和金钱，所以选择周末用最少的时间和金钱，游览最多的景点，体悟更丰富的人生。网上流传着这样一个段子："山东的大学生，一部分在泰安爬泰山，一部分去济南看趵突泉，一部分到青岛蹦迪，还有一大半去淄博吃烧烤。"在泰山，他们激情高呼"青春没有售价，泰山就在脚下"，感受自然和人文之美，挑战自己的身心极限，寻找向上的感觉和力量；在济南超然楼，数千人同时拍照，为"新、美、奇"的灯光欢呼，绽放青春的绚烂；在青岛，他们跑到小岛上拍摄日出日落，听海浪浪漫地喧哗……相比之下，淄博烧烤似乎没有那么"文艺范儿"和"高大上"。不过，人间烟火味，最抚凡人心，烧烤物美价廉，自带社交属性，经历三年疫情后，数百上千人聚在一起吃烧烤，对于爱热闹的年轻人来说，无疑是一种极大的诱惑。所以，淄博大大小小的烧烤摊上，全是排队等着吃烧烤的大学生们。有人笑言，吃烧烤的大学生们从淄博快排到济南了。

3月4日，3月份第一个周六，是一个具有标志性的日子。很多淄博市民明显感受到，怎么满大街都是拖着行李箱的大学生，像一夜之间从地下冒出来的，整个城市充满青春气息。当天，一则"大学生组团到淄博吃烧烤"的词条登顶抖音同城热搜榜榜首，搜索量超525.3万。第二天，山东广播电视台官方抖音发布了一条"大学生组团去淄博吃烧烤"的短视频，将淄博烧烤送上抖音热搜第一。淄博火车站发布的数据显示，3月4日和5日，火车站到发旅客数量分别为4.54万人次、4.80万人次，而后者为该站近3年来单日到发旅客数量的最高纪录。

这些大学生们从下火车开始，就感受到一个不同的淄博。在很多城市人口大量外流的时候，淄博建设"五好城市"，近3年引进大学生14万多人，并出现了"洄游性就业潮"。淄博提出，全市38处标识鲜明的青年驿站，为符合条件的来淄青年学生提供每年3次、每次2晚的免费入住，来淄实习、游玩、访友的青年学生可享受每年4次、每次5天的半价入住。对于来淄博参加"大学生实习计划"及实训活动的大学生每人每天补贴50元，对淄博市外大学生每人提供500元交通补贴。另外，为在校大专以上大学生办理电子通证，可享受全市部分收费旅游景区免门票优惠，乘坐市内公交车免费。3月1日，淄博市委书记马晓磊"清北邀约",彻底打通了大学生与淄博烧烤的"任督二脉"。活动期间,他走进两所高校,与广大学子亲切交流,结合自身感受推心置腹地聊就业创业,并向大家热情推荐淄博烧烤,欢迎大家到淄博听韶乐、访聊斋,踢蹴鞠、品鲁菜。他说,欢迎北大、清华学子五一假期来淄博旅游,门票全免,提供住宿……

大学生们从济南、青岛、潍坊、东营、青州,从全国各地坐着高铁来了。济南的大学生这样描述自己的行程:下午下课早,飞速去高铁站,40多分钟到淄博,半个小时以后吃上烧烤,回学校还能赶上10点半查寝。如果是周末,他们一边到各个景点打卡,到烧烤店吃烧烤,到八大局买网红食品,一边把所见所闻拍成短视频上网传播,分享喜悦之情。凭借短视频平台"裂变式"传播,淄博烧烤在网络上掀起一波热浪。第一波线上流量成功转化为现实生活中的客流量。

一群年轻人,带火了一座城。

2023年4月,在社交媒体、网红明星和短视频的强力助推下,淄博烧烤的第二波高潮到来了。

这里面有一个B太"打假"事件,让淄博成为全国人民眼中诚实守信和规范经营的典范。

B太是一个著名的美食博主,在抖音上拥有1700多万粉丝。他出门喜欢揣着一个电子秤,专门揭露缺斤短两、以次充好、偷梁换柱等"餐饮黑幕"。2023年的"315"消费者日,B太随机探访了国内30多家餐饮店,包括烤肉店、麻辣烫、火锅店等,其中不乏全国知名餐饮品牌,结果发现食材分量明显不足,食品不卫生,且很普遍。因为揭露餐饮黑幕,大快人心,网友称他为"带来光的男人""电子秤的神""餐饮扫黑大师",但是也有人痛恨他,声称"10万块钱,要你一条腿"。淄博烧烤火爆后,B太来到八大局市场,随机测评了10余家商户。在一家卤肉店,B太拿起一块卤肉,老板称重是6.4两,B太拿电子秤当面一测，竟然还多给了一些。卤肉店老板告诉他，"我们是做长期生意的，缺斤短两这事儿我不干"，然后送给B太一盒酱，说这是店里的特色。卤肉店打假失败，B太又去了烤红薯摊、水果摊、海鲜摊、蛋糕摊等10家摊位，测量结果都很精准，只多不少。有热心的小吃摊老板直接拿出秘法展示："我教给你，你回去学会了在你们那里卖，保证挣钱！"B太发了一条视频，点赞超过350万。B太评价：山东淄博是一座让人不得不佩服的城市！消费靠谱！他还说，淄博烧烤的大火已经烧起来，我只是添了一点油！

徐进手绘作品

　　在信息过载的当下，注意力是一种非常稀缺的资源。关键意见领袖变得非常重要。社交媒体缩短了他们影响大众的路径，也放大了这种影响力。社交媒体不断出现B太一样的公众人物，使得淄博烧烤故事"病毒式"传播，引起全社会广泛的情绪共鸣，影响甚至改变人们的判断，让"共识"快速凝聚起来。

　　有人说，从淄博的麦田音乐节开始，网络引爆了一场场"美食狂欢"。2020年，薛之谦猛夸当地牧羊村烧烤，导致麦田音乐节散场后附近5公里内的烧烤店人满为患，淄博烧烤开始在全国小有名气。2021年5月24日、6月11日，知名美食博主"盗月社食遇记""特别乌啦啦"相继到淄博打卡、探店，分别发布VLOG短视频。"盗月社食遇记"的一部视频只有短短12分钟，但效果很好。"我保证，这烧烤你一看就想吃！"小饼、嫩葱、大串、蒜蓉辣酱与芝麻盐调动起每一位观众的味蕾，"烧烤卷小饼"成为淄博烧烤专属动作，淄博烧烤在业界的人气一路水涨船高。2021年夏天，B站美食纪录片《人生一串》第三季将淄博烧烤作为重要拍摄素材，"淄博烧烤"在烧烤美食谱系中的位置已经清晰分明。当年12月17日，由《人生一串3》六城围炉流动放映会与淄博市委网信办联合主办的淄博站活动如约而至，大家认为，淄博烧烤店是从城市中自然生长出来的，意味着是以一个城市的承载能力来做文旅。在那种轻松的氛围里，灵魂和精神都会得到放松。"淄博烧烤"的热度因此再度提升。有300多万抖音粉丝的美食博主刘英杰，带着父亲在全国各地找美食。2023年2月，他们来到山东，评论区的网友向他推荐"淄博烧烤好吃"。他来到临淄的一家烧烤店，拍了段"就地取材"的视频，不突出炉子、小饼、小葱仪式感三件套，而是主打当地热情的氛围。烧烤店摆满马扎，坐满了人，认出刘英杰的网友要跟他敬酒，给他让位，送他小饼。2月17日，刘英杰给这段视频取了标题：带我爸来淄博吃个烧烤，感受到了山东人的热情。视频得到14.7万个赞。4月中旬，刘英杰"二刷"淄博烧烤，评论区里有人道谢："大家是跟你们的风才来的。""我们的视频只是随手一发。"他说，"当地的一些官媒马上开始转发，其实起到了相当大的作用。"

2023年，春暖花开之时，淄博市委网信办邀请网络大V"大漠叔叔"到周村大街进行户外直播，向千万网友推荐美食。大漠叔叔，江湖人称"漠叔"，全网粉丝2000万。曾因拍摄政法类科普视频走红，后来又延伸到"农村生活""赶海生活"等多重主题的视频，因其诙谐无厘头的风格与其鲜明独特的"人设"走红网络。漠叔透露，在六七年间，他十几次来到淄博。这次，他早在一个礼拜前就到达淄博，深入探访了齐文化发祥地，了解齐国的历史典故及当地风土人情，要让新作品还原最真实的"淄博镜头"。直播开始后的两个小时，他走遍周村古商城的大街小巷，从周村烧饼的制作过程到非遗匠人们的才艺展示，从古代票号的生意经到大染坊的发家史，甚至古建筑的一砖一瓦，讲解细致到商城的每一寸肌理。网友弹幕疯狂刷屏，点赞这场不出家门的"旱码头之旅"。

3月份，随着大学生的涌入，"大学生组团到淄博撸串！淄博火车站一日到发人数创3年来新高！""山东大学生一半吃烧烤一半爬泰山""我一个淄博人，头一次因为排大队没吃上'淄博烧烤'""大学生解锁撸串标准姿势""淄博烧烤定制公交专线来了"等段子和视频相继在网络爆火，"淄博烧烤"与它所在的城市淄博，再次"出圈"，造就了一个网络现象级传播。

淄博烧烤火起来后，明星们也没闲着。4月20日，国家一级女演员吴琼分享动态，晒出来淄博吃烧烤的画面，与薛之谦一样，吴琼吃完烧烤后竖起大拇指。4月24日，陈翔现身淄博烧烤摊，引来不少网友围观。在新剧《云襄传》粉丝见面会上，粉丝给演员陈晓、毛晓彤送上淄博烧烤，现场开吃。淄博籍明星高亚麟、王楚然等纷纷为家乡烧烤打call。4月25日，《狂飙》老默扮演者冯兵回家乡淄博"赶烤"助阵，并在某视频平台进行直播。

淄博烧烤成了春天里的一团火。全网统计数据显示，3月，以"淄博烧烤"为关键词的相关信息约33万条。其中，视频信息约21万条，占比达到63.6%，成为最大的舆论场。在某主流视频平台上，有关"淄博烧烤"的话题约100个，总播放量高达19.35亿。某点评平台数据显示，3月以来，淄博当地"烧烤"关键词搜索量同比增长超370%，"淄博烧烤"全平台搜索量则同比增长超770%。

社交媒体传播叙事，催动市场情绪，进而影响到社会心态，大家都要亲自去体验一下淄博烧烤的味道。在网络滚雪球似的传播中，这场发端于网络的"美食狂欢"，逐步转变为奔赴实地品鉴的探访。由此，不仅仅是网红店，淄博不少烧烤店也实实在在地享受到这波流量的红利。

淄博创造了一个奇迹：一个三四线城市，凭借议题成为"天下之都"，这是互联网时代才有的神奇魔力。有人说，这种现象也有可能迅速被替代，消解、融化在巨大的互联网泡沫中。淄博人回答：即使昙花一现，也要做最美丽的那一朵。

我注意到一个现象，淄博烧烤火爆，网上舆论"一边倒"，欢呼声一片。淄博也有瑕疵，也有不尽如人意的地方，可是如果谁说淄博不好甚至攻击淄博，全国网民的口水会把他淹没了。谁说互联网仇官仇富仇政府啊？

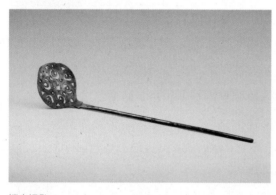

镂空银匙

这种现象的出现，得益于淄博长期重视涵养意识形态环境，高度重视对互联网和新媒体的研究，熟知自媒体流量密码，领导干部和媒体打交道能力强，善于在网上走群众路线。我常常赞叹：淄博最善于运用宣传和媒体推动实际工作，"淄博宣传模式"值得推广。这些年，无论是在弘扬齐文化和淄博新文化、整治环境升级产业，还是在推广陶瓷、琉璃、蹴鞠、鲁菜和淄博烧烤等方面，淄博都凝聚起强大的舆论力量。记得有一年沂源苹果滞销，传统媒体带动着新媒体一起上阵，不但把苹果销售一空，还提升了价格。

鲁菜和烧烤是淄博宣传一直在努力突破的切入口。

淄博烧烤协会会长陈强，曾在淄博广电系统工作多年。他说，回想起来，当地曾想过用多种措施推动烧烤业态发展，在本地宣传力度很大。他曾担任过一档美食节目《美食淄博》的制片人，这个节目关注当地美食和烧烤，天天播出，时长40分钟，有一定的收视率。2019年，他们曾联合淄博商务局，策划了淄博市第一届烧烤大赛，在淄博市五区三县建立分赛区，当地烧烤商家现场腌制、加工、烤制后，由评委现场品鉴打分，选拔出每个区县的第一名，再集中进行总决赛，选出"烧烤王"。2022年底，他们进行淄博烧烤"金炉奖"评选活动，对报名的80多家烧烤商家进行网络投票，选出前60名，再邀请文化学者、餐饮顾问、社会名流、消费者代表等进行"探店"，并对整个过程进行电视拍摄和展播，最终选拔出前20名，由建设银行发放消费券，作为一个刺激消费的举措。陈强表示，无论是烧烤大赛还是"金炉奖"评选，都是面向本地市民和美食爱好者小群体，从未曾想过有一天真的能够让烧烤走出淄博。

淄博还在上级媒体策划了一系列美食节目，持续打造淄博烧烤品牌，在央视的《美食中国》、山东卫视的《至味山东》、B站的《人生一串》中，淄博烧烤频繁露脸，其鲜明的风格给大家留下深刻印象。2021年，一权威媒体机构监测到"淄博烧烤"这一词语的传播热度，随即向淄博市委主要领导建议，"从烧烤引向美食、鲁菜、齐文化，树立更多IP"。

2021年8月底9月初，中央电视台四频道播出了"美食中国"的两期节目《和为淄味》和《汤尽其妙》，前者从博山酥锅到沂源大锅全羊，讲述了"淄"味食材与调味品的和合之妙；后者从肉丸子、粉皮烧肉、豆腐箱、汤爆双脆到青萝卜华丽变身"燕窝"，演绎了淄博人一勺高汤在手、将菜品变换出万千滋味的奇妙所在。这两期专题片播出之后，引发了大家对美食、民俗、文化等话题的热烈探讨，纷纷表示对"好吃"淄博有了一种全新认识。汇云楼是张店餐饮百年老字号，始于1923年，开业之初将济南的诸多名菜引入淄博，并与鲁中餐饮融合，形成特色鲜明的鲁中菜品。汇云楼鲁中嘉宴创始人刘维寰说，这两部片子在诠释淄博美食的同时，更把一座城市以餐饮为载体的文化传承、市场认知、文化与市场相结合的发散思维进行充分探讨，对挖掘淄博味道和餐饮老字号有着积极的推动作用。现在他们力求延续经典，追求本真，注重"在宴席间传礼，在唇舌间留香"，形成独具风味的鲁中嘉宴。博山老颜神美食街负责人崔凯看了专题片后说，位于博山姚家峪的老颜神美食街，是博山美食小吃的一站式沉浸体验地。古街、老店、老味道，博山烤肉、灌汤包、豆腐箱、水饺……熔铸了博山开放包容的性格与味道，释放出巨大的美食能量，不断进发年轻活力。在"好吃"之城的打造中，老颜神将把"好吃"具化成米面肉蔬，暂存在味蕾的记忆中，让更多的人因这份美食记忆爱上这座城。博山餐饮老品牌清梅居集团总裁刘心友表示，看了这两部片子，一种自豪和使命感油然而生。"色如枫叶，薄透光亮，食来酥脆，回味绵长。"清梅居有一道香酥牛肉干，经过近百年传承与创新，从一道地方名吃，发展到"中华名小吃"，再到"山东省非物质文化遗产""中华老味道"，并成为清梅居被认定为"中华老字号"的重要条件之一。刘心友说，淄博是一座内敛温厚又不失时尚的城市，淄博的美食数不胜数，还有各种网红餐厅、老字号特色美食统一整合规划，提升着城市的时尚气质和活力指数。

2021年12月，山东电视台在《至味山东》栏目推出四集《淄博烧烤》，从"属于淄博人的独家城市记忆""一饼风行"，到"酱的传奇""从头再来"，讲述淄博烧烤的"灵魂三件套"，具有革命性的小烤炉，以及烧烤的来历、烧烤人充满烟熏火燎味的人生……镜头里，一个食客豪言："你想体验淄博人民的热情，有胆你就来！"片子的最后说：淄博烧烤薪火相传30年，从肉串传来，到小饼加入，从蘸酱秘制，到爆款研发，都是烧烤人和食客，在一个个夜晚、一次次碰撞中，共同演绎的舌尖热恋……这是比较全面、深入、鲜活地介绍淄博烧烤的专题片。

还是在2021年，中央电视台推出《人生一串》第三季，选择的第一个城市就是淄博，"淄博烧烤"再度走进大众视野。《人生一串》从2018年开始拍摄，以展现全国各地独具特色的烧烤文化为主题，涉及

30座城市500多家烧烤店。2021年他们再度回归，"街头霓虹变幻，炉前炭火不息，归来的我们已经装满一肚子故事"。纪录片总导演说，为什么选择临淄稷下美食广场的"高丽烧烤"作为拍摄点？"淄博烧烤"有以牛羊肉为主的，也有以猪肉为主的。淄博靠近猪肉产区，善于烧烤五花肉是其特色。"高丽烧烤"就是以烤猪肉为主。此外，稷下美食广场会使人想起战国时期象征百家争鸣的"稷下讲学"。整个美食广场，最火的就是高丽烧烤，常常是他家坐满了，别家才有可能上客。这个店使用的香葱由石佛村供应，村子离齐国故都遗址很近，村子里还有一尊北魏时期的大石佛，非常有趣。导演说，辽宁锦州、湖南岳阳、江苏徐州等工业城市的烧烤行业非常兴盛，淄博也一样。因为工业城市有大量产业工人，他们有稳定的收入，也有固定的下班时间，还有一定的组织性，比如工友。所以他们有消费能力，又有休闲时间。烧烤是下酒菜，现在逐步向正餐转化。《人生一串》拍摄三季，前两季的豆瓣评分都高达8.5分，而将镜头对准"淄博烧烤"的第三季，则斩获了8.9分的豆瓣高分。

不管是山东台，还是央视，他们通过纪录片告诉大家：一道道简单的佳肴背后，是历史和传统文化凝聚的大味道，也是一个个区县自己独有的小味道。时间可以改变很多，却改变不了淄博人对于味道的那份痴迷与坚守。

淄博烧烤火爆之后，当地政府部门嗅觉敏锐，及时策划、开设"淄博烧烤"相关专

淄博成为全国网民热议的话题

题、专栏、超话，为议题持续添砖加瓦。2023年3月，淄博宣传部门、网信部门与当地媒体策划、开设"淄博烧烤"相关专题、专栏、超话30余个，推出《烧烤，为什么是淄博》等重点稿件240余篇，且多次登上热搜榜，网上流量超过2亿人次。

此时，具备权威性和公信力的主流媒体敏锐地捕捉到这一现象，深挖"新闻+"，有效引导了舆论，造就了淄博烧烤的燎原之势。《大众日报》、山东广播电视台等省内媒体迅速跟进，新华社、央视、《光明日报》等央媒纷纷加入，各级融媒体矩阵传播，发布各种直播、短视频、评论和深度报道，让淄博烧烤持续火爆。"淄博烧烤店主苦口婆心劝退排队顾客""淄博烧烤店老板娘为赶高铁小伙1V1烤串""文旅局局长登上高铁揽客代言""淄博烧烤只是山东烧烤宇宙的冰山一角"等相关话题，持续为媒体提供鲜活的新闻素材。在近两个月里，山东电视台"闪电新闻"和"一切为了群众"至少更新了57条和淄博烧烤相关的内容。3月，"闪电新闻"主要突出淄博烧烤的出圈，受到非学生群体的欢迎。4月，视频的主题转向"好客山东"，反映淄博人"万众一心，搞好城市形象"的种种细节。"一切为了群众"则围绕着关键词"烟火气"，视频中的人们总在烧烤摊儿上唱歌和碰杯。

随着各个平台、各类用户的发布，很多人被淄博烧烤"种草"，而围绕淄博烧烤的相关话题，如滚雪球一般越来越多。于是，淄博烧烤开始呈现山呼海啸之态。而媒体也没有停止对淄博烧烤的关注，他们一方面及时跟进、立体化融媒态报道发生在淄博的一切；另一方面，不断总结提炼淄博烧烤的精髓和精华。他们总结淄博烧烤的关键词"城市底蕴、消费复苏、美食文化、文旅宣传、创新发展、流量密码、城市格局、幸福烟火、民生民情、真心诚意、善因善果、和谐温暖"等等，满满正能量让人热血沸腾。且看媒体优秀标题：从淄博烧烤中读懂人民的"味"；燃旺人间"烟火气"；一根烤串何以香飘千里；复苏向"暖"，活力释放；浓浓"烟火气"最是暖人心；赋能铸魂，文化濡养一座城；舌尖上的"故事"值得品味；为促进世界经济复苏"播种"；中国味道不过一碗人间烟火；探寻"淄博火出圈"背后的流量密码；"淄博烧烤"密码，解锁烟火繁华……这些标题画龙点睛，一下子就抓住了受众的心。

还有很多来自民间的金句：人间烟火味，最抚凡人心；原来车水马龙才是国泰民安；凛冬总会过去，春天就快到来；升腾的"烟火气"与洋溢的"忙碌劲儿"寄寓新的愿景：一切都会越来越好；四方食事，不过一碗人间烟火；市井长巷，聚拢来是烟火，摊开来是人间；"烟火气"，是百姓心目中的美好生活，是国家"时时放心不下"的民生，也是每个人可以尽己所能添加的"薪火"……

"接得住"是因为政府擎起"有力的手"

在淄博烧烤最为火爆的3个月时间里，全国游客像海浪般涌入，仅4月份就接待游客480万人，比整个淄博市总人口还多，这是一种怎样壮观的景象啊？"小城大烤"，淄博稳稳地接住这巨大流量，没有发生突发事件和公共卫生事件，没有大的舆情，没有人员伤亡，甚至没有打架斗殴，这不得不说是一个奇迹。

淄博像一个内力深厚的武林高手，瞬间迸发出绵绵不绝的力量。

这是信念的力量，这是智慧的力量，这是感情的力量，这也是党委政府积极作为、坚韧不拔、理性智慧的力量。淄博市委书记马晓磊上任第二天，去参加一个企业家座谈会。他对大家说："一定会始终保持定力，按照既定的思路目标持之以恒往前推，不另起炉灶翻烧饼，不推倒重来瞎折腾，一张蓝图绘到底，一茬接着一茬干，以钉钉子精神抓到底。"

一张蓝图绘到底，一茬接着一茬干。这就是焦裕禄故乡执政者的境界和情怀，这也是淄博烧烤火爆的一个重要原因。

淄博市委、市政府历任班子始终重视理论武装，树立崇高信仰，用焦裕禄精神作为攻坚克难的思想武器。焦裕禄精神作为一种积极向上的精神，在经济处于困境中的时候作用更加明显。从2015年开始，淄博经济转型工作遇到前所未有的挑战，在不破不立的时刻，淄博人民用焦裕禄精神武装自己，接连战胜一个又一个困难，终于在2023年春天迎来丰收硕果。

淄博学习焦裕禄学得非常深刻、具体、扎实，与实践工作紧密相关。2022年8月，淄博开展学习焦裕禄精神系列活动，主题是"百年追光，奋楫新时代"，活动要达到3个目的：激励"靠前、靠前、再靠前"的责任担当，加力"扭住、扭住、再扭住"的不懈苦干，笃定"坚持、坚持、再坚持"的韧性定力。要用焦裕禄精神，照亮淄博奋进征程。

沧海横流，方显英雄本色。越是风高浪急的关键时刻，越见责任担当。焦裕禄1962年担任兰考县委书记，遇上"最苦、最穷、最难"的时候，春天风沙打毁了20万亩麦子，秋天淹坏了30多万亩庄稼，盐碱地上10万亩禾苗碱死，粮食产量降到历史最低点。黄沙漫漫，盐碱茫茫，冰凌遍野，枯草凄凉，焦裕禄"拼上老命，大干一场"，一竿子插到底。当群众听说来了一位新县委书记，焦裕禄已经在乡下跑了3天。大雪封门夜，他访贫问苦，给群众送救济粮。风沙最大时，他带头查风口、探流沙。大雨倾盆时，他蹚着齐腰深的洪水观水流、察水势……靠前、靠前、再靠前，终于拿到根治"三害"的第一手资料。淄博处在一个发展关口上，尤其需要焦裕禄这种冲锋在前的劲头。2022年，从上半年情况看，省内5个城市较淄博的领先优势有所扩大，"标兵渐远，追兵渐近"，在投资增长、消费复苏方面存在的挑战不容忽视。2022年下半年，必须打好一场场硬仗，包括做大做强县域经济、坚定推进新旧动能转换、推进园区建设和双招双引提质升级、全力推进高品质民生建设，这都需要从焦裕禄精神中汲取智慧和力量。从具

焦裕禄女儿焦守云给父亲塑像敬献花篮

体命题看，县域经济如何有所为有所不为，握指成拳，集中发力？要解答好这一问题，必须像焦裕禄那样冲在第一线，扎到最基层，靠前、靠前、再靠前，才能更真切地了解资源禀赋，找到潜力短板，洞悉其中关键，拿到第一手资料。从整个城市看，发展路上布满荆棘，奋进路上必有压力，不妨想象当年焦裕禄是怎么靠闯劲、拼劲、韧劲克服困难的，就有了前进动力。

　　焦裕禄苦战"三害"，是一个"扭住、扭住、再扭住"不懈苦干的过程。兰考"三害"是千百年来的祸害，当地屡败屡战，许多人气馁了，认为这是天灾，百法难治，只能听天由命。焦裕禄行程5000里，查清全县84个大小风口、1600个沙丘，摸透了3000多条河渠，终于探索出大规模栽种泡桐的务实方法。如今，兰考泡桐经济产业链聚集了500多家企业，直接带动4万人就业，产值超百亿。泡桐无言，却见证了一切。扭住关键，不懈苦干，才是出路。具体到淄博的发展项目，比如园区提质升级，产业集聚度力争在两三年内从69%提升到76.5%

以上，其中的关键是要把"龙头"昂起来，引进龙头企业、龙头项目，带动产业集聚；在优化营商环境方面，"法治""亲清""服务"等都需要扭住"牛鼻子"，借助"外脑"更加专业地服务企业、克服困难抓好政策兑现落实。放眼整座城市，需要攻下的"山头"很多，必须抓住重点不放，咬住弱点狠抓落实，为淄博打开更高层次、更加广阔的发展空间。

此时的淄博，奋战每一天，打好每一仗，充满了苦、累、难的磨砺，更需要从焦裕禄的韧性定力中汲取力量。焦裕禄为什么能忍着病痛负重前行？因为他对这片土地、对父老乡亲爱得深沉，有一种人民情怀。因为心底有爱，眼中有泪，焦裕禄以一腔孤勇，风沙暴雨百折不挠，沧海桑田不改初心，硬是蹚出一条新路。拼出"胜"的战果，需要城市保持韧性定力，更需要一个个"爱我淄博，兴我淄博"的情怀落地……

在火爆的淄博烧烤现场，我们能否感受到学习焦裕禄精神的丰硕成果？精神就这样在淄博变成美好生活，变成醉人的人间烟火。

淄博决策者们不但充满发展激情，也具有高度理性和治理智慧。他们既梳理历史脉络，也尊重城市肌理，牢固树立"人民至上"的理念，全心全意为人民服务，打造新的发展空间。城市肌理指一座城市呈现出的空间特质，体现了城市的人类聚居结构和行为方式，能够让外来者从最普通的日常生活气息中，感知到当地人共同的历史记忆。烧烤作为一种延续数十年的饮食业态和文化现象，承载着淄博整座工业老城的城市记忆。淄博克服急功近利的思维，拒绝只图省事的懒政，在面临城市治理和保留城市肌理之间的矛盾时，选择在一定程度上尊重"失序"，并且找到了化解矛盾的策略。

2015年，在环保风暴之下，淄博开始研究如何在确保无污染的前提下，提升烧烤产业。在很多人记忆里，淄博火车站周边的烧烤摊占道经营，噪音扰民，浓烟滚滚，有一股特别呛人的味道，很像当时城市的缩影。为解决这些问题，淄博出台《建立全市扬尘污染防治工作长效机制的实施意见》，禁止市区露天烧烤食品，下大力气引导露天烧烤"三进"经营，并使用无烟环保炉具。传统烤炉结构简单，烤肉产生的油滴到木炭上容易起浓烟。一个叫魏凡福的摊主，对小炉子进行改造，把炭火放在炉子两侧，中间放上水盒，这样一来，肉串烧烤后滴下的油就掉到水中，不再产生油烟。为强化后续管理，淄博又出台烧烤管理"十条规范"，对烧烤经营场所、炉具使用等作出明确规定，并对"无烟烧烤大院"和"环保无烟烧烤经营点"进行挂牌监督，公开电话接受群众监督，让城市管理者、烧烤业户、市民形成良性互动，共促烧烤规范发展。露天烧烤治理的"淄博样本"由此诞生。

有网友赞扬说：一个小小炭火烤炉，折射出淄博政府包容开明的态度。如果只顾绿水青山，不顾民生多艰，只要金山银山，不要袅袅炊烟，是对生态文明的最大误解和歪曲。一个以人民为中心的有为政府，会给民众就业创业和生产生活最大包容和耐心……

到了2017年，淄博全市城区内全面推广使用无烟烧烤炉具，政府对无烟烧烤车特别给予补贴。那一年，淄博全面取缔露天环境下有污染的烧烤方式，给烧烤业户建了烧烤大院。一时间，淄博烧烤纷纷"三进"，进店、进院、进场……

解决环境保护与经济发展相协调的问题，不能光靠"禁"，最终还是得靠"进"。不能光给老百姓提出问题，得想办法帮忙解决问题。2019年，淄博市人民政府发布《关于挖掘消费潜力繁荣发展夜间经济的实施意见》，把繁荣发展夜间经济作为提升城市"时尚气质"和"活力指数"的举措。其中提到"积极挖掘风味小吃、无烟烧烤、休闲食品等地方特色美食，鼓励发展酒吧、茶馆、咖啡厅等高品位休闲会馆，努力营造夜间餐饮休闲氛围，提升夜餐休闲品味和食品安全质量，打造具有浓郁地方特色的'深夜食堂'"，并且予以了组织、规范等各方

临淄大院

面的引导。此时淄博就提出，为了更好地优化夜间经济发展环境，"合理规划夜间公交线路，适当加密重点区域公共交通夜间运行班次，适当延长公交运行时间"。这一年，时任淄博市委书记江敦涛带头下馆子请客撸串，时任市长马晓磊陪同。

统计数据显示，2000年到2014年的15年间，淄博市年均新增注册烧烤企业仅10家；2015年至2022年间，淄博全市年均新增烧烤企业超过331家。其中2022年新增烧烤企业476家，比平均水平高出100多家。经过多年积淀，淄博烧烤在2023年爆红，是当地政府定位打造、全方位培育、引导和努力的效果显现。

2023年3月初，在大学生集中"打卡"淄博烧烤店之后，淄博市委书记马晓磊立即批示，要求商务、文旅等部门抓住热度，把淄博烧烤打造成像沙县小吃、兰州拉面那样的品牌。随即，政府各个部门行动起来，迎接来自全国各地的客人们。

对于淄博市文化和旅游局党组书记、局长宋爱香来说，这个春天有点魔幻：1月到市文旅局就任局长；2月份，带人到处推介淄博文旅，"抢客进淄"；3月初开始，客人源源不断；到4月、5月，她的每一句话、每一个举动，都成了网民关注的热点。

这一年，淄博市文旅局早就开始筹备"抢客大战"。2月8日，山东省召开文化和旅游工作会议，明确要求各市"真下本钱、真配套"，合力撬动200亿元以上文旅市场消费。刚刚从水利部门调到文旅局的宋爱香迅速进入状态。2月13日，淄博市文旅局邀请重点景区和旅行社负责人开座谈会，宋爱香原本准备了11页发言稿，但现场全程脱稿，听取企业代表的建议，承诺做好服务和支持工作，为景区"输血造血"。2月17日，市文旅局向全市文旅行业者发起动员令，宋爱香在动员会上19次提及"紧迫感"。2月19日，淄博市启动文旅惠民消费季，确定将重点围绕京津冀及长三角客源地市场和省内周边地市等重点客源地，积极实施"走出去"营销推介战略；重点推进"请进来"工作，策划组织"百千万"活动，邀请"百"名网络达人宣传推介淄博、"千"家旅行社走进淄博，组织"万"名中小学生体验研学游，打造"稷下学宫"游学地标品牌。

不光有计划，更有行动，而且是雷厉风行。

第二天，也就是2月20日，宋爱香带着30多人，乘坐一辆大巴车，三天三城，去了潍坊、东营和滨州，这是淄博旅游的重要客源地，打响山东抢客"第一枪"。在这3个城市，红叶柿岩旅游区、颜神古镇、周村古商城等13家重点景区负责人相继上台，以讲述、图文与视频结合的形式，开启一场场大型推介。淄博市文旅局发布了补贴政策与春季精品旅游线路，推介淄博丰富的文化旅游资源、特色文化旅游产品和优惠政策。此次三城"抢客"共邀请到潍坊、东营、滨州137家旅行社，各景区除现场签约合作12家旅行社外，与219家当地旅行社达成合作意向。亮眼的成绩单，印证了淄博文旅推介团"不虚此行"，更重要的是，他们向外界展示了淄博文旅人奋发进取的精气神儿。

淄博烧烤火起来，有多方面因素，其中公务员群体展现出的积极向上、担当作为、客观理性和为民服务的风格，是一个重要原因。他们构成一个隐形的淄博，在淄博城市形象之外，给大家描绘了一个情感淄博、和谐淄博、幸福淄博，游客们在这里受到尊重，得到满足，身心愉悦，而烧烤不过是一个"情绪加热器"。

不光是文旅局，整个淄博的党政机关都动员起来，打出一套"组合拳"。3月10日，淄博市政府新闻办公室组织召开新闻发布会，市商务局围绕打造"淄博烧烤"美食品牌相关情况进行了主发布，市公安局、市文化和旅游局、市市场监管局分别答记者问。他们说，淄博市对途经烧烤店的常规线路进行重新摸排，将新增公交线；淄博北站、淄博火车站南广场有固定开往各大学的线路；同时加强公交、出租车及网约车管理，提升公共交通出行品质。全市38处青年驿站为符合条件的来淄求职、就业的青年学生，提供免费或者半价入住。在"五一"举办"淄博烧烤节"，拟定3—11月为"淄博烧烤季"；推出烧烤名店"金炉奖"推荐活动，定向发放烧烤消费券25万元；打通"吃住行游购娱"各个环节；策划"春光正好·淄博烧烤"文旅活动，设计推出以"青春淄博·烧烤季"为主题的一日游、两日游线路，誓要将"淄博烧烤"打造为淄博的新名片。

在由"烧烤热"到"淄博热"的起势转变阶段，公开透明的发布会加上细致入微的服务，及时化解了堵点。"淄博公交线路""淄博将要举办烧烤节""在淄博，不仅有烧烤"等话题陆续发酵，把这座城市彻底带火了一波。

发布会上的信息，很快变成具体行动。3月31日起，铁路部门开行淄博"烧烤专列"，每周五至周日每天各对开一列，试运行一个月。增加烧烤公交专线，主城区42条常规公交线路覆盖33家烧烤店；专门新增21条定制专线，这些公交线被制作成地图，以展板的形式放置在各个景点和烧烤城出入口。团市委每周五至周日在各火车站安排志愿者，为旅客提供咨询推介服务；城管部门在烧烤聚集区做好路面卫生清洁，以及餐厨垃圾的收集、运输、处置工作。网信部门严格落实网上舆情7×24小时巡查处置措施，切实做到依法办理、舆论引导和社会面管控"三同步"。4月初，淄博10余家景区陆续实行"高铁票免费换景区门

八大局美食地图

票"，持本人"高铁票+身份证"，就可免费兑换领取多家景区入园门票。

海量的游客来了，商家会不会"宰客"？服务质量会不会降低？是否会有人借机生事、打架斗殴？这就要看一个城市的管理水平了。淄博市各级政府部门一方面加强监管，一方面加强服务供给，形成强大合力，以快反应、快发声、快行动，共同维护好淄博烧烤这一城市新名片。

3月15日，淄博市商务局发布通知，为助推当地烧烤业高质量发展，引导烧烤店家规范守信经营，拟成立淄博烧烤协会。其后，当地先后指导成立淄博市烧烤行业协会和张店区、沂源县、高新区烧烤行业协会。淄博市政府4月14日发布的消息表示，"支持协会发挥行业引领作用，交流信息经验，严格质量检测，强化服务意识，推进我市烧烤行业规范化、精细化、特色化经营发展，助力打造'淄博烧烤'地方品牌"。

4月16日，淄博市市场监督管理局发布《关于规范经营者价格行为提醒告诫书》，要求经营者严格遵守法律法规，加强价格自律，遵循公平、合法、诚实、信用原则，为广大消费者提供价格合理的商品和服务。告诫书要求，不得以虚假折扣等诱导消费者交易，不得随意涨价，严禁违规变相提高门票价格。同时提出，加大对宾馆酒店、饭店餐饮、交通运输、景点景区、烧烤商户等经营者的价格监测、监督检查和巡查力度、频次。对经提醒告诫仍然不整改的经营者，当地将严肃处理。对情节严重、影响恶劣的价格违法行为，依法从快从严从重处罚，并通过新闻媒体公开曝光。接着，市场监管部门开展烧烤食品经营单位专项整治行动，推出食品抽检"你点我检、你送我检"模式，对肉品品质、餐饮具等进行严格检查；严厉打击烧烤经营业户不明码标价、价格欺诈等违法行为，对"二嫂烧烤"烧烤店等不合规业户责令改正或处罚。

虽然管理严格，但是随着"五一"假期临近，还是让个别商户动起涨价心思。去淄博旅游的一位网友发现，自己住宾馆一晚花了529元，网上价格仅有100多元。向有关部门反映后，工作人员很快查清，这个房间4月初价格是170元，立刻要求店家降价，并将500多元费用退给顾客。江苏苏州的周先生预定了一晚1341元的酒店，钱已付。4月25日晚周先生接到酒店电话，说只用付735元就可以了，多付的钱酒店马上打到他账上。还有一位网友称自己预定淄博希尔顿酒店，1000多元一晚上，酒店电话通知改为571元一晚，多付的钱原路退回。4月17日，"游客称在淄博一烧烤店遇强制消费"登上微博热搜。据悉，4月15日，游客称自己在淄博一烧烤店就餐时，老板以顾客太多食材短缺为由，不让顾客自主点单。相关部门很快依法处理。4月14日，有网友在社交平台发布视频称，他去淄博旅游时，在路边摊买锅饼"被宰"。他花20元买下一盒锅饼，第二天才发现正常价格在6块左右。淄博当地网友纷纷在评论区向他道歉，"淄博人该行动了""直接举报""对不起给您带来不好的体验"……15日，该网友再次发视频，称自己收到许多当地人的私信，"每个人第一件事情都是在给我道歉"。甚至有网友直接向他发红包弥补差价，"好客山东真的把我感动到了"。

为了让顾客放心消费，淄博很多市场出入口都放着公平秤。还成立了管理小分队，有专人不定时清扫垃圾，有专人维护市场秩序，解决游客遇到的各种问题。

在每个烧烤店对面，都有一到两组执勤人员，给人以安全感。自淄博烧烤"走红"以来，淄博市公安局梳理全市593家较大规模的夜市、烧烤摊、大排档，绘制巡防地图，实时掌握重点场所及周边巡防警力分布动态，要求一类措施落实3名以上警力值守，二类措施巡逻车组全覆盖，三类措施视频监控全覆盖，明确巡特警、警务站和派出所分级分类巡逻责任，加大社会面巡防管控力度，优化节假日和夜间110接出警，确保一旦发生警情就近快速处置，最大限度提高见警率，每日出警1000余名。消防部门开展守护淄博烧烤护航行动，加强消防安全监管抽查力度，督促经营主体落实消防责任。交警部门增加400余名警力加强疏导管控。张店分局党委委员、治安大队大队长郭孔光介绍，他们采取网格化的方式，分成12个小组，每组由相关单位干部和民警、网格员、保安员、平安志愿者等组成。

在烧烤火爆之后，4月8日下午，宋爱香率领10个区县的文旅局局长登上G9321次"烧烤专列"，分别在7节车厢与乘客互动，广泛推介淄博文化和旅游资源。他们在车厢行李架上挂满美图挂旗，现场给乘客赠送特色美食、城市徽章，每个人轮番上阵，充满激情地介绍淄博厚重的历史底蕴、浓郁的人文情怀、秀丽的自然山水、独具匠心的艺术氛围以及活力宜业的城市品质，在诚挚邀请大家品尝淄博烧烤的同时，希望大家进一步深入淄博、了解淄博，发现更多淄博之美。

在完成"烧烤专列"推介后，宋爱香马不停蹄赶到位于博山的红叶柿岩旅游区，与山东师范大学20多名学生进行了一场围炉夜话，讨论的核心是"烧烤+文旅"：被烧烤持续带热的淄博，如何借势推动城市文化和旅游产业发展。

这确实是一个值得讨论的话题。

"淄博烧烤热"席卷神州大地的时候，我成了一个泪点很低的人。一句话、一首歌、一个镜头，都会让我泪流满面，那眼泪仿佛是从内心深处淌出来的，流得无拘无束，无法制止。一个普通的城市，怎么会形成如此巨大的情感旋涡？我相信不仅仅是我，很多人在网上为淄博烧烤流泪。

淄博市委、市政府相关部门先后发出三封信，被网友称作"封神三文"。我觉得这不是"神"的问题，而是淄博这个城市格局、胸襟、情怀和真诚的自然流露，所以才直击人心，感动了全国人民。

第一封是《致山大学子的一封信》，发布于2022年5月3日疫情期间，相关内容前面已经提到，不再赘述。当时，这封信只在隔离的山大学子社交媒体里传播。其被广泛传播并被讨论、点赞是2023年4月份以后的事情。这封信被认为是"淄博烧烤爆火的背景起因"。

4月19日，淄博市精神文明建设委员会办公室发布《致全市人民的一封信》，倡议淄博人"心往一处想、劲往一处使"，让利于客让路于客，这是第二封信。

亲爱的市民朋友们：

淄博烧烤爆红出圈，红出了淄博这座城的古韵新颜，燃起了我们淄博人"心往一处想、劲往一处使"的精气神。有"淄"有味有情谊，您的贴心细心耐心，让天南海北的游客放心暖心舒心。谢谢好客又"让客"的您！

最是一城好风景，半缘烟火半缘君。烧烤出圈，美在"淄"

味，更美在淄博人。您的热情比火炉更炽热，鲁C车主自觉礼让外地车辆，暖心大姨主动为排队游客分发灌汤包，商家店主自发提供免费住所……每个淄博人都想游客所想、尽自己所能，一个个微镜头串联出淄博这座城市的温度。您的善意比小饼更实诚，从"别让外地人失望"的担心，到"淄博人就要为淄博长脸"的担当，从"周末留给外地客人先吃"的自觉，到"做好服务不宰客"的自律……一句句质朴的语言汇聚出淄博这座城市的实在，诠释了市民对这座城市最朴素的荣誉感和归属感。您的豪爽比蘸料更过瘾，真心把游客当亲戚、与游客交朋友。售货的时候，把秤杆翘得高高的；拼桌的时候，一起欢呼一起唱；赶车的时候，出租车师傅比游客还着急，卡住的后备厢说切割就切割……一件件敞亮事展现出淄博这座城市的率真。这是一场自发的全城行动，也是一次自觉的全民参与，不管是早出晚归的环卫工人、公交司机、外卖小哥，还是日夜值守的公安民警、城管队员、市场监管人员，还有我们主动作为的机关干部、社区工作者、网格员、志愿者，等等，人人都在默默付出，人人都在发光发热。为我们的市民点赞，为淄博有这样的市民感到骄傲自豪！

投我以木桃，报之以琼瑶。关注和信任是责任也是动力，淄博竭尽所能把最好的一切拿出来回馈。我们一直在努力，但工作中仍不尽周详，城市治理和服务供给还有许多短板和不足，给市民和游客带来一些不便和困扰，对大家给予的体谅、理解、包容，我们深受感动、深表谢意。我们一定全力干好工作、加快完善提升，为大家创造更好的生活环境、更多的体验场景。也真诚期望全体市民继续当好东道主、做好主人翁，倍加珍视来之不易的城市品牌，努力守护这份城市荣誉，为淄博高质量发展汇聚强大合力。

我们倡议让利于客，坚持诚信守信互信，依法规范经营，杜绝欺诈行为，身体力行弘扬齐文化的开放包容之心、大气谦和之风；我们倡议让路于客，科学规划出行线路，优先选择公共交通，尽量减少扎堆拥堵，让淄博之行路畅心更畅；我们倡议让景于客，合理错峰出游，把更多当地熟悉的景色，留给节假日远道而来的游客，让他们更好感受五彩缤纷的淄博魅力。

一家人，守护一座城；一座城，温暖一方人。这个春天，淄博众人拾柴让烧烤红红火火，更要一起努力把日子过得红红火火。我们建立了"您码上说·我马上办"民意平台，大家有什么不便，发现什么问题短板，有什么意见建议，随时扫码提出，我们全力办好，携手共建共享美好生活、共创共赴美好未来。

感谢，每一位城市的守护者！致敬，每一位可爱的淄博人！

4月26日，在"五一"假期前夕，淄博市文旅局发布《致广大游客朋友的一封信》，这是第三封信。这封信坦诚面对全国游客，不仅介绍淄博灿烂的文化、优美的风光，更直面"五一"期间的困境，全面推介"好客山东"，被众多媒体称为"真诚的劝退信"，把大家对淄博的好感推上一个新高度。

亲爱的游客朋友们：

一场始于烟火、归于真诚的邂逅，让八方游人了解淄博、走进淄博，相逢八大局，牵手海岱楼，欢聚烧烤店……让这座古而弥今的城市更富活力、更为温暖。

"进淄赶烤"，是一道联结缘分的桥，是一首彼此温暖的歌，是一幅双向奔赴的景。您赞扬的话、走心的建议，都是对淄博的信任和包容；您带来的人潮、人气，唤起了全城一心的城市荣誉感和凝聚力；您为淄博"人好物美心齐"城市印象"鼓与呼"，让更多人了解这座城市的人文历史、感知这座城市的厚道质朴、看到这座城市努力的样子。感谢您与淄博结下了深厚情，感谢您给淄博注入了正能量，感谢您为淄博传递了好声音。

"淄博烧烤"火出了圈。面对"难得的厚爱"，虽然我们已经全力以赴，但服务供给可能还无法完全满足游客的体验需求，近期客流过载等问题已给大家造成了一些困扰和不便。目前，"五一"期间中心城区的酒店房间已基本售罄，客流量已超出接待能力，预计部分重点路段、网红打卡点将会出现交通阻塞、停车难、排队时间长等问题，将影响您的体验效果。旅行贵在品质，建议您可以关注相关信息，错峰出游、避免扎堆，打出时间差、换得舒适度。淄博是一座温馨美丽的城市，四季皆美景，天天有美食。请给我们一点时间，我们会把服务的品质品位做得更好，让您悦享旅程、游淄有味。

淄博是齐文化发祥地，演绎了"春秋五霸"之首、"战国七雄"之冠的盛况，诞生了太公封齐、管鲍之交、管晏辅国等故事，成就了稷下学宫"百家争鸣"的美谈，孕育了《孙子兵法》《齐民要术》《考工记》《聊斋志异》等巨著，留下了齐长城、齐国故城遗址、东周殉马坑、世界足球起源地等文化遗存，陶琉文化、黄河文化、聊斋文化、渔洋文化等地域文化交相辉映，悠长的文脉让历史文化和现代生活融为一体，陶瓷、琉璃、蚕丝织巾是淄博更具韵味的文化灵魂"三件套"。泱泱齐风，美美齐地。境内齐山、鲁山、原山、潭溪山嵯峨奇异，马踏湖、文昌湖、五阳湖、天鹅湖一望无垠，开元溶洞、樵岭前溶洞、沂源溶洞绵延不绝，博山菜、周村烧饼、沂源苹果、高青黑牛和清水小龙虾唇齿留香。淄博的五区三县，

宋代山水画家李成

都有各具特色的美景美食，也都有滋滋作响、念念不忘的烧烤，欢迎大家择时品尝体验。

美景美食不止淄博，好客山东应有尽有。山东是文化大省、旅游大省。这里可赏山水画卷，泰山雄伟磅礴，崂山神秘缥缈，尼山钟灵峻秀，梁山热血刚劲，红色沂蒙山情深义重；趵突泉腾空翻涌，微山湖烟波浩渺。这里可品齐鲁风情，大运河贯通南北，海岸线蜿蜒曲折，沿着黄河遇见海，在东营看蓝黄交汇，在青岛扬帆冲浪，在烟台、威海的海洋牧场尽情海钓。这里可读街巷烟火，在台儿庄古城、青州古城、东昌古城、魏氏庄园赏民风古韵，去济南老商埠、青岛广兴里、烟台朝阳街赶潮流时尚，在济南超然楼见证"燃灯"时刻，在泰安大宋不夜城流连烟花绚烂。这里可尝饕餮美食，孔府菜、济南菜、胶东菜精美考究。这里可打包必购好物，日照绿茶、胶东海参、菏泽鲁锦、德州扒鸡给人嗨购体验。欢迎您到处走一走、看一看，感受"好客山东好品山东"的独特魅力。

齐鲁青未了，齐地迎贵客。在淄博旅行中，您遇到什么困难和不便，有什么意见和建议，随时可以通过便民热线12345、网络留言等各种渠道向我们反映，也可拨打旅游专线0533—2176099联系我们。

天长海阔，与子成说。淄博一直在这里，一直在努力变得更好。

流量时代：5A级农贸市场与灵魂三件套

一个普普通通的三线城市老城区农贸市场，在2023年"五一"假期登上全国景区热榜第一名，让那些最美丽最幸福最宜居最奇特的城市和景区惊掉下巴。难道我们真的进入了互联网流量时代，网民的目光聚焦到哪里，那里就会成为最亮的地方？

淄博市张店区八大局农贸市场，就是在瞬间被流量点亮了。

这个夏天，我们去八大局"打卡"。淄博市委网信办副主任何意光是我们的"导游"，它不仅对互联网工作了如指掌，而且对淄博市的全盘情况也很熟悉。他说，这里是张店最老的城区。淄博饭店北侧，20世纪70年代之前，有一个政府办公区域，财政局、教育局、卫生局、农业局、水利局、林业局、文化局和机械工业局等八个行政部门集中在那里办公，被当地人称为"八大局"。2011年3月，"八大局"办公楼被拆除，但是马路对面的菜市场却顽强保留下来。这里的建筑都是老破小，农贸市场也很简陋，卖的东西和居民生活息息相关，有蔬菜水果、五谷杂粮、鞋帽衣服、五金电器、禽蛋肉类，也有个别烧烤店。这里有一个鲜明特点，就是物美价廉，客户都是附近的居民，商家非常注重自己的信誉，几十年下来，商户和居民都成了熟人和朋友，吃的东西有一股家的味道，所以人情味浓郁，诚信度很高。有人记得，以前的八大局，南北向的主路上，遍布菜肉蛋奶与水果的摊铺，两条横贯东西的辅路则有早市和夜市，间或开着服装店、烧烤店和各类小吃店。每家店都很有特色，光是早餐区，就有水煎包、肉火烧、油条豆浆、豆腐脑、肉油饼、煎饼果子、小笼包、武大郎烧饼、现擀的鸡蛋灌饼、滕州菜煎饼、安徽牛肉板面、西安甑糕，冬天还会卖博山酥锅。这里的理发店、服装店，价格都很亲民。就是这么一个农贸市场，竟然成为全国热度最高的"5A级"旅游区，当地人有梦幻般的感觉。何意光说，5月1日，游客像潮水般涌到八大局，基本是人挨人，人挤人，据不完全统计，当天八大局的游客数量是19万人，这个数字比故宫、颐和园和南锣鼓巷3个北京著名景区人数的总和还多。

八大局确实其貌不扬，但又有一种独特气质。这个区域由一条南北街和两条东西街构成，南北街长710米，东西街570米，宽都在六七米。我们从南门进入八大局，大门口上方有"八大局便民市场"几个

八大局便民市场

红色大字，门口有文旅公交一号线乘车指南、八大局美食地图和八大局平面图等，让游客有宾至如归之感。门口站着几个保安和政府工作人员。放眼望去，两边的建筑最高三四层，墙皮呈现一种岁月沧桑的感觉。这里曾经是老人老街老味道，而今，相连的一间间铁皮房商铺，里面经营着五花八门的商品，主要以食品为主。店铺上方，都悬挂着巨大的横幅，不仅仅写着商店名称，还醒目地写着"网红""正宗""第一家""最早""最火""宫廷""勾魂"等形容词。一些店铺门前排着长长的队伍，有人一边购物，一边直播。淄博以烧烤火爆出圈，而八大局的烧烤店不多，我见到一家名为"小玩耍"的烧烤店，是当地的一家连锁店，已经人满为患。市场出口的一块空地，原来是一块卖洗发水和水果的地方，很快改造成"八大局烧烤"，成了热门打卡地。

何意光说，现在的八大局，主要流行三种东西：炒锅饼、紫米糕和牛奶棒。炒锅饼和牛奶棒是淄博本地特产。炒锅饼就是把锅饼切得像宽面条一样，经过油炸，放上辣椒粉、白芝麻和白糖等，脆生生的，兼有咸甜酸辣诸般味道，是年轻人的最爱。牛奶棒就是加上牛奶制作的椭圆形面包条，有一股淡淡的奶香味，是很多人怀念的童年美味。紫米糕来自北京，因为紫米过去很稀少，是贡品，专供达官贵人享用，现在也普及到民间。除了这三种最红的食品，淄博本地美食始终坚守阵地，顽强地在八大局有一席之地，像白老三余丸子、长寿糕、德善叔烤鸡架、博山酥肉、排骨包和肥肠包，始终很受欢迎。另外，全国各地旅游点流行的麻辣串、烤鸡、炸南瓜条、桂花糕、蟹黄包、捞汁小海鲜、油炸冰激凌、暴打柠檬水、冰奶茶、长沙臭豆腐陆续都冒出来了……这里成了全国美食杂烩地。我看到，几乎每个从市场走出的游客，手里都拿着不止一盒炒锅饼或者紫米糕，快递公司干脆把站点临时搬到八大局入口，有人在网上做起代购炒锅饼的生意。在这里，我们去寻找卖衢州鸭头的小哥，大门紧闭，据说小哥在躲避女网民，就花6块钱买了一盒炒锅饼，10块钱买了一些牛奶棒，又喝了一大杯青岛啤酒，微微醉意中，好像来到一个位于闹市区的"世外桃源"。

八大局为什么吸引了这么多人？有人归结为这里有浓浓的烟火气，疫情三年，大家对世俗生活有了一种全新认识，原来逛逛菜市场，看看各色人类，尝尝美食美酒，就是一种人生之乐趣啊。人间烟火处处有，为什么非得选择淄博？因为淄博商户不坑人，导游不骗人，交警不罚款，城管不撵人，吃个烧烤不担心有暴力，公厕里可以配肠炎宁，很多景区不要钱，文化底蕴挖不完，青年驿站优待青年，市民为淄博荣誉而战，出租车愿意免费送游客，党政部门厕所对外开放，政府愿意随时采纳市民和游客建议，谁砸了淄博的招牌就砸谁的饭碗……这一桩桩一件件，构筑成一个政通人和的淄博形象，互联网把这一形象放大出去。

张店区委常委、宣传部部长刘静说，疫情之后，最需要温暖的是人心，而中华民族优秀传统美德最能温暖心灵，淄博人的诚信征服了网红B太，征服了游客，赢得了全国人民的心。这不是伪装出来的，或者突击打造的，而是一种文化积淀，一种社会氛围。在张店区有一块"刘川阳还金处"石碑，记录下这么一段故事：明朝万历年间，一个晋商途径张店，住宿在刘川阳店里，第二天急着赶路，把装满金银的皮搭子落下。等到发现时，已经走出很远，晋商认为肯定被人拿走，就没有回去取。等了十几天，刘川阳没见失主踪影，就把皮搭子藏在院内枯井里。几年后，这个晋商再次经过张店，无意间给刘川阳提及此事，在核对金银数额和皮搭子形状之后，刘川阳原样归还。晋商又惊又喜，拿出一半金银给刘川阳作为酬谢，刘坚决不受。晋商为答谢厚恩，就在刘川阳店前立碑镂书"刘川阳还金处"，永记此事，流传后世。张店过去是给客商提供食宿的地方，讲究童叟无欺，买卖公平，诚信是这个城市的基因。从2021年开始，他们出台57个相关文件，综合布局"信用张店"建设。很多人喜欢淄博，是喜欢这个城市的态度，这个态度的主体是人，底色是诚信，诚信又在八大局"变现"了，变成汹涌的人海。刘静说，宣传部包片负责八大局，承受了不小压力。淄博烧烤火爆，其中张店、临淄和周村地处胶济铁路沿线，最早感受到流量的压力，张店是其中的主战场。"五一"假期，八大局每个小时流量接近1万人，这几乎是极限容量。他们平时要营造公平市场环境，教育商户诚信经营，做好消防和人员安全，确保食材不出问题，还要随时处理各种突发事件，给外地游客安全感、公平感和温馨感。4月初，根据客流量暴涨的情况，张店区花3天时间对八大局道路进行改造，修复了坑洼破损的路面，在公共厕所处设立显著标志，接着，又在"五一"之前建设完成八大局停车场。

在这人海里，我像沧海一粟。滚滚人流中，我发现主要有几种人：一是朝气蓬勃的大学生，他们对新鲜事物和美好人生的憧憬，成了推动社会进步的巨大动力；二是形形色色的网民，抄着天南地北的口音，在购物、直播、拍照、尝美食，他们更愿意把网络上的情绪投射进现实，从味蕾到灵魂，寻找让感情一热、内心深处最柔软处被轻轻安抚的地方；三是网红和大咖，他们带着一个支架、一个手机，就把淄博的形象传播到五湖四海，淄博给他们带来巨大流量，他们给淄博带来络绎不绝的游客，这也是一种多赢吧。这些人让淄博有了一种崭新的气质。有人分析说，淄博能够"出圈"，在于汲取了互联网开放、平等、协作的理念，真正把"网

八大局卖紫米饼的商户

感"植入城市治理细节，尊重外地人的体验感，包容新产业、新事物，理解社会声音多元化，注重公共形象传递，打通和重构整个城市治理体系……对互联网精神的深度理解，是淄博不断走向成功的重要因素。

　　一个穿着粉红色外衣、绿色裤子、红绿各异球鞋的主播，用直播杆擎起手机，手拿话筒，一边走一边声嘶力竭地喊着什么。他迈着太空步，走得很魔幻，这一幕直到离开八大局，还深深印在我脑海里。

　　站在淄博浅海美食城的桥上，醉意朦胧地看牧羊村，就像看一张烟火气十足的民俗风情画。

　　你在那里吃烧烤，我在这里看你如风景。

　　一个烧烤店成了风景区，这种奇观，只可能出现在2023年的淄博。牧羊村，多么浪漫的名字。这个可能是中国最著名的烧烤店，上演了多少悲欢离合的故事，见证了多么五彩斑斓的人生。

　　沿着一个低缓的坡道，我们走进牧羊村，一块长方形的匾牌上写

着"三十年老店"等字样。声音嘈杂，热浪滚滚，坐在小桌边上的人们，在烟雾腾腾和混杂香气中，吃烤串，喝啤酒，大声交谈，清脆碰杯，恣意唱歌，仿佛来到一个解除了任何束缚的世界，"真我"可以跳出来彻底放纵了。

牧羊村老板杨本新是一个典型的山东汉子，长着一张国字脸，留着小平头，憨厚而沉稳。他的牧羊村是伴随着淄博这座城市成长起来的。他小学毕业，在部队当过兵，并被派到人民大会堂和北京饭店等学习厨艺。1996年他创办牧羊村，一共有10多张桌子。一张桌子35块钱，一个烤炉10块钱，炉子是最原始的，烟雾弥漫，油味呛人。邻居请客，花了15块钱，这是牧羊村的第一笔生意。为了制作出适合淄博人口味的特色烧烤，他跑遍很多城市的烧烤店，研究口味和配方，用上好的牛羊肉和五花肉作原料，结合山东人喜欢煎饼卷大葱的习俗，配上周村小饼，形成独具风味的淄博烧烤，牧羊村也成为淄博人的"深夜食堂"。

2023年3月3日是周五，这一天下午，牧羊村还没营业，游客忽然变多了，有1000多人在排队。不到晚上8点，店里的所有食材销售一空。食客都是拉着行李箱的大学生。难道市里又开音乐会了？杨本新脑子里闪过这么一个念头。2020年，市里举办麦田音乐节，一个戴着鸭舌帽和大眼镜的人，悄悄来牧羊村吃了一顿烧烤，这个人就是火得一塌糊涂的歌手薛之谦。他在舞台上说了一句话：其实这两天我特别瘦。去这边牧羊村吃了个烧烤，卷饼卷小葱，连续吃了3个，早上起来胖了两斤……音乐节结束的当晚，突然有很多打扮新潮的年轻人，有些人拖着行李箱来到牧羊村，张嘴就问："薛之谦坐在哪？点的什么？"当晚，杨本新注册了个抖音号，发布了第一条视频，向薛之谦喊话："下次来淄博我安排"，点赞量一下达到1.3万。

从3月3日开始，牧羊村进入"爆棚模式"。室内和外面空地上的桌子有200多张，餐具50多箱，每天常规接待能力1000余人。然而，从3月份开始，这里日销售烧烤2万余串，最多接待了2万人，早晨8点多就有人排队，更有数不清的游客和网红来打卡和直播，排队的人甚至越过缓坡，到了大马路上。杨本新开始还有点亢奋，但很快陷入焦虑、疲惫和无奈之中。为了提高接待能力，他把晚上营业改为中午也营业，中午时间为11点到下午1点，晚上则为四点半到9点多，可是凌晨三点半也打不了烊；原来店里有20名员工，不够用的，就临时聘请10名员工。在一个巨大的不锈钢桌子前，羊肉切块码成小山一样，10个阿姨从早上7点多就不停地串肉，仍然满足不了流水一样的菜单；杨本新和员工像在旋涡里身不由己，他一早就开始接电话，有询问座位的，查询线路的，还有要来学习考察的……他一脸蜡黄色，疲倦至极，声音嘶哑，处于超负荷工作状态。更让他心焦的是，网络上出现了一些负面声音，比如排队时间长、服务员响应不及时、烤串太咸，等等。砸了牧羊村的招牌是小事儿，影响淄博的声誉就是大事儿了。

于是，杨本新想出很多办法，他的每一个举动都成为网络热点。每到周末，他都拿着一个白色小喇叭，对着长长的队伍喊话：没拿到菜单的朋友别等了，可以去其他店品尝，淄博烧烤的品质都不差，不用非来我们家。现在排队，在这儿站一个半小时才开始营业，坐下的话，要再等一个小时才能吃上……这一幕温暖了很多人，大家说，还是山东人厚道，格局大。4月18日，牧羊村贴出一张告示：门店将在18日至20日休息3天。杨本新说，他们已经连轴转了一个半月，所有人快累趴下了。他的妻子每天休息4个多小时，头晕加上喉咙嘶哑，已经住院输液，"现在已经不是钱的问题，是要保命了"，这句话在网上流传一时。结果是，由于被人举报，牧羊村休息一天，继续开门营业。还有一件极端的事儿，"五一"期间，牧羊村迎来最大人流，一排警察站在缓坡边维持秩序，三道栅栏把长队分成3个区域，站在最前面的100个人，很快会进入店内；中间等待区域的，需要排队也能进店；最后区域的，工作人员会善意提醒他们去别的烧烤店吃。等待的

牧羊村所在的浅海美食城

时间最难熬。排队到200号结束，201号顾客发飙，闹了起来。满腹心酸的杨本新，当众扑通一声跪倒在地，带着哭腔磕起了头："我求求你了……"这一幕，再次登上热搜，事后有人说，这个小伙子是一个网红，闹这么一出，就是为了蹭流量。网上还流传，一个洗浴店老板出8000万元收购牧羊村，被杨本新拒绝了，他说烧烤店是他的安身立命之本……

如果说牧羊村是淄博烧烤店的"领头羊"，那么，这个羊群的规模是极其庞大的。淄博人会热情地向游客推荐烧烤名店，张店区除了牧羊村，还有玉米地、小寒羊、正味烧烤、醉小牛、赵一家、蛮牛等，临淄区有高丽、万家乐、金岭、学伟、张宝、隆义烧烤，周村区有牧羊村周村店、根据地、原始部落、济南兄弟、佬好人馕坑等，还有淄川、博山、高青、桓台也有众多烧烤名店。最火热的3月、4月、5月，这些店全部人满为患，火爆异常。

淄博烧烤为什么如此火爆？

第一是在这个"价格刺客"屡见不鲜的时代，淄博的"物美价廉"弥足珍贵。经济学家马光远在谈到淄博烧烤时，提到两个经济学原理，一是口红效应，经济不好的时候，口红就会大卖，因为虽然消费者没钱了，但有购买奢侈品的心理需求，只好买奢侈品中价格最便宜的口红；二是土豆效应，指的是在经济萧条期，消费者舍弃高端产品，转向中低端产品，并导致对低端产品需求快速上升。淄博烧烤走的是大众化和平民化线路，打开牧羊村烧烤店的菜单，猪肉串一块五毛钱一串，牛肉串两块五，羊肉串是两块八。人均消费五六十元，能吃得饱饱的。其他店大致也是这个价格。淄博烧烤火了之后，有其他城市请求"出战"。一些网友留言："不仅价格贵，量还少，求别战了！"第二是淄博烧烤具有平民风格、烟火气、强社交属性，满足了马斯洛层次需求论的5个层次需求，包括吃的基本生理需求；包括治安、购物、食品等各种安全需求，一个游客酒后闹事，20秒钟就被警察制服；淄博还像一个巨大的情感磁场，让人有精神归属感，洋溢着友情、亲情和爱情；淄博烧烤让大家实现了对世俗的逃离，满足了缺失的尊重和被尊重；淄博和游客双向奔赴，包括道德、创造力、自觉性、问题解决能力、公正度、接受现实能力，等等，这些自我实现的需求被满足。烧烤纪录片《人生一串》有一句旁白："这里有嬉笑怒骂，柴米油盐，人间戏梦，滚滚红尘"，最好地诠释了这一切。

有一段时间，网上疯传"淄博凉了"，但是在牧羊村你感受不到任何"凉"的迹象，每天照样需要排队，只是时间缩短了，而且来唱歌跳舞的人少了。据说"五一"前后，"氛围感"都集中到海月龙宫烧烤体验地了。

淄博市的决策者确实高明，3月份，当张店区感受到巨大压力之时，市里决定在周村区建设一个大的烧烤城。这里有一个海月龙宫物流港，就在鲁泰大道旁边，是鲁中地区最大的物流基地，淄博烧烤70%的原材料来自这里。这个物流港是从老海盛水产市场迁移而来，占地270亩，冷库容量可达5万吨，物流配送服务半径达100公里，到淄博每个县市区的距离几乎均等，都在半小时之内，到张店只需要10多分钟，而且他们在打造一个具有"中国味道"的餐饮商业街。这个烧烤城只用20天就建成了。

4月27日，海月龙宫正式开放，整个烧烤城分东西两个区，每个区有一个舞台，广场周围是一张张长桌、一个个烤炉、一道道网红烧烤、一堆堆食客。电脑热成像统计系统显示着现场人数，已经超过2万人，分布在30多家店里。市场管理严格，和烧烤店一月一签合同，如果检查发现不达标，会立即被清退出市场。每家烤店都限制在45张桌子之内，要求必须把客户服务好。各家的菜谱都是一样的，一般人均消费60元到70元。烧烤城的中心区域，是一个巨大的梦幻观景台。在红酒一样的夜色笼罩下，观景台宛如一个闪闪发光的大章鱼，灯火璀璨，朦胧迷离。顺着"章鱼"伸到四面八方的腿状阶梯，一层层登上去，看那点点灯火，听那阵阵声浪，仿佛置身于一个快乐星球的中心。舞台上，有大型球赛直播、驻场歌星演唱、各种劲歌狂舞；广场上，网红打卡地、相亲角、水果捞和冷饮摊位，乃至各种五花八门的广告，让人目不暇接；到最后，整个广场的人仿佛融为一体，忘情地唱歌跳舞喝酒……此时，有人拿着话筒，挥舞着五星红旗，唱起《歌唱祖国》："五星红旗迎风飘扬，胜利歌声多么响亮，歌唱我们亲爱的祖国，从今走向繁荣富强……"接着，一人唱变成万人唱，每个人都成为歌手，有的人热泪盈眶。歌手程响在台上唱了一首《可能》："可能南方的阳光，照着北方的风，可能时光被吹走，从此无影无踪，可能故事只剩下一个难忘的人，可能在昨夜梦里，依然笑得纯真……"无数双青树苗一样高举的手臂，构成一片森林，随着欢乐风暴一起摇摆，仿佛把全世界的激情调动起来，人们忘记了忧愁、痛苦和烦恼，释放着压抑已久的身心，达到天人合一的境界，获得一种不可名状的快乐，世界，从此新生了。

我记住了海月龙宫随处可见的标识：一团红色的火焰，熊熊燃烧，下面是齐长城，火焰中间有个白色的

海月龙宫火一样的标识

"齐"字，里面蕴含着蹴鞠、齐刀币、海岱等诸多元素，那刀币像两个微笑的淄博人。

一个烈日炎炎的中午，我们坐在临淄大院一个烧烤店里，边吃边谈论淄博烧烤。临淄是淄博最早力推烧烤的地方。区委宣传部副部长闫伟说，有人说淄博满大街是烧烤摊，到处是烟熏火燎味，乌烟瘴气，污染严重，你们感受怎么样？

抬眼望，蓝天白云，绿树鲜花，空气清新，哪有什么污染！

闫伟说，淄博烧烤之所以没有污染，首先是对烧烤工具和原材料进行了彻底改造，小炉子是覆斗式的，两边放炭火，中间是水池，最上面是两层烤肉的架子，肉串烤出来的油，全部滴到水里了，不会产生油烟；炭火也是机制的，无烟环保。政府对烧烤店进行集中统一管理，要求"进店、进院、进场"经营，改造提升了一批烧烤城、烧烤大院，所有业户都在这里经营了。

全国独有的小炉子，加上小饼和蘸料，这就是淄博烧烤的"灵魂三件套"。这三件套，都是从淄博民间生长出来的，这是齐文化滋养出的智慧与灵性。正因为如此，淄博烧烤才具有大众喜闻乐见的草根基因。淄博是一个工业城市，有大量产业工人，他们有钱有闲还有一定的组织性，喜欢"烧烤社交"，三五友人，一提啤酒，几斤牛羊肉，配上"灵魂三件套"就能酒足饭饱。

淄博最早的烧烤名店，都开在火车站附近的"天乐园"一带。20世纪80年代，一批新疆商贩来到淄博，他们在街边支起铁皮炉子，点燃干牛粪，喊着带有浓郁边疆风味的普通话，叫卖烤羊肉串。人们刚解决温饱问题，很少吃肉，羊肉串有一种特别的香气，馋得人直流口水。看到烤羊肉串生意火爆，聪慧的淄博人心动了。有人自己制作两三米长的大炉子，自己打磨肉串签子，去批发市场买来牛羊肉，切块串串，烧烤红极一时，流动摊贩越来越多，老孙家、老韩家、老魏家烧烤店陆续出现，他们上午 8 点点火，直到凌晨 3 点还在营业。吃烧烤最多的是附近工厂的工人，占了客人的一半，他们挣钱多。工人的月工资从 15 块钱涨到了 30 块钱。烧烤摊也从一块钱 9 串肉，涨到一块钱 7 串肉。遇到冬天，烤串一会儿就变得冰凉，需要再到大炉子上烤。

怎么才能让食客吃上热乎的烧烤呢？一个叫魏凡福的烧烤老板，成为第一个吃螃蟹的人，他是淄博小烧烤炉的发明者，当地人都喊他"老魏"。表面看，老魏是一个干瘦老头，只是眼睛特别有神，满脸的皱纹，诉说着岁月的沧桑和磨难。他当过兵，干过厨师，在淄博矿务局当过工人，企业效益不好，他就辞职摆起了烧烤摊。老魏说，年轻时住在火车站附近，吃了新疆人烤的羊肉串，太香了，他就跟着学，1988 年正式摆出自己的摊，两年之后开起"老魏烧烤大王"店，一干就是 30 多年。为了解决烤肉放凉的问题，老魏反复琢磨，突发奇想：能不能在每个桌子上放一个小烤炉？当时，他的一个孙姓邻居在铁路局上班，懂得设计，心灵手巧，也有铁皮等原料，老魏把想法告诉邻居，两人合计半天。过了几天，邻居送来一个小炉子，长 40 厘米，宽 16 厘米，虽然有人嘲讽"又费碳又费人工"，但是这种半自助烤制形式的小炉子很快流行开来，老魏也有了"淄博第一小炉"的绰号。

在淄博市对烧烤的治理过程中，老魏烧烤几经搬迁，现在落户市区北部的七级便民市场。老魏说，第一代小炉子也有缺点，就是底部是一个大平面，烟气很大。经过多次迭代，两边放碳的烧烤炉替代了老魏发明的小炉，室内则多采用电烤炉，保留了两层架子，能调节温度挡位，随时开关，更加环保。目前，老魏烧烤每天要招待两三百桌客人，最多时能卖出 1 万多个肉串……

老魏发明了小烤炉，而老沈则把小饼卷入烧烤之中。一位位普通劳动者，就这样用自己的心血和汗水，在沧桑的岁月中，为淄博烧烤打造着一个个构件。老沈叫沈岭涛，是周村区南郊镇的小饼商人。30 多年前，淄博的肉串和小饼是分开卖的。那时候，绿皮火车一到站，就会有人推着小车叫卖当地特产，淄博站这么喊："啤酒饮料矿泉水，花生瓜子火腿肠，还有刚出炉的老沈家大烧饼。"热腾腾的沈家烧饼，用酒曲发面，再贴在炉子上烤制，喷香扑鼻，但是销量太少，老沈有点犯愁。一种新的需求悄然到来，工人的工资一天两三块钱，1块钱只能吃7个烤串，全部吃肉

淄博烧烤小饼

串太贵，有人就买小饼卷着吃。沈岭涛敏锐地感觉机会来了。他推着自行车，带着满兜的老沈家大烧饼，在烧烤店逐个"地推"。"老孙家"烧烤店买下小饼试卖，50包小饼伴着烤串一售而光。从此后，老沈不断对小饼进行改良，比如大小要适合烤串的长度，要更有嚼劲，要松软易卷曲……老沈不断改变做饼的配方。原本形如淄川、味如周村的老式烧饼，成为独一无二的老沈家烧烤小饼。淄博烧烤火了之后，老沈每天要从凌晨四点忙到晚上十点，制作，送货，梳理订单……忙得不亦乐乎。据粗略统计，他家不到200平方米的厂房，每天要加工1吨面粉。烧烤旺季时，"老沈家小饼"一天能卖出一万多包。在淄博，约有四分之一的小饼来自老沈家。他说："牧羊村、玉米地、小淄博……凡是在淄博人心中封神的烧烤店，少不了我老沈的名字。"

淄博烧烤灵魂三件套之一的"蘸料"，混合了全国烧烤店的精髓，一个小小的碟子里，有孜然、椒盐、花生碎、芝麻，这些包装在一个专用袋里，另外还有甜面酱、辣椒粉，每个烧烤店还要调制自己的专属配方……

烧烤神州处处有，为什么淄博抓住了食客的胃和心？齐文化研究院

院长马国庆说，淄博烧烤风靡全国，一是有参与感。其他地方烧烤是师傅撒上调料烤好之后端上来，是什么味道顾客就吃什么。淄博烧烤多了一个你自己的小炉子，服务员只把肉串烤到七成熟，放到桌子上，保持最佳温度和口感，顾客会享受自己动手的乐趣。淄博烧烤种类丰富，万物皆可烤，其中又以五花肉为最大特色，肥瘦相间的肉串，必须经过腌制，你自己把它在放到红彤彤的炉火上，烤出油汪汪的感觉，滋啦作响，会调动起人的所有感觉，视觉、味觉、听觉，乃至触觉，都和烧烤融为一体了。二是有仪式感。在到淄博的火车上，很多大学生在练习"撸串"动作。淄博烧烤最流行的吃法有两种，必须有人示范传授。一种叫"一线天"，把一张圆形小饼折成四分之一扇形，蘸上调料，展开后再裹上肉串、小葱等，猛地一撸，把签子抽出来，有人说，这个过程别提有多解压了；还有一种"X战警"吃法，先把肉和小葱裹入小饼，用铁签子固定后，放到小炉子上烤，小饼烤得有些微焦，再拿起来吃，小饼发出"咔嚓咔嚓"的声音，又脆又香。大家围炉而坐，谈笑风生，仿佛构成一个同心圆大家庭。三是愉悦感。松软的小饼，卷着小葱和肉串，送入口腔，是否激活了老祖宗遗传下来的烧烤记忆？小麦粉的清香，清爽的葱香，混杂着芝麻花生和肉脂的香气，互相交融、碰撞、叠加，一个农耕社会的全部精华，从舌尖直抵灵魂。经过这样的精神按摩，你是否有一种强大的愉悦感和幸福感？

有人说，淄博烧烤是一场人生的浓缩，小炉子代表温度和热情，小饼代表包容和柔韧，小葱则是山东人豪爽和好客的象征。

淄博人与游客的"双向奔赴"

烧烤是一个载体，一个流量入口。那么多人奔赴淄博，难道就是为了吃一顿烧烤吗？

　　从火车站，从高速公路口，人们涌向八大局、海岱楼、牧羊村、陶瓷琉璃博物馆、齐文化博物馆、海月龙宫、周村古商城、蒲松龄故居、红叶柿岩，还有玉黛湖、颜神古镇、牛记庵、1948文创园、天空之橙、渭一窑址、天鹅湖罗曼园、牛郎织女景区……这只是淄博一个个点，更多的是"线"和"面"，那是本质的淄博、家常的淄博、百姓的淄博。我们一次次来到淄博，除了看那些建筑、景点、街道、公园、绿地，更要感受淄博人用人格、人性和人品搭建起的另一个淄博，它虽然无形，却有温度、有情感、有味道，它让当下的人们如此痴迷。

　　一说淄博人这个词，我眼前就晃动着无数形象，这里面有市委市政府领导、各级各部门公务员，有各类艺术家、记者和文人，有企业家和商人，有酒店服务员、出租车司机、烧烤店老板，还有从眼前一闪而过的陌生人。我已经记不清一些人的容貌、话语、动作，但是脑子里形成对淄博人的一个总体印象，这就是他们具有因地因时创新的能力，有开放包容的胸襟，有热情豪爽的性格，有解决问题的智慧。

　　我接触最多的是淄博的公务员群体，感觉最深刻的一点，就是他们对工作始终有一腔热情，对百姓有真切感情，点子多，敢于面对矛盾，善于改革变通，有解决问题的办法和能力。我曾经考察过淄博产业升级、城市更新、环境整治、新农村文化与环境建设、蹴鞠陶瓷琉璃品牌打造等活动，见证了淄博从一个产业结构落后、环境污染严重、人才大量流失的城市，变成一个政通人和、经济活力十足、环境整洁宜居、文化韵味飘溢、人民幸福感强烈的热点城市。比如烧烤这件事，很多城市采取的办法简单粗暴，取消了之。淄博烧烤的发展也绝非一帆风顺。很多烧烤店主感叹：这些年，在政府各部门的不断努力下，淄博烧烤才有了一次次"凤凰涅槃"。老魏说："30多年来，我们店换了四五个地方经营，其间也因为搬迁、环保等各种原因闭店了一段时间，到现在还能开店经营，就是因为政府在治理环境的同时，也考虑到老百姓要吃饭，有一种烧烤情怀。"当时，很多烧烤店老板晚上睡不好觉。一方面搬迁和更换炉具需要大量资金，一个小炉子五六百元，大烤炉上万元。另一方面担心搬到新地方会失去老客户，店多竞争激烈生意不好。政府顶住各方压力，实施烧烤"三进"，让淄博烧烤实现了一次华丽转身。烧烤是淄博环境整治的一个侧面，当时整个淄博全民在行动，公务员都像"啄木鸟"。我记得环境整治时的一个秋天，傅家镇黄家村80多岁的汪祖修等3个老人，将一面绣有"蓝天白云，绿水青山"八个字的锦旗送到淄博市委办公厅，让工作人员转交给市委书记。他们居住在漫泗河边上，那里过去是一个臭水沟，周边都是土路，路旁堆满垃圾，建陶厂用的物料堆在河边。市里综合整治孝妇河，漫泗河包含其中。几个月的时间，上百辆卡车拉走了物料，臭水沟的污泥被全部清理，投资380万元后，臭水沟变成了湿地公园。到现在，淄博已经实现了从建设城市公园向建设"全域公园城市"的转变，城市变成一个大公园。城市公园、社区公园、带状公园、节点公园，口袋公园、拇指公园、街头游园，构建起一个"全域大公园、门前微绿地"体系，让市民出门见绿，抬眼看花。蓝天白云不是天生的，它是无数人用汗水擦净的。烈日当头，大汗淋漓，行走在淄博大街上，你会看到，机动车道、自行车道和人行道标识鲜明，道路宽敞，绿荫蔽地，路口还有一个

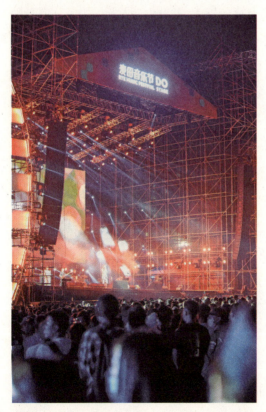

麦田音乐节

个很大的遮阳棚,外地人感叹:淄博人太幸福了!

不仅仅是城市,文明之花也盛开在淄博农村。淄博创新实施农村精神文明建设,形成"顶层设计、舆论先行、典型引路、考核激励、全面覆盖"的"淄博模式",在乡村环境整治、乡村文化建设、移风易俗、"四好农村公路"建设等方面走在全国前列。临淄有一个白兔丘北村,过去因为道路泥泞,村民每天上班要背上雨靴,到了厂子后再换上工作鞋。经过搬迁改造,这个曾经脏乱差的小村发生巨变。村里大力发展"盆景经济",每户每年增收3万—5万元。淄博开展家风村风行风建设,发扬光大优秀传统文化,各村筛选优秀家风家训,组织书法家现场书写,上墙入堂,在当地报纸刊发。每年开展"五好家庭""最美婆婆"等典型人物评选,提升村民文明素质。在移风易俗方面,成立红白理事会,提倡红白喜事简办,规定葬礼上不再用八抬大轿、不再用食盒、不再送浆水、不再披白布……时间由原来的3天缩短到1天,绝大多数村民表示赞同。鲁中广袤的乡村田野,从沂河源头到黄河岸边,出现了一条条宽阔的水泥路、一座座设施配套的文化广场、一幅幅寓意深刻的墙体画、一个个引领文明风尚的"善行义举榜"……现代文明与田园风光交融,淄博乡村演绎着一场"美丽嬗变"。

从城市到乡村,淄博悄然发生的巨变,凝聚着公务员群体的奉献和付出。淄博因烧烤火了,这个群体也被全国人民关注,他们怀有一颗赤诚的为民之心,真正践行着"人民至上"的初心,把主要精力用在营造安定的社会氛围、打造公平的市场环境、完善良好的基础设施、提升优质的游客体验等方面,他们担当、奉献、讲效率、重视社会关切,目标空前一致,凝聚成一股股齐心协力的正向力量,塑造了"淄博神话"。民有所呼,我有所应:马上开通21条市内烧烤专线,增加烧烤专列;一天修一条路,三天修一座停车场,20天建起一座烧烤城;下雨给你打伞的,可能是当地官员,每一个网红打卡点都有政府人员,遇上问题马上解决;"五一"节全市公务员不休假,甚至帮着店主去串串儿……有网友撒娇，千里迢迢去淄博吃烧烤，有没有一米八五的大帅哥接站，结果第二天车站站着一排高个子帅哥。8月份初王海到淄博打假，说淄博烧烤的签子不是食品级的，引起网民围攻，更多的人涌向淄博烧烤摊，称"淄博烧烤肯定没问题了"，嘲笑王海"孔雀开屏你看腚"，淄博政府连夜通知烧烤店整改，要求3天之内换上合格签子……这就是教科书般的行政水平。

游客是从百姓的一言一行来感受淄博的。淄博的爆火，离不开当地政府的理性决策和公务员的拼搏，每一个淄博老百姓表现出的好客善良温暖热情侠义，也是大家真正爱上这座城市的重要原因。有人说，最近我们淄博像个幼儿园的小朋友，因为坐得很端正一直被夸，然后就每天都坐得板板正正的；还有人说，现在的淄博就像一个老实惯了的孩子突然被夸，恨不得拿出所有好吃好喝的来招待大家。如果这些话有点调侃成分，那么，什么是"淄博百姓精神"？我觉得就是齐文化留下来的注重经济、务实创新、包容天下的基因，还有工业文明带来的标准化、流水线和规则意识、契约精神，这使得淄博成为一个物质社会的情感长廊。

因为这群远道而来的游客，淄博人在潜移默化中塑造着自己的形象。他们说，"淄博可以不好，但是不能因为我而不好"。本地司机的路怒症，好得差不多了。一些私家车一下班就出门儿免费拉客。出租车从早忙到晚，脸上永远堆着笑。看到外地车牌，大家赶紧让行。看到外地车变道，喇叭也不按了。楼下卖水果的两口子，以前还经常吵架，现在也不好意思吵了。大爷大叔们不再光着膀子上街，阿姨们广场舞也不跳了，穿上红马甲，四处巡逻捡垃圾。清洁工阿姨把马路当成自家的地来扫。交警站在路口打快板疏导交通，下大雨不穿雨衣疏导交通，烈日下晒脱了皮。"五一"假期，很多市民"出淄腾地"，把烧烤摊和景区让给外地游客。一个酷爱烧烤的淄博女孩，坚持两个月不去吃烧烤。一个外地人在某个路口看到，五箱香蕉摆在那里无人照看，原来是水果摊贩怕影响大家上下班，错过高峰期才摆摊。前一天晚上收摊后，一晚上就这么放在这里，毫发无损，这个游客说，淄博已经"夜不闭户路不拾遗"了吗。

游客说，刚火爆那阵儿，淄博让我们一次次热泪盈眶。下高铁到烧烤摊，路线只有二百米路。一个路标就能解决的事儿，淄博人十步一提醒，生怕你出一点点意外。小伙子被头发花白的阿姨让座，不坐还不行。怕游客排队，吃烧烤饿着，阿姨送来包子。怕天热热坏了，淄博大叔送来雪糕。游客赶火车行李拿不出来，的哥比他还着急，直接切割了后备厢。下雨天有人免费发雨衣。外地游客店里头坐着吃，卑微的淄博人蹲在门口吃，一看店家忙不过来，结完账，再做三个小时服务生。吃完烧烤去开车，不知道谁送的礼物，静静地放在车窗上。京Q追尾鲁C，外地车主应该负全责。淄博车主一边说着没事，一边说：有地儿住吗？没地儿来我家。孩子丢了，淄博人帮你找。包包不见了，淄博人踏遍全城找回来。有人找本地人问路，请教哪家烧烤最好吃。大哥大手一挥："走，别找了，我请你吃。"有人送串，有人送酒……被感动的游客留言：这不是来旅游，更像是回家。

淄博人也不是没有遇到麻烦。像居住在八大局附近的居民，过去买菜卖肉很方便，可是游客来了之后，私家车开不进去，电动车也挪不动，接送孩子上学都得绕路。本地人持续买不到菜，只能小心翼翼避开人流，去更远的菜市场和商场采购。为流量让路，成为很多淄博人的共识。

有一个晚上，我们吃烧烤到9点，从浅海美食城出来，看到一个穿着绿色蛙衣的人，在亲切地向我们挥手致意。当地朋友说，这是我们的志愿者，为了淄博这个城市，他们付出的太多了。我穿着一个短袖薄T恤，还满头大汗，衣服被汗水浸透，贴在身上。他穿着这么一身不透气的笨重行头，在这里待一晚上，还要和大家互动交流，该多么不易！此后，这个蛙人像照片贴在我脑子里。

夜晚扮成蛙人的志愿者

淄博烧烤火了，最先感受到那炽热温度的，是那些烧烤人。当时，我的同事张晓琪等，到临淄拍了一个小视频，就叫"烧烤人的一天"，记录一个叫傅强的老板，从早到晚的烧烤生活。傅强干烧烤七八年了，他的一天，是从甄选食材开始的，在选择食材方面，他戏称自己有强迫症。选好食材之后，再切肉，腌制，保证口味稳定……傅强还喜欢给大家推荐他喜欢的吃法：把"饼卷肉"串起来，放到小炉子上再烤，烤得外酥里嫩最好。

当第一波流量来临之时，烧烤店的老板们享受着"甜蜜的痛苦"，每天下午四点多开门营业，一直要忙活到大半夜，第二天一早还要备货，天天如此。问题很快就来了，一是人手紧缺，穿肉的、切肉的、服务员，特别是烧烤师傅一员难求，月薪从8000元涨到1万元还招不到人，个别店涨到2万元。二是原材料紧张。客人猛增，肉串和小饼根本不够卖的。"灵魂小饼"供不应求，一个小厂日产3万袋小饼很快售罄，政府要求不能涨价。小炉子常常断货。三是长期不能好好睡觉，没法正常休息，有的人眼圈乌黑，嘴唇发紫，有的人瘦了十几斤，有的人电话不断，脾气暴躁。一个烧炭小哥活像乌黑的炭，一副生无可恋样。一个八九岁的小胖子，除了写作业，还要在烧烤店帮家长干活，累出暴躁脾气。四是心理压力过大，排队的人多，口味各异，必须保证肉和菜的口感，平衡好品质和效率的关系，政府部门天天上门检查，要求不能涨价，不能坑害顾客……

种种问题，像签子串心，像炭火炙烤灵魂。淄博本土的烧烤人在生活熔炉中锤炼成长，极其刚强、乐天和坚韧，面对山呼海啸般的压力，他们挺直腰板，咬紧牙关，微笑着面对生活，把自己塑造成一个时代的符号，成为淄博的骄傲。牧羊村的杨本新，发明小炉子的老魏，爱研究小饼的老沈，等等，成就着互联网时代的草根传奇，他们的故事传遍大江南北，激起凡夫俗子们的好奇心，他们来淄博不仅仅为了吃烧烤，还要"追剧"烧烤店老板们。

4月份，人口只有470万的淄博，接待了480万人次的游客，烧烤店老板自然忙得脚不沾地，可是也有例外，两位上海游客在金岭镇一个偏僻院落，发现"赵家烧烤"老板悠然自得地在躺椅上晒太阳玩手机。这还了得，不能让他这么悠闲，第二天，赵家烧烤被游客攻陷，老赵的头发三四天就变得花白了。

赵家烧烤所在的金岭镇，是淄博市唯一的少数民族乡镇，各种牛羊肉享有盛名，不仅仅是烧烤，酱牛肉、牛肉蒸包、豆腐和鞋底饼、蜜三刀等，享誉山东。淄博的啤酒节在此设过分会场，这里保持着原汁原味的市井状态，两个便民市场烟火气息浓郁，小吃美食遍布大街小巷。这里烧烤用纯鲜肉，一条山路边摆满小桌，食客们坐在梧桐树下大快朵颐。如果有美食，即使躲在犄角旮旯，也会有灵敏的鼻子寻味而来。1990年，老赵开始进入烧烤业，在齐鲁石化氯碱厂东门开了一个"小树林烧烤"，很多人小时候排队吃过他的烧烤，味道太好，留在一代代淄博人的味蕾里。老赵烧烤有几个特点，一是坚持用木炭烤肉，长长的大铁炉子里，放着通红通红的木炭，肉串在老赵手上闪转腾挪，左右开弓，不一会儿就成为美味佳肴。二是坚持亲自挑选食材。无论多忙，老赵都亲自去肉摊挑选食材，无论是新鲜度还是品质，都绝对上乘。三是坚持用手工制作小饼，他制作的"鞋底饼"，像一只长条的大鞋底子，又香又软糯，再加上蘸料和新鲜小葱，入口鲜香无比。依靠烧烤挣钱后，老赵给儿子在北京买了一套房子，自己则躲到金岭镇一个小村庄，过着自由散漫的舒心日子。平常也卖包子和烧烤，味道照样正宗。这一天，两个上海游客在理发店老板的推荐下，拐弯抹角找到老赵烧烤。面对两个上海美女，老赵大谈自己辉煌的历史，以及烧烤绝技。第二天，老赵打开家门，发现门口挤满了人，有人占领了他的躺椅，外面停的都是车，整个村庄都快装不下……为了躲清闲，老赵连夜把牌子藏起来，还接连换了3个地方，自己偷着藏着干，结果仍然被找到了。他又想了一个办法，给自己店铺一连刷了17个差评，平台认定他是恶意差评，连夜给他删除了。后来他拍了一张照片发到网上，说自己家面条牛肉太少，老顾客立即晒出他家牛肉面的真实面目……从此他每天5点钟起床去买肉，一直忙到晚上10点钟。村里看到他的生意忙了起来，能带动整个村的经济发展，于是连夜专门为他修路。而他忙到欲哭无泪。烤不完，根本烤不完啊。

那时候，"给客人下跪的烧烤店老板""收到练习题的端菜小胖""从躺椅被迫起身的牛肉包老板""打不完根本打不完的啤酒小哥"等等被网友们不断发掘的"支线任务""隐藏关卡"，吸引了无数好奇游客来淄博体验。接连不断的"副本"上新现象，折射出人们对于淄博的更多期待，也考验着淄博人的耐心和毅力。

徐进手绘：为淄博城市荣誉而战

好像是瞬间，淄博成为一座神奇之城，整个城市470万人像是约好了，都捧出一颗炙热诚恳的真心。一个烧烤店女老板说：我们已经不再是为了赚钱，而是在为了淄博的荣誉而战。此言一出，激起一个城市全体市民的万丈豪情，也让很多网友热泪涟涟。

视频里，这个女老板面带微笑，情绪激昂，语气坚定，底气十足。她就是水晶街正味烧烤店的董事长刘静。刘静的故事也很传奇。在淄博烧烤初具规模的时候，刘静和丈夫在淄川开了一个烧烤店。丈夫王霜原来是一名厨师，在淄博烧烤还没有明确风格的情况下，他们坚持使用板筋、心管与老豆腐等特色食材，逐渐从来自五湖四海的烧烤门类里突出重围，在当地小有名气。2009年，王霜思虑良久，正式给烧烤店取名"正味"，想做出纯正味道的烧烤。2019年，刘静和丈夫结婚，在淄川开的烧烤店扩大经营面积，还开了两家分店。烧烤，已经成为淄博人夜生活不可或缺的一部分。然而，淄川似乎没有夜生活，很多人来到张店，并希望刘静来这里开店。初到张店，面对新的环境和顾客，她的烧烤店遇到困境，夫妻俩没有灰心，一边继续埋头钻研烧烤，一边开始"恶补"专业知识，学习经营管理与品牌发展。两人从改善装修店面做起，在常规的烧烤用餐环境的基础上进行改良，不断提升服务质量，亲自下场手把手教导员工。生意好起来后，夫妻二人开始招商加盟，开起分店……终于找到适合在张店发展的"烧烤经营之方"。门店上方书写的"正味、品味、人情味"七个大字，就是刘静和丈夫的初心。

3月3日，刘静正在广州考察菜品，店员打电话让她赶紧回来，说淄博被大学生"攻占"了。按照往常情况，周一到周四店里会饱和，周五到周日才有排队现象。3月3日突然爆满了，队伍排得很长。刘静担心员工撑不住，赶紧回到淄博。从此之后，"每一天都像在战斗"。串肉的阿姨都五六十岁了，从早到晚，不能喘息，刘静说：不想让她们这么干了，心疼啊！烧烤师傅和服务员也累得不想说话，光每晚"打扫战场"就得两个小时。刘静就给大家多发奖金，还响亮地喊出"为了淄博的荣誉而战"……

淄博烧烤协会成立之后，正味烧烤成为会长单位之一。她说，在淄博，烧烤是一个不算小的行业，是很多人养家糊口的家业，一荣俱荣，一损俱损，每个烧烤从业者不敢有半点马虎，尽最大可能为游客服务。烧烤协会有一个微信群，大家一起分享经验，交流如何做出特色，搭建社交平台。刘静还在为淄博烧烤下一步的发展探索路径：一是让更多人加盟，实现连锁经营。对于前来加盟开店的人，刘静夫妇丝毫没有吝啬资本，不仅提高利润分配份额，刘静还亲自下场教学，帮助加盟商们操持店里的生意，让淄博烧烤不断涌入新生力量。二是不断"走出去"，扩展淄博烧烤的版图。2021年6月，"正味烧烤"正式登陆济宁，得到当地食客的一众好评。三是要有知识产权意识，注册好商标，保护好自己的品牌。为了走出山东，刘静注册了"源艺·正味"商标，设计了拟人化的二次元品牌形象，是个一手拿葱、一手持饼的男孩，留着动漫发型，非常可爱。

刘静表示，她们将通过自己的努力，让淄博城市之外的人，像记住重庆火锅、沙县小吃一样，记住淄博烧烤。

在淄博烧烤最火爆的时候，发生过外地网民"逮大爷"和"摸小哥"的故事。

一个姓赵的大爷，已经70多岁了，住在淄博和滨州交界的一个小村里，他蹬着一辆三轮车，在周村区沿街叫卖绿豆糕，已经长达38年时间了。据赵大爷介绍，他卖的不是绿豆糕，而是"豆蜜糕"，用红枣和绿豆作原料，不放入糖分和其他添加剂。这是他家的祖传技术，市场上独此一份。他出于兴趣，将祖传的手艺进行改良，研发出新式豆蜜糕。每天早晨7点多，赵大爷就会到周村叫卖，头一天晚上他就泡好绿豆和红枣，凌晨3点起床蒸制蜜糕。一箱40多斤，能满足40个客户的需求。卖完就回家休息了，一天可以赚100多块钱。一个进淄赶烤的人给赵大爷拍了视频："你卖的绿豆糕好吃吗？""不好吃！""大爷为啥要出来摆摊？""因为不想在家听大妈唠叨"……由于赵大爷说话风趣幽默，出摊时间不固定，"神出鬼没"，突然就成为网红"绿豆糕大爷"。为了找到大爷，全国各地网友建起"逮大爷"微信群，群内"知情人士"会不定时通知其他成员，"绿豆糕大爷"即将在哪里出摊、大约什么时候到、目前排队有多长……很多人专门赶到淄博，就是为了见"绿豆糕大爷"一眼，和他说句话，尝一口豆蜜糕。只要大爷来了，人们围上去拍照、合影、摄像，直播者众多。大爷的豆蜜糕味道极好，大爷和老伴结婚40多年了，感情深厚。现在，赵大爷每天能卖出3—4箱豆蜜糕，赚300多块钱。尽管供不应求，但是他仍保持10块钱一斤的售价，住在村中老房子里，用着过去的家具和家电……

还有一个"鸭头小哥"，名叫伊扬。他很年轻，只有24岁，在八大局市场开了一家小店，出售衢州鸭头，这是一款常见的旅行美食。有一次，伊扬去浙江旅游，吃到衢州鸭头，觉得"怎么这么好吃"，就决定在淄博开个店。他投入20万元，开启自己的创业之路。为了让这种南方美食适合本地人口味，他进行了几次改良。中间10多次去浙江，想使自己的手艺炉火纯青。做小吃挣的是辛苦钱，伊扬要早起拿货，晚上守摊，而且风雨无阻，非常熬人，小伙子也非常坚韧。互联网的眼睛发现了他：穿着工字黑色背心，一头黄褐色头发，体格健硕，肌肉发达，线条流畅，而他的性格又内向腼腆，这种反差吸引了很多网民，特别是女性游客。围观的人很多，有人在店外跳起来看，只为一睹小哥的样貌；有人来到店里请求合影；一位女顾客拿出手机，伸手摸了摸伊扬的肌肉，并说"家人们，摸到了"。这段视频传到网上，引起轩然大波，大家争议不断。"五一"这天，伊扬的小店更是引来大量游客，第二天，他关闭店门躲风头，直到一周后才开业，依然火爆。他把卷闸门拉开，外面里外三层叠满了人，还有一位保安负责维持秩序。人们攒着劲往前看，似乎比起买东西，"鸭头小哥"真面目更吸引人。不到十分钟，所有鸭货全部卖完，伊扬又迅速地拉下门……

我两次去找这个小店，第一次是5月，店门紧闭，第二次是8月初，小哥还是那一身装束，正在柜台内玩手机，而眼前的鸭头已经所剩无几。

一个卖豆蜜糕的大爷，一个卖鸭头的小哥，怎么就成为万众瞩目的风景了？全国人民为什么蜂拥而至？淄博是一个大客厅，一个大公园，一个游乐场？还是"诗和远方"，充满烟火气和人情味的地方？这确实值得深思。

进淄赶烤最高潮时，全国各地乃至外国友人打着飞机、火车，自己开着私家车骑着摩托车，从四面八方涌入淄博，而且有豪车方阵、越野车方阵、摩托车车队，还有出行仪式，搞得阵仗很大。听听这广告词：山西，晋我所能进淄赶烤；四川，"川"越火线进淄赶烤；河南，"豫"你同行进淄赶烤；海南，"琼"尽所有进淄赶烤；湖南，"湘"见恨晚进淄赶烤；湖北，"鄂"着肚子进淄赶烤……

有3个进淄赶烤的人给我留下深刻印象。一个是苏州的韩先生，32岁的他选择骑电动车到淄博，全程800公里，耗时60多个小时。他说："风一吹，砂砾声就在耳边沙沙作响，骑了一两个小时后，我的手都被晒黑了。"骑这么远的路程，电动车充电是个大问题。韩先生在车上装了一个显示屏，电量还剩10%，他会去两个地方充电，一是在宾馆充，二是在商铺充，充满电要8个小时，韩先生总共充了5次电。他骑电动车一骑就是5个小时以上，每骑三五十公里就会停下来休息五分钟，活动一下筋骨再接着骑，困了就直接找个小树林搭帐篷睡20分钟，最后骑得屁股疼、肩膀酸、腿酸。"五一"之前，他赶到淄博，所有烧烤店人满为患，即使去海月龙宫，也没吃上烧烤，而且没订到酒店，只好在网吧睡了一晚上，网吧为他们准备了洗漱用品、矿泉水和可乐。后来他还住过帐篷。一个70多岁的淄博老奶奶，骑着三轮车给他送了几个黄瓜，叮嘱他出门在外要好好吃饭，这让他很温暖很感动。还有一个广东女子，看到淄博感人的场面，心血来潮，和几个朋友驱车2000多公里进入淄博，没有任何准备，没预订酒店，也吃不上烧烤。她想起过去认识一个淄博大姐，在农村有一处梨园，就给大姐打了一个电话，大姐免费给她们准备好干净的房间，炖了一大锅菜，请他们吃饭。看看满目青翠的果树林和庄稼地，听着鸡鸣狗叫，她跳着抱住大姐说：淄博真好！人间真好！这个小视频让我瞬间泪目。那时候很多人像飞蛾扑火，不管不顾地扑向淄博，他们要看看一个与疫情时期完全不同的人间，一个有感情有温度有味道的烟火世界。当时，来淄博的游客中，以"90后""00后"为主，占80%；从地域结构看，以山东省内居多，周边主要有河北、江苏、河南、天津、北京等地的人。最远的游客来自海外，欧美日本，还有一个联合国前副秘书长埃里克·索尔海姆也坐着高铁来了。索尔海姆表示，他去广州时，有人提起淄博这座城市，并向他推荐了那里的特色烧烤。这一次，他终于有机会亲自品尝了。"淄博烧烤味道好极了。它有着鲜明的中国美食特色，和美式烧烤完全不同。"他还将进淄赶烤称为当下中国最火的事情。"我看到好多年轻人去淄博吃烧烤、喝啤酒，乐享生活。"他说：淄博是一个富有活力的老工业城市。现在它需要迈向未来，我觉得将其打造成中国"烧烤之都"，是一个不错的方向。淄博打造了储能谷，并成立了一众高科技公司，这些对青年人才来说，都具有吸引力……

　　游客与淄博"双向奔赴"，实现了相互成就。游客们吃烧烤，购买网红食品，逛遍淄博层次丰富、风格各异的旅游景点，买空了一座积压货品几十年的博山陶瓷琉璃大观园，催生了张店琳琅满目的陶瓷国艺馆，挤满了淄川鲁泰纺织工厂店，带火了周村国家非物质文化遗产"香云纱"……但他们来淄博仅仅就为了这些吗？显然不是。他们含辛茹苦，昼夜奔赴，因为淄博有一个政府、市民和社会构成的当代"世外桃源"，一个优秀传统道德和社会主义当代文化铸就的和谐社会。一根根竹签"串"起了人生百态，一块块烤肉治愈了饥肠辘辘的灵魂。游客们看到，政府不是躲在高墙里的影子，不是文件里的口号，不是窗口里冷漠而麻木的眼神，而是一个冒雨挺立的交警，一个帮商贩收拾摊位的城管，一个为顾客讨回公道的市场监管者，一个骑着自行车察看道路的市委书记；是一条条新铺的道路，一个个免费的停车场，一座座公益博物馆展览馆；是一张笑脸，一个眼神，一种举动，一声话语……外地游客感慨诸多，突出的应该有几点：一是淄博

王庆光作品：淄博早市

市党政部门对民众声音的关切，以及高效率的回应，扎实有效的行动。一个市民说，立交桥下最好建个儿童乐园，政府部门打了两次电话咨询，公园很快建好了。还有建的厕所是"城市驿站"，功能齐全，方便实用。300多个公园注重细节，连充电和饮水也考虑到了。一个游客发现，某烧烤城公厕里配有"安心篮"，里面不仅有湿厕巾、酒精棉片，还有女士卫生巾，更绝的是连肠炎宁都准备了。二是建设文明城市和发展市民经济完美结合。淄博在现代化城市的架构中，充分考虑到老百姓的生计。在这里，城管不玩"老鹰抓小鸡"的游戏，高楼大厦之中，每天早晨八点半之前，有一个个早市，很像农村的大集，农产品来自田间地头，新鲜生猛。八点半，城管的口哨一吹，所有人自动收摊，而且把街面打扫得干干净净，最后一点垃圾也要用手捡起来。淄博有众多夜市一条街，像水晶街等，停车不收费。三是淄博政府监管有效，商家高度自律，市民监督促进，营造了一个公平公正公开的市场环境，简单说，就是不宰客，不坑人，不骗人，宰了坑了骗了马上会受到处罚。有人说："这个假期最感人的一句话：我们第一次感觉到自己是人，而不是韭菜！"

　　在辽阔的祖国版图上，锦州烧烤以"技"称霸，新疆烧烤以"料"见长，淄博烧烤则突出一个"情"字，温暖了一个时代。很多外地人通过"进淄赶烤"爱上了淄博，进而留了下来，成为淄博的新市民。

　　我在抖音上经常看"于是乎"的直播。"于是乎"真名于晓辉，是内蒙古通辽市一个民营企业家，遭受过一系列坎坷，加上77岁的老母亲身体不适，岳母身患脑梗，他心情压抑至极，就到淄博体验烧烤，第一次就住了40多天，得出淄博"人好物美心齐"的结论，决定扎根淄博。博山一个姓李的大哥，把于晓辉请到自己的工厂，摆了一大桌子鲁菜为他接风洗尘，不断为他夹菜倒酒，这可是素不相识的人啊。于晓辉很感动，他把刚买的新房车挂了淄博牌照，还印上"薪火传文明，永续中华魂"10个大字，在淄博无偿献血。接着他们去胶东旅行，一路上把淄博的所见所闻讲给大家听。7月1日，于晓辉回到淄博，在孝妇河湿地公园搞了一个音乐晚会，他用电吹管演奏了一支支曲子，"我爱你中国""没有共产党就没有新中国"……现在，于晓辉来到峨庄森林公园，帮助当地建设一座房车露营基地，打造10条特色旅游线路。抖音上，于是乎正在介绍当地的厕所，里面有淋浴间，而且不收费……于晓辉说，淄博是全国少见的组团式城市，五区三县等距离分布，人文历史、产业特点、旅游景观、餐饮美食、待客之道各有特点也各有魅力，所以具有浓浓的人情味和文化包容力。他说，每一次离开淄博，他都像一个离家的孩子，感觉很无助，而且像欠了淄博很大情分，所以他要一次次归来。

第五章 "齐风"背后有"鲁韵"

一只小炉烤的是整个山东

烧烤小炉子实在是一个神奇的东西。天上下着大雨，敲打着巨大的帐篷，发出噼里啪啦的声响。我和朋友坐在小马扎上，聊着一天在淄博的见闻，难抑兴奋之情。小方桌上摆着一个不锈钢烧烤炉，冰冷冷地趴在那里，像一个没有血肉的动物。过了一会儿，一个身材高大的小伙子，端着两个长条形木炭铁盒，麻利地塞进炉子炭火盒，炭火燃起；接着把冒着热气的五花肉、牛羊肉串和各类蔬菜端上来……小炉子有了血脉和灵魂，瞬间复活，并就此和人们展开味道的对话。

它的背后，有一条条看不见的链条，美食链、情感链、产品链、产业链、物流链……这些链条的宽度、厚度和韧度，决定着淄博烧烤能否继续火爆，能否走得更远。小炉子是淄博烧烤最独特的存在，显示了这个老工业城市的包容、坚韧和创新，它改变了农业社会食物的品性，食物在炭火的炙烤下产生反应，一种新的美味出现了。

美味使小炉子变成一个巨大的"嘴"和"胃"，堆积如山的食物，转瞬即逝，需要新的食材源源不断，滚滚而来。如此一来，形成一个消费和生产的良性互动。消费端，需要强大的政策端加持、渠道端赋能、产业端发力，才能形成同频共振。有人说，山东是"六边形战士"，拥有全面且恐怖的工农渔产品供应能力。淄博烧烤所需的一切主料、辅料，基本上都可以在山东省内解决，这是淄博烧烤的底气。

淄博烧烤的小烤炉

在淄博烧烤灵魂三件套里，必须先说说小烤炉。它呈宝塔似的梯级结构，最底层是水槽和炭火槽，中间是加热层，最上面是保温层，这是一种独具匠心的设计，更是淄博人工匠精神的体现。淄博周村有一个中国北方最大的不锈钢集散地，桓台有一个商用厨具产业集群，包括小炉子在内的厨灶、炊具、烧烤设备等大批量供应国内市场。在淄川区朱台镇主要街道两边，到处都是厨具制造企业。距朱台镇几十公里的博兴县，是全国最大的商用厨具生产基地，号称"中国厨都"，集聚了2300余家厨具企业，年产值350亿元，占全国市场份额35%以上，形成一条完整的产业链。其中，仅一个兴福镇就有厨具企业1800家，年总产值约300亿元，占全国市场总额的三分之一……朱台镇从跟着别人打工开始，在兴福镇的带动下，商用厨具产业不断发展，目前有厨房设备加工企业、经营业户800余家，产值近40亿元。一位老板说：淄博烧烤摊上凡是不锈钢材料的东西，基本都出自这里，比如烤炉、灶台、蒸煮锅、冷柜，甚至是不锈钢桌子这里都能生产。

过去，生产烧烤炉是这些厨具企业的一项附加产业，然而在淄博烧烤火爆后，他们迎来新的春天，烤炉订单比以往翻了一番。一个烧烤企业的负责人介绍，他家从2014年开始生产厨具，向40多家经销商供货，每年最多订出几百台烤炉，还常有退货现象。2023年3月初，库存的2000多台炉子，突然被全部收走，此后每天生产多少就销售多少，他把工厂里智能豆浆机等的生产线全部停了，全力以赴生产小烤炉。一台烤炉需要先用激光切割机切割钢板，再用模具压制成型，最后三位师傅一组，完成点焊。一组熟练工人，从早晨7点干到晚上11点，可以生产400台烤炉。他家和叔叔家的两家工厂，每天生产3500台，仍然无法满足市场需要，有的客户为抢烤炉，在工厂门口吵起架来……为了避免恶性竞争，各个工厂决定共建"淄博烤炉"品牌，一家工厂完不成的订单，会转给其他厂家。政府严令，小烤炉出厂价控制在50元左右，利润在七八块钱。朱台镇不断发挥优势，打造"朱台厨具"品牌，生产4D厨房。

有人从一个小烤炉看到了山东工业的整体实力。这是全国唯一拥有全部41个工业大类的省份，拥有197个工业中类、526个工业小类，100多种重点产品产量居全国前三位，40多种产品居全国首位。而淄博拥有39个工业大类。

再看看小饼、肉类和蘸料，这更是山东的强项。

淄博烧烤小饼飘散着齐鲁大地独有的馨香。小麦诞生在西亚，山东是中国最早引进小麦的地方。齐国有多个带"莱"字的地方，莱在甲骨文里是一棵麦子的形象。而齐国的"齐"，是一种小麦吐穗的象形。山东人还发明了石磨和石碾，使小麦变成面粉，并擅长制作面食，制作出馒头、饺子、面条，"一张煎饼卷天下"。到今天为止，山东仍是我国重要的小麦供应地。统计数据显示，2023年，山东夏粮播种面积6014.85万亩，占全国播种总面积的15.1%；每亩单产444.6公斤，比全国平均单产高21%；总产534.8亿斤，占全国总产量的18.3%，呈面积、单产、总产"三增"态势，三项指标均居全国第二。莱州一处小麦高产攻关田亩产达到880.89公斤，再创山东小麦最高单产纪录……在淄博，小麦变成各色美食，仅饼类就有四大著名烧饼，这就是周村烧饼、淄川烧饼、临淄烧饼和博山烧饼。淄博烧烤小饼，脱胎于这四大烧饼，但是不用芝麻和肉馅，制作原料主要有面粉、鸡蛋、油、绿豆、面筋等，靠面的香味取胜，绿豆和面筋搭配不仅让小饼口感更加松软，还能增加人体对蛋白质和纤维素的摄入。第一轮烧烤火爆后，小饼"火得有点出格了"。常规的淄博小饼，直径在14厘米左右，重十几克，一袋装6张饼，价格在1.5元左右。"五一"期间因为货源紧缺，有的厂家涨到每袋2元，甚至每袋2.5元，还要靠抢。一些生产小饼的工厂连续扩容，产品仍供不应求。聪明的生产商开始用烙馍机代替小饼机。

　　淄博靠近猪肉产区，猪肉烧烤是它的特色，羊一般会卖给当地的全羊馆。像张店是本土烧烤，肉块适中，多会腌制好，按串计数；博山烤肉以肉串小著称，品种有小串吊肝、小串五花、小串精肉等，其中以"吊肝肉"最好，它来自猪腹腔和胸腔的分割处，由于随着心脏搏动而不断震动，所以这一部位肌肉纤维多，口感富有弹性。虽然淄博烧烤火爆，但是由于"五一"之后全国猪肉市场进入淡季，淄博烧烤没能撬动国内猪肉涨价。随着进淄赶烤的人越来越多，外地人改变了淄博的烧烤习惯，牛羊肉串大受欢迎。临淄区金岭镇作为淄博最大的牛羊产品集散地，年屠宰牛1万头、羊1.5万余头，为淄博烧烤提供了稳定优质肉源，年销售额达2.8亿元。很多本地的老食客说，是不是金岭的肉，一尝就能尝出来。淄博高青是山东三大优势肉牛产区之一，以生产渤海黑牛著称。高青黑牛是我国首例和第二例健康成活的体细胞克隆牛，它的诞生带动了整个肉牛产业的发展，扭转了中国高档牛肉依赖进口的局面。在高青纽澜地公司的黑牛养殖场里，养牛就像"养孩子"，每天它们要喝啤酒、睡软床、听音乐、享按摩、吃熟食。900天的精良谷饲喂养，让黑牛肉沉淀出大理石花纹，肉质细腻，纹理丰富，形成绝美口感。一头黑牛，可以实现12万—20万元的价值。在济南大超市里，最好的高青黑牛肉，一公斤卖到2000元人民币。一个来自泰安的女老板，在淄博围绕牛羊肉从事家族式经营，一天能卖出60只羊。这是一条连轴转的产业链条，他们出动了三拨人，分头在当地收羊，收羊后运往泰安的屠宰场，每天下午6点，屠宰场开始集中宰

山东省博物馆里的陶猪

杀，接着就用冷藏车将新鲜的羊肉发出，凌晨到达。在淄博，批发业务从早上4点开始，一直到下午6点关门。而泰安屠宰场又开始新一轮宰杀，周而复始。按照一只羊可以剔出40至50斤肉计算，每天她卖出羊肉两三千斤。在她店里，除羊肉外，牛上脑、吊龙也特别热销。烤全羊所用的小山羊格外好卖，最高峰时，两天她能卖出100只小山羊。

据统计，2023年春天，运往淄博的牛肉主要来自山东临沂、潍坊、烟台、青岛，省外的河北、河南等地。其中在距离淄博主城区仅120公里的阳信县，年加工进口牛肉约36万吨，占全国年进口牛肉总量的六分之一，大大缓解了淄博的牛肉供应紧张。羊肉来源范围更广一些，以山东本地的青山羊为主，沂源就是一个盛产山羊的地方，省内的济宁也给予大力支持。

"蘸料"是淄博烧烤的又一灵魂。"巧合"的是，山东调味料生产量也是全国最多的。数据显示，我国目前有48.7万家经营范围含"调料、调味品、调味料"，且状态为在业、存续、迁入、迁出的企业。其中，山东拥有5.3万家，遥遥领先于其他省份。

淄博烧烤里还有一棵挺拔的小嫩葱，既有本地生产，也有来自附近潍坊寿光的，那里是中国最大的"菜篮子"……

如果按照传统经营方式，淄博一个月要解决近500万游客的"吃"的问题，几乎是一件不可能完成的事儿。那得需要多少厨师、多少厨房啊？淄博能够承接这么大的游客流量，关键是小烤炉背后，有一个正在崛起的预制菜产业。那些小饼、小葱和蘸料，都是最初级预制菜产品。

预制菜，是近两年最火的一道"菜"。

作为中国第一个农业产值超过万亿的省份，山东自然对预制菜产业高度重视，它一头连着田间地头，一头连着千家万户的餐桌，可以推动一、二、三产业融合发展，促进餐饮向工业化转型，满足消费升级需要，发展潜力巨大，存在的问题也不少。

什么是预制菜？就是指以农产、畜禽、水产品等为主要原料，经过洗、切及配制加工等处理后，可直接进行烹饪的预制菜品。通俗来讲，就是半成品菜肴，通过加热等简单处理就能上桌。其最大优势在于为消费者省去了买菜、洗菜、切菜的步骤，仅需简单烹饪就可享受"大厨级"味道。

近三年来，国内预制菜产业蓬勃发展。2023年，预制菜首次写入中央一号文件。艾媒咨询数据显示，2022年中国预制菜市场规模为4196亿元，预计未来预制菜市场保持较高速增长，2026年预制菜市场规模有望突破万亿元。粮食、果蔬、肉蛋奶、水产品等产量连续多年位居全国前列的山东省，凭借食品加工产业发达优势，在这一"新赛道"迅速走在前列。2022年3月，山东发布了《关于推进全省预制菜产业高质量发展的意见》，提出到2025年，全省预制菜加工能力进一步提升、标准化水平明显提高、核心竞争力显著增强、品牌效应更加凸显，预制菜经营主体数量突破1万家、全产业链产值超过1万亿元。并在潍坊、济南、淄博、德州等地建设预制菜产业园。山东省农业农村厅数据显示，全省从事预制菜生产的企业数量已超8500家，占全国的12%，为国内最多。其中，从事预制菜生产的上市公司有9家。值得一提的是，随着近年国内消费市场升级，叠加国际市场明显变化，特别是发达国家经济"弱衰退"，不少山东大型出口加工类企业积极进入预制菜赛道，以此参与国内大循环。一些地方因基础好、布局早，有志于"领跑"全国。

淄博，决心把自己打造成中国北方预制食品产业特色发展高地。

齐鲁预制菜科创产业园，由淄博高新区与厦门建发股份有限公司、舌尖科技（北京）有限公司、新协航实业集团股份有限公司、山东纽澜地何牛食品有限公司发起策划，联合国内预制菜头部企业合力打造。园区总体规划面积12万余亩，按照"面向国际、世界领先、科技引领、产业发达"的高标准，打造"一园三区八中心"格局。力争到2024年，搭建起预制食品产业架构，打造以鲁菜为特色的"中国淄味"高端预制食品系列品牌，产业规模达到500亿元级；到2026年，产业规模突破1000亿元；到2035年，产业规模达到3000亿元，成为淄博市重要的支柱产业之一。2022年4月27日上午，他们举行高规格推介会，近200家相关企业通过线下线上方式参与。活动现场，激发产业"资源+平台+渠道"乘数效应，以特色场景推动新餐饮模式的运营理念，吸引了不少企业关注。高新区计划依托预制菜产业园加速集聚关联企业，将预制菜与研发、餐厨、配送、消费体验等环节相结合，设计"中央厨房""冷链食材配送""无人智能化宅配""一酱成菜"等新模式，打造新餐饮模式样板区，探索建立预制菜展示体验交易中心，开发一批预制菜应用场景，催化预制菜行业加速出圈。

2022年4月底，淄博内陆港保税冷链基地项目一期陆续投产。作为齐鲁预制菜科创产业园的起步区，这里先期落户了4家肉类预制食品加工企业，切割、速冻调理及酱卤熟食等加工业务迅速展开。百余家预制菜企业的合作意向逐步落地。

比人还高的大葱

淄博各区县展开一项项密集而有力的行动，发力预制菜产业，可谓"百花齐放"：淄博经开区举行全市预制菜产业发展推进会暨经开区健康食品产业园推介会，邀请省市行业部门领导、专家、企业家，共商如何打造北方预制菜加工基地，抢占以预制菜为主体的健康食品产业风口。博山区召开博山菜专班工作会议，提出凝聚各方力量，推动博山菜走出博山、走向全国。预制菜产业作为新生活、新生代、新业态的体现，是推动博山菜实现走出去目标的重要载体。

在博山区姚家峪村，有一条街火爆美食圈，它就是老颜神美食街。为了让博山菜飞入寻常百姓家，2022年春节前夕，山东老颜神食品有限公司总经理王振，带领着公司团队以及整条街上的鲁菜大师，把博山硬炸肉、博山酥锅、春卷等做成预制菜，寄给多名美食博主品鉴打分，结果得分很高。首批2000份以传统博山菜为主的"四菜一汤"产品爆红。在这支平均年龄不到35岁的团队中，有坐拥200多家连锁店的快餐业经营者，有在博山颇具影响力的网络大咖，有在调味品市场深耕多年的企业老板，有在多个领域跨界投资的年轻海归。能让这些"大拿"齐心协力干一件事，除了家乡情结外，更多是对于国内预制菜产业的信心。据山东老颜神食品有限公司研发经理李新华介绍，把博山菜变成预制菜，他们花费了很多心思，从原材料限购到食材加工，都下了很大功夫，尽量保证原汁原味的菜品口味。一道硬炸肉，选用猪身上的梅花肉，三分肥七分瘦，口感鲜嫩，炸出来外酥里嫩。他们把预制菜炸到八成熟，顾客拿回家后自然解冻，再通过空气炸锅复炸，味道基本接近厨师现场操作的味道。趁热打铁，2023年春节，他们又设计推出了"博山一桌菜"年夜饭项目，网红带货，小程序预订，新的营销方式深受年轻人喜爱。

作为鲁菜起源地之一，淄博餐饮文化深厚，聚乐村、知味斋、石蛤蟆等知名餐饮企业深受消费者喜爱，为预制菜产业积累了丰富的客户资源。此外，淄博还是北方最大的蘑菇、西红柿等农产品生产基地。

淄川食用菌、临淄西葫芦、高青西红柿、文昌湖白莲藕等一批特色农产品产量大、质量好。沂源苹果、博山猕猴桃、高青西瓜等特色水果为发展预制菜产业奠定了原料基础。作为预制菜必不可少的调味原料，玉兔、峪林、巧媳妇等多家调味品企业，为发展预制菜产业添瓦加力。山东巧媳妇食品集团有限公司研发出100余种复合调味料的配方及工艺、30余种预制菜品，还投资5.6亿元，在临淄生产总部建设预制菜生产车间，可年产流体、半流体复合调味料3000吨。项目达产后，预计每年新增营收6亿元，新增就业岗位300人。

淄博烧烤火爆之后，A股预制菜爆发。数据显示，2023年4月17日，A股预制菜板块迎来短暂爆发，得利斯突发涨停，带动中水渔业、天马科技、全聚德涨超4%，五芳斋、千味央厨、惠发食品、龙大美食等跟涨。在几天的行情中，三全食品、温氏股份等肉类、烤串预制菜相关公司股价呈现上涨趋势。得利斯主要产业链包括生猪养殖、屠宰、冷却肉、低温肉制品、发酵肉制品及预制菜系列产品等，在山东本部拥有10万吨预制菜产能、3万吨牛肉系列预制菜产能、2万吨速冻米面产能。淄博烧烤爆火后，得利斯在回复投资者提问时表示"公司近期烧烤产品卖得还行"，后续回复提到"公司烧烤类产品在淄博区域市场内商超、专卖店、社区店等均有销售"。

而盒马则把淄博烧烤制作成预制菜，送到千家万户。淄博烧烤火了之后，盒马上线一百多款烧烤商品，尤其是配齐小葱、小饼的淄博烧烤套餐成为爆款。他们通过盒马村的产地优势，自建央厨的加工能力，以及全国冷链网，每天空运淄博烧烤食材到全国门店，让市民在家门口就能吃到淄博同款。2023年3月底，盒马一位工作人员飞往淄博，考察了近50家烧烤店，试验了上百种口味后，与淄博的战略合作伙伴纽澜地制定了研发标准。15天后，专为盒马打造的烧烤生产线，在纽澜地数字化工厂投产：每天凌晨，刚刚屠宰的黑牛，被切成小粒，串成小串，调味腌制。数小时后装入气调包装，搭配淄博特色的小葱、小饼、烧烤料一起，坐上前往各地的飞机，第二天一早出现在盒马各地门店的货架上，全程不到24小时。2023年"五一"期间，盒马的烧烤类商品销量暴增，周环比增长241%。其中羊腿肉串、羊肉串套装、日式烧鸟组合是最受欢迎的单品，销售额周环比增长近10倍。

预制菜虽然是大势所趋，但是也存在一些问题，比如说缺少"锅气"、没有"灵魂"，等等。而淄博烧烤解决了这些问题。所谓锅气，就是大厨在翻动铁锅炒菜的时候，要通过对火候的感悟，激发菜肴的本味，引发出焦香，共同形成锅香。淄博烧烤后厨只烤到六七成熟，需要食客自己动手，参与制作过程，火候自己把握，这烟熏火燎的烟火气就是最好的"锅气"。而"灵魂三件套"造就的淄博烧烤，又多么具有工业化预制菜没有的浓浓人情味。

淄博烧烤模式简单，容易复制，却没有一个地方能照搬成功，就是因为一个小小烤串，串联着当地的综合经济社会文化实力。淄博烧烤价格便宜，在需求量暴增的时候不涨价；所有肉串都是凌晨进货，当天加工，当天出售，新鲜程度极高；这里罕见以次充好、缺斤短两、挂羊头卖狗肉等种种恶习……在这些表面现象背后，是淄博的现代物流全产业链生态体系，保证了货源的及时、充足、鲜活。

淄博地处鲁中核心位置，与6个城市毗邻，交通立体丰富四通八达，具有发展现代物流产业的独特优势。淄博市委、市政府提出，要大力发展现代物流等生产性服务业。2022年初，淄博发布了《"十四五"现代物流业发展规划》，明确以打造区域性国际物流枢纽为发展定位，积极融入国家物流战略布局，构建"枢纽+通道+网络"的现代物流运行体系和全产业链融合发展的现代物流产业生态。通过切实发挥现代物流在推动传统产业升级、驱动新兴产业发展中的基础支撑作用，依托淄博市深厚的产业基础，打造工业物流供应链创新标杆城市、京津冀和长三角之间的绿色智慧冷链物流基地、绿色智慧物流标杆城市、智慧物流新场景培育地。规划提出，"十四五"期间，将大幅提升国际物流通道承载能力和要素资源集聚水平，常态化稳定运行"齐鲁号"双向欧亚班列；进一步优化生产型物流节点空间布局，助力工业企业物流成本下降3—5个百分点；构建与数字农业相融合、与民生需求相匹配、与线上线下相衔接的冷链物流服务体系；运营5000台以上新能源物流车，开通定点、定班、定线、定价的新能源班车线路，基本实现全市行政村绿色物流全覆盖；培育建设2—3个无人化智慧物流园区，形成智慧物流百亿级产业集群。

除了对现代物流全产业链生态体系进行总体布局，规划还明确了"五个着力点"：一是优化物流产业空间布局，着力打造南北两大物流集聚区、东西两条物流产业集聚带，建设"4+10+N"物流园区体系，即铁、公、水、空四港物流枢纽，10个物流节点，N个全市绿色物流智慧运行基础网络，形成"两区两带"物流空间布局；二是以综合交通运输通道为依托，以物流需求为导向，建设通达内外的物流通道体系，重点打造"两横一纵"国家级物流通道、"五横四纵"市级物流通道及市域环状物流通道，并依托"一带一路"走廊向外延伸，实现与国际物流通道的有效衔接；三是构建工业、冷链、绿色、国内、国际、应急"六位一体"的现代物流体系，充分发挥现代物流对推动传统产业升级、驱动新兴产业发展的基础支撑作用；四是以物流智能、物流服务、物流衍生、物流总部4个方面引导物流产业转型升级，开启物流"新经济"时代；五是从统筹协调、标准化建设、政策落实、人才培育、统计制度等7个方面提出完善物流行业支撑保障体系建设的具体措施。

规划还策划了61个重点物流项目，包含物流基础设施、冷链物流、工业物流、供应链平台、国际物流、绿色物流、商贸物流、多式联运等11个项目类型，为淄博市物流业发展提供动力支持……

一个个百亿级冷链物流项目在淄博拔地而起，恰似淄博新经济的强劲脉搏；一辆辆物流运输车，来往在社区、货运市场、物流园区，传递着淄博开启新经济的强音；淄博旱码头、内陆港、铁路物流港内，塔吊林立，车辆穿梭，源源不断输出着淄博制造……

2023年初，淄博物流产业迎来一个发展的春天。位于临淄区的鲁中现代综合物流产业园里灯火通明，一辆辆满载物资的车辆相继出发，将各种生活物资源源不断送往全市商超。发货量同比增长七八倍，整个行业开始加速奔跑。

"进淄赶烤"的队伍越来越庞大，催生出大量的物流需求。2023年4月底，淄博商务局发布数据称，自3月份以来，全市1288家烧烤经营业户日均接待13.58万人，主城区张店重点烧烤店营业额同比增长35%左右；周村、临淄重点烧烤店营业额同比增长20%以上。食客们在品尝美食后，还要寄回家乡，给亲人品尝。炒锅饼、紫米饼、博山炸肉等"网红商品"销量大幅增加，外卖员送单送到"腿抽筋"。京东快递在淄博的寄递单量较之前增长130%，八大局便民市场的寄递单量涨幅超过500%。顺丰在八大局市场的业务量达到每天上千票。淄博市邮政管理局统计显示，3月、4月份日均收寄炒锅饼、紫米饼、烧烤小饼、烧烤炉等烧烤周边产品1万余件。随着生产企业产能的不断提升，寄递量将剧增，年内有望突破500万件……

烧烤作为淄博"出圈"最大的IP，食材新鲜最关键，那么冷链物流更是关键中的关键。一个巨大的"城市冰箱"和"城市菜篮子"，撑起淄博烧烤的火爆，这个地方就是海月龙宫。海月龙宫总经理梁栋说，2022年7月6日海月龙宫物流港正式启用，是山东新旧动能转换工程，总投资13.5亿元，园区内设有冷链物流配套区、5万吨智慧冷库、综合交易大厅、海鲜批发交易市场等，其中齐鲁生鲜电商产业基地，包含了商用公寓以及电商直播基地，有一系列智慧化园区窗口。这里的商户大多来自市中心的海盛市场，这个市场地处淄博中心城区主干道金晶大道、联通路交汇处西南角，占地约140亩，共有经营商户592

高青的黄河大鲤鱼

户、承租人213名，曾是淄博中心城区居民选购海鲜的首选之地，年交易额60余亿元，生意红火。随着形势发展，这个市场暴露出诸多问题。市里用"笨功夫"办成"办不了的事"，把他们迁移到海月龙宫。海月龙宫处于京台高速与济青高速交会处，西邻阿里巴巴的纽澜地项目，依托区位优势将打造成一个集冷链物流集散数字农业为一体的大型绿色冷链物流产业基地，以及一站式农副产品集散基地。多样化的区域设置，让这里的商户能够更有效地进行货物运输、分拣，物流配送服务半径可达100公里。海月龙宫有一个5万吨冷库仓储区，是超一流制冷设备。冷库具有较高的自动化程度，能做到智能监控冷库实时温度并保持在−18℃到−21℃，满足一般冷冻食品24个月的保质需求。这个占地270亩的海月龙宫物流港内，集合了426家商户，既有批发门店，也有生鲜供应链管理企业，成为撑起淄博这座烧烤之城食材供应的重要力量。供货商们一般凌晨1点多把牛羊肉送到这里，批发商们按照部位进行分割，到三四点就有烧烤店老板来进货，一直到上午9点，每天循环往复，都忙得连轴转。

福建福清人余乃行来到淄博已有30个年头。他19岁来到淄博闯天下，在西二路市场摆地摊卖海鲜，后来搬到海盛水产市场。海月龙宫物流港建成后，他买下两个门头，面积有700平方米左右。他觉得海月龙宫地理位置优越，市民想买海鲜，从金晶大道过来，只需要十分钟左右，特别顺畅；商户们进出货也特别方便，货物可以通过高速直接送过来，一站式到店门口，海鲜的死亡率和折损率明显减少。这里的管理严格，优惠政策落实到位，对周边的辐射力强。2023年春节之前，他的海鲜店客流量很大，一天就能卖出1000多条鱼，五六百斤鲍鱼，帝王蟹、海参、东星斑等海产品热销。一口福建口音的余乃行，已经成为地道的淄博人。他现在的两个门头分别经营活海鲜和冻货干货，门前摊位出租给零售的小商贩，这些商家用着余乃行的冷库跟水车，不用自己单独租赁，生意上还能互相照应。做水产30年，余乃行坚持诚信经营、足斤足两、货源充足、良心品质。知味斋、嘉州大酒店等一些知名饭店的活海鲜都是他在供应，滨州、莱芜等地也有大量的合作伙伴……

能让余乃行们和海月龙宫底气十足的，是其背后大山东的丰富物产。《史记》称齐鲁大地"齐带山海，膏壤千里"。这里汇聚了大河、大湖、高山、丘陵、平原、湿地等地貌，具备丰厚的物产条件。经过山东人民的不懈努力，山东已成为全国重要的米袋子、菜篮子、果园子、油瓶子、鱼篓子，上演了"五子登科"。山东是中国的"米袋子"，用占全国5.4%的耕地，生产了全国7.6%的粮食，是全国13个粮食主产区之一和重要商品粮基地。2022年山东粮食总产再创历史新高，连续9年稳定在千亿斤以上，连续两年稳定在1100亿斤以上。山东省蔬菜面积、产量、产值等主要指标，一直位居全国首位，蔬菜有100多个种类、3000多个品种，70%以上销往省外，出口量占全国的三分之一，是名副其实的"菜篮子"。山东被誉为"北方落叶果树的王国"，是全国水果主要产区之一，生产水果20多种，品种达数百个，其中苹果产量占全国的四分之一，桃、梨、葡萄的产量在全国占有重要位置，所以山东是全国的"果园子"。山东油料生产在全国具有重要地位，加工能力强。花生种植优势突出，是全国花生主要产区之一，种植面积和产量均位居全国前列，被称为"油瓶子"。独特的海洋资源为山东带来"渔盐之利，舟楫之便"。鱼类、虾类、蟹类、贝类等海产品种类繁多，主要经济渔业品种达100多种，海洋渔业产量、产值等多项指标连续多年位居全国首位，对虾、扇贝、鲍鱼、刺参、海胆等海珍品的产量均居全国首位，所以山东还是"鱼篓子"……在淄博，食品生产加工企业达500余家，主营业务收入近400亿元；国井白酒小镇、巧媳妇酱园、得益生态牧场等一大批标志性项目和技改项目，让淄博食品行业实现了质的飞跃。

以"齐文化"激发"鲁文化"新活力

就在淄博烧烤火爆之前的那个春节，齐鲁大地一改往日守成稳重的形象，"顶流"频出，尽显网红气质，齐鲁文化中开放创新的一面被充分激活，"齐文化"的因子被空前放大。

有人说，这就是历史的进程。

现如今，老百姓"归属需要"和"尊重需要"层面的需求急剧上升。消费者看中的，是你能否给我一个"故事"，看经营者能否花心思提供"情绪价值"，淄博乃至山东很成功地通过自媒体刷屏"烧烤"，为民众提供了集体归属需要的"标签"，又通过规范市场秩序，为大家提供了"尊重"。越来越多的消费者，会为了满足内心的归属感和尊重感而买单，淄博乃至山东，正在促使中国旅游行业进行一次转型升级。

最先带给我们惊喜的是省会济南。

济南酒桌流行起一种"四面荷花三面柳，一城山色半城湖"的喝法，同时，超然楼、趵突泉、芙蓉街、洪家楼教堂、济南国际双年展……数不清的特色IP，刷新着各个社交平台，济南，一时亮得耀眼，活力四射。已经开放了12年的超然楼，像一位睿智的老者，默默矗立在大明湖边，一个网友无意中拍到夜晚超然楼开灯的瞬间，在短视频平台发布后，一炮走红。那种火树银花、金筑玉砌、如梦如幻的感觉，俘获了无数人的心。网友感慨"没想到你是这样的济南！"超然楼历史悠久，源起于700年前，其最早的建设者为元代著名大学士、济南人李洞。700年来，从元代张养浩、虞集，到明代汪广洋、杨衍嗣，再到清代蒲松龄、杜首昌、任弘远……众多文人名士在这里留下印记，楼内陈列着大量匾额楹联、名家书画作品、雕刻奇石等，展现了济南"名士文化"的深厚内涵。2008年，超然楼得以重建，2010年4月正式对外开放。2018年，济南打造"泉城夜宴·明湖秀"，超然楼步入"有光时代"。如今，超然楼是"明湖新八景"之一"超然致远"景观的核心建筑。2021年被列入"中国历史文化名楼"。

一幢楼带火了一座城。不少网友表示，2023年开年，自己的短视频一直被济南"霸屏"。"济南，你好像在玩一种很新的艺术"，"你一句春不晚，我就到了真济南"，踩高跷的济南"酸妮儿"……热搜榜话题一个接一个不间断。从曾经的"钝感之城"到国际化名城，从"大明湖时代"到"黄河时代"，从"土得掉渣"到"网红城市"，济南的形象悄然发生着改变。济南市党代会提出：硬实力让城市强大，软实力让城市伟大。城市既要有筋骨肉，更要有精气神。

超然楼的灯光，点燃了人们内心的光，眼里的光……

与此同时，作为世界文化和自然双遗产，泰山被大学生"特种兵"占领了，充满青春荷尔蒙的味道。那几天，我刚和泰安市负责旅游的副市长聊过天，发现泰安的思路发生重大变化，他说，我们不能再让泰山摆着一副"国山"的老面孔，而是要把她变成一座"百姓山"，可亲可近。也许就是这些变化，吸引着众多大学生前来打卡。当时，网上盛传一个说法，泰山专治各种嘴硬的人。游客们辛辛苦苦爬了两个小时，两条腿颤抖着抬头看到一处红房子，以为到了终点，走近看清三个大字——"售票处"，这个传说激起大学生们的万丈豪情，他们从四面八方赶来，穿着冲锋衣、工装裤，戴着帽子、墨镜、口罩，喊着"青春没有售价，泰山就在脚下"，夜爬泰山。在山下，花五块钱买一个登山杖和一个手电筒，晚上七八点开始攀登，到凌晨两三点爬到山顶，耗时六七个小时。从十八盘开始，山路上挤满了人，前胸贴后背，向上看是一片腚，转身看是一片脸。厕所前排满人，上个厕所需要排一两个小时的队。登山极其辛苦，"你一句青春没有售价，我被挤在中天门不上不下；你一句泰山就在脚下，我在南天门冻得鼻涕一大把"，"下山时，脚从山上抖到山下"。就算不休不眠，第二天早晨8点，他们会准时出现在教室里上课……呼吸着雄奇的山风，看着泰山旭日的跃升和云海的翻滚，他们感慨：人生是旷野，因为足够辽阔，所以有无限可能。就像我生来就是高山而非溪流，我欲于群峰之巅俯视平庸的沟壑。特种兵大学生，从泰山开始自己的征服之路，三天踏遍五岳。泰山走红背后，不仅与免票政策、景区服务息息相关，还与日渐壮大的泰山自媒体群体有关。泰山对于数字化传播的认知比较深刻，充分利用了自媒体的优势。抖音账号拥有上百万粉丝的导游"泰山娟姐"说，遇到恶劣天气需要封山，泰山景区会尝试通过自媒体去广而告之。

除了大型景点，山东一些"酒香巷子深"的小众美景也被挖掘出来。青岛小麦岛急速"蹿红"，年轻人们在夕阳下散步、看海、唱歌，飘扬的旗帜上印下小麦岛"青岛的浪漫"的独特气质……

4月，淄博在紧锣密鼓地准备举办烧烤节，而毗邻的潍坊，则把风筝演绎出百般花样。潍坊国际风筝节已经举办40届，过去在市内一个放飞场举行，现在转移到滨海新区一片很大的滩涂上。潍坊风筝五彩缤纷，千姿百态，以硬翅风筝为主，长串"蜈蚣"为最，软翅风筝为巧，筒子风筝为奇，还有文人雅士制作的工笔人物、鸟、兽风筝。潍坊最早的风筝以燕子、蝴蝶、凤凰、老鹰等为主，反映出东夷人对"凤鸟"的图腾崇拜，现在，水里游的，天上飞的，地上跑的，总之，你能想象到的一切，潍坊人都能变成风筝，让它飞上蓝天，穿越白云。后来，他们又把神话传说、历史人物、文玩器物送上天空。我曾见到有人把一个巨大的中国地图放飞到高空，还有长长的蜈蚣在急剧扭动

外国友人参加潍坊国际风筝节

身躯……今年，潍坊风筝突破了想象的极限，大鲸鱼和八爪鱼等各色巨型海洋生物在游动，天空是倒过来的海，风筝是会飞的鱼。飞机火箭已经过时，有人把高铁动车开上云霄。人物更是古今中外大汇聚，"猴哥""八戒""埃及艳后""黑猫警长""蝙蝠侠""马里奥兄弟"各显风采，"秦始皇"身材高大，但是一会儿摔倒，一会儿脖子歪了。还有一款口号式风筝"上个啥班啊，真是上够了"，一句话，让上班族集体共鸣……于是网上开始流传："潍坊人放的不是风筝，是人类的想象力"，"在潍坊，没有什么是上不了天的"，"给潍坊人一根绳儿，他们能把全世界搞上天"。

山东"顶流"接连涌现的原因是什么？"山东宣传"发文称：揭开流量的面纱，会看到齐鲁文化的厚重底蕴和澎湃动能。看大明湖亮灯是传承"海右此亭古，济南名士多"的悠久文脉；爬泰山是体悟"登泰山而小天下"的雄伟磅礴；吃淄博烧烤是感受"三千年泱泱齐风，八百载海内名都"的兼容开放……山东"顶流"频出看似偶然，其实背后有星河灿烂的齐鲁文化作基础，有持续推进的文化"两创"作支撑。

在这一股热流中，淄博无疑是最火的。一位互联网公司的负责人认为，在城市营销方面，淄博做对了三件事儿：一是对人群进行了精准定位。聚焦山东周边游客群，飞机上不发文创，只在济南出发的高铁周末送大礼包，只针对能够真正吸引的那一部分游客。二是有系统的产品承接，政府出面，解决了大交通问题，之后利用青年驿站解决住宿问题，最后选择优势产业烧烤作为"食"的突破口，吃住行形成一个完整的生态系统，延伸到其他景区。三是上下协调，长期塑造城市精神、人文环境和良好市场环境，留下品质口碑。市场监管政策配套，无论是出租车、烧烤店、酒店，价格严格管控，及时回应民众关切，保障了游客有极好体验感。

在烧烤之前，淄博已经有"火"的迹象。2023年春节假日期间，淄博全市景区累计接待游客33.26万人次，同比增长20.2%；营业收入550.27万元，同比增长12.9%；元宵节期间，全市景区累计接待游客33.8万人次，营业收入342.8万元……高青县紧盯文旅产业发展新机遇，重点策划并推出"景区+大集"的新文旅模式，其中"淄味·高青"黄河大集10天接待游客33万人次，单日人流峰值达到8万人次，打响了淄博特色的"黄河大集"品牌。红叶柿岩旅游区从12月中上旬到春节后，推出多个新春项目，冰上打铁花、国潮狂欢演艺……人气爆棚，春节及元宵节期间，景区累计接待游客12万人次，单日最高客流量达1.5万人次，较上年同期增长43%。周村古商城连续三日举办"逛古城·闹元宵"主题活动，单日客流量达到7.1万人次，达到有统计以来景区历史峰值；玉黛湖赏花灯单日客流量达4万人次；三水源省级旅游度假区接待游客1.6万人次……

种种迹象表明：淄博文旅已经感到春天的暖意。

近几年，一列7053绿皮小火车红了，吸引着众多网友前去淄博打卡。这辆绿皮小火车，自1974年开通运行，往返于淄博和泰山之间，全程184公里，共运行5小时49分，平均时速32公里，票价仅11.5元。这趟时速最慢的火车，可以清楚地看到外面百姓生活场景和自然风光。列车共停靠24个站，最初用于铁路职工通勤，随后成了沿途几十个山村百姓出行的工具。因速度慢、票价低、沿途风景多而意外成为"网红"。这列慢火车连接了管仲纪念馆、姜太公祠、齐山风景区、如月湖湿地公园和泰山等多个著名景区，沿途不仅有优美的自然环境，更有浓厚的历史人文景观。

小火车让我们穿越悠长的时间隧道，重新遇见淄博；而多条文化体验长廊，覆盖山东16个市、7000多万人口，让我们重新遇见齐鲁大地的人文历史。

2023年2月10日，春光融融，万物复苏。山东省委宣传部正式宣布，以加强国家文化公园山东段为抓手，打造沿黄河、沿大运河、沿齐长城、沿黄渤海、沿胶济铁路线"四廊一线"文化体验廊道和"十大展示带"。"四廊一线"是5条线，提炼出山东文化的"根"与"魂"，隆起当代山东文化的主要骨架，它会辐射带动曲阜、淄潍、泰山、崂山昆嵛山等四个传统文化传承创新片区和沂蒙、胶东、渤海、鲁西四大红色文化弘扬发展片区，培育形成文化"两创"空间展示新标杆，打造更具影响力的"好客山东、好品山东"文化旅游目的地。

这些年，山东一直在为建设经济强省和文化强省而努力。

16年前，山东率先在全国叫响"好客山东"旅游形象口号，朗朗上口，内涵丰富，感情饱满，感染力强，最典型地反映出山东人的性格和齐鲁文化的特色，引得其他省份纷纷效仿。山东又不断丰富其内涵和外延，"好客山东"品牌体系不断完善，品牌知名度、美誉度和影响力不断提升，成为驰名全国甚至世界的文化旅游品牌。2020年，山东提出打造"好客山东·好品山东"品牌体系，第二年，又开始构建"好品山东"产品、企业、行业、区域、地理标志

"4+1"品牌体系，开启全国区域品牌建设的新模式。"好客山东、好品山东"的背后，是深厚的文化积淀和精神支撑，映照着山东对情义的看重，对匠心的执着。同时，现代科技赋能，搭建了城市与人之间的桥梁，让济南、淄博在口口相传中快速"出圈"，成为山东文旅"新IP"。

党的二十大之后，如何在推进中国式现代化中谱写文化山东新篇章？"传统人文沃土可以深耕"的山东，在多个方面推动文化"两创"全面起势、取得积极成果。一是以挖掘呈现"山东文脉"为抓手推进文化"两创"，加强考古挖掘研究和文物保护利用、古籍整理编纂、文化记忆记录、文艺精品创作等，组织编纂《齐鲁文库》，更深入推进学术研究和转化应用。二是以建设中华文化体验廊道为抓手推进文化"两创"，深化细化国家文化公园建设，以快进慢游、活态展示为特色，打造"四廊一线"，构建国家文化公园引领、文化交通线贯穿、文化体验廊道示范、文化片区支撑、全域文化"两创"和文旅融合高质量发展新格局。三是以融入日常生活为抓手推进文化"两创"，推动优秀传统文化和社会主义核心价值观相互融通，倡树美德健康新生活，提升"厚道齐鲁地、美德山东人"形象。四是以实施重点产业项目为抓手推进文化"两创"，一手抓"山东手造"，突出时尚化、生活化，加快培育产业集群，让传统手艺在手造中更好弘扬；一手抓"山东智造"，办好数字文化应用产品交易大会，培育壮大网络视听产业、沉浸式光影秀等行业"蓝海"，力争形成更完备的产业链条。五是以论坛研讨和人文综合展示为抓手推进文化"两创"，做强尼山世界文明论坛，举办泰山论坛、黄河文化论坛、大运河文化论坛、海洋文化论坛、红色文化论坛等，以论坛促研究、促交流、促展示、促中华文化"走出去"……

"四廊一线"，纵横交错、相互串联，将山东重点景区、遗址遗迹、古城古镇古村等节点"串珠成链"，构建文化"两创"物理空间布局，串联起齐鲁大地上灿若珠贝的各种文化形态，织就一幅文化"两创"的瑰丽图景。

当地媒体为我们描绘了这样一幅美丽的画卷：

在这里，你可以撑一只小船，随着黄河奔流而下，去看黄河入海口惊奇的"黄蓝分割线"；也可以摇曳在运河古城，亲身体验漕运盐利、亲水人居、市井生活的璀璨"运河"生活，

美丽的胶东半岛海边

尽情感受"运河"风光；还可以沿大陆海岸线，沉浸在山、海、城、岛、林共生共融的人间仙境。在这里，你可以坐着和谐号，一路向西，带着青啤去吃把子肉，中途还可以买个朝天锅打打牙祭。在这里你可以乘车去见中国最古老的长城，感受2500年前的祖先智慧……

沿着文化体验廊道，可以感受齐鲁大地的"人间烟火气"。这里的人民热情好客，物价便宜，消费体验极佳。春节前后，山东各地都在赶"黄河大集"。大集以"线下＋线上"为主要形式，通过"省市联动、沿黄举办、点面结合、散点布局"，打造独具黄河特色、山东特色的符合新时代要求的新民俗、新业态、新品牌。还按照一年四季，选择"清明、夏至、秋分、小年"等时间节点，精心设置了冬季"年货大集"、春季"春游大集"、夏季"手造大集"、秋季"丰收大集"。大集上，烤地瓜热腾腾，冰糖葫芦又甜又脆，刚出锅的油炸果子香气诱人。小贩的吆喝声、顾客的讨价还价声、孩子们的欢笑声不绝于耳……

探访"四廊一线"，还会发现非遗之美。据统计，山东拥有联合国教科文组织认定的"人类非遗代表作名录"项目8个，国家级名

录186项，省级名录1073项，市级名录4121项，县级名录12758项，总量居全国前列。从泰山之巅到渤海之湾，一陶一瓦里都藏着故事。2022年，"山东手造"全面起势。从被央视、新华网接连报道的"煎饼花"，到传承千年智慧的"鲁班枕"，从最薄0.1毫米的"蛋壳黑陶"，到万物皆可飞的"潍坊风筝"，还有杨家埠木版年画、烟台剪纸、淄博刻瓷、泰山玉器……众多"山东手造"惊艳出圈，呈现出"百花齐放"的繁茂盛景。

沿着五条文化轴线，还可以看看新时代乡村振兴"齐鲁样板"。济宁依托"三孔"、大运河、孟府孟庙等优秀传统文化发展文化旅游，探索"文物+旅游""非遗+旅游"新模式，同时，推出成人礼、开笔礼等一批儒家文化体验项目，打造孟子的"成长之道""修身之道"等10条研学旅游线路，取得社会效益和经济效益双丰收。巨野县充分发挥中国农民绘画之乡品牌优势，把培育壮大书画产业与乡村振兴紧密结合。通过3—4年的努力，书画产业从业人员发展到10万人，为乡村振兴注入强劲文化力量。

淄博地理位置优越，"四廊一线"中，黄河流经淄博高青47公里，造就了齐文化和黄河文化的交相辉映。高青，这个齐文化的发端地，具有九曲黄河的典型风貌，沿岸生态良好，历史人文积淀深厚，正在形成一个以黄河文化为标识，以黄河精神为内核的"地名高青·大河传承"黄河地域文化品牌，并以"安澜湾"为中心向四周迅速传播。作为黄河文化拼图不可或缺的一片，高青不仅被滔滔黄河水滋养出物产丰饶、风光旖旎的"江北水乡"，更被浸润出丰富独特的黄河地域文化，青城、黑里寨、蓑衣樊、白龙湾、叭蜡庙……每一个地名在千百年传承中，都被赋予更多含义，成为高青黄河文化的独特载体，蕴藏着一种乡愁、一段记忆、一份情缘。位于高青东北部的国际慢城，是黄河流域第一个国际慢城。几年前，这里还是"十米不见人、张口满嘴沙"黄河漫流的泄洪区；2019年6月，从国际慢城运动发源地意大利奥尔维耶托市传来喜讯，高青天鹅湖温泉成为国际慢城联盟正式成员；而今，这里经过修复生态、涵养水源、净化环境，已"逆袭"为"风景这边独好"的网红打卡地、令人心驰神往的"世外桃源"。据介绍，天鹅湖温泉慢城项目建设全程严格遵循"保护与开发并重"的发展理念，坚持"反噪音，反污染，支持本地农产品及手工业"的慢城模式，整合黄河、湿地、温泉、民俗等自然和人文资源，打造成为集生态宜居、观光旅游、休闲度假、研学科普、康体养生等于一体的综合文化旅游产业园区。目前，湿地水质全部达到三类以上标准，景区绿化率已达到80%以上，拥有80余种2万余株树木，还吸引近200种鸟类驻足，成为震旦鸦雀、天鹅等珍稀鸟类的重要栖息地。生态是底色，文化是底气。景区内建设了以黄河文化为主，融合早齐文化、田横文化、农耕文化的漫修堂书院、风情慢岛、非遗展厅、荷园书屋等，在文旅融合中让"诗"和"远方"浑然一体。其中，漫修堂书院内设五个黄河文化展馆，多角度、全方位展示黄河的"水、源、人、情、颂"，展示了改造黄河、治理黄河、利用黄河造福人民的"漫漫"历史，实现了黄河文化的全方位渗透。湿地慢城的"好风景"，还成为兴产富民的"聚宝盆"。近年来，高青县充分利用湿地慢城的影响力，将周边10余个村庄，按照"一村一品""一园一业"格局，打造了以"湿地绿心—乡村聚落—主题农庄—特色民宿"为特色的乡村旅游集聚区，每年吸引省内外游客约150万人次，辐射带动周边群众就业增收。天鹅湖慢城湿地西边，有一个网红村——蓑衣樊村，这里北临黄河、三面环水，村内外游人如织，或乘船环湖观景，或岸边垂钓，或在农家鱼馆大快朵颐。10年前，蓑衣樊村是十里八乡有名的"穷村"，村民年人均收入不过2000元，村集体经济收入几乎为零。近年来，蓑衣樊村依托独特的湿地风光发展乡村旅游，通过党支部领办合作社，蓑衣樊村对村内资源再整合、再盘活，重点打造了特色种植、养殖、小吃一条街、游船等项目，不仅甩掉了省级贫困村的"穷帽"，还实现了强村富民，先后被评为"全国最美乡村""全国文明村""中国乡村旅游模范村"。

齐长城淄博段经过淄川区、博山区和沂源县，长达110.8公里，沿线有国家级文保单位9处、省级文保单位83处。2021年6月，淄博率先在全省实施文物长制，实施文物抢救保护工程。投入文物保护专项资金1745万元，完成核桃崮段、城子段等4段齐长城本体遗址修缮工程。淄博市文化和旅游局采取了若干措施，创建齐长城巡查监督APP，设置158人的齐长城巡护公益岗。齐长城沿线地域文化丰富，有淄川的聊斋文化、博山的陶琉文化，以及沂源的爱情文化等。沿线的三水源度假区森林覆盖率达80%以上，以"心"为设计理念的心蔓谷、心形琉璃栈道是其地标建筑，寓意美好浪漫。心蔓谷顶端雕塑由两个交叉在一起的戒指组成，高13.14米，象征一生一世的爱情。"星空部落"每一个房子，都像隐藏在林中的绿色甲壳虫，又像广袤太空中的星球。房子的一面墙是一块落地玻璃，透过玻璃既可以看到近在咫尺的山体，又可以望到遥遥夜空的星星。景区导游打趣地说："在三水源的星空部落住一夜，叫醒你的不是闹钟，而是山间的虫鸣鸟叫。"4月10日至16日，山东省委宣传部开展"走齐长城文化体验廊道"主题采访，聚焦齐长城沿线高质量发展。在淄博，他们参观了博山老颜神美食街、颜神古镇、沂源桃花岛综合体、樱桃村下龙港、"小九寨"许村，淄川汉青陶瓷园、清川上崖壁酒店，雷达汽车淄博分厂……

历经沧桑的胶济铁路，穿越淄博临淄、张店和周村3个区，淄博段的长度约60公里。淄博，因煤矿而生，因铁路而兴，胶济铁路见证了淄博的发展变迁，也带动淄博崛起一条强劲的经济发展带。就在淄博烧烤火爆的半年前，淄博火车站南站房投入使用。这座"穿汉服"的火车站，设计秉承"日升月恒、运载千秋"的理念，外立面参照齐国宫殿风格，车站内部主要空间布设8处大型浮雕和壁画，生动展示淄博

改造后的淄博火车站南站房

的人文历史、蹴鞠文化、陶琉文化和自然风光，齐文化元素处处可见；二层候车厅"齐"字圆形地雕，与"星空顶"上下呼应，形成天地交泰、阴阳调和的搭配。这一工程被评为"济南铁路局十九大以来三大标志性工程之一"。

离开淄博的游客们，除了味蕾上留着烧烤的醇香、脑海里回放着淄博的场景，他们还带走了什么？

在陶瓷琉璃博物馆国艺馆、在陶琉大观园，在八大局的小摊上，在每个景区的出入口，在周村大街的商铺里……他们提着大大小小的袋子，里面装着淄博的文化灵魂"三件套"——陶瓷、琉璃和丝绸，这是淄博城市文化的经典符号。在传承着厚重历史文化的同时，它们慢慢融入城市发展进程，成为这个城市的灵魂，薪火相传，历久弥新。

"文化灵魂三件套"的提法，来自淄博市文化和旅游局发出的《致广大游客朋友的一封信》，其中有这么一句话，"陶瓷、琉璃、蚕丝织巾是淄博更具韵味的文化灵魂'三件套'"。这封情真意切的信充满最大的诚意，让人们跨过视觉味觉的满足，将好奇的目光聚焦在文化灵魂"三件套"上，全民"种草"淄博独一无二的陶瓷、琉璃和蚕丝织巾。"种草"获得成功，"五一"小长假，淄博陶瓷琉璃博物馆累计接待游客7.82万人，入馆游客呈现"两个80%"特点，即80%为省外游客；省外游客中，80%为大学生游客。他们被陶琉馆精美的陶瓷琉璃文物、藏品和陶琉艺术品、文创雪糕、文创糕点所吸引，看了吃了走的时候还不忘买点带回去……

淄博烧烤的火爆，让全国人民感受到淄博文化的宽度和厚度，以及其变通性和创新性。

淄博的文化灵魂"三件套"都有极其悠久的历史，曾达到辉煌的高峰，然而，也曾有自身明显的不足。蓦然回首，它们从多个方向努力，再次傲视群雄，跃上峰巅。在实施"山东手造"工程中，淄博重点打造陶瓷、琉璃、丝绸、食品酿造、家居5个手造产业集群。波澜壮阔的百年工业史造就了淄博陶瓷、琉璃、丝绸雄厚的产业基础和完备的产业体系，呈现出集群式发展的态势。目前，淄博是国内唯一涵盖陶琉产业全门类的产区，拥有陶琉企业800余家，规上企业129家，是国内乃至世界最具影响力的热塑琉璃产地和琉璃产品生产基地。丝绸行业规上企业2家，缫丝及丝绸面料的产量位居全国首位，形成缫丝、织造、练印染、筒丝染色、长车轧染、家纺制品、丝绸工艺品、国内外贸易完整的产业体系。

淄博陶的历史达上万年，瓷的历史1500多年，是中国北方青瓷的重要发源地；琉璃在汉代开始生产，到明清成为中国琉璃制造中心；春秋战国时期，淄博丝绸就号称"冠带衣履天下"，明清时代已相当兴盛，是中国丝绸工业的发源地之一。

与景德镇等地相比，淄博陶瓷没有官方背景，没有五大名窑之类，"馒头窑"使用了上千年，生产的瓷器主要用于民间，到新中国成立前夕，淄博陶瓷业除少数窑厂生产少量碗、盆以外，其他陶瓷厂完全停产。到改革开放初期，淄博陶瓷仍然处于数量大、效益低，有规模、没品质的状况。

但是，淄博陶瓷业利用创新材质、文化创意和载体创造异军突起，实现了"弯道超车"。

一是材质创新。20世纪70年代末，时为山东省硅酸盐研究所的硅元瓷器在日用瓷领域先后研制出5种新材质，被誉为"五朵金花"：镁质强化瓷、鲁玉瓷、鲁光瓷、高石英瓷、合成骨质瓷。鲁光瓷获山东省科技进步一等奖，其他4种瓷质均获得国家发明奖。从此"自古北方无好土，名瓷名窑出江南"的行业之咒被打破。目前，硅元把销售收入的15%以上用于技术研发。从"中华龙""儒风"，到"鱼子蓝""泱泱齐风"，从国宴到家宴再到文化盛宴，硅元做到了既能"荣登庙堂"，又能"惠适大众"。被称为"当代国窑"的华光陶瓷，成为中国高端陶瓷市场领先品牌。骨质瓷因质地细腻通透、釉面光滑润泽、器型美观典雅，有"瓷器之王""皇家用瓷"美誉。华光经过反复试验，在磷矿石和石灰石等天然矿物中寻得出路，获得成功，产品的白度、硬度等各项指标均超过英国骨质瓷，后来又探索解决瓷器釉面铅镉溶出技术这一世界级难题，并获国家发明专利。传统青瓷的青色来自釉面，而非材质本身。华光大胆设想，研制开发出一种陶瓷新材质，命名为"华青瓷"，并获得国家发明专利。华光陶瓷董事长苏同强介绍，华青瓷通过烧制过程中窑变形成的结晶体，使釉色温润，以青为本色，兼有天蓝、天青、粉青及葱绿等，由内而外散发出来，传承了中国传统陶瓷的"尚青"文化。2018年6月，上合峰会采用华光的"华青瓷"作为国宴用瓷，为此我们专门采访过苏同强。他说，这些器皿经过原料精选、炼泥、成型、精修坯、素烧、抛光、施釉、釉烧、描金等70多道工序，成型后的器皿，还需要细致打磨入窑，依次按照1280℃、1180℃和高温烤金等独特煅烧工艺，呈现出雅、润、透的特点。

二是文化创意。与我国其他任何陶瓷产区不同，淄博有着博大精深的齐文化，把齐文化融入陶瓷材质中，加以提炼升华，使陶瓷产生出巨大的文化磁力，激发出人们思古之幽情。硅元于2022年10月发布了新产品"泱泱齐风"，四个齐文化经典典故——海岱清风、太公封齐、稷下学宫、孔子闻韶被定格在瓷器上，"齐风"韵味在匠心如发的创造中氤氲盎然，数千年前的稷下争鸣、韶乐绕梁的齐都盛世景象徐徐展开……盖钮设计为"双凤朝阳"款式，是齐地玉器的凤纹设计成对称的形式。该产品陶瓷装饰纹样全部借鉴了战国时期齐都青铜器皿中的传统纹样，如饕餮纹、夔龙纹等，他们对这些古老而神秘的东方纹路进行二次创新、设计，做到了"让博物馆的文物活起来"。在华光陶瓷，艺术总监何岩等人承接了省级"陶琉丝"文化伴手礼创作的任务，创作出"黄河""运河""仁道""七十二圣贤"等囊括齐鲁文化元素的文化创意产品。其中，"黄河杯"将黄河沿线的纹路釉于杯上，九省因黄河紧密相连，以当地不同地域特色为符号环绕在沿线周围，绽放出别样绚烂的黄河文化；而在"黄河入海流"茶具中，鸡油黄的落日镶嵌于壶身中央，陶中有琉，展现落日入黄河的壮阔。一旁，一列陶瓷杯具整齐摆放，何岩介绍，它名为"千年的邀约"，绘制了众

华光国瓷董事长苏同强向客人介绍千峰翠色

多山东籍古代名人墨客的卡通形象，代表着齐文化拥抱齐鲁文化、共融共生的美好寓意。华光的另一款产品"千峰翠色"，设计灵感来自海岱文化。山东古称"海岱"，来自山东工艺美院的设计师林宇峰说，华青瓷材质晶莹朗润、清澈通透，如同大海，从器型上看，瓷器中的立面产品造型饱满圆润，平面产品流畅平缓，组合成日出东方的立体效果。金色的泰山浮雕扭盖，彰显了巍峨泰山的大气磅礴之势。何岩说，"雨过天晴云破处，这般颜色作将来"，"千峰翠色"韵味清新、意境辽阔，给人以无限遐想，把中国"尚青"文化推向一个更高的美学境界。汉青国瓷出品的《江山如画》把《千里江山图》中的青、绿呈现在瓷器上，获得业界高度认可。壮丽的山川脉络，烟波浩渺的江河，层峦起伏的群山，在陶瓷上构成一幅幅美妙的画卷……

三是载体创造。建设了淄博陶瓷琉璃博物馆、淄博陶琉国艺馆、周村古商城、颜神古镇、1954陶瓷文化创意园等场所，展示淄博陶瓷琉璃丝绸的历史、文化、传承。淄博陶瓷琉璃博物馆的大门就是一个馒头窑的造型，我们走马观花般参观了陶瓷和琉璃展区，在这里，我们看到了"镇馆之宝"青釉莲花尊。从外形来看，它外施青釉，口径部有八周弦纹，四个弧形系，四组模印宝相花纹，每组三朵；腹上部堆塑的一周21个莲瓣纹，腹中部饰两周忍冬花；整体胎体浑厚，器形高大，气魄雄伟，装饰华丽。为了让淄博陶琉之花有一个集中绽放的舞台，2018年，淄博陶琉国艺馆华丽绽放，它由外形犹如鸟巢的圆形陶瓷楼和外形犹如水立方的方盒子琉璃楼组成。许多陶琉企业及大师工作室纷纷入驻，成为颇具淄博特色的打卡地。淄博还利用外交部全球推介活动、春晚等重要平台，推介淄博陶瓷。2018年9月，在由外交部和山东省人民政府举行的山东全球推介活动上，来自淄博的陶瓷制品吸引了全球眼光，国务委员兼外交部部长王毅来到现场观看淄博陶瓷展台，向全球推介淄博陶瓷。淄博市委宣传部、华光国瓷联合打造的专属生肖福礼"虎悦春碗""瑞兔春碗"，连续两年在春节联欢晚会上亮相，为"山东手造·齐品淄博"吸引了巨大流量。华光的品牌形象还出现在飞驰的动车上……

除了陶瓷，琉璃和丝绸也在演绎着当代传奇。

人立琉璃、领尚琉璃、康乾琉璃、爱美琉璃、西冶工坊、金祥琉璃……千年炉火炼出七彩琉璃，一大批琉璃企业和文创园在根植传统文化的同时，在技术上寻求突破，并力求通过产品传递文化理念，实现文化科技融合创新，并不断附加年轻、时尚、靓丽元素，突出"创意"和"新造"，博得年轻人青睐，拉动新的经济增长点。博山区山头街道有一个陶琉艺术大师村，在徐月柱大师工作室的展厅里，展示着一种名为"金丝鸡血红"的新型琉璃色料，那种低调的奢华感恰好迎合了市场需求，产品一经推出就受到追捧。艺术与市场紧密结合，让博山琉璃频繁地走进城市地标建筑，走进国宴大厅，走进"一带一路"沿线国家，走上国家最高规格外交场合。

大染坊丝绸坚持深挖丝绸文化，结合齐鲁文化、聊斋文化、陶瓷文化，将区域宝贵的历史遗存和传统文化元素与丝绸文化相结合，突出绿色生态理念，研发了集历史文化与现代艺术、古老技艺与现代织染技术于一体的丝绸文化创意产品，产品分为丝绸文化创意产品、丝绸工艺品、旅游产品、家居产品、服装服饰五大类上千个花色，丰富了丝绸产品的文化内涵。

淄博市坚持以"文"塑神、以"创"塑形，创新设

鲁菜博物馆里的琉璃作品

计齐品、淄味、聊斋、蹴鞠、烧烤等五大系列视觉形象系统，打造具有纪念性和实用性的文创产品，有效提升了陶琉、玻璃、丝绸等传统产品的文化附加值。手造与文创的碰撞，加速文化资源向文化IP的转化，让每一件作品、每一个造型、每一个画面，都在讲述着动人的淄博故事。

做好"鲁菜大合唱"的领唱者

哪里是中国烧烤第一IP？哪里是中国烧烤第一名城？答案肯定是山东淄博。

淄博烧烤的成功，对于正在振兴中的鲁菜，具有很好的借鉴和启发作用。鲁菜是中国的菜系之首，是我国唯一一个自发型菜系，也是正统的官方菜、工匠菜和健康菜，然而，随着全国菜系的大交流、大碰撞、大融合，鲁菜的影响力曾经一度衰减，所以山东全省上下对鲁菜振兴充满期待。山东省商务厅围绕"传承、创新、推广"三篇文章，做好鲁菜振兴发展工作。济南市在打造"中国鲁菜美食之都"，济宁在大力发掘运河菜系和孔府菜，青岛获得"国际海洋美食之都"美誉，烟台推出"鲁菜之乡"文化品牌……社会上各种鲁菜大赛、鲁菜美食节、鲁菜品鉴会频频举办，鲁菜，呈现王者归来态势。淄博烧烤，为鲁菜振兴提供了一个成功样本。

有人做了一个中国烧烤图鉴，说明中国烧烤文化博大精深，流派纷呈，淄博烧烤是典型的后来居上者。

淄博烧烤首先赶超了自己的"师傅"新疆烧烤。除了有齐文化的烧烤基因，淄博烧烤的技术源于新疆人民。20世纪80年代初，他们头戴小花帽，在街头支起铁炉子，用一口悠长的新疆叫卖声，推销新疆烤羊肉串。串很大很长，结实饱满，特别是那种红柳烤串，两三串就可以吃饱。加上新疆特殊的调料孜然辣椒等，造就了一种让人流口水的美味。那时候正好遇上国企改革，大批工人下岗再就业，烧烤行业进入门槛低，平民化属性强，很多工人进入这个行业，并逐渐找到淄博模式，用自己的小烤炉替代了新疆人的长铁炉，在自己的城市顽强生长着，最终吸引了全国人民进淄赶烤。

当淄博烧烤刚刚火爆出圈的时候，一位东北籍的朋友说，淄博烧烤算什么啊，锦州烧烤那才是天下第一。

锦州和淄博同为老工业基地，有产业工人作为庞大的食客队伍。过去淄博烧烤不算正餐大餐，只是人们喝"二场酒"的地方，锦州烧烤完全是大餐，甚至可以用豪华来形容。据说，锦州烧烤历史悠久，1644年，清军入关，行军打仗的士兵为了解决吃饭问题，把战死的马匹和牛放在架子上直接炙烤，形成锦州烧烤的雏形。20世纪80年代，朱时茂和陈佩斯的小品《羊肉串》，让国企下岗人员萌生了制作锦州特色烧烤的念头，拉开烧烤产业化之路。之后村村点火，处处冒烟，烧烤摊遍布锦州城乡。从单一的羊肉串为主，发展到几百个烧烤品种，牛羊肉、海鲜、蔬菜、家禽等，河蟹、猪牙龈肉、油边、雪糕、羊宝、腰花等等都可以是锦州烧烤的食材。锦州烧烤工艺复杂，技艺细腻，一道烤凤爪，先卤后烤，需要放几十种中药。目前锦州市内烧烤店铺超过2000家，经营30年以上的近百家，从业者超过10万人，并为全国各地培育了近2万名烧烤师傅和创业者，全国悬挂"锦州烧烤"字样的店铺达到六七万家。这里被誉为"烧烤界的天花板"。据说，淄博蘸料根源于锦州烧烤。

眼看着淄博烧烤火了，锦州开始着急。他们最早成立烧烤协会，快20年了；烧烤啤酒节早就举办过了；锦州烧烤还上了市级非物质文化遗产名录；多次活跃在微博热搜榜，也曾被一些地方卫视推荐引流……曾经的"小弟弟"淄博火了，锦州人必须奋起直追。4月初，锦州烧烤协会召开会议，主题为"关于淄博烧烤瞬间'火出圈'现象的学习与反思"。4月中旬，锦州市凌河区委书记马晓春带队，赴淄博调研烧烤产业发展情况。4月24日，锦州举办首届文旅融合高质量发展大会，会上有专家提出，"为一个单品赴一场旅游"。在学习和发展自身之余，锦州烧烤还开启了与淄博烧烤的"梦幻联动"：锦州烧烤行业协会4月27日召集23名锦州烧烤技工和后厨人员，支援淄博烧烤行业协会会员单位，助力淄博烧烤音乐节。

此时，徐州网民也急了，因为徐州自称烧烤发源地，他们给政府提出建议："抄淄博烧烤作业"。

徐州烧烤历史悠久，已有1900多年历史。徐州民俗博物馆内，收藏着制作于东汉元和年间的汉画像石拓片。这些汉画像石，画面分为三层，最上面一层就是吃烧烤的情景。图中墙壁上挂着鱼、羊、鸡等各种肉，左边一人持刀解羊，另一人在火炉旁，左手握串在炉上翻弄烘烤，右手持扇子点火，全神贯注，热气腾腾。当地人称，肉串烤炉加蘸料的灵魂三件套是徐州的发明。这些汉画像石从一个侧面说明，徐州地处东夷文化圈，而东夷人是山东人的祖先，这样的汉画像石在山东济南、济宁、临沂、潍坊等地都曾发现，烧烤场面生动传神。在徐州，烧烤的群众基础雄厚，几乎人人都是烧烤师傅。摆上几张桌椅，小炉子一架，烧烤的氛围就来了。"大呼辣椒大呼油，10个腰子10个球"，这是徐州烧烤最大特色。本地小山羊，嫩而不膻，瘦而不柴，入口有嚼劲，是徐州烧烤当仁不让的主角。快刀削肉、切块穿串，整个流程一气呵成，老板会把炭炉放好、半熟的肉串上桌，再由顾客自行掌握烤熟的火候，

徐州博物馆里的汉画像石"饮宴图"

鲜嫩的羊肉从离开躯体到烤熟入口只有十几分钟时间。徐州人吃起羊来，可谓是"羊尽其用"，羊身上"万物皆可烤"：羊肉、羊排、肉筋、板筋、蹄筋、羊腰、羊尾……各种内脏都在烤架上滋滋冒油。在淄博烧烤出圈之后，徐州网民给主要领导建言，希望好好宣传徐州烧烤。徐州烧烤也在微博和抖音上占据了热搜榜。

烧烤虽不属八大菜系的任何一系，但属实能在广袤的中国土地上做到千地千味：新疆大串鲜嫩多汁，东北小烧烤酱香浓郁，川渝烤串麻辣劲爽，粤式烧烤鲜美醇香，云南广西甘甜纯正……在齐鲁大地，烧烤界有三大门派，除了淄博烧烤，还有"扛把子"济南烧烤和充满"海味"的青岛烧烤。

我们都是济南烧烤爱好者。一到春天，微风吹过，万物复苏，也许是在某一天，烧烤摊儿忽然如雨后春笋，在街头巷尾冒出来，从早到晚食客如云。也有的地方，像回民小区等，一年四季烟熏火燎，气氛爆棚，光着膀子吃烧烤喝扎啤是济南一景。据说济南的烧烤店有五六千家，被称为"串都"。济南烧烤种类繁多，以小的牛羊肉串为主，肉串、肉筋、心筒、板筋是济南人烧烤的"主菜"。烤茄子片、烤玉米、土豆片新鲜出炉，烤蒜瓣和烤白腰之类也是必点之菜。济南烧烤有点衰落，一是因为政府禁止露天烧烤，济南烧烤和淄博烧烤走上截然不同的道路；二是因为一些烧烤店贪图小利，欺骗顾客，以次充好，价格虚高；三是也许因为人们的口味发生改变，更加注重养生，而且社交场景更多了，夺走一部分客户。

去青岛吃烧烤的机会不多。有一次到青岛旅游，和朋友在栈桥附近一个烧烤店吃海鲜烧烤。青岛人真是能够"烤大海"，突出一个"鲜"字，烤鱿鱼、烤扇贝、烤海蛎子、烤大虾、烤牡蛎、烤鲍鱼，生猛异常，再加上大口喝青岛啤酒，人恍如在仙境中一般。我忍不住感慨，你可以把青岛海鲜带到天南海北，可是能带走这里的海浪海风，能带走这里的红瓦绿树，能带走这里的清新空气吗？

　　淄博烧烤脱颖而出，济南和青岛乃至全国食客纷至沓来，究竟是为了什么？就是因为淄博烧烤表现出自由开放的齐文化精神，坚持传统又拥抱变革，从传统中汲取营养，也敞开胸怀拥抱时尚，具有浓浓的烟火气、人情味和人文精神，"市民态度"和"城市意志"完美结合，构筑起一个"全民支持"系统性体系，使淄博烧烤成为王者。

　　据称，目前淄博正在考虑通过三种模式，输出"淄博烧烤"品牌：一是淄博烧烤协会会员，通过加盟、直营、联合经营等方式，向外地输出品牌，需要向市烧烤协会备案；二是委托授权外地淄博商会或其他组织，组建成立淄博烧烤协会当地分会，吸收会员并承担推广监管责任；三是依托协会各烧烤店组建3—5支淄博烧烤轻骑兵，为淄博烧烤走出去开展相应的合作和推广，参与各地的美食节、音乐节等活动。淄博烧烤的品牌价值已经达到万亿元以上，有人提出建议，尽快在淄博建设"中国烧烤交易平台"。

　　淄博烧烤向何处去？这是全国人民关心的大事儿。大家纷纷在网上发表见解，帮助淄博出主意想办法，其中一个人建议，要把这云集的人流，引入淄博诸多美食之中。多年前，一个淄博朋友请他在当地品尝博山菜，酒足饭饱的时候，一条大鱼被撤下去，他正疑惑，一会儿上来一锅"砸鱼汤"，酸辣可口，非常醒酒暖胃，以至于很多年过去了，他还记得嘴里的"淄博味道"。

　　我很赞同他的观点。借烧烤营造出的巨大磁场效应，淄博确实应该对自己的菜系进行

为孔府提供香椿的专业户

梳理，挖掘其历史源流、风格特征，以及在整个鲁菜架构中的地位和作用，对鲁菜振兴起到引领作用，做好"鲁菜大合唱"的领唱者。

在整个山东，如果按照地域划分，鲁菜可分为三个特色较为突出的区域，即古运河文化饮食区、齐鲁文化饮食区和海洋文化饮食区。这其中，济南菜、福山菜和孔府菜是山东的代表菜系。淄博菜被这三大菜系的身影遮盖了。

淄博是鲁菜的发源地之一，特别是海洋菜体系的根基，就在齐文化。

齐鲁是中华民族群构时期的发源地之一。这里不仅有陆地上几乎所有的五谷蔬果，也有古代内陆极其匮乏的鱼盐及山珍海味，可谓水陆杂陈。丰富的原料物产、发达的铜铁冶炼技术和城市商业文化的优势，更兼通达辐辏的交通往来，使得以齐鲁文化为重心的黄河下游广大地区，饮食文化发达，以至"邹鲁之风"成为中国各区域民俗的参照物。

鲁菜形成的源流可上溯到夏、商、周三代，这是鲁菜的萌芽期。周时鲁国都城曲阜和齐国都城临淄，为黄河流域相当繁华的城市，饮食风尚盛极一时。特别是齐都临淄，名厨辈出。齐桓公的宠臣易牙，是一个很高明的厨师。当时的齐鲁厨师善于以盐调节滋味，而且用水火变易之法，调节膳食的咸淡。春秋时期，孔子就讲"食不厌精、脍不厌细""十三不食"。齐手工业发达，因而生活讲究。此风延续至汉代仍然不衰，尤其城市生活，更是丰富多彩。临淄"甚富而实，其民无不吹竽鼓瑟、弹琴击筑、斗鸡走狗、六博蹴鞠者"。齐地奢风，使其饮食形成了注重内容、讲究味道的独特风格。随着齐鲁之风渐渐融和，形成齐鲁饮食重味、讲和、守正的传统风格。海洋饮食文化区，即胶东半岛地区，属于齐国东部之地，这里的饮食重鱼鲜、重海味、重自然之味，逐渐形成具有海洋饮食特点的胶东饮食风俗……这些事实说明，鲁菜有着强大的齐文化基因，淄博应该利用烧烤火爆的时机，梳理一下"临淄菜"体系，再赋予其时代性，厚筑淄博菜的历史底气和文化底蕴。

这一时期的文化印记，在淄博还隐约可见。田横是秦末的忠义之士，齐王田氏的后裔。高青县流传着一道田横家宴，制作考究，赫赫有名。它讲究四碟八碗十六个盘，主要代表菜为田横狮子头、田府田园鸡、清蒸黄河鲤鱼、田府辣酱和田横千张肉，主要分布于高青县境内，以县城所在地田镇四街最具有代表性。齐国迁都临淄之后，仍然和高青有着千丝万缕的联系。从姜太公开始，历经500余年开疆扩土，至齐灵公、齐庄公、齐景公的时代，基本统一了山东半岛。自齐太公开国，王位传给姜氏子孙。从公元前1046年齐太公姜尚受封齐国，到公元前379年齐康公卒，姜氏绝祀，田氏代齐，姜氏齐国共历32世，延续668年。春秋时期，陈国公子完因国内动乱奔齐，被齐桓公封在田邑，即今高青县城所在地田镇。陈氏由此更名为田氏。自公元前386年，齐相田和"迁齐康公吕贷于海滨"，后通过魏文侯的帮助，齐相田和得到周天子承认，列为诸侯，至齐王建于秦始皇二十六年（前221年）被秦所灭，田齐前后共存在了165年。后田儋、田荣、田横等人于公元前208年复立齐国。至前202年田横自杀，齐被刘邦所灭。田镇是田氏的发源地，为何没有被临淄的齐君重视？因为田氏代齐前，依照田氏向来注重韬光养晦的性格，将田邑作为战略资源储备之地，以低调为最佳选择；及至田氏代齐上位，国君不愿意看到政治中心临淄外田氏实力扩大，或有意削弱之，于是田邑未再兴隆，作为地名也一直隐匿于史籍。也许因为如此，狄城田氏与临淄田氏血缘疏远、感情淡漠，以至于秦末相互倾轧乃至吞并——一道名菜，竟然隐藏着这多深厚的历史。

知味斋把发生在齐国的经典故事变成了一道道美味菜品，"管鲍之交""鱼腹藏羊"。酒店房间的名称是田忌赛马、中流砥柱、文韬武略、趾高气扬……

秦汉魏晋南北朝时期，上层饮食文化逐渐渗透到民俗之中，饮食世俗化倾向加剧。中华民族的大迁移、大融合和大统一，使得山东菜中出现了不少新技法和新风味。这个时期的《齐民要术》对北朝以前的北方饮食文化进行梳理，对山东菜作了全面总结和实证，是山东菜发展史上的一个里程碑。《齐民要术》反映的是"齐地"农耕文明精髓，也成书于"齐地"。它记载了16种酱、25种醋和46种酒的制作工艺，临淄因之成为中国酱醋酿造工艺学的起源地。为了撰写《齐民要术》，贾思勰引用古籍20多种，仅齐人崔浩的《食经》就引用了37处。崔浩撰写《食经》，是为了规范豪门的日常饮食行为，内容丰富且实用：当时齐地一个家族，每年秋冬酿制豆酱，需要用三间大屋，百石大豆来制作；制盐所用容器是容量上千斤的大陶瓮；制作白饼点心，所需面粉达上千斤。

《酉阳杂俎》的作者段成式

隋唐时期的统一及大运河的开凿，加速了南北经济文化的交流，市肆饮食繁荣，地方风味小吃不可胜记。唐代，临淄所属邹平人段文昌、段成式父子撰写了《食经》《酉阳杂俎》。从中可以看出，挟食材丰富、气候适宜、地理优越等自然条件之利的鲁中地域，对饮食文明的实践、抬升与传承已体系完善，形成特色鲜明、魅力四射的齐地饮食文化潮流。段文昌府内有厨房"炼珍堂"，出差办事的临时厨房叫"行珍馆"。其中有一位从厨四十余载的厨娘膳祖，技艺高超。传说段文昌自编的《食经》五十卷，就是膳祖从厨四十余年的经验。其子段成式在《酉阳杂俎》一书中，专辟"酒食"篇章，记录唐代的烹调技术。他概括的烹调八字真言："唯在火候，善均五味"，表明当时烹调已超越粗加工阶段，进入"烹""调"并重时期。

两宋时期分别代表黄河流域和长江流域风味的北方菜和南方菜，包括淮扬菜和川菜，在市肆流通中进一步发展形成定势，山东风味菜表现出北方地区共有的饮食风格。这一时期，随着济南作为山东政治经济中心的形成和海洋文化的内迁，以齐菜为代表，兼容了济南菜和胶东菜特色的山东菜逐步向外扩张，影响了中国北方，被称为"北方菜"。泰山封禅菜也颇具影响力。

元明清六百余年的大一统局面，为中国烹饪的集大成提供了前提，世俗家庭特别是市民阶层的家庭烹饪风格日趋成熟，显现出百花齐放的繁荣局面。鲁菜产生了以济南、济宁、临清、福山等为主的地方风味，并在明清年间进入宫廷，得到宫廷锤炼。"满汉全席""孔府全羊席"的出现，使中国北方菜更加光辉灿烂，进入鼎盛时期。随着王朝的灭亡，宫廷鲁菜又回到了民间。其技法与代表菜式，在我国东北、华北和北京、天津等地区广泛流传，在中国北方各省都可见其踪迹。这一时期，周村成为"旱码头"和大的商埠，博山和淄川的陶瓷、琉璃、煤炭产业发达，对外交流频繁，博山菜异军突起，它融合了省内济南、胶东以及京津等地的烹饪经验，逐渐成为新的菜式体系……

纵观淄博饮食发展的历史，淄博菜可以考虑推出自己的方阵：临淄宫廷菜、周村商埠菜、博山鲁中菜、淄川民间菜、高青田横宴、桓台农家菜、沂源特色菜……泱泱齐风，蔚为大观，既有深度，也有宽度。

在济南菜、胶东菜和孔府菜之外，以淄博为代表的鲁中菜，应该成为鲁菜发展的主力军之一，并可以从多方面为鲁菜发展注入新鲜活力。

一是创新意识。淄博美食最初的底气是从不墨守成规，淄博的烹饪大师和食客们不断发现和探索着新味道。比如著名的博山四四席，过去爆炒肉片用的配菜一般都是苔菜、水笋和木耳，因为以前冬天青菜断绝，因此笋干、木耳就成了这道菜的主角。现在的爆炒肉片，不但加入了西红柿和菜花，而且味道和口感也更加丰富鲜美。博山四四席上菜的顺序是先上四干果、四鲜果。传统的四鲜果有葡萄、香瓜、枣柿、西瓜等，现在博山从四鲜果开始创新，与时俱进地纳入很多淄博元素，像沂源苹果、博山猕猴桃、高青西瓜、燕崖大樱桃……随着季节的不同，四鲜果成了推荐淄博农产品的一个最佳平台。周村商埠菜融合了苏菜的刀工精细、追求本味，粤菜的选材广泛、口味清淡，川菜的味型丰富、麻辣鲜香。此外，浙、闽、湘、皖的烹饪技艺，在商埠菜中都有体现。传统与创新不断交融，才使商埠菜有了百样滋味。开放包容的性格与味道，释放出淄博巨大的美食能量，不断迸发年轻活力。在"好吃"之城的打造中，淄博将把"好吃"具化成米面肉蔬，留存在味蕾的记忆中，让更多人因这份美食记忆爱上这座城。

二是平民风格。鲁菜有着深厚的官府菜背景，用料讲究，吃法繁琐，内涵高贵，但是难学难做，价格昂贵，离大众太远，难以推广。在一个鲁菜研讨会上，某鲁菜大师激动地说，在四大菜系之中，粤菜怪里怪气，啥都敢吃；川菜一派农家气息，小煎小炒；只有鲁菜，大大方方，具有庙堂之气，它就是奢侈品菜系、LV菜系。如果鲁菜真的板着一副面孔，高高在上，很快会被市场抛弃。而博山菜为鲁菜的大众化和平民化做出榜样。百年之前，博山较早接触到工业文明，"三大业"从业者以及平民百姓富裕后，开始讲究起美食来，这是博山饮食平民情结的根源。另外，博山很多人虽非厨师专业，却能操刀掌勺，既能做家常菜，又能做特色菜，还有自己的拿手菜，具有烹饪的群众基础，使博山饮食呈现大众化特色。良好的经济基础和广泛的群众基础形成了平民饱含情结的饮食特点，丰厚的饮食文化和传统的宴席规制造就了具有贵族气质的饮食文明，这体现了"小家大气""小地方大世面"的博山文化底蕴。这次淄博烧烤的出圈，和其亲民的价格有很大关系。

高青黑牛加工生产车间

三是品牌赋能。从2016年开始，淄博共有沂源苹果、蓼坞小米、博山猕猴桃、新城细毛山药、高青黑牛等5个农产品入选山东省知名农产品区域公用品牌。同时，得益牌巴氏奶等44个农产品入选山东省知名农产品企业产品品牌。得益乳业作为山东首家通过国家优质乳工程认证的企业，一直专注于低温巴氏鲜奶和酸奶产品的研发生产，以此为依托，建设从源头牧场到百姓餐桌的全程"生态产业链"，目前形成了种养加配售全链条自控的经营模式，一跃成为农业产业化国家重点龙头企业。

小吃是一个地方历史的积淀、特产的精华、地气的精灵，带有鲜明的地域特征。它既不是主妇烹制的家庭美食，也不是登堂入室的饕餮大餐，它只是一个区域百姓共同认可和打造的风味，廉价、卑微、简朴、实在，有即时感和现场感，馨香四溢，味道穿心，成为贫穷时代孩子们流下的口水，成为富裕时代成人们的乡愁。

淄博各个区县既互相影响也各自独立，形成各自不同的美食。博山的城镇文化繁荣了各色小吃，不但口味驳杂，而且也颇为挑剔；周村被誉为旱码头，外出经商耗时颇多，周村烧饼干燥易于保存的特点很适合远途携带；桓台马踏湖盛产鱼虾，金丝鸭蛋、马踏湖白莲藕等湖鲜让人垂涎；而淄川的市集文化则诞生在熙熙攘攘的人群里，淄川烧饼则更注重方便快捷。由此看来，淄博各个区县的味道携带着各自的文化气息。博山有上得了满汉全席的豆腐箱，周村有享誉全国的周村烧饼，桓台有名声远播的金丝鸭蛋，淄川有香脆满口的烧饼。而这一切，似乎和博山的帝师孙阁老有关，跟周村八大祥那些曾奔波于全国各地的商人有关，跟马踏湖丰茂水草中的鱼虾有关，跟淄川大集上来来往往的赶集人有关，跟柳泉侧畔蒲翁的茶水摊有关……总而言之，当地的经济和文化形成一个地方独特的美食。

在传统的"五谷"中，山东人更多把小麦塑造成各色小吃。山东小麦亩产高，氨基酸、蛋白质和面筋质的含量高。这样的面粉，制作出来的面食瓷实、耐嚼、筋道、自然纯香，是小吃中的"王者"。淄博的面食体系立体而丰富，林林总总，犹如漫天大雪飘下的雪花，悄无声息地融入百姓生活。先说饼，除了周村烧饼和烧烤小饼，淄博饼类众多。淄川肉烧饼是一种传统美食，有着一千多年的历史。不同于普通烧饼，淄川肉烧饼不是用火烧烤，而是用热气烘炙，所以特别酥嫩。新鲜出炉的烧饼焦黄酥脆，散发着面香、肉香、炙烤香。烧饼中间充满了热气，涨得圆鼓鼓的，用手轻轻一摇，能感受到肉片在中空的面皮里"哗啦"作响。淄川肉烧饼好吃的关键在于一个字"肉"。一般烧饼里面放的是搅成泥的肉馅，而淄川肉烧饼里面加的是成片腌制好的肉片。为了提高烧饼的香味，在烧饼里用上新鲜猪后腿肉，加上葱、姜、酱油等调料之后，再进行20小时左右的腌制，是淄川烧饼高人一筹的地方。焦庄烧饼是一种贴在炉壁上的美食，"面过手千揉百转，肉过刀肥瘦匀称。扯面团大小如馒头，裹肉馅厚实如包子"。打薄的焦庄烧饼，只有一两毫米厚度，单手抄起，如凫鸭掠水，经过铺满芝麻的面板，蘸上一层细细的芝麻，就可以放入炉中，一会儿起泡慢慢鼓起，五分钟左右即可出炉，一面酥脆弹牙，一面柔韧含香。高温将馅儿料中的肥肉烤得流油，外酥里绵，鲜香流油。沂源县有一种非物质文化遗产——东里大饼，以"传承千载、即食烩片脆绵香"等特色，被授予"沂源地方名吃"称号。翟氏东里大饼传承人翟慎柱介绍说：东里大饼色淡黄，纹路清晰，手掰则顺纹而断，吃起来不沾不散，外层甘脆、内瓤暄软，恰到好处。博山除了水煎包和油煎包美味可口，还有一种传统名吃——石蛤蟆水饺。它是20世纪30年代初博山人石玉璞所创，造型如一个元宝。石蛤蟆水饺有两大主要特色，首先是皮薄且均匀，煮熟后，透过薄薄的饺子皮，馅料清晰可见；其次是馅大，用肉肥瘦比例得当，用料考究，海米、木耳、香油多而出味，外加蒜黄或者韭菜，鲜美醇厚，肥而不腻。另外，下水饺的技术也有独到之处，水饺入锅后，火候掌握得法，在锅里不破皮，盛盘后不粘连。外加一碗配有各种调料的热饺子汤，所谓"原汤化原食"，食客们边吃边喝，感觉十分熨帖。在高青，有一种赵家面，至今已有100多年历史，传承五代人，过去逢青城大集售卖。它用小麦、大豆、玉米、小米等杂粮面和面，一斤面半斤水，加上盐和碱，手工擀制。煮面时用一口大铁锅，煮熟后放上大骨头汤、麻汁、蒜泥、香菜、胡萝卜等佐料，香味独特，面条筋道耐嚼，有一种浓浓的麦香。遇上青城大集，还可以吃到其他高青名吃，青城素有"北庆云、南淄川，青城大集赶三天"之说，这里有八大名吃，热气腾腾的吊炉烧饼，外皮金黄，密布芝麻，混合着面和麻汁的香气，很是诱人，抑或是吃上一角皮薄如纸的王家饼、刚出锅还滋滋作响的水煎包、又香又酥的郭老三油条，再配上一碗鲜香味浓的桥北豆腐脑，入口的是地道风味，品的是万物生长、历史绵长。

在肉类小吃方面，金岭镇的牛羊肉、沂源大锅全羊、高青的段氏肴鸡等都是地方名吃，闻名遐迩。金岭镇的清真饮食久负盛名，经过历史积淀，逐渐发展为牛羊肉、糕点和小吃三大类。当地流传的一首民谣唱到，"一家煮肉十家香"，说的就是酱牛肉。这里的酱牛肉，食材讲究，取肉质鲜美的腱子肉，加入十几种名贵药材，用老汤烧煮，咸淡适宜，香烂可口，别具风味，就连牛肚子、蹄筋、口条等下水货，也制作洁净，有独特风味，能上宴席。每逢节假日，整个金岭镇回民一条街上，遍布各种小吃，备受食客青睐。在沂源，大锅全羊是招待客人的最高礼遇。沂源号称"山东屋脊"，山高谷深，森林茂密，独特的地形环境和气候，孕育了沂源黑山羊、红山羊、青山羊等优良羊种，当地俗谓"山羊猴子"。沂源大锅羊汤是沂蒙山区的一道名吃。作为沂蒙黑山羊的主要产区，沂源全羊香气最正，滋味最浓。沂源羊汤新鲜味美，配以油酥小饼、葱油饼等面食食用，成为沂源当地人非常喜爱的早餐之一。沂源大锅全羊，关键在一个"全"字上。把一只

沂蒙黑山羊

羊的肉、骨、脏、头、蹄、尾、鞭等一起放在大锅里煮，可谓全得一点都不剩。沂源大锅全羊好吃，关键因为有"三宝"：羊好、水好、做法好。所谓羊好，因为沂蒙黑山羊是山东省优良山羊地方品种。它是在山区特有的自然条件下形成的一个肉、绒、毛、皮多用型品种。具有体格大、耐粗饲、适应性强、生产性能高、体貌统一、遗传性能稳定的特点。羊绒质量高、光泽好、强度大、手感柔软；肉质色泽鲜红、细嫩、味道鲜美、膻味小，是理想的高蛋白、低脂肪、富含多种氨基酸的营养保健品；所谓水好，是因为沂源被誉为"矿泉水之乡"，山涧溪流和崖下山泉，可掬可饮，清冽甘甜。泉水滋润了青草，青草养大了山羊，再用泉水烹煮，味道之美，难以复制。所谓做法好，就是把全部食材放在一起煮。沂源大锅全羊用饲养3年左右的羯羊，需要大锅加山泉水，木材旺火，先放入羊骨架、羊肉、内脏，烧开后撇净血沫，然后加入生姜、花椒、葱花除掉腥膻，提出鲜味。2个小时，煮到九成熟时，将羊骨捞出，将羊肉、内脏、羊血等切碎回锅，改用文火煨炖，约一个小时后，骨烂肉熟。沂源人这样唱到，"黑麒麟山上跑，身上长的全是宝。木柴铁锅大火炖，延年益寿身体好……"

在高青，还可以吃到黄河之鲜。高青的黄河鲤鱼，色彩艳丽，体态丰满，肉质肥厚，无论是清蒸还是慢炖，都细嫩鲜美，撩拨人的味蕾。夏季是吃高青清水小龙虾的好时节。黄河水形成的养殖区，是清水小龙虾生长的温床，水上是"接天莲叶无穷碧"，白鹭振翅、灰鹤翔集，生态福利造就了清水小龙虾腮白、腹白、肉白的特点。而灶上的勺一颠，就是"龙虾十八吃"的绝艺。麻辣、蒜香、冰醉、糖醋……品不尽黄河的鲜美之味。

淄博的小吃如此诱人。当地媒体称：从夜晚到清晨，淄博的美食从不会让你的嘴巴停歇片刻。以各种小吃面食为主的淄博早餐，一点也不亚于四四席的丰盛。有人做过统计，仅仅在博山，有名小吃就有50多种，其中很多都是早点。也就是说，你如果在淄博吃早点，每天不带重样的，你得吃两个月才能吃个遍……这些美味小吃登堂入室，上了宴席，就是一道道大餐。

第六章 中国淄味：一个时代的味觉记忆

双向取经：淄博为什么能够"长红"？

一个平凡的老工业城市，能够一"串"而红，而且从"爆红"变成"长红"，爆发出惊人的力量。这是什么力量？创造力、包容力、亲和力、承载力、吸引力，就是这些力量，不仅引来"进淄赶烤"的芸芸众生，也吸引着全国各地的党政考察团，前往淄博，参观学习，希望借助淄博的经验，撬动当地经济社会发展，"见贤思齐"有了新版本。

最早来淄博考察的，是锦州等烧烤名城和山东本省的考察团。

2023年4月16日，由6人组成的锦州市调研组到达淄博，这是锦州市委、市政府组织的，其中包括锦州烧烤协会会长和副会长；同一天，锦州市凌河区委书记马晓春带队的联合调研团抵达淄博；4月24日，淄博迎来锦州的第三个考察调研团，带队的是锦州市太和区副区长、招商五局局长潘涛。锦州这3个考察团，在淄博的时间都是3天。考察组先后赴浅海广场美食城、水晶街等地，对当地烧烤产业进行深入细致的调研，围绕当地烧烤产业宣传、产业秩序管理、便民服务设施配置、安全环境的保障等方面进行交流和探讨；详细了解淄博烧烤火爆出圈的具体原因，听取当地政府事前铺垫、事中举措和事后预判三个方面的具体做法；另外，还去了齐文化博物馆、陶瓷琉璃博物馆、中国古车博物馆等，了解烧烤火爆背后的齐文化背景……

淄博烧烤摊上，也出现了潍坊、日照等山东旅游城市文旅局局长的身影。4月27日，潍坊市文旅局局长权文松带队青州、寿光、诸城等7个县市区文旅局局长到淄博"揽客"。他们在烧烤摊前推介潍坊，并为游客送上潍坊风筝、西红柿、黄瓜等潍坊特产。权文松还喊话，欢迎游客到潍坊游玩，品尝诸城烧烤、朝天锅等各种美食。有人还在现场教游客插风筝。4月28日下午，由日照市文旅局副局长冷秉荣带领的"日照推介小组"到达淄博。他们现场冲泡日照绿茶，邀请游客品尝，并向游客发放日照文旅推介画册和文创产品，诚挚邀请广大游客到日照去游玩。

此后，来自文旅、城管、商务、人社、市监、发改、住建等部门的考察团，从全国各地涌向淄博，考察的内容，也从烧烤向提升文旅发展水平、城市柔性管理、新兴产业发展、打造城市精神、点燃现代化治理之火等内容转移。考察组成员脚步匆匆，节奏极快，去看现场，召开座谈会和淄博领导交流，结合本地实际深入思考，提出切实可行的建议，撰写考察报告，希望真正把淄博的经验学到手，为自己城市找到发展的"灵丹妙药"。

考察团的成果，出现在各地召开的研讨会和考察报告上。他们梳理淄博经验，结合当地实际，进行深度思考，提出一系列有深度、有思考、有针对性的措施。

淄博为什么能因为烧烤"出圈"，稳稳地接住了流量，而且接得好？经济总量稳居全国前50的江苏泰州，在江苏存在知名度不高、存在感不强的问题。为了打造城市IP，他们派出考察组到淄博，写出一篇题为《淄博烧烤这么火，泰州可取什么经》的考察文章，长达5400多字。文章说，烧烤各地都有，为什么只有淄博烧烤成了现象级爆款？核心是淄博久久为功的培育管理。当地2015年就着手烧烤市场规范管理，重点解决露天烧烤油烟污染和扰民等问题。淄博市巧走"四步棋"：一是依法取缔占道经营、无证经营等不合规的摊点；二是规范烧烤"进店、进院、进场"经营；三是淘汰传统炭烤炉，订制推广无油烟净化炉；四是各区县规划建设烧烤城、烧烤大院、夜市街，成功解决了露天烧烤治理难题，实现了"既要烧烤也要环保"的双赢。

为什么淄博烧烤可以长期热度不减？课题组的答案是：从顶层设计看，从"预谋"网络热度到后期迅速跟进、持续发酵，淄博市委、市政府反应迅速、措施有力，"一通操作"稳稳接住了突如其来的热度；从执行层面看，职能部门和工作人员执行政策到位，护航市场有力；从群众基础看，淄博百姓十分珍惜"爆火出圈"的机会，个个为城市荣誉而战，诚挚热情溢出屏幕……河南省濮阳市清丰县委办公室"淄博烧烤"专题调研组撰写的调研报告，题为《抢占网红经济"新风口"，培育塑造清丰"新IP"》，更是洋洋洒洒，长达6400字。报告认为，淄博的可贵之处在于，激活了"诚信度"这个最稀缺的资源。职能部门、市场主体和市民百姓营造的诚信环境，才是持续推动"流量"变"留

活跃在互联网的淄博退伍小兵

量"、"食客"变"游客"的不竭"燃料"。淄博市政府面对网络舆情，没有沿袭部分地方政府堵、盖、封等传统应对方式，一味回避问题舆情，而是及时顺应、巧妙吸引流量。淄博市正视问题不做袒护，一有问题快速介入、秉公处理，并及时公开处理结果，其坦诚务实的作风给大众留下良好印象，被网友感叹真诚是永远的必杀技，负面新闻转化成为一次次正面宣传……4月25日上午，南阳市社科联、南阳日报社联合召开全市社科界"烧烤出圈"现象研讨会。会议提到，"淄博烧烤"火爆出圈充分

说明，一个城市的经济发展，不仅仅靠旅游景点或者旅游项目，也不是一事一时的泡沫点缀，更不是稍纵即逝的昙花一现，而是历史文脉、民风民俗、社情民意、政府治理能力等方面的综合反映。

烧烤只是一个流量入口，考察团来到淄博，更想学习淄博如何巧用流量，促进其他产业发展。清丰的调研报告里分析，淄博烧烤"出圈"后，琉璃陶瓷产业作为当地的传统主导产业，及时推出"烧烤"琉璃产品，有各种肉串烧烤、青菜烧烤的琉璃制品，广大游客争相购买，在消费的同时，也记住了琉璃陶瓷产业是淄博的传统产业，记住了淄博博陶、华光陶瓷等陶瓷品牌。清丰县有一种名吃"清丰烧饼"，县里计划把它打造成"金名片"。学习淄博经验后，当地召开清丰烧饼产业全面转型升级大会。明确清丰烧饼要做到注册商标、门店风格、质量标准、技能培训、颁发证照、经营监管等"六个统一"，坚持高标准规划引领产业发展，推动清丰烧饼产业全面转型升级。接着成立清丰烧饼协会，推动烧饼从业者由分散的单兵作战走向抱团发展。泰州考察组在报告里提出：同样处于转型阵痛中的海陵，作为泰州国家历史文化名城主要承载地，面对市委"重点实施老城更新，精心做靓凤城河文化核，打造集萃人文、承载记忆、寄托乡愁的文化古城"的硬核任务，应该师法淄博，取经借鉴。历史文化名城要想"出圈"需要深耕细分市场，打造小切口、个性化的独特IP。比如泰州早茶，目前已有很好的流量基础，在社交媒体也有较强的话题度和群众认可度，辅之以立体化、多样化、持续性营销，会起到事半功倍的效果。因出清落后产能，经济增长乏力危机凸显，淄博近年来一直致力于转型升级和迭代创新。此次烧烤走红，淄博抢抓机遇、迅速跟进，密集推出系列举措，迎战"流量"背后的考题，全力维护社会治安、稳定市场秩序，提供更加便捷的服务。通过线下优质服务，高效衔接"线上流量"，转化出"次生流量"，实现了流量"裂变式"增长。9月11日，黑龙江省牡丹江市委副书记、穆棱市委书记贺业方带领考察团，来淄博高新区齐鲁预制菜科创产业园和齐鲁储能谷考察预制食品产业情况，学习重大产业项目、文化项目等发展情况。贺业方指出，预制菜是一、二、三产业融合发展的新模式，对促进创业就业和消费升级具有积极意义，企业要充分发挥自身优势，围绕产业园区建设，全力助推预制菜产业高质量发展。

地摊经济充满人间烟火气，但是也存在脏乱差、占道经营、噪音污染等老大难问题。如何兼顾发展和管理这一对矛盾？很多城市的考察课题对淄博进行研究。信阳市城管委办公室赴淄博学习考察后，在网站刊文指出，淄博烧烤"火出圈"的背后，凝聚了淄博城管部门8年的接续努力。自2015年以来，淄博市城管部门围绕规范露天烧烤，制定了城市建成区露天烧烤规范管理意见，推出淄博烧烤10条规范，并通过采取绘制烧烤地图、实行动态管理、网格巡查执法、行业协会引导以及市区两级考核机制等方式，为护航烟火"淄"味打下坚实基础。淄博市建成区近1000家烧烤全部进场进院进店，实现了烧烤经营无污染、不扰民、秩序优、市容好的目标。清丰县政府网站登了一篇当地城管部门撰写的文章：《县城市管理执法大队从"淄博烧烤"看清丰"夜市"》。文章说，清丰县城区"夜市带"基本都位于市民居住集聚地和商圈周边，大多是商户及个体经营者自发形成，相关部门只是进行了规范引导，但无一是政府命名和规划设计的夜市经营点。夜市摊点普遍存在分布零散、餐车参差不齐、衣着多样、无营业执照、无健康证、食品质量无安全保障、经营区域脏乱差等现象，一定程度上影响了文明城市创建和国家卫生城市形象。文章建议，在不妨碍交通、不占用消防通道、不占用人行通道、不妨碍他人利益的前提下，准许大型商场及沿街商户在店外临时设置、摆放促销宣传品；允许流动商贩在规定的道路两侧指定区域经营摊点，引导其线内规范经营；允许沿街餐饮经营单位，在门前场地允许、铺设隔油垫、设置垃圾容器的前提下，可以夜间摆桌经营……

两年前，淄博在多个区新增66处早市、夜市及便民疏导区，允许市民"练地摊"。淄博的"烟火气"传到一线城市。深圳出台新条例，于2023年9月1日起不再全面禁止路边摊。有网友点评："淄博的烟火气、烧烤味，一线城市同样也该拥有。"在此之前，北京、上海、兰州等城市也进行相关探索。让我感到惊喜的是，济南泉城广场上出现了青年集市，一个个摊位上，青年人在大方地叫卖工艺品、美食和鲜花……

面对一波又一波的烧烤热浪，淄博市委、市政府理智地跳出淄博看淄博，他们借助淄博烧烤"出圈"这一有利时机，进一步做好"工业强市"、县域经济发展和文旅高质量发展等大文章。

在各地考察团密集到访淄博之时，淄博市委、市政府主要领导带队，有针对性地外出考察，学习兄弟省市的先进经验。

2023年5月12日到16日，"五一"节刚过，淄博市委副书记、市长赵庆文率队出发，和赵庆文一同出访的，还有淄博下辖张店、临淄、博山、周村、高青的县（区）长。他们的目的地是湖北武汉、黄石，广西柳州和湖南长沙。武汉、黄石、柳州和长沙，与淄博有共通之处，但又风格各异，类型很丰富。武汉作为老牌工业强市，工业属性对淄博具有极强的借鉴意义，到武汉是为了招商引资。在武汉，赵庆文实

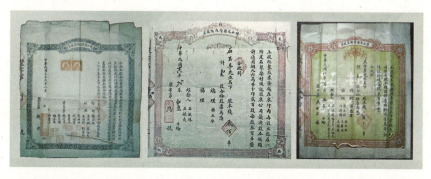

一百多年前聚乐村的股票

地考察绿道建设、道路沿线治理、历史风貌街区保护开发等情况，深入交流城市精细化管理、发展夜间经济等工作。座谈会上，武汉市市长程用文，以及市城管执法委、市房管局、市公安交管局和市商务局介绍了武汉在城市精细化管理和夜间经济等方面的工作经验。赵庆文表示，要学习武汉，践行"人民城市为人民"理念，持续推动城市精细化管理、公共服务提升、社会基层治理等工作，着力解决积水点、断头路、停车难、交通拥堵等问题，不断增强群众的幸福感、满意度。黄石和淄博同属2017年国家发改委等5部委确定的全国首批老工业城市和资源型城市产业转型升级示范区。在这里，赵庆文深入考察城市更新、共同缔造完整社区建设和工业遗产保护利用等工作。长沙和柳州都是"网红城市"，尤其是柳州，也是老工业城市，和淄博同样处于转型升级的重要时期，对淄博而言或许更具参考性；两地走红的原因也基本相同——都由地方小吃带动而来。淄博有烧烤，柳州有螺蛳粉。截至2022年底，柳州螺蛳粉全产业链销售收入达到600.7亿元，创造就业岗位30多万个，做成了"舌尖上的产业"。在柳州，赵庆文先后参观了知名螺蛳粉企业，详细了解其生产、运营情况，以及柳州螺蛳粉一、二、三产业融合发展情况等。在和柳州市市长张壮举行的座谈会上，赵庆文表示，希望可以借鉴柳州螺蛳粉产业从"网红"变"长红"的经验，深化两地交流合作，共同推动两座城市高质量发展。城市柔性管理、文旅融合等话题也穿插其间。

赵庆文去了4个地方，而马晓磊只去了安徽合肥。

去合肥考察是淄博整体经济布局的一个重要环节。在到合肥考察之前，5月6日，淄博市委常委会召开会议，强调要始终把抓工业作为重中之重，全力以赴推动工业提速增效；发展壮大区县域经济，深入实施区县域经济跨越发展行动。5月17日，马晓磊到山东理工大学调研，希望双方一体联动、双向发力，促进人才链、创新链、学科链、产业链深度融合，携手打造校城融合发展"升级版"。

　　5月25日到26日，马晓磊带队奔赴合肥市，开始为期两天的考察活动。

　　合肥是一座被誉为"黑马"的城市。2010年，合肥GDP规模还和淄博相当，2020年却进入"万亿"城市俱乐部，从而踏进新一线城市大门；2022年，合肥常住人口新增16.9万人……合肥在近些年的城市转型中，在高新区建设、招商引资，尤其产业基金运作上积累了丰富经验，在网上被称为"最牛风投机构"。

　　在合肥，马晓磊率团先后考察了国盾量子、中国声谷，并出席两市经济社会发展交流座谈会，双方围绕产业基金运作、打造产业生态等议题深度交流。马晓磊还去了中国科学技术大学，参观考察中科院量子信息重点实验室、精准智能化学重点实验室，并与该校党委书记舒歌群就推进校地合作深入交流。马晓磊说，淄博正处于转型发展的关键时期，迫切需要高等院校的鼎力支持和高端人才的积极参与。我们既注重与驻地高校融合发展，也注重与外地高校开展深层次合作。希望双方立足自身实际，建立常态化联系机制，在产学研合作、人才培养锻炼、项目孵化落地等方面加强战略合作，努力开辟校地携手发展新局面。在合肥，马晓磊还去了京东方和科大讯飞这两家企业。它们是合肥倾力打造"芯屏汽合"战略新兴产业的龙头企业，也是合肥招商引资的典型企业。马晓磊说，京东方和科大讯飞的业务领域与淄博的产业方向契合度高、互补性强。真诚希望企业把淄博作为战略布局的重点区域，携手并进、双向奔赴，在供应链合作、信创产业发展、智慧淄博建设等方面取得更多成果，努力实现双赢多赢。

　　考察团了解到，"合肥模式"可以概括为，首先建立完备的政府投资基金政策体系，通过政府资本招商引进"芯屏汽合、急终生智"等优势主导产业、战略性新兴产业，在此基础上搭建起产业基础，再通过基金投资吸引产业链上下游企业落户，形成产业集群。"芯屏汽合、急终生智"是合肥新兴的八大优势产业：芯，即集成电路产业；屏，即新型显示产业；汽，即新能源汽车和智能网联汽车产业；合，即人工智能赋能制造业融合发展；急，即城市应急安全产业；终，即智能终端产业；生，即生物医药和大健康产业；智，即智能语音及人工智能产业。八大产业始终对标国家战略。

马晓磊等还听说了这样一件事：京东方生产液晶玻璃基板所用的功能陶瓷溢流砖及配套材料，由淄博工陶新材料集团有限公司自主研发，为世界上仅有的两家企业之一，作为国内液晶玻璃基板用功能陶瓷新材料第一品牌，彻底打破了国外垄断。厂方介绍说，2008年，全球金融危机，国外液晶巨头的降价让京东方备受打压，当年由盈转亏，资金压力巨大。"敢为天下先"的合肥，除了在地块配套条件、土地价格等方面给予政策性支持外，承诺拿出90亿元资金，敲定了国内首条液晶面板6代线项目。液晶电视的价格从万元以上降到万元以下。"旧时王谢堂前燕，飞入寻常百姓家"，这不仅打破了国外垄断，还让全世界的普通大众都分享了红利。京东方入驻合肥，是合肥招商引资的

国艺馆里的淄博产品

里程碑，是一次政府主导的配套式产业升级。此后，京东方模式在合肥不断复制，一条又一条产业链集群快速形成。

具有和淄博一样的包容气质，合肥将人才和要素集聚起来。面朝烟波浩渺的巢湖，脚踏滚滚东去的长江，合肥以天开海岳的气魄和海纳百川的胸怀向世人提交了一张崭新的名片——"大湖名城、创新高地"。

考察结束后，淄博始终在对标合肥，并采取具体措施，加以落实。

6月4日，淄博市委召开常委会，专题研究经济工作。会议强调，发展是第一要务，高质量发展是首要任务，必须时刻把经济运行抓在手上，咬定目标加油干、拼命干。面对发展道路上的困难和压力，干就要保持前行的定力，坚持正确地做事、做正确的事，在战略上不能急、不能乱，在战术上不能等、不能慢，既要一张蓝图绘到底、一锤接着一锤敲，又要坚定不移提效率争先锋、提效能争先例、提效益争先进，聚焦关键指标，一个一个地制定攻坚方案、开展攻坚行动，把任务细化分解到月、到周、到天，压实到具体领导、具体部门、具体人头、具体效果，努力积小胜为大胜、化量变为质变。接着，淄博市委组织部从经济运行、产业发展、科技创新、招商引资、园区建设等领域，确定了14名业务骨干赴合肥市党政企部门实践锻炼、跟班学习，深入了解研究"合肥模式"中淄博需要的成功经验。

7月4日，淄博组织媒体到合肥考察，第一站面对的就是来自合肥市委组织部、投促局、财政局、国资委、科技局、发改委、经信局的相关负责人。合肥经验的组成并不是单一的，包含了核心决策、维护机制、人才团队的打造，一步一步慢慢成熟之后形成了一个总体思维模式，合肥的"风投"并不盲目，每一步都立足于合肥发展本身。3个多小时的会谈，透视的不仅是座谈内容本身，还有来自合肥干部团队整体年轻干练的精神面貌。

7月12日下午，马晓磊就重点产业链高质量发展，深入新一代信息技术、新能源汽车和新医药企业开展调研，强调要发挥"链主"企业引领带动作用，加快构建高端引领、链条完整、生态完善、效益显著的现代化产业体系……

"学淄博"和"淄博学"成为常态，"淄博赢了"和"淄博凉了"争论不断，因烧烤出圈的淄博，像一株成熟的谷子，垂下头来，不管外界表扬还是批评，只顾埋头苦干，整个社会呈现出昂扬向上、积极进取的状态。我记住了7月底淄博市委、市政府会议上的几句话："瞪起眼睛来、憋足一口气、拧成一股绳"，以这样的精气神，淄博持续做好"烧烤+"文章，推出各种城市推介和文化活动，打造一批精品旅游线路。

淄博，是2023年这个"后疫情时代"中国最红的正能量城市之一。有人说，淄博"凉了"，我想问一句，一个连"凉了"都成为热点话题的城市，怎么会凉呢？

2023年夏季，淄博烧烤因为暑期到来而继续火爆，大学生满街走。8月份，淄博在家门口举办了第四届青岛啤酒节，又主动出击，到省城济南举办"好品山东·淄博美物"展销会，两个活动前后衔接，遥相呼应，现场人头攒动，淄博烧烤的外溢效应充分展现。

已经成立120年的青岛啤酒，依旧活力满满。作为一个文化符号，青岛啤酒节在80多个城市举办过，火力全开。淄博因为烧烤，实现了和青岛啤酒的完美结合，所以淄博青岛啤酒节的含金量更高，气氛更为热烈。8月11日，2023淄博青岛啤酒节正式拉开大幕，前缀为"传齐"，简单演绎，延续齐文化的当代传奇。节日为期10天，还是在城市新地标三颗"淄博珍珠"举办。啤酒节的主舞台，绿色的青啤品牌IP叠加淄博城市IP，体现着生长的活力、激情的魅力。人们来啤酒节，主要是吃淄博烧烤，喝青岛啤酒。淄博烧烤火遍大江南北，不仅仅是一种食物，更成为一种文化、一种生活方式。请朋友吃烧烤成为淄博人的骄傲。在啤酒节现场，牧羊村等闻名全国的烧烤店纷纷出动，摆上摊位，麦芽香和美酒香混杂，灯光迷离，夜色美好。来自全国各地

欢乐的淄博青岛啤酒节

的游客和市民围着小火炉，边吃边聊，边喝边唱，一边吃烧烤，一边举杯相碰，气氛浓烈到化不开。这届淄博青岛啤酒节的主题是"欢聚淄博·干杯世界"，恰逢青岛啤酒120周年华诞，他们把各类啤酒产品和主题活动带到淄博现场，与海内外游客一起沉浸于啤酒的激情与狂欢中。青岛原浆啤酒、青岛纯生、青岛白啤等数十种特色啤酒应有尽有。除了烧烤、啤酒，人们还可以品尝正宗鲁菜。会场内设置了鲁菜博物馆，展出四四席等传统鲁菜及其传承历史，同时引进知味斋等鲁菜名店和市井美食单品，让淄博的餐饮文化既可观、又可品。此外，现场还打造了独属啤酒节的潮玩"音乐会"，让人大饱口福眼福的同时，更大饱耳福；国潮风尚与齐文化碰撞成为游客参与啤酒节的乐趣之一，有文化体验区、文创市集区、潮玩涂鸦区、快闪店等多个功能区，移步换景，处处映射出传统文化与时尚潮流的交融。

这边，啤酒节还在淄博本土举办，那边，淄博美物展销会就在济南舜耕国际会展中心开幕。有人说，这是一次"搬家式"展销，"宝藏淄博"有了最新打开方式。为什么是"搬家式"？因为这次展销有400

余家淄博企业参加，带来上万种淄博美物。我随着熙熙攘攘的人流，去现场参观，只见8个功能区，气势宏大，分工明确。为了吸引游客，现场特意设置了海岱楼、蒲松龄著书场景、烧烤吉祥物、八大局、周村古商城等10余处网红打卡地，供大家拍照留念。"人好物美心齐"是马晓磊总结出的淄博出圈成功经验，以此命名的"遇见淄博"主题展区，几乎就是当代淄博的缩影，主要设有工业展示区、文旅展示区和区县花车展示区。其中工业展示区展示了淄博在工业领域的特色标签、"四新"经济、"四强"产业、上市公司矩阵、区县优势产业及部分智能制造产品；文旅展示区以时光隧道的方式，让观众跨越3000年，与淄博历史文化名人相遇，欣赏淄博特色文化和非遗产品。其他7个功能区，呈开放式布局，以组团的方式出现，都突出了一个"美"字，"有淄有味·美在自然""扁鹊医馆·美在健康""琉光陶韵·美在匠心""千丝万缕·美在时尚""现代家居·美在生活""乐享运动·美在活力""鲁菜起源·美在味蕾"，分别展示了淄博的中医药、现代医疗产品、陶瓷琉璃文创、丝绸产品、家居产品、户外运动用品、鲁菜美食等。为期3天的展销会里，很多济南市民提着大包小包，满载而归，体验到"一站式"购物的乐趣。一位济南市民说，我用了不到两个小时，就把"淄博文化灵魂三件套"买齐了，陶瓷琉璃加丝绸，物美价廉，一定回去和朋友分享。刀郎的歌曲《罗刹海市》火了淄博，琉璃企业迅速行动，璃界琉璃公司推出一系列小狐狸琉璃伴手礼，受到追捧。都苑瓷公司带来15组鲁青瓷产品，他们把刻瓷和雕塑结合起来，在润泽如玉的青瓷表面，刻上图案和文字，成功实现"跨界"。在国际上颇有知名度的宝恩集团，已有近70年历史，是全国唯一的皮革全产业链制造企业，也是一些世界知名奢侈品牌的主要皮革供应商。这次展会他们带来时尚家居和时尚包袋两大类产品。公司董事长张继国表示，希望这次消费体验，能让更多人了解宝恩，了解淄博，爱上淄博。

这次展销会，敲响了三面开场铜锣，既有浓烈的喜庆气氛，也有庄重的仪式感，还有纯纯的中国风。这铜锣出自鲁东乐器，中间一面是纯手工打造，已经有60多年的历史。这个公司的员工介绍说，淄博铜响乐器源于春秋，有鲜明的地域文化特征。1956年，原周村鲁东乐器厂为大型舞蹈史诗《东方红》试制成功军乐钹，结束了中国军乐钹依靠进口的历史。1964年，原周村鲁东乐器厂试制成功新编钟。1970年，我国发射了第一颗人造地球卫星，从太空向全球播放的《东方红》乐曲，声音嘹亮，具有穿透力，就是用原周村鲁东乐器厂研制生产的新编钟演奏的，让世界第一次听到来自中国的太空之音。

舞台上，演员唱起五音戏融创戏歌《齐音》："古老的长城，它沿着山走。青青的孝水，它绕着城流。这座小城的温柔，一杯浓酒欲说还休……"调子朗朗上口，地方特色浓郁，方言纯朴自然，引起观众强烈的共鸣。"齐风"终于刮到了济南……

暑假结束之后，淄博进入一种"新常态"，大学生减少，老年旅游团和企业团建、自驾游游客增多。就在此时，淄博最重要的陶博会登场了。

2023年9月9日上午，第二十三届中国（淄博）国际陶瓷博览会在淄博会展中心开幕。二十三载栉风沐雨，陶博会已经成为淄博一张靓丽的名片。我多次去淄博参加陶博会，感受到淄博这座城市的成长，消费在升级，产业也在升级。这届陶博会以"陶风琉韵·美好生活"为主题，设置"一主五分"6个会场，总展示面积近90万平方米，邀请1500余家企业、高校和大师工作室参加，涵盖江西景德镇、江苏宜兴、河北唐山等国内9个陶瓷产区，以及12个国家的20余位艺术家和7个国外品牌。

在全世界，陶瓷名城不少，但是同时拥有陶瓷和琉璃两大产业的，只有淄博。清华美院教授关东海表示，淄博琉璃和意大利威尼斯莫拉诺琉璃齐名，是世界仅有的两大琉璃审美体系；淄博是全国唯一的艺术琉璃产区。而今，文化科技赋能和低碳发展，促使淄博的整个陶琉行业转型升级。这届陶博会上，华光国瓷最新推出"中秋礼"。一轮"皎月"下，"齐风韶乐、称心如意"中秋礼将淄博文化灵魂三件套——内敛端庄的陶瓷、多彩晶莹的琉璃、华丽包容的丝绸融为一体，使人一进入陶瓷馆就感受到淄博文化。华光国瓷品牌总监任歌介绍：在纹饰花样上，以"齐"字变体的文字符、芍药牡丹、缠枝纹和蝙蝠纹为主的四味吉祥纹样，表达了团圆幸福、富贵如意的美好祝福。而在色彩方面，选用时下流行的敦煌元素与莫兰迪配色，在齐风雅韵中彰显时尚这一重要元素。中国陶瓷艺术大师何岩认为，华光在把中华优秀传统文化融入每一件瓷器中的同时，也注入科技力量。瓷器使用获得国家发明专利的天然矿物骨质瓷，同时采用无铅釉和抗菌釉，确保产品环保健康安全。山东兆霞文化创意科技有限公司推出的"福德"系列茶具，灵感来源于齐文化里的"管鲍之交"，产品为纯手工制作，

华光国瓷品牌总监任歌推介"中秋礼"

每一只都独一无二。另外，硅元瓷器的"新国风"系列、汉青陶瓷的"富贵花开"、齐州窑的"龙凤和鸣"、如意陶瓷的"犹抱琵琶半遮面"，都充满文化气息。琉璃馆内，"穆桂英挂帅"肖像、"只此青绿"仕女像、"淄博烧烤"场景，一个展品惟妙惟肖，情趣十足。

马晓磊在致辞中表示：淄博作为千年瓷都，窑火升腾、匠心隽永，承载着一城一器的无上荣光，激荡着穿越时空的澎湃力量。淄博陶瓷如明月、如筋骨、如山水、如春风，映照生生不息的文化底蕴，撑起向新跃进的产业脊梁，拥揽动静相宜的风光图景，抚慰美好生活的愿景期许，镌刻出这座城市勇往直前、努力攀登的奋进身影。

做好高质量发展的"必答题"

淄博小烤炉上的炭火，映红了淄博人民和全国游客的笑脸。有人说淄博烧烤火了，可是GDP不行，发展速度低于山东平均水平。事实是，淄博也重视GDP，但不是"唯GDP论"者，跨越式高质量发展才是他们始终追求的目标。

9月份，我看到两个消息，一是山东推出5个城市2023年专精特新企业经验，到目前为止，淄博拥有国家级专精特新"小巨人"82家，省级专精特新中小企业534家。这些企业块头不大，却突出"精而强"，以专破局，以精立业，以特求强，以新赋能，在各自领域"独领风骚"。淄博专精特新企业大量涌现，一方面说明中小企业成长环境良好，它们是国民经济和社会发展的生力军，也是扩大就业、改善民生、促进创新创业的重要载体。"专精特新"企业作为中小企业中的一员，正在成为淄博市中小企业高质量发展的"硬核"力量。另一方面，淄博市加大梯次培育力度，中小企业的创新能力被"唤醒"。近年来，淄博以培育"专精特新"中小企业作为关键抓手，积极构建多层次培育体系，大力引导中小企业走出一条专业化、精细化、特色化、创新化的高质量发展道路。

二是淄博的工业大类，已经从39个扩大到40个，只剩下烟草制造业没有在淄博落脚了。当地媒体评论称，淄博产业空白从"唯二"到"唯一"，这一步迈得有多大？这个最新落户淄博的产业，是核工业装备制造企业鑫旭集团，这是一家以核电及核电装备、高端动力、储能电池等为核心的高新技术企业，其自主研发的国内首台套"核能放射性废物超级压缩减容系统"，突破"卡脖子"技术，首次打破国外垄断，为淄博高端装备制造业开辟了一条新赛道。他们以放射源生命周期产业链为主轴，有望成为国内核工业、核医疗、核环保和军工等领域的领跑者。核装备制造在淄博实现从"0"到"1"的突破，将补上淄博产业链条上的重要一环，并为高端装备制造积聚新动能。以核电装备为核心，鑫旭集团正捕捉行业风口，精准发力，这将极大补强淄博在稀缺资源方面的产业配套。淄博从此有了"核动力"。鑫旭为什么选择淄博？集团负责人说：如果一家核厂商在其他地方一个月才能完成产线配套，在淄博或许打一个电话就搞定了。

鑫旭集团的探索，也证实了淄博的发展之路：起步于传统产业，让传统产业厚重积淀，为新技术萌芽提供土壤；而新技术和新产业的突破，又反向引领传统产业转型升级。

淄博近现代工业发展历史超过110年，在全国41个工业行业大类中，39个在当地实现规模化发展，工业体系完备、门类齐全、配套能力强，第40个产业也已经起步。淄博烧烤火了，但是淄博的决策者清醒地认识到，当地传统产业和重化工产业占比过大、资源能源消耗较多。作为全国唯一涵盖资源枯竭城市、独立工矿区、城区老工业区三种类型的城市，产业转型升级过去是、现在是、未来一段历史时期仍将是淄博转型跨越高质量发展的"必答题"。其中，传统产业是经济的"压舱石"，不能丢，但也不能故步自封。

2023年一季度，淄博实现地区生产总值1057.70亿元，同比增长4.7%。其中，零售行业销售同比增速达16.4%，位居山东第一。成绩虽然可圈可点，发展压力依然巨大：一季度，淄博GDP增量为18.68亿元，不仅与山东GDP第六城济宁的差距扩大，更是低于菏泽36.11亿元的增量。标兵渐远，追兵渐近。更大的困境是，淄博是传统化工产业大市，近期国际市场需求减弱，化工品价格持续下跌，导致整个化工产业链压力倍增，而且资源环境压力不断加大，在这样的大背景下，对传统产业进行"伤筋动骨"的改造就成为必然。

近年来，淄博扎实推进"千项技改、千企转型"，全市规上工业企业技术改造覆盖面达80%以上，有力带动化工、机械、建材、纺织、轻工、陶琉六大优势传统产业绿色低碳高质量发展，同时持续开展传统产业技改三年行动，对化工、机械、医药等产业制定"一企一策"改造提升方案，推动优化技术工艺、优化产品体系、优化产品质量、优化产业链条、优化经济效益"五个优化"。全市通过开展安全环保风险评估、土地规划、评级评价等，首先关闭退出违规、落后企业600多家，数量占全市化工企业的一多半。此外，还开展化工园区认定、建设，高标准搭建产业发展平台；出台政策支持，加大重点企业、重点产品培育力度；高质量策划、实施重点项目，以项目推动产业转型等措施。

8月1日，在淄博市化工聚集地临淄区，齐翔腾达化工股份有限公司发布公告，与中国天辰合资建设的天辰齐翔公司，其尼龙66新材料项目一期工程，继丙烯腈装置、己二胺装置成功开车后，20万吨/年己二腈装置顺利打通全流程，开车成功并产出己二腈优级产品。作为国内首套拥有完整产业链的工业化尼龙66装置，彻底打破国外对我国己二腈的技术封锁和垄断。天辰齐翔相关负责人介绍，淄博化工新材料产业链完整，化工产业、人才底蕴深厚，与天辰齐翔上下游产业链契合度较高。从产业链上游链接产业链下游，由价值链低端迈向价值链高端，从大炼油到炼化一体化，淄博放大化工优势，做强高端化工特色产业集群，化工产业在补链、延链、强链中不断转型升级。在鸟巢、水立方、北京金融大厦、上海中心、迪拜塔等标志性建筑上，都有金晶玻璃的影子。金晶集团被誉为"中国超白玻璃诞生地"，深耕玻璃产业40多年，布局了多个产业基地，已经形成产业链，为培育企业竞争力和实现可持续发展夯实了根基。"三片玻璃"见证了金晶集团的百年历史。金晶集团的前身是博山玻璃公司。1904年，他们采用吹泡摊片法生产出中国第一片平板玻璃；2005年中国第一片超白玻璃在金晶下线，填补了国内空白；2022年，中国第一片TCO导电膜玻璃在金晶下线，打破了中国薄膜光伏行业发展的瓶颈。三种产品代表了金晶三个重要的发展阶段。通过产品创新升级，金晶集团从传统玻璃产业转向光伏玻璃、建筑节能玻璃、生物产业三大绿色赛道，研发出填补国产空白的TCO导电膜玻璃，体现了金晶在玻璃镀膜领域的绝对优势。如今，金晶集团拥有两个省级技术中心，获得国家专利及实用新型专利83项，起草或参与制定了行业标准11项。

在淄博银仕来纺织集团有限公司，从纺纱、织造到染色，都围绕

银仕来纺织的智慧纺织车间

着"一块布料"展开。大提花面料是他们的拳头产品，来源于传统的制造工艺"云锦"，属于高端产品。为了生产这种高端面料，银仕来纺织配备了世界一流的提花机设备。全自动化生产线、纺机数据、"智慧大脑"一屏掌控。从棉花到纱线再到成品布料，银仕来形成全球最完备的纺织产业链。目前，银仕来拥有世界先进水平喷气织机1100台，其中高速大提花机300台，棉纺20万纱锭，是中国最大的高端家纺提花面料供应商之一，连续多年进入行业竞争力百强前20强行列。

陶瓷产业是淄博最早的传统工业，却通过不断地升级改造，"凤凰涅槃"，成为淄博"四强产业"之一的新材料产业的代表，率先迈上新旧动能转换赛道。

山东工业陶瓷研究设计院被当地人简称为"淄博工陶"，主要从事陶瓷新材料研发、生产和销售，拥有授权专利200件，制定国际、国家及行业标准100余项，是一个国家新材料产业化基地骨干企业，建有国际科技合作基地、博士后科研工作站、省级示范工程技术研究中心、省级工业设计中心等创新平台。18年来，淄博工陶深耕于液晶玻璃基板用陶瓷新材料这一特定领域，突破了超大尺寸、低蠕变实心陶瓷制备技术等一系列"卡脖子"难题，打破美国技术封锁，铸就核心竞争优势，形成完整的自主知识产权体系，为中国新一代显示器件产业高质量发展提供了关键基础材料支撑。工陶院展厅的一面墙上，展示了工陶院的多项荣誉，包含多个国家级、省部级科研创新平台。从航空航天、船舶、兵器等领域，到节能环保、新能源、新材料等战略新兴产业，从陶瓷透波材料到陶瓷防隔热材料，再到陶瓷膜材料，工陶用硬核实力填补了一项项国内先进陶瓷领域的技术空白。

成立于2007年的汉青陶瓷公司，是一家集高端骨质瓷产品研发、设计、制造为一体的企业，以优质的高温釉中彩和极致奢华的描金技艺而闻名。汉青国瓷大胆尝试，3年时间反复试验，最终突破无缝贴

陶艺大师制作的球形三足瓶

花技术壁垒，创新使用3D建模，为瓷器量体裁衣，使用立体花纸裁剪技术，通过对花纸颜料、瓷器釉料的配方突破，在高温状态下，使其分子结构充分熔融，釉色饱满，浑然一体。这样既可以使贴花图案与白瓷更好贴合，用二维状态呈现三维作品，又能确保花纸上的图案尺寸精确，大大降低了瓷器件次品率。"无缝贴花"技术解决了三个痛点：第一是没有水和粉尘污染，解决了环保问题；第二是解决了小批量、柔性化定制的需求；第三，降低了成本，提高了生产效率。近年来，通过"数字化定制、柔性化生产、沉浸式体验"，汉青国瓷打造出一系列精品陶瓷，梅子青"海岱清风"城市礼品、全套餐具产品"盛世河山"等，在海内外享有美誉。

2023年9月8日，2023中国江北瓷砖博览交易会拉开大幕，这是第二十三届中国（淄博）国际陶瓷博览会的一项重要内容，以"创·变"为主题，汇聚600多家参展品牌，6万多款精品新品，万余名参展商、采购商齐聚一堂，还有来自多个产区的代表性生产企业，以及原岩石、肌肤釉、高耐磨、色砖、木纹、地铺石、屋面瓦等各具特色的新产品新工艺，呈现了建陶业的跨界与融合。淄博建陶企业在展会上展示了最新技术成果。在技术研发引领下，淄博建陶企业都有自己的"杀手锏"，金狮王研发的抗菌瓷砖、狮王的高硬釉瓷砖、统一科技的石英砖……都在不同的市场方向发力，在叫响淄博建陶品牌的同时，闯出自己的一片天。淄博恒彬工艺制品有限公司的星光岩，在国内独一无二。在星光岩瓷板上作画难度很大，尤其要在每一道工序中控制颜色和图案效果，制作周期较长。此外，瓷板画不仅需要绘制，还要两至三次入火烧制，加之瓷的质地，易发生变形、窑裂，成功率极低，所以精品十分难得。星光岩上的每幅瓷板画都可以做到千年不褪色，得到市场认可……

多年之前，我从淄博陶博会上购买了一把陶瓷水果刀，刀面和刀柄都是高硬度陶瓷，洁白温润，用它切水果锋利无比，而且易于清刷，不留污渍。刀柄上绘有青花图案，像一件艺术品。这把小小的水果刀，是淄博发展新兴产业的缩影。

近年来，淄博一直高度重视发展新经济和新产业。2019年2月，淄博将新材料、智能装备、新医药、电子信息确定为"四强"产业，作为工业新旧动能转换的主攻方向。2020年，淄博举办新经济发展大会，细分11条赛道，开启新经济发展"新纪元"。而今，淄博市委书记马晓磊说："新经济既为城市产业发展提供新增量，又为存量产业注入新动能；既拥有不可忽视的产业价值，又拥有重塑城市功能、城市治理、城市气质的社会价值。我们将搭建新技术、新服务、新生活'三大赛场'和工业机器人、新能源车、工业互联网、产业算力服务等31条细分垂直赛道，强化政策供给，牵手高能级头部企业，进一步提高经济发展的特色优势。"

新材料产业是战略新兴产业发展的基石，也是淄博"四强产业"的龙头。作为中国唯一"新材料名都"，淄博确定了"紧盯前沿、打造生态、沿链聚合、集群发展"的总体思路，以平台思维、生态思维为依托，实施产业赋能，使新材料成为淄博市最具核心竞争力的产业。淄博举办了20届"中国新材料技术论坛"，吸引来一大批院士、专家和企业家。据初步统计，有400多院士前来参会，一批又一批合作项目转化为现实生产力，国内外专家学者4000余人次与淄博开展合作交流和成果转化。淄博院士"朋友圈"越来越大。中国科学院院士刘维民、都有为、刘嘉麒，中国工程院院士刘永才、蒋士成、塞锡高、侯保荣……他们一路见证着淄博新材料产业的崛起，书写着为淄博产业发展赋能的一个个生动故事。

工业门类齐全的先天优势，让淄博在有机高分子、高温耐火材料、先进陶瓷等新材料领域具有较好的产业基础。20届新材料盛会，又让淄博市氟硅、先进陶瓷、聚氨酯、功能玻璃、铝基新材料的技术水平迈进国际国内前列，形成明显的规模优势。并拥有一批以东岳集团、山东中铝、金晶科技、山东药玻为代表的全国知名企业。近30家新材料骨干企业的技术开发和产业化能力全国领跑；绿色环保制冷剂、聚四氟乙烯、无水氟化氢等产品产能稳居亚洲第一；高品质熔融石英陶瓷、高性能氮化硅陶瓷、氧化锆陶瓷、耐磨氧化铝陶瓷制品、钛酸铝陶瓷、红外陶瓷材料水平全国领先；中铝山东有限公司成长为国内铝基材料龙头企业；稀土新材料领域拥有包钢灵芝稀土、加华新材料和中凯稀土材料三家山东最大的稀土分离及深加工企业，被认定为山东省稀土新材料产业基地；山东凯盛新材料股份有限公司自主研发的高性能材料系列产业化关键技术，为航空航天发展等重要应用领域提供了重要支持，技术和产品性能指标达到国际先进水平……

在第九届"上交会"上，国创淄博中心带来"新能源智能汽车全生命周期一站式低碳设计制造评估服务"技术展示，引人瞩目。中心技术总监张振翀博士说，国创淄博中心致力打破材料企业与整车企业之间看不见的"创新资源屏障"，自主研发出高性能绿色纤维——玄武岩材料，因高性能和优异特性，可低成本替代其他高性能纤维，基于这一材料，中心与一汽解放签署联合开发协议，年需求量约50万吨。在储氢技术上，中心开发的面向工业用氢的液体有机物储氢技术，适合氢能大规模、低成本应用，有助于氢能产业链的推广。因为拥有40余项新能源新材料核心专利技术，国创淄博中心孵化出多个相关企业。

全球新材料产业产值正以每年30%左右的速度增长。截至2022年底，淄博市规模以上新材料企业630家，增加值同比增长9.5%；完成营业收入2201亿元，利润117.4亿元。

　　格外耀眼的新材料产业，成为淄博发展高新技术产业的新标杆，成为支撑全市经济社会发展的重要支柱产业。在它带动下，淄博的智能装备、新医药、电子信息产业发展势头强劲，动力十足。就在淄博烧烤最火热的时候，2023年5月24日至26日，淄博市委网信办组织开展了一次大型全媒体采访活动，主题是"新齐帜——先进制造业强市淄博行"，淄博要高举工业强市、制造业强市的大旗。

　　淄博发展"四强产业"的生动画卷，呈现在记者们的笔端和镜头里。

　　产业"智"变催生发展"质"变。智能装备产业是淄博推进产业转型升级、铸造发展优势的"新赛道"。自动取杯、萃取、研磨、打奶泡、拉花……仅75秒钟，在两条机器臂的精准操作下，一杯香气四溢的拉花拿铁咖啡就完成了，这杯咖啡的"制作者"，是遨博（山东）智能机器人有限公司推出的智能双臂拉花咖啡机器人，它是全球第一个会咖啡拉花的机器人。为了研发它，遨博瞄准"人机协作"发展趋势，研发多核异构的开放式国产机器人操作系统，攻克一体化关

遨博智能深耕智能协作机器人领域

节、伺服控制、关节力矩传感器、应用软件开发环境等机器人核心技术。从日常消费领域到工业领域，遨博机器人的应用场景非常多元。智能咖啡机、微生物检测机、农业采摘机、流水线装配机……遨博机器人已成为全球产品门类最多的协作机器人。这家落户临淄不到2年的企业，市值已从不足10亿元到超过50亿元。2022年8月，遨博山东协作机器人核心部件智慧工厂正式启用，国内首条由机器人自主上下料的车、铣复合机床生产线投用，实现了真正意义上的"无人车间""用机器人制造机器人"。"淄博造"领跑协作机器人产业赛道，全力打造"核心零部件+机器人本体+应用端"的机器人生态产业链，以遨博为领头雁的智能装备产业正向高而行。

作为淄博布局的新赛道之一，这几年，智能网联汽车产业抢抓产业风口，迎风领跑，成为淄博产业新标签。无人清扫车、巡防车、消防车、物流车……在淄博智能网联汽车产业园，十几种类型的无人驾驶专用车纷纷亮相。一辆无人驾驶环卫车，可以代替5名清洁工。目前淄博有50多辆这样的无人驾驶环卫车在试运营。以技术创新、产业集聚和示范应用基地赋能产业发展，淄博智能网联汽车产业园加快智能网联汽车关键技术创新、突破、应用和产业化，着力打造集研发创新、系统测试、智能制造、应用服务于一体的智能网联汽车产业创新生态。吉利雷达是专注于户外生态的新能源智能汽车品牌，纯电物联生活皮卡雷达RD6，是国内首款原生纯电皮卡车型。露营、垂钓、骑行、植保无人机平台、户外咖啡厅……吉利雷达作为"淄博智造"的名片之一，纯电皮卡雷达RD6不仅仅是一辆车，更能营造诸多新生活场景。

近年来，淄博培育工业互联网平台40个，其中省级工业互联网平台13个，规上工业企业生产设备数字化率61.3%，打造出水泥工业大脑、电机工业互联网、窑炉数字大脑等一批数字化领域"全国第一"，入选省建设信息基础设施和推进产业数字化、数字产业化成效明显。

电子信息产业异军突起，成为淄博增长最快的新兴产业之一。淄博已成为产能全球第一的IC卡封测基地，建有集MEMS专用器件研发设计和制造于一体的产业基地，涌现出了新恒汇、信通电子、智洋创新、淄博美林、兆物网络、卓创资讯、亚华电子等一批细分领域具有领先水平的骨干企业。新恒汇电子股份有限公司是全球唯一集引线框架、模块封装、晶圆减薄划片与测试为一体的集成电路企业。蚀刻金属引线框架以及物联网ESIM封装已经实现量产，产品打破国际垄断，填补国内空白，广泛替代进口。同时，在物联网安全领域占据一定的市场份额，为企业后续发展开拓了广阔的道路。

新华医疗是一个具有"红色基因"的老企业。1943年，它诞生在胶东抗日根据地，是一个为解决战时军需供给问题成立的"器械组"，这是我党我军创建的第一家医疗器械生产企业。从医用刀、剪、镊的"老三样"，到生物反应器、血液透析装置、放射诊疗产品等科技感十足的高精尖医疗产品，80年后的今天，新华医疗从一个只能生产简易医疗器械的手工"作坊"，发展成为拥有上万个医疗器械产品的上市企业，业务板块拓展至医疗器械、制药装备两大主业板块及医疗商贸、医疗服务等方面。走进新华医疗产品展示厅，各类手术器械、消毒设备、制药设备等令人应接不暇，"科技"含量十足。一台医用电子直线加速器，由近2万个不同的零件组合而成，是肿瘤放射治疗的"利器"。中国第一台直线加速器就诞生于新华医疗，终结了我国只能依赖进口的现实。一把小小的剪刀，也要经过74道工序打造完成……

根据2023年淄博上半年"半年报"，全市规模以上新材料、智能装备、新医药、电子信息"四强"产业增加值增长14.4%，快于全部规上工业水平5.3个百分点。其中，智能装备产业、电子信息制造业增加值分别增长26.1%、55.5%。新兴产业正加速成势。

淄博为什么充满活力？因为一个"新"字，思路新，产业新，还有新人的不断涌入。

2023年金秋时节，一个崭新的节日在淄博诞生了，这就是"淄博人才节"。9月20日开幕，26日结束，这个节日开展了106场活动，释放了淄博"聚天下英才而用之"的积极信号。

人才流动决定着一个城市的未来。淄博坚持把人才引领创新驱动作为城市转型升级和高质量发展的核心要素，推动人才优势转化为发展优势，效果初显。围绕着"四强"产业，淄博主要吸引了两种人才，一是城市发展合伙人。合伙人是城市与人才、企业、院所、资本等合作，实现双方共创共享共生共荣。2020年，淄博率先在山东省内建立城市发展合伙人制度，截至目前，已完成三批合伙人推选工作，共确定城市发展合伙人209名。淄博注重发挥合伙人的四大功能：一是城市"智囊团"，协助政府谋划未来；二是产业"路由器"，以平台思维架起政府和企业对接的桥梁；三是招引"发动机"，通过链接资源实现"以商招商"；四是创新"集成者"，引入科创平台，扎实推进高水平科技自立自强。209名合伙人，绝大多数是具有较强行业引领性的企业，或者是拥有关键领域核心技术的科研机构，还有具有战略眼光前瞻布局未来的产业新星，他们落户淄博后，已经产生"引进一个企业，带动一条产业链"的聚集效应。二是以大学生为主体的各类人才。近年来，淄博大力实施"人才强市"战略，坚持精准引才、系统育才、科学用才、用心留才，以一座城市的热忱和期许延揽人才、拥抱人才、成就人才。全市人才发展生态持续优化提升，按照"比别人再好一点、最优再加一点"的原则，以2年为周期全面升级完善一次人才政策，先后出台"青年创业25条""人才金政50条""青年人才来淄留淄16条措施"等政策文件，含金量高、创新力度大。启动实施了"产业人才精育计划""青年菁英托举计划""技能人才提质计划"等12项人才专项计划，千方百计满足人才全周期、全要素的发展需求，为各类人才在淄发展提供真情实意、真金白银的政策支持。淄博市2023年政府工作报告提出，聚力实施创新驱动战略，加强人才引进培育，推进

"五年二十万大学生来淄创新创业计划"。淄博，正成为人才集聚洼地、人才创业高地、人才向往福地。2023年4月12日，淄博市委常委、副市长李新胜结合"出圈"的淄博烧烤，在山东大学作城市推介，淄博市人社局组织全市60家重点企事业单位，提供353个岗位，需求人数1748人。3个多小时达成初步就业意向604人次，其中博士生34人次、硕士生415人次、本科生155人次。2023年以来，淄博人社局聚焦20条重点产业链及63家"链主"企业引才需求，依托"淄博—高校人才直通车"活动形式，先后开赴省内外高校举办氟硅材料、工程塑料、聚烯烃等重点产业链专场招聘会，足迹遍布北京、黑龙江、内蒙古等6地26所高校。

新产业、好政策、美环境，像一个巨大磁场，吸引了一批又一批的新淄博人，在这个城市施展才华，享受生活。

张阳，原为中国科学院半导体研究所的一名研究员。2019年10月，他辞去令人羡慕的工作，带领42名博士和老师来到淄博，成立山东中科际联光电集成技术研究院有限公司，成为一名"追光者"。他们要凌空、上天、入海，搭建光通信网络，用光构建空、天、地、海万物互联的世界。他们研制的光子集成芯片，具有集成化、融合化、工程化的特点，并开发高性能光电子器件、模块与应用系统，为国家"北斗""国网""空天地一体化""光纤水听""5G"等重要工程，提供光电子集成器件产品和解决方案。目前公司在光通信发射、放大、调制、接收的四个阶段，实现了产品全覆盖，完全实现芯片研发生产的自主可控。短短几年，张阳对淄博产生了深厚感情，全家人都定居在淄博了。他觉得淄博有很多优势，一是"大气""包容""开放"，这是淄博骨子里存在的基因，也是这个城市的魅力所在。一些老专家因为工作来到淄博，觉得生活特别舒服，都携家带口来淄博定居了。二是政府特别有魄力和诚意，招商引资的项目从洽谈到最后签约，仅仅用了100天，让他在淄博干事创业有了很大动力。当地政府和各个相关部

新淄博人张阳

门一直给予企业很大帮助。三是淄博虽然是"工业城市"，但是碧水蓝天，生态环境出乎意料的好，原来难得一见的蓝天成了经常可见，加上全域公园城市建设的规划，让市民出门即见公园、鲜花与绿地，这些举措使得淄博的颜值越来越靓丽精致。张阳一直在为淄博"代言"，他有一个梦想：把鲁中打造成可以媲美武汉光谷的北方光都……

　　张阳是外地人，而祖籍淄博的化学生物学博士于永生，在外地求学工作十余年之后，又回到淄博。新医药与新材料是淄博的"四强"产业，与他所学专业不谋而合。他了解到，在淄博创业，可以获得资金、金融、创业指导服务和创业孵化体系等方面的支持。淄博的承诺是"每份才华都有施展空间，每个创意都有孵化载体"。政府给他们办理了"淄博精英卡"，可以享受交通出行、旅游服务、审批服务等多项优惠，这让他心里有了"定海神针"。2020年底，于永生在淄博高新区创办山东载盈健康产业有限公司，定位于新医药与新材料领域的前沿科学技术，以技术服务转让和开发生物医药前体产品为主营业务，技术服务方面主要有天然高分子材料修饰、发酵技术个性化定制、多功能多肽和蛋白定制服务等。他们的水凝胶技术已处于无人超声辅助采血的临床验证中；新型精酿啤酒发酵技术成功转化，一个餐厅利用其发酵技术酿制的多款精酿啤酒，受到顾客一致好评；他们开发的抗生素替代产品抗菌肽，也得到认可。创业过程充满挑战，压力巨大，但是舒适的创业环境和政府的贴心服务，大大缓解了他们的创业压力。回到家乡以后，于永生就像潜鲸没于深海，也像鸣鹿遁在丛林。工作闲暇之余，他游逛"步入鲁山景色幽，六月炎夏顿成秋"的鲁山国家森林公园，漫步在阁湖相依的湿地公园，感受淄博的秀丽风光；华灯初上，他品尝淄博网红烧烤，畅饮用自家技术酿制的精酿啤酒，从万象汇穿过人流如织的美食街步行到银座，感受淄博的活力四射……他说，"在家乡淄博生活创业，感觉整颗心都可以托付给这座城市，越来越好的环境、垂涎欲滴的美食、秀美壮丽的山水，让人回来就不想走"。

已经在淄博生活21年的刘婉红，是张店区罗曼庭布艺壁纸商行的总经理。当年，辞去上海的高薪工作、在父母家等待生产的她，抱着试一试的心态，在淄博开了第一家面积40平方米的布艺店。凭借超前的展示、独特的设计，小店门庭若市，后来刘婉红陆续自营、加盟开出5家店。一时间，"罗曼庭"在淄博声名鹊起。她下定决心，留在淄博，并驱车九小时从淄博赶赴上海，说服丈夫与她一同返回淄博。刘婉红发现，她引进与上海同步的软装壁纸等产品时，淄博消费者很乐于接受，有些高端奢品的销量超过青岛和济南。在她看来，开放的齐文化和工业文明浸润的淄博，对新鲜事物有着超高的接受度。对刘婉红来说，爱上一座城市不是一瞬间的事，而是逐日的渗透与沉浸。伴随城市的延伸与路网的更新改造，淄博的城市承载力、宜居性和包容度不断增强。舒适的节奏、被包裹的爱意与对文化仪式的认可，都是她爱上淄博的原因。刘婉红观察到，张店区作为淄博市的中心城区，近几年的变化让人惊喜。这里既有保利大剧院、海岱楼钟书阁、城市书房等文化地标，又不乏种种年轻人喜爱的活力场所，以文化底蕴糅合青春活力，越来越能够满足现代人的生活与娱乐需求。

的确，要想实现城市的高质量发展，必须实现生产、生态和生活"三生融合"。为了留住人才，淄博不光有政策，有环境，还为大家提供着优质公共服务和公共运维能力，密布着有温度的便民设施，生活便利度极高，社区可以友好融入，收入质量和生活质量高度均衡。

2019年，淄博市专门出台文件，发展繁荣"夜经济"，首批打造

23条街区不夜城，一街区一特色。与浅海美食城毗邻的水晶街，是第一个实现"外摆位"经营的街区。"外摆位"，过去叫占道经营，名称的改变，是城市管理理念的一大突破。马尚镇政府大力支持，并通过协调交警、城管、消防等部门，"一揽子"解决了外摆摊位带来的诸多老大难问题。外摆带来的人气引爆水晶街，餐饮名店联合布局"外摆阵"，形成集聚效应。每当夜幕降临，长达1500米的水晶街上灯火通明，五彩霓虹点亮夜空。这里人流如织，6万平方米的沿街商业区，植入"时尚元素""娱乐项目""非遗记忆"，13个街坊，各具特色，吃喝玩乐游购娱于一体，数家网红餐厅和超市24小时营业，炫酷的VR场景、科技感十足且配置高端的网咖、休息玩乐两不误的电竞酒店……吸引众多年轻人前来打卡，80后90后成为主要消费主体。最近，40个非遗单位入驻水晶街文化长廊，濒临失传的非遗老手艺将在这里焕发青春。

临淄区有一条鱼盐里商业街，夜晚同样人声鼎沸，热闹非凡。这里不仅有以"畅快玩乐"为主题的消费购物区，有时髦街拍秀场，还有各式各样的娱乐方式。鱼盐里项目负责人宋鹏说："鱼盐里瞄准青年人夜生活需求，增加灯光秀、夜间亮化、IP雕塑等时尚元素，打造'声光电'的综合体验。"另外，鱼盐里还推出啤酒音乐节、"夜市购物节"等活动，融合夜间集市、夜淘小品等娱乐会演和歌舞内容，不断丰富夜间娱乐和消费形式，构筑临淄最完善的综合性、地标性夜间消费前沿阵地。

张店区的唐库市集，致力于打造本土年轻人线下市集文化，成为著名的打卡胜地。这里涵盖了美食餐饮、精酿鸡尾酒、奇趣手作等，掀起一股市集的热潮。创意"市集"是一个城市文化的缩影，填补了传统商业没有的活力和氛围。创意"市集"常态化存在，用一种新鲜生活方式融入城市，艺术感与烟火气并存。唐库市集有一个特点，好多摊主都有海外留学经历，他们带来了外来文化，不少东西让游客耳目一新。2020年6月，他们举办了第一场后备厢市集，至2022年夏天，已举办60余场，由单一的后备厢市集，发展为包含桌棚、后备厢、小餐车等多元形态在内的文化盛会。

热了烧烤城，火了齐文化

淄博烧烤应该走向何方？我觉得八大局已经呈现的三个方向，就是淄博和淄博烧烤正在走的道路。

首先是主客共享，兼顾外地游客和本地居民需求，在二者之间寻找一个最佳平衡点，这样的城市生活空间，既能吸引大批外地游客，也能保留便民利民功能。

这个春天，外地游客潮水般涌入，让以平价、便民和自然为特征的八大局，变得"面目全非"。过去人们提着菜篮子，徒步或者骑电动车，在市场上可以随意购买肉、菜、水果、海鲜，以及各种日用小商品。游客潮一来，紫米饼、炒锅饼、牛奶棒"新三样"爆红，椰子蛋、辣鸡爪、冰咖啡、柠檬茶等各种网红食品紧随而来，结果是"老顾客进不进来，新顾客不屑一顾"，卖蔬菜水果肉类的纷纷改行，卖网红食品。据说高峰时期，八大局千篇一律的炒锅饼店和紫米饼店超过100家，而且都是"原创""首家""正宗"，只有本地居民一眼认出，"他们家是豆腐店改造的"，"这一家是卖海鲜的"，"他家原来是卖干果的"，卖豆腐的、卖蔬菜的、卖肥肠的都卖起炒锅饼，很多店的老招牌还没拆下来。

当大潮退去的时候，八大局逐渐恢复了理性。大约是在第一波高峰过去之后的6月，八大局南北向的街道还是网红"打卡地"，而两条东西向的街道，则恢复为便民市场。我8月份去逛了一次，发现八大局的网红食品不那么热了，衢州鸭头最少看到三家，"鸭头小哥"仍然穿

八大局的锅饼摊位

着黑背心，在寂寞地玩手机。炒锅饼和紫米饼可以品尝，很多人尝了一点，就不再购买，而店家照样笑脸相迎，欢迎品尝。在东西向街道上，我花4块钱买了一斤很大的无花果，还问了问海鲜和水果的价格，比较便宜。在这样的情况下，很多店铺准备放弃网红食品，继续恢复自己的老本行，一个买紫米饼的，重新卖自己的美味"张氏拌菜"，一个卖锅饼的，重操旧业卖豆腐……附近居民感觉，虽然这里已经成为景区，但是过去便利的生活又回来了。

这其中，有当地政府的积极作为。现在的八大局，大门更加端庄大气，临时便民洗手间改成高端旅游洗手间，道路整洁平坦，购物环境舒适，通往热点景区的公交线路增多。在突出浓郁地域文化特色的同时，正在向兼具主客共享、街区社区一体、综合业态丰富的方向发展。这样既兼顾了社区居民的利益和需求，也避免因为过度商业化而引发社会矛盾。市场监管和商务部门还引导商家开发本地特色产品，比如博山硬炸肉、豆腐箱子、八宝饭等当地特色美食。

其次是淄博不存在"凉了"的问题，而是进入"温中常热"的新常态。

我一直在观察"淄博烧烤现象"。3月、4月全月和"五一"假期，淄博稳健地接住了巨大流量，这是一个最为关键的时期，就像被强烈锤炼过一样，淄博的城市容量、韧性和热度，达到新的高度和平台，淄博的城市品牌已经完美树立起来，润物细无声地进入人们的潜意识。只要淄博还在努力，这样的高度是下降不了的。在全国人民心目中，这是一个有温度、有情感、有担当、有作为、有品质的城市，只要想到淄博，心里就暖融融的，眼眶就潮乎乎的，眼前就有一道光亮，未来就有动力和希望。这种温暖感，会使淄博长期处于"温"的状态；而偶然爆发出的文化能量，还有政府的积极作为、不懈努力，又使淄博间歇性地出现"热"浪。一个游客说：在淄博，我说了很多次"谢谢"和"不客气"，我一直都觉得自己是有些锋芒的年轻人，戾气重，但是在淄博仿佛被短暂地磨平了棱角，和这座城市一样变得柔和谦逊。在八大局，城市底蕴、多元文化、扑鼻美食，对外地大学生呈现不一样的魅力。行走在狭长的老居民楼中间的市场里，很多年轻大学生有一种历史穿越感，对这个市场来说，则焕发了"童颜"。这种种美妙感觉，使淄博成为一个"美好朝圣地"。有一个淄博医生长期为"进淄赶烤"的人提供急诊服务。作为市里医疗保障组成员，"五一"假期，他在临时搭建的烧烤城值守了好几天。汩汩而来的人流，让他这个"老淄博"感觉很不真实，眼瞅着外界不断说要凉了要凉了，可每次出门路过烧烤网红景点八大局，总还是人山人海。如果和"出圈"之前相比，淄博的人流量增加了不止十倍，但是也有高低起伏。"五一"之后，6月中下旬人员减少，可是到暑假又"热"了；9月学校开学，稍微安静了几天，"十一"黄金周又到了；还有偶发的、人为的情况，更让淄博出现了各种"热"，比如刀郎一首《罗刹海市》热了淄川，王海打假让人觉得淄博烧烤本身没问题，还有政府组织的啤酒节、陶琉节，到9月底，还有一个马拉松比赛……淄博的"温

摆摊的书画艺术家

中常热"具有强烈的节奏感。最热的时候，政府注意控制热度，适当降温；温热的时候，政府又"添薪加柴"，保持热度持续不断。在市场的历练下，政府、商家和群众驾驭市场的能力大大增强。"温"的状态下，淄博烧烤行业从之前的"劝退客人"，演变成现在需要价格战、搞花活招揽顾客，"也开始卷起来了"。大浪淘沙，新开的、质量不好的、不会经营的烧烤店，可能倒闭，但是一些有品质的品牌老店反而迎来更大的发展机遇。

9月份，一些网友建议淄博烧烤转型，将淄博烧烤店开到消费者家附近，激发消费意愿，还可以通过门店展示维持品牌热度。淄博商务局回复，将在促进淄博烧烤后续健康发展的基础上，借势流量红利，进一步提振消费。一是倡导经营业户加强自律，继续推广烧烤店"一店一码"制度，提升淄博烧烤整体水平；二是推动"淄博烧烤"集体商标注册，以市场化手段提升其品牌价值；三是打造消费新场景，发展消费新业态，大力挖掘老字号优势。大力发展会展经济，年内组织策划30场以上的高端展会。策划后备厢集市、露营经济等。持续打造沉浸式、体验式消费场景……

淄博热不热，还是用数据来说话。据淄博商务局统计，与烧烤出圈之前相比，淄博的烧烤店成倍增加；小饼店增长十几倍，禽畜肉食品批发企业增加了100多家。

再次，八大局陆续出现的一些新情况，说明淄博烧烤带火了齐文化；齐文化的崛起，将为淄博发展注入更强大的动力。细雨霏霏，在八大局南门外的共青团路上，排着一长溜儿遮阳棚，一位位艺术家正在这里挥毫泼墨，为游客提供精美的艺术品。我打着雨伞，在长达四五百米的"书画街"上走了一趟，说实话，这些艺术家的整体水平不低，作品以国画和书法为主，兼顾其他。很多人是中国美协或者书协会员。大概是因为夏季炎热，作品都画在扇面上。我买了两张荷花，这是一个河北画家画的，一片绿油油的荷叶间，盛开着粉红的花朵，偶然有几条小鱼在游动，一种凉爽惬意之感油然而生，画家说，你还真有眼光，人家都叫我"荷花王子"；我在另一个摊位上买了一张仕女图，穿橙色古装的美女，手里拿着一朵红花，画面和人心都很干净，摊主说，这是蒲松龄的十四世外孙的作品；一个戴鸭舌帽的天津画家，自称是信佛的居士，穿一身麻衣，给我朋友画了一张肖像漫画，惟妙惟肖，只要60块钱……那颗颗雨珠，仿佛滴到画面上了，所以画是活的，新鲜而灵动。为什么会有这样一条"书画街"？张店区委常委、宣传部部长刘静说，淄博烧烤火了，要向什么方向发展？我们也是绞尽脑汁，觉得吃好了还得有精神生活，淄博是中国书画之乡，有那么多美协和书协会员，有众多的美术爱好者，于是就搭起帐篷，以低价出租，结果画家云集，顾客盈门。

来淄博八大局摆摊的大致有三类艺术家：一是来自北京、天津、济南等地的著名艺术家，他们有头衔、有职务、有艺术水平，衣食无忧，来淄博就是为了体验不一样的人生，为了一种艺术情怀。淄博邀请了山水画家沈胄、苏富琴、韩家平、蒋良等多位书画大师一起来到淄博上街为游客绘画。这些艺术水平很高的艺术家，创作的作品售价不足百元，自然大受欢迎。二是来自淄博本地的画家和艺术爱好者。淄博是山东美术高地之一，全市有中国书协会员89人，省书协会员537人；中国美协会员121人，省美协会员415人。而淄博市书法家协会和淄博市美术家协会会员则分别为1345人和1438人。放眼全国，在地市级这个层面，淄博书画都是一个非常独特的现象。在书画街上，他们占尽主场优势，可以一展风采。来自淄川区的赵宝增，是这条街上最早摆摊的人，他是山东省美协会员，为国家发行的邮票作过画，擅长画梅兰竹菊。他在扇面上作一幅画，需要50—100块钱，有人坐了六七个小时的高铁来求画，发现还要排队，他一天只画20张作品，书画摊位被围得里三层外三层。一位来自北京的企业高管，和画完扇面的赵宝增合影，并说了这样一句话："烟火里谋生，生活里谋爱，爱上淄博这座城市，爱上她的烟火气，爱上诗和远方。"一位淄博画家说，我现在过马路不闯红灯了，出门也不乱丢垃圾了，吸完一根烟，烟头一定要找到垃圾桶再丢。咱可不能给淄博抹黑。三是来自全国各地的民间画家和艺术爱好者，他们没有职务、头衔，却有着极高的艺术天赋和创作水平，在淄博找到一条实现自己价值的途径。这里打破了各种限制和框框，只看艺术作品，网友称赞为"八大局文化是中国版文艺复兴"……

后来，艺术家们不仅仅在"书画街"摆摊，八大局的东西两条街上，很多店铺成了书画店，满脸艺术气质的人在叫卖；市场西边还专门开辟了新的书画苑，最多时几百人同时作画。

淄博文化馆组织鲁派内画、剪纸、面塑、棕编、刺绣、蛋雕等20余名非遗传承人，分传统美术、传统技艺和传统医药等大类，组成非遗集市，传承中华技艺。其中，由多位名医组成的中医一条街最受关注，这些名医平常"一号难求"，在这条街上，进行免费义诊服务，同时还可以进行推拿、正骨等项目。不少游客体验后惊呼："实在是太神奇啦！做完一下子就不痛了。"各种非遗技艺也持续吸引着人们的眼球，游客们在上街体验的过程中，不断被非遗的文化魅力所折服，被非遗的精神内核所感染。

2023年8月，在蒲松龄纪念馆"被迫"开馆一个周之后，我跟着浩浩荡荡的旅游大军，来到淄川区洪山镇蒲家庄。

这个叫中国聊斋城的景区，主要包括三大部分：蒲家庄，是中国历史文化名村，村里的民俗建筑群是省级文物保护单位；蒲松龄故居，是全国重点文物保护单位，也称蒲松龄纪念馆；还有一个以聊斋故事为背景打造的聊斋园。走过一个青砖白墙的古老城门，就进入了蒲家庄，两边是民居，中间一条石板路冒着亮光，路边一排蓝色遮阳棚下，有卖聊斋连环画的，卖小狐狸等琉璃产品的，还有各种文创和书画摊位。从一组雕塑上了解到一段往事，解放战争时期，华野在取得莱芜战役胜利后，在淄博一带整军，司令部就设在蒲家庄，为取得孟良崮战役的胜利积蓄了力量。我们还去参观了一个蒲氏后裔的老屋，感受到20世纪70年代之前原汁原味的农村生活。在路边，看到蒲松龄第十一世孙蒲章民在路边画画，给游客写的都是"聊斋""进淄赶烤"等内容。我发现，蒲家人都是大脸盘子，浓眉大眼，短头发略显苍白，粗犷豪放，饱经沧桑，却又智慧内秀，有一股子文化气息。

尽管下着雨，游客还是很多。淄博烧烤带来的人流，8月份开始又在淄川爆发了一次。这次爆发的原因很简单，就是因为刀郎的《罗刹海市》。这首歌曲，是穿越、跨界和混搭的典范，直白与深奥、传统与现代、民间与古典、民族与世界等等完美结合，妇孺皆能传唱，又有一股悠长甘醇的文化回味，直击目前歌坛乃至整个社会一些共性现象，听罢让人拍案叫绝，欲罢不能。说实话，在很多个日子里，我脑子里一直回响着《罗刹海市》的旋律，生命也在跟着律动。这个歌曲来源于《聊斋志异》中的一个同名短篇小说。其实小说《罗刹海市》分为两个层次，前面的罗刹国美丑不分，黑白颠倒；而海市则是一个美好的世界，这里有纯洁的爱情、黏稠的亲情、善良的人情。刀郎的歌主要是嘲讽、鞭挞和反思，但是也隐藏着对美好的渴望……2023年7月19日，刀郎的新歌专辑《山歌寥哉》正式发行。"寥哉"就是聊斋，刀郎要用音乐构建一个聊斋世界，所以专辑里的《罗刹海市》《花妖》《路南柯》《画皮》《镜听》《画壁》《翩翩》《未来的底片》等歌曲，都出自聊斋志异。刀郎新歌一出，首先在整个音乐界掀起一场"地震"，然后波及全社会，满大街的人在唱"那马户不知道它是一头驴，那又鸟不知道它是一只鸡"，"不管你咋样洗，那都是一个脏东西"……据说到目前为止，这首歌的访问量超过600亿。19年前，刀郎因为《2002年的第一场雪》爆红，但是因为网络歌曲与传统流行音乐"打架"，使他遭遇了诸多争议。这些年，他远离娱乐圈的是是非非，但从来没有放弃音乐道路。三年前还曾推出过一张名为《弹词话本》的专辑，有着浓郁的江南古典文学气息，与以往风格大相径庭。这一次，他携《罗刹海市》等"聊斋歌曲"强势归来，在流行音乐与民间传统文化、古典文学的结合中展现出很高的创作和创新水准。面对沸腾的舆情，他只字未言，估计又去体验生活、创作新歌去了。

淄川区蒲松龄故居的陈设

谁也没想到，大家把对《罗刹海市》的无限感情，转移到淄博来了。不可否认的是，淄博烧烤"出圈"，使整个城市的知名度和美誉度大大提高，两个热点话题产生碰撞和交融，激发出游客对淄博新的好奇和愿望。"宝藏城市"淄博打开第二波火爆全网的"副本"，游客们希望来淄博亲身感受《聊斋志异》中的故事，了解蒲松龄的生平轶事。

我们先去蒲松龄纪念馆。这里免费参观，但是有一个规定，本地游客暂时不能进入，外地游客，预约好的从正门进入，没有预约的从侧门进。除了大门上黑色油漆的味道，蒲松龄故居像一张褪色的古画，一切都是本色的，房屋，树木，陈设，乃至蒲松龄用过的床、凳子和文具等。人是五颜六色的，鲜艳而具体，吵吵闹闹，带着人间烟火味。这是一个普通北方农家四合院，包括三间北屋，东西厢房各一间。院子里两棵老树绿意盎然。就在这样一个小院中，蒲松龄二十四五岁开始动笔写《聊斋志异》，到四十岁时开始结集成册。他用自己的奇思妙想，以浪漫主义的笔法，生动简练的语言，通过鬼狐花妖故事，折射出作者所处时代的现实问题，寄托着作者的爱憎、理想和感愤之情。房子中间，挂着蒲松龄的彩色画像，他身穿官服，面容清瘦，手捻胡须，深邃的目光望向不知何处的远方。画像上方，挂着著名学者路大荒题写的"聊斋"，两边木板对联黑底金字，是郭沫若题写的"写鬼写妖高人一等，刺贪刺虐入木三分"。旁边屋子里，有蒲松龄用过的书架，上边摆满古装书籍，土炕上铺着褥子，还有印花布被子。蒲松龄出生在这里，也在书桌边的椅子上以坐姿离世……但是他永远活着，院子里有一个石雕，他还在捻着胡须；艺术大家们的画面里，他或站立，或骑驴，或路边摆茶听故事，或奋笔疾书……时间多少不平事，需要他刀和矛一样的笔啊！

其实蒲松龄《聊斋志异》还有一个写作地，就是周村区王村镇西埠村。这里有一个明朝户部尚书毕自严的故居，当年面积很大，现在修复了一个东跨院，是当年蒲松龄教书的地方，所以这个景区叫"蒲松龄书馆"。据解说员介绍，这里是蒲松龄从30岁到70岁教书的地方，有三进院落，我们参观绰然堂、振衣阁和万卷楼，还有一个后花园——石隐园，和聊斋园里后花园的名字一模一样。这里有一个状若蝴蝶的松树，名曰"蝴蝶松"，有500年树龄了；这里有蒲松龄正在教书的群像，他手拿书卷，带着七八个小学生，正在诵读文章；还有《红玉》《书痴》等聊斋故事的彩色雕塑。我们去了后面的齐鲁大道旧址，据说，当年，蒲松龄在这里听南来北往的客人讲故事，再把它幻化成聊斋故事……

雨后的聊斋园一片油绿，这里好像是一个小狐狸和神秘人物的王国。古旧的味道不能复制，但是能够体味。这里有洞穿阴阳、结缘狐仙、聚仙峰、柳泉采风、麒麟送子、才子茔、永恒之爱、罗刹海市、罗刹国小村等9处打卡点，游客可以感受聊斋故事中的部分情节。一些小狐狸的头部、身上，被游客的手摸得发亮，很多人在和小狐狸合影留念。我却愿意静静地走进绿树掩映的隐秘一角，幻想和蒲松龄笔下的美女有一次浪漫的偶遇。齐文化开放、多元、神秘、智慧，而那些女妖女鬼女仙们，自由开放，浪漫神秘，才智兼备，包蕴着丰富的齐文化内涵……她们是否会经常再回人间走走看看？一些网络红人装扮成女妖前来打卡。穿着红衣、长发飘飘，真有点《倩女幽魂》的感觉。听游客说这里还有一些体验项目，一个叫"地府"的项目，一进去是十八层地狱，一层又一层，路上有牛头马面、刀山油锅等场景，还有阎王爷直勾勾地盯着你，非常吓人。这些道具会动，加上昏暗灯光和诡异音乐，许多人进去后被吓哭了。而传说中的"罗刹海市"更是让人叹为观止。在一个古色古香的房间里，一群奇异的夜叉正在举行婚礼，每个塑像都独具形态，面部表情栩栩如生，仿佛置身于《聊斋志异》场景中，让人感觉仿佛穿越到另一个世界。

据蒲松龄纪念馆馆长裴涛介绍，8月4日至6日，3天已接待游客2万多人次。对于《罗刹海市》带动的这波流量，淄川制定了详细、贴心的方案主动应对。纪念馆全体员工取消休假、全员在岗，按照工作需要定岗定人；开辟专向出口、增设六处线路指引牌，安排专人值守，引导游客有序参观；为游客提供便民饮水处、免费充电、轮椅等服务；与公安、卫健等部门协同配合，做好应急预案；每天上下午还各有两场聊斋俚曲演唱、免费讲解服务。蒲松龄第十一世孙蒲章俊，带领一支小团队在柳泉边上的亭子里弹唱起《银纽丝》《玉娥郎》等聊斋俚曲……同时，蒲松龄纪念馆正在打造VR沉浸式主题展厅，届时《聊斋志异》中的经典篇目将通过数字超高清技术，为公众呈现全感官多维度的体验。

在返回途中，我看到一个"罗刹国小吃"，还看到中国柳泉特色"马户"肉馆，以及炒"又鸟"店，小小细节，反映的是齐文化吸纳、再生和创造的新活力。

蒲松龄故居和聊斋园火起来之后，一个姓胡的淄博老板非常欣慰，他的文创产品迎合了市场新一轮需求，受到顾客欢迎。这个设计公司的老板发现：淄博烧烤出圈之后，全国人民通过烧烤进入淄博文化，深挖齐文化，成为一种新趋势。

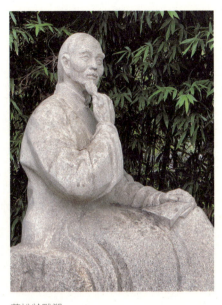

蒲松龄雕塑

此前，他设计了三大主题的文创产品，包括人间烟火气、齐文化和聊斋文化，没想到对应上淄博不同的火爆阶段。最初，产品聚焦"淄博烧烤"四个字，甚至印上烧烤炉图案，这组"人间烟火气"，因为和烧烤切合，卖得最好。八大局书画和琉璃盛行之时，他的齐文化题材文创产品销量大涨。等到蒲松龄火起来，他们的聊斋主题产品又承接住了淄博最新的流量曲线，打了一场漂亮的突击战。

以"改革、创新、开放、务实、包容"为特质的齐文化，是淄博的文化基因。以齐文化为龙头，历经千年发展演进，聊斋文化、陶琉文化、丝绸文化、鲁商文化、孝文化、蹴鞠文化、红色文化、黄河文化等淄博地域文化逐步形成。进入新时代，齐文化中以人为本、尊贤尚功、以法治国、崇商重工等思想，更与社会主义核心价值观和当代社会发展理念高度契合，它作为齐鲁文化的重要组成部分和中华文化的重要源头，是淄博老工业城市转型发展、凤凰涅槃、加速崛起最为宝贵的文化滋养，也是淄博能够火下去的精神动力。

淄博提出在中华优秀传统文化"两创"方面要聚焦学术研究、产业转化、宣传弘扬三大任务，实现六个方面创新突破，让优秀传统文化活起来、新起来、亮起来，主动融入"山东文脉"，积极构建"尼山淄水"交相辉映格局，加快打造中华优秀传统文化"两创"标杆城市。

山东理工大学和淄博的社科机构等都是齐文化研究高地。齐文化研究院院长毕雪峰说：做好研究阐释，是实现齐文化创造性转化、创新性发展的重要基础。近年来，我市立足齐国故都、齐文化发祥地、世界足球起源地等优秀传统文化资源，推出一批标志性成果，让千年齐文化在新时代不断焕发出耀眼光芒。齐文化研究院注重整体规划，不断完善体制机制，构筑起齐文化研究阐释的"四梁八柱"，打造国内一流的地域文化综合性研究高地，把齐文化打造成为"超级文化IP"。齐文化研究院系统做好相关文献典籍编纂，加强对齐文化书籍资料出版和课题研究的统筹管理，形成研究合力，制定了五年规划和《齐文化研究课题管理办法》，分5个系列对齐文化历史典籍、文献、书籍进行系统性搜集、研究、整理和谋划；综合市内外研究力量，编纂出版《泱泱齐风》等齐文化专著20余部，在省内外重要报纸、学术期刊发表专题文章和学术论文数百篇；创办综合性学术刊物《稷下学刊》，目前已出版20余期，编发齐文化研究有关学术论文与普及性文章近400篇，约250万字。研究院还在构建"大研究"机制，打造高端化研究联盟。

盛事共襄，文化赋能。已经举办20届的齐文化节，作为淄博市一年一度的节庆盛会和文化大餐，成功打响齐文化品牌，成为宣传推介齐文化、扩大淄博知名度的重要窗口和传播平台。一路走来，齐文化节坚持"继承、发展、创新"的原则，以"平台思维、生态思维、有解思维"三大理念引领，内容越来越丰富、形式越来越新颖、活动越来越惠民，在祭姜大典、齐文化与稷下学高峰论坛、齐文化博览会等传统经典活动的基础上，不断创新创意，成功举办淄博青岛啤酒节、麦田音乐节和城市戏剧节等时尚节会，逐渐将齐文化节打造成为"时尚、科技、动感、活力、亲民、惠民"的节庆盛会。从"世界足球起源地"论证，到国际足联正式确认"世界足球起源地"为淄博临淄；从

2015年国家主席习近平出访将临淄仿古鞠作为国礼赠送给英国国家足球博物馆，到中英足球文化高峰论坛连续举办；从中超联赛迎取圣球，到蹴鞠文化走进卡塔尔世界杯；从稷下学宫到稷下学高峰论坛，再到中希古典文明高峰论坛……齐文化所释放的淄博强音和蓬勃力量为世人所关注，这其中齐文化节功不可没。

　　如何寻找齐文化融入现代生产生活的契合点，淄博正在探索一条理论与实践相结合之路，让齐文化看得见，摸得着。近年来，淄博市以齐文化产业转化联盟为载体，以"齐文化"加"陶琉""文旅""康养""餐饮""手造"五大板块为着力点，推动实现"产、学、研、商"资源整合共享发展。从"内容创意、产品生产、渠道流通、宣传推介"全链条发力，建立集产销研和展示体验于一体的手造产业体系，打响"山东手造·齐品淄博"品牌。涵盖餐饮、文创、娱乐、民宿等业态的特色文娱商业主题街区"稷下湾商街"（齐街）项目，以别具特色的齐文化元素和时尚设计成为网红打卡地；加快淄博市美术馆等66个文旅重点项目建设，打造一批兼具文化传播和旅游功能的展示平台载体；创新开发深度研学旅游产品，发展生态游、乡村游、民俗游、红色游、工业游，丰富以齐文化为主题的多元化旅游产品供给，不断增强齐文化IP趣味……毕雪峰介绍说，他们曾与华光国瓷、大染坊丝绸、於陵丝绸、齐州窑、人立琉璃等多家文创企业对接合作，将齐文化元素融入丝绸、陶瓷、琉璃等文创产品之中，打造了一批齐文化元素鲜明、实用美观的文创产品，如带有蹴鞠、古车、牺尊等元素的丝绸制品、以齐国刀币为造型的陶瓷工艺品，以及姜太公像、太公封齐等大型琉璃灯工作品。最近，位于淄博陶琉国艺馆的"小虾米"团队极其繁忙，一边接待慕名前来打卡参观的游客，一边忙着生产。自从在首届"振兴传统工艺·鲁班杯"大赛斩获全场大奖后，"小虾米"的订单源源不断，"指尖技艺"逐渐变成"指尖经济"。

　　让厚重的传统文化融入大众生活，让齐文化IP更具烟火味。淄博创新性地开发成语故事云展示平台和成语故事主题游戏，打造"沉浸式"齐文化体验项目，提升齐文化在青年群体中的影响力；建成"稷下学堂"440余个，推动齐文化与精神文明建设相融合；塑造有厚度、有温度的城市公共文化空间，拥有75家博物馆，布局合理、展陈丰富、特色鲜明的"博物馆之城"呼之欲出……淄博火车站的齐文化元素浮雕和壁画，海岱楼钟书阁的齐国成语故事、齐瓦当、古车马、编钟，知味斋的齐文化口袋书、成语转盘、成语故事新菜品……齐文化，变得可以观赏、触摸、品尝。

　　已经"活化"的齐文化，也带动着淄博在社会民生领域不断创新创造，务实作为。有人把淄博称作"宝藏城市"，因为这里潜藏着无限的可能、无尽的美好、无穷的智慧。淄博烧烤火了之后，经常有人惊呼：淄博还在上演"副本"。长者食堂在很多地方已经推广，只有淄博的赞扬声最高。好奇的网友在进淄赶烤之余，深入社区和农村，拍下一幕幕长者食堂的场景。在干净明亮的食堂里，为老人提供一日三餐饮食服务。60岁以上的老人都可以在这里吃饭。60岁至69岁，每顿两元；70岁至79岁，每顿一元；80岁以上，直接免费。有腿脚不好的，或者天气不好时，志愿者还会送餐到家。据悉，2021年以来，淄博市连续三年将长者食堂列入重点民生实事项目，目前建成1000多处"长者食堂"，月均午餐服务老年人达到30万人次以上。这既解决了老年人的吃饭问题，还给老年人提供了聚会、交流、娱乐的精神生活。在长者食堂可以拉家常、下棋、看书等，老年人的生活更加丰富多彩。淄博市通过"长者食堂＋幸福院""外卖店＋长者食堂""日间照料中心＋长者食堂""快餐店＋长者食堂"等模式来建设和运营长者食堂，其运营资金主要由政府补贴、村集体支持、老人家庭三方面构成。对于困扰百姓的医疗问题，淄博率先进行多方面改革，一是对医疗药品和耗材实行零利润销售。所有药品和耗材实行集中采购，并以采购价销售给患者，其余成本由政府承担。二是在全市医院推行无陪护病房。

成立专门的陪护队伍，医院内有专业人员组成的陪护、陪检队伍，全程免费；医院有专门的摆渡车，给患者提供交通方便。三是实施一次挂号的优惠政策。淄博医院推出一次挂号三日免费政策。当地网友证实，六天之内都免费……

这就是幸福感和获得感满满的淄博。她的想象力和开拓力远远高于一般城市。烧烤，只是她能量的一个爆发口。

我注意到这样一个新闻，2023年9月13日到14日，在淄博市学习贯彻习近平新时代中国特色社会主义思想主题教育读书班上，淄博市委书记马晓磊第一次谈到"淄博出圈"的秘诀。此时，距离淄博烧烤第一轮火爆已有半年多时间。

马晓磊指出，"六个必须坚持"是我们党从世界观和方法论的哲学高度，对习近平新时代中国特色社会主义思想从"立场"到"观点"再到"方法"的系统概括，贯通构建起我们研究问题、解决问题的"总钥匙"。要在思想上来一次理论大武装，做到知其道、更行其道，深刻领悟、系统把握蕴含其中的道理学理哲理，时时对标、处处看齐、事事运用。"坚持人民至上"为我们做好一切工作提供了根本价值遵循。

马晓磊说，今年"淄博出圈"就是党群干群良性互动、双向奔赴的结果，我们坚持从群众立场出发，扎扎实实为群众着想、为群众办事，才赢得了群众发自内心的理解、认同和支持，形成了"人好物美心齐、共促城市发展"的生动局面。要珍惜好、运用好这一好经验，巩固好、拓展好这一好局面，在感情上与群众走得更亲、服务上与群众贴得更近、发展上与群众靠得更紧，最大程度让群众共享改革发展成果，最大限度凝聚全市上下的智慧力量。

我特意关注了马晓磊阐述的"坚持问题导向"。他说，"坚持问题导向"为我们书写时代答卷指明了实践路径。要牢固树立问题意识，多用显微镜、放大镜、望远镜看一看工作短板，多用有解思维、创新思维想一想破题破局的思路办法，特别是针对群众关注的急难愁盼问题、全市面上需要长期化解的问题，必须强化敢理旧账的胸襟、善理新账的本领，担当尽责、迎难而上，决不把历史遗留问题再留给历史，真正从一个又一个小切口入手，解决好一个又一个大问题……"破题破局""敢理旧账""善理新账"，这就是淄博的格局、能力与胆魄。

此前的 2023 年 5 月 17 日至 18 日，中共中央政治局常委、国务院总理李强在山东调研。调研中，李强主持召开座谈会，听取山东省有关部门、部分市县和企业负责人发言。淄博市市长赵庆文在座谈会上发言。在座谈会上，李强指出，要以高质量供给引领和创造需求，打造更多消费热点，做好特色消费、新兴消费文章。

2023 年 9 月，山东举办了两场论坛，引人瞩目。9 月 23 日，第八届"齐文化与稷下学论坛"在淄博举办。国内上百位专家学者参会，共同探讨齐文化研究的前沿热点问题。9 月 26 日至 9 月 28 日，第九届尼山世界文明论坛在曲阜尼山举办，主题为"全人类共同价值与人类命运共同体——加强文明交流互鉴 共同应对全球挑战"。媒体评论说：山东号称齐鲁，两场论坛，曲阜是以儒家文化为代表的鲁文化的中心，淄博在曲阜之东，是齐文化的孕育地，"一东一西"，形成"东西问"组合，这是齐鲁优秀传统文化的传承盛事。两个论坛上，专家既分析了齐鲁文化的相同性，认为诸子之学都是以国家安定、经济繁荣、治平天下为根本目标，但是策略方法上又有差异，从而表现出不同特征。以儒家文化为代表的鲁文化，有助于实现国家重要治理目标的实现。山东大学教授王学典表示，儒家的核心概念是小康、大同、天下为公、治国平天下。把社会、历史扛在肩上，把国家发展、民族统一和文明延续扛在自己肩上，这是儒家一个非常重要的特点。齐国历史文化研究所副所长邱文山认为：鲁文化以勤俭质朴、注重传统、恪守礼乐、重德尚恩的风格深刻影响了中国传统文化的形成和发展；齐文化以其务实性、尚变性、开放性、兼容性等鲜明特征著称于世。齐文化对于今天的经济发展颇多助益。学者郑永年在《大趋势》一书中认为，"中国最好的经济学著作就是《管子》。如果要解释中国几千年经济历史，《管子》比西方任何经济理论都有效"。山东省齐文

孔子与齐景公论政图

化研究基地首席专家王京龙认为，管子在经济发展方面的思想和举措，就像一个"现代人"。《管子》是中国重要的经济文献，论述了经济对国家治理的重要性、市场的重要作用，提出自由贸易和保税通商贸易举措，提出一套独具特色的市场调控理论，发现了商品价值和价格的关系。淄博烧烤"火出圈"，离不开深厚的齐文化底蕴。淄博政府的作风，让人联想到历史上的"管子智慧"。

在淄博，古老的齐文化不断爆发出新的生命力。

2023年下半年，我听到很多关于淄博的好消息：

淄博的猕猴桃火了，供不应求。仅博山区就种了几万亩。我买了一箱品尝，甘甜清香，水果味足。水果箱里配备了一把塑料小刀，手指长短，一边是切割猕猴桃的刀齿，一边是挖着吃的小勺，这就是齐人的智慧了。

济潍高速通车了。这是山东首条零碳高速公路，纵贯鲁中，在淄博境内长度为46公里，贯通淄川6个镇办，设有4个收费站，从济南到淄川，只需要四五十分钟，潭溪山和齐山两个风景区直接受益，而其外溢效应，更是影响了淄川、博山和周村，乃至整个淄博。一条丝带般的路，会给淄博带来多少惊喜！

落叶缓扫让淄博更有诗意

淄博更加火爆了！注意我的用词，这一次，不是淄博烧烤，而是淄博。八大局"人从众"，挤掉了脚后跟；牧羊村顾客继续排着长队；钟书阁墨韵飘香，灯光迷离……11月，淄博对外宣布，36条街道实行"落叶缓扫"，人们踩着金黄色的树叶，听脚下发出沙沙的声音，感受初冬的诗意和浪漫，而我们的城市已经很少有这样的浪漫了。更多的人，走向齐文化、聊斋文化、陶琉文化、蹴鞠文化、丝绸文化。就是这一群群"追光的人"，怀揣憧憬和希望，用足迹反复叩问、印证、锤炼：淄博是一颗中国城市的"良心"。

后　记

　　想写一本《李清照词典》，陪我度过退休生活的适应期，于是去了青州、开封、南京、杭州、金华，去实地感受李清照的心路历程，然后准备动笔写作，这时候淄博烧烤火了。最初我感觉自己完全是一个局外人，偶然刷手机，各种相关消息铺天盖地而来，大学生特种兵占领淄博，他们在火车上演练撸串动作，在烧烤店狂嗨不止，在各个文化场所若有所思。最后是全国人民"进淄赶烤"，可能因为疫情之后，人们对感情特别渴望，对自由幸福和谐的生活特别向往，淄博成了一个感情喷发口，烧烤成了一种精神载体，所以淄博的一点一滴，都会引起民众的情绪共振、情感共鸣。我常常被网友发的一段段短视频感动，动不动就热泪盈眶，淄博把我焐热了，暖透了。

　　那就暂且把李清照放一放，写一本与淄博烧烤相关的书吧。我想起自己的旧梦。这十几年，我和同事缪俊逸等数次去淄博，开始是为了工作，我们及时追踪发生在淄博的新闻动态，感觉淄博在滚石上山，断臂求生，凤凰涅槃。2015年对于淄博来说是一个重要年份，从治理空气污染开始，淄博标本兼治，推动产业转型升级，从传统的重化工为主的产业结构，向"四强"产业转型。改革是产业形态的改变，更是利益的调整、观念的转变、文化的更新，其艰难困苦程度，不亚于一场硝烟弥漫的战争，一场内心深处的战争。淄博的决策者和人民群众迎难而上，精气神十足，打响了一场场高质量发展的"攻坚战"，并取得了优异成绩。我们感受到齐文化的力量，这是一种蕴含着生生不息发展势能的文化，在古代创造了齐国的辉煌，在新时代也是一座取之不尽、用之不竭的精神富矿，其"变革、开放、务实、包容"的核心精神，成为齐地人民独特的精神标识，成为淄博改革创新的最大软实力。那时候我就想写一本关于齐文化和淄博的书，但是苦于没有一个具体的突破口，从哪个角度进入呢？稷下学宫，临淄故城，蹴鞠，陶瓷琉璃，博山菜，丝绸，胶济铁路……似乎都是很好的切入点，但看不到完整的、当代的、深刻的淄博，直到这次淄博烧烤火爆出圈，我一下子找到了题目。

此后我多次去淄博，成为"进淄赶烤"者之一。我们到烧烤摊儿上体验"烧烤灵魂三件套"，感受人间烟火气，到淄博博物馆、陶瓷琉璃馆、齐文化研究院、鲁菜博物馆，寻找历史的足迹，去层次丰富、类型各异的景点景区，体味壮美的自然景观和人文景观，最重要的是为搞清楚一件事儿：淄博为什么温暖了全国人民的胃和心？从表面现象看，是因为淄博烧烤好吃，其仪式感、融入感、温馨感，让疫情三年备感孤寂、冷漠和局促的人们，一下子找到归属感和温暖感，找到了放飞自我的地方。而淄博烧烤火爆出圈的深层次原因，则是淄博市委、市政府真正践行"人民至上"的理念，以人民为中心，全心全意为人民服务，贯彻新发展理念，积极改善民生。淄博市委、市政府朴素的办公楼，成为网红打卡地。淄博各级党政部门积极回应社会关切，关注网民声音，营造了公平公正的良好营商环境，淄博一派"政通人和"的景象，这使人们寻找到新时代的"桃花源"。更加让我感动的是普通淄博百姓，他们有着强烈的正能量和荣誉感，有着发展的愿望和智慧，有着切实行动和实践，淄博烧烤就是他们的创造和发明。

仅仅写淄博烧烤，似乎意犹未尽，我就以淄博的历史为大背景，以淄博的发展为大主题，以淄博的未来为大坐标，就这样匆匆完成了本书写作。我在采访和写作过程中，得到淄博市委宣传部和市委网信办的大力支持，张店、临淄、博山、周村、淄川等地的宣传部门，淄博相关职能部门提供了大量有价值的材料，淄博市政协原主席，淄博市委原常委、宣传部部长毕荣青专门为本书作序，同时书中引用了史宏伟、马景阳、胡允鹏等人以及兄弟新闻媒体的报道内容，凝聚了集体智慧和力量。另外，山东人民出版社社长胡长青、副总编辑王海涛、编辑王蕊为此书的出版出谋划策，并给予具体指导；著名画家李学明老师亲自为本书封面创作了主题美术作品；我的同事缪俊逸、周继磊多次陪同前往淄博调查采访，并认真校对编辑了书稿；同事郭绪雷、张晓琪，《淄博日报》记者胡明、李细雨、董晴晴、刘鑫，朋友李春风、任歌、吴昊等提供了精美图片，光合时代祝玉华精心设计了封面，在此一一表示感谢。大家的帮助关心支持，是我搞好创作的最大动力。所以，我想从淄博烧烤开始，搞一个山东美食系列，预计第二本书以儒家文化的产生、发展、影响为背景，以孔府菜和运河菜为具体载体，写一本《孔子的味蕾》，然后再写写泉城济南的味道……且想吧。

如果你还没有"进淄赶烤"，这本小册子愿意为你"进淄补烤"当个向导……我代表淄博人民欢迎天南地北的客人！

作者2023年10月26日于济南